KB038317

산이 울다

산이 울다

거수이핑 지음 · 김남희 옮김

잔

차례

세월 속의 그리움

1

내가 가장 잘 다룰 수 있는 소재라면 아마도 향촌鄕村의 이야기일 것이다. 이 작품집에 〈산이 울다〉를 비롯한 네 편을 실은 것은 순전히 내가 좋아하는 작품이기 때문이다. 하지만 이들 작품을 쓸 당시에는 말로 표현할 수 없는 아픔이 온몸을 채웠다.

한 사람이 향촌에서 태어나 평생을 살아간다면, 향촌은 그의 일생을 수많은 이미지로 채워 줄 것이다. 그 어떤 눈물 나는 사연이라도 향촌에서는 시간이 흐르면 조용히 사라진다.

창작자에게 삶의 과정이란 그저 시들어 가는 세월을 지켜보는 것이 아니라 지난날로 돌아가 살아 있는, 혹은 이미 죽어 세상에 없는 이들이 삶에서 가졌던 목적, 경지, 가장 진실한 일면을 찾아내는 것이리라. 문자는 삶 속에 존재하는 고통과 인내를 끝없이 보태는 것이라기보다는 삶이 지닌 무한한 진정성과 선함을 더해 나가는 것이라 믿는다. 오늘에 이르기까지 지속되어 온 사회의 진보는 진실함과 선함, 아름다움으로 이루어진 것이지 거짓, 추함, 악함이 아니었다.

내 생각이 여기에 이른 것도 향촌이 준 선물임을 알고 있다.

나는 종종 향촌으로 떠나가곤 한다. 여행은 나를 둘러싼 다차원의 세계에서 이루어지는 움직임이다. 보이지 않는 곳, 예컨대 깊은 산속에서 움직이노라면 울림이 생긴다. 나는 잎이 무성한 홰나무 아래 앉아 산과 달, 해, 사람을 바라본다. 특히나 얼굴 가득 세월을 담은 노인을 바라보는 것이 좋다. 내가 옆자리를 권하면 미소 띤 얼굴로 말없이 다가와 앉는다. 나무 아래에 앉아 있는 것, 이 역시 인생에서 닿을 수 있는 하나의 경지가 아닐까. 그들은 괜스레 눈앞에서 풀 뜯는 소를 꾸짖기도 한다. 이가 빠진 할머니가 싸리나무 지팡이를 짚고 걸어오며 먼발치부터 나를 알아보고 반긴다.

"도시 색시가 또 왔구먼."

나는 옆으로 옮겨 앉으며 잠시 앉았다 가시라 붙잡는다. 그러고는 가만히 그들이 들려주는 이야기에 귀를 기울인다. 집에서 키우는 양이며 닭 걱정, 집안의 각종 대사와 잡다한 일들.

나는 듣는다. 듣는 것, 이 역시 일종의 여행이다.

산속 마을에는 도시에 없는 온화한 다감함이 있다. 밭 가는 가축을 지켜보며 차마 발걸음을 떼지 못하는 사람들, 이들은 가을 수확 때문에 마음 졸이는 일 없이 그저 평온하고 따뜻하다. 곧 황혼이 드리우고 마음이 설렐 즈음이면 사내 계집 사이의 일들을 능청스레 늘어놓거나 세상 돌아가는 세태를 두고 짐짓 신랄한 말투가 되기도 한다. 그렇게 이곳의 시간은 느릿느릿 흘러간다.

2

〈하늘 아래〉를 쓸 무렵, 시골 마을에서 팔순 노파를 만났다. 그녀는 물이 말라 버린 강가에 앉아 푸른 부분이 더 많은 무를 손에 쥐고 있었다. 어떻게 하면 이분에게 다가갈 수 있을까 좋은 생각이 떠오르지 않았다. 둘 사이에 시간이 끼어 있음을 나는 알고 있었다. 시골의 그 소박한 나날을 오늘까지 지키지 못한 것은 누구의 잘못일까? 그녀가 쥐고 있는 무는 물기라곤 없었다. 그녀는 그저 강가에 홀로 앉은 여자였다. 젊어서부터 고향을 떠나 본 적이 없다고 했다. 하지만 이 세상이 돈에 기대 길을 더듬어 가는 것임을 알고 있었다. 그녀는 자신의 이야기를 들려주었다. 평생 돈을 벌었고 얼마쯤 손에 쥘 수도 있었지만, 그러고 나니 돈이라는 게 이미 자신에게는 별 쓸모가 없더라고 했다.

그녀의 얼굴에는 내가 상상한 상심 따위는 떠오르지 않았다. 그녀에게 산다는 것은 대단한 일이 아니었다. 그저 계절을 거스르지 않으면 그만이었다. 가장 단순하고 소박한 삶이 그녀의 소망이었다. 시간은 그녀만 덩그러니 남겨 두었다. 젊어서 입던 옷을 아직도 입고 있었지만 어느새 얼굴은 늙어 버렸다. 계절도 없을 만큼 그렇게 늙어 버렸다.

사람이 늙으면 돈도 큰 의미가 없어진다.

젊어서 남의 손에 들어간 돈이 돌아온다 한들 그 돈이 그녀를 부유하게 해 줄까? 그저 속세의 부일 뿐이다. 촌부村婦가 일생의 아픔을 진흙에 맡기고 실오라기 하나 걸치지 않은 순수한 양심으로 이 세상의 먼지를 걷어 내는 삶이란 나로서는 상상할 수 없는 일이었다. 〈하늘 아래〉에서 바로 그런 여자의 이야기를 그려 냈다. 장작 사이로 일렁이는 불꽃과도 같은 여자의 이야기를.

3

〈채찍돌림〉은 산속에서 어린 시절을 보냈기에 쓸 수 있었다. 나는 사방이 산으로 둘러싸인 토굴집에서 태어났다. 할아버지, 할머니, 아버지가 있었고 유채밭과 양이 있었다. 양 곁에 앉아 아버지의 채찍돌림 이야기를 들었다. 산속 사람들은 가난했지만, 가난하면 가난한 대로 살아가는 방식이 있기 마련이었다. 아버지가 채찍돌림 이야기를 들려주던 때는 이미 폭죽을 구할 수 있는 시절이었다. 그래도 할아버지와 아버지는 옛날을 그리워하곤 했다.

그 시절, 고향은 풍경이랄 게 없었다. 그저 산이었다. 그리고 사람이 사는 토굴집과 양이 사는 토굴이 있었다. 양이 사는 토굴이 사람 사는 토굴집보다 컸다. 양은 많고 사람은 적었으니까. 명절에도 폭죽 살 돈이 없었다. 아버지는 사람들을 이끌고 봉우리 꼭대기로 올라가 채찍을 휘둘렀다. 소가죽을 땋아 만든 기다란 채찍이 허공을 갈랐다. 산은 깊고 사람은 적으니 자연히 메아리도 크게 울렸다. 쩡하게 상쾌한 소리가 산속 마을을 채우고는 하늘 저쪽 끝까지 가 닿았다. 하늘 끝을 볼 수는 없었지만, 귀를 세우고 들어 보면 또 다른 봉우리에 부딪쳐 돌아오는 소리가 들렸다. 너무도 생생한, 천년만년의 세월을 하나로 모아 세차게 출렁이는 소리였다. 산사람들은 너 나 할 것 없이 토굴집에서 뛰쳐나와 채찍 소리를 들었다. 아버지가 채찍으로 하늘을 때리는 소리, 사람의 마음을 온통 집어삼킬 수 있는 그 소리를. 채찍돌림은 정월대보름까지 계속되었다. 대보름이 지나고 나면 더는 할 일이 없었다. 그저 맨손으로 황량한 산에 맞서는 것뿐이었다.

내가 갑자기 이 이야기를 쓰려고 생각한 것은 할아버지, 할머니, 아버지의 유골이 땅속에 묻힌 지 한참 지난 후였다. 이미 사라진 생명이 나의 글 속에 다시 나타나자 따뜻함과 애달픔, 쓸쓸함과 그리움이 동시에 덮쳐 왔다. 이미 사라진 추상을 절묘한 그림으로 표현하면서 그 시절 그분들의 삶을 이해할 수 있었다. 사라진 것들을 구체적인 사건으로 되살려 내며 그때의 역사를 더 깊이 이해한 것이다. 그 역사 속의 '채찍돌림'이 내게 달라붙어 도무지 떨어질 줄을 몰랐다.

몇 차례 정치 운동의 물결이 고향 마을을 덮친 것 말고는 그곳 사람들의 생활은 언제나 단순하고 질박했다. 척박한 환경이 그들의 생존 조건을 바꾸었지만, 그렇다고 삶에 대한 열정까지 바꿀 수는 없었다. 그들은 젠 체하는 도시보다 하늘에 가까운 그곳을 더 사랑했다. 그곳에는 분 냄새 풍기는 추저분함이나 속임수, 칼날처럼 날카로운 거짓말도 없었다. 그들은 언제나 즐거웠다. 할머니와 할아버지가 불현듯 쓸쓸한 얼굴이 되어 부르트고 갈라진 손가락과 발가락을 내려다보던 일이 생각난다. 눈보라에 휘말려 옴짝달싹 못 하던 날들을 떠올리며 그래도 후회는 없다고 했다. 옛일이란 그렇게 꾸밈이 없고 아름답다. 그분들 삶의 봄날은 계절의 변화에 따라 달라져 갔지만 이 이야기를 써냄으로써 나는 그분들의 운명을 바꾸었다. 소설을 쓴다는 건 내가 그 인물에 생명 본연의 존재감을 덧씌우는 일임을, 내가 감정적 정신적으로 만족한다는 건 소설 속 인물에게 만족하는 것임을 알기 때문이다.

〈채찍돌림〉으로 돌아가면, 그들의 삶은 결코 의미 없이 덧붙인 이야기가 아니다. 그들의 일상은 운율을 가지고 있었다. 어쩌면 정말로 목숨이 오락가락하는 경험을 했을지도 모른다. 그저 누구에게 들려줄 만큼 대수로운 일이 아니라고 생각했을 뿐. 나는 다만 우리가 잃어버린, 참으로 놀라운 민간의 풍속을 들려주고 싶었다. 소설의 결말까지 채찍 이야기를 이어 간 이유다.

4

〈시간을 넘어〉에서는 안락한 도시 생활을 꿈꾸었던 농촌 여성 쑤훙이 나온다. 도시로 나가 몸을 팔며 살아가다 수년 후 임신한 몸으로 고향에 돌아온다. 미련하리만치 착실한 야오량과 결혼해 넉넉하지 않은 살림으로 아이들을 낳아 키운다. 하지만 딸 리리는 기대와 달리 쑤훙과 같은 길을 걷는다. 도시로 나갔다가 꾐에 빠져 강간 살해당한 후 시신마저 버려진 살인 사건의 희생자가 된 것이다. 사건은 결국 해결되지만 쑤훙은 엄청난 충격을 받고 삶의 의미를 잃어버린다. 이 작품에서는 향촌 생활의 현실과 사소한 일상을 사실적으로 그려 내 있는 그대로 전하고 싶었다.

　내 소설의 인물들은 모두 개성이 뚜렷하다. 성격이 분명해야만 문자 속에서 살아 숨 쉴 수 있다. 그들은 또한 가엾은 이들이다. 쓰디쓴 약과도 같은 인생을 살아간다. 그들에게 감사하는 마음을 모두 글자에 담았다. 세월 속에서 거칠어진 얼굴들은 점괘가 새겨진 거북의 등껍질과도 같다. 한자로 이루어진 이 상형象形의 대지 위에서 문자란 하나같이 그들의 삶을 노래하는 진혼곡과 다름이 없다.

　삶은 더운 피가 흐르는 것이다. 너른 농토에 온갖 그림이 그려지는 동안 삶과 죽음은 함께 있다. 삶의 진실은 언제나 문자 바깥에 있다. 나는 그들의 운명에 나쁜 결말을 내고 싶지 않다. 문자는 그저 문학의 표현 형식에 지나지 않으며 사회에 대한 공동의 기억일 뿐이다. 하지만 현실 속에서 그들은 행복하지 않고, 나는 창작자의 양심을 배반하고 싶지 않았다. 양심은 고동치는 것, 감정이 있고 아픔을 느낄 줄 아는 것이다.

5

　문자는 그 나름의 근원이 있다. 문자는 봄을 깨우지 못하고, 척박한 대지의 무성한 만물을 지워 버린다. 나는 삶도 죽음도 피해 갈 생각이 없다. 죽고 사는 일은 이미 정해진 것, 내 손을 떠난 것이다. 어쩌면 이 세계와의 얽히고설킨 관계 속에서 문학의 사회적 가치란 그저 길 찾기일 수밖에 없을지도 모른다. 뛰어난 작가가 죽을힘을 다해 고함을 쳐도 그 소리는 미미할 따름이다. 이렇듯 작가는 물질이 결핍된 정신 속에서 방황하고 나서야 '기꺼이 원한다'는 게 무엇인지 깨닫는다. 나는 그동안 '지식'을 돈을 모으는 것쯤으로 생각했다. 그 많은 책을 읽어 오면서 점점 더 고독해졌고 점점 더 사람과 세상사에 무뎌졌다. 스스로 강퍅해져 가는 약처럼 쓰디쓴 인생에서 농부에게 감사하는 마음을 문자 하나하나에 심어 두었다. 그리고 가만히, 그것들이 자라나기를 기다린다. 나는 나의 미래를 분명히 보았다. 세월이 농사꾼을 하나하나 거두어 간 후 나는 그들의 이야기를 쓴다. 그들이 삶에서 지켜 온 인내, 결코 꺾이지 않는 의지를 쓰는 것이다.

솔직히 고백하자면 진정한 의미의 형이상적 작가가 되는 것은 고통스럽고도 무거운 일이다. 시간이 사라진 험난한 여정에서 나는 맨눈으로 삶의 아름다움을 찾아내려 한다. 누구보다도 신중하게 내가 가진 권리를 사용해야 한다. 마음속에 품은 존엄과 신성함을 무엇보다도 아끼고 지켜 내야 한다. 창작에 어울리지 않는 천박한 인간이 되는 것은 생각조차 해 보지 않았다. 하지만 질서가 빠져 버린 이 세상에서 내가 한 모든 일이 실망스러웠다. 나는 점점 더 아득해지고 겁이 났다. 문자를 앞에 두고 나의 마음을 어떻게 표현해야 할지 알지 못했다. 사랑하는 마음이 커질수록 미움이 깊어 가는 것처럼. 오로지 생존을 위해 묵묵히 살아가는 향촌 사람들과 그들의 이야기를 거절할 이유는 셀 수 없이 많았다.

하지만 그들 곁에서 함께 살아갈 이유가 더 많았다. 산다는 것,

그들은 나에게 참으로 선명한 또 하나의 읽을거리가 되어 주었다. 이들 사이에 있으면서 내가 갈구하는 것을 어떻게 선택해야 할까? 그들이 삶의 따스함을 결코 거부하는 일이 없는 것처럼, 모든 생명은 사람이 행하는 잔혹함을 거부하지 않는다. 늘 그러한 듯 기쁨과 슬픔을 받아들일 따름이다.

이 중편소설집을 기획한 한국의 출판사에 감사한다.

그리고 역자 김남희 씨에게 고마움을 전한다.

거수이핑葛水平

산이 울다

喊山

1

타이항산 대협곡이 점차 좁아지기 시작했다. 가느다란 들보 하나 폭이었다. 저 멀리 깎아지른 듯 솟은 푸른 바위 절벽 아래로 구름 몇 조각이 걸려 있었다. 젖 먹던 힘까지 짜낸 노새의 앙상한 거죽 위로 드러난 갈빗대처럼 인가 몇 채가 도드라졌다.

이 들보 위에 있는 집들은 평상시 이야기를 할라치면 얼굴 볼 것도 없이 고함부터 쳤다. 그 편이 빨랐다. 한쪽에서 고함을 치면 다른 쪽에서 대답이 들려왔다. 수십 미터 깊이의 골짜기를 사이에 두고 이들의 목소리가 멀리까지 퍼졌다.

한충은 아침 일찍 일어나 멀건 국물부터 후루룩 들이켜고 기장으로 만든 워터우[1]를 한 입 베어 물었다. 우물우물 씹던 것을 꿀꺽 삼키자마자 건너편을 향해 외쳤다.

"친화! 자자이마을 친화야, 파싱더러 보리 벴으면 콩이랑 섞을 건지 물어봐 줘!"

---

1 窩頭, 잡곡 가루를 원뿔 모양으로 빚어서 찐 음식. 중국 북방 지역에서 주식으로 많이 먹는다.

건너편 파싱네 친화는 절벽 언저리에 앉아 쌀죽을 먹고 있던 참이었다. 한충의 말인즉슨 이쪽으로 건너와 재미를 좀 보겠다는 뜻이었다. 그녀는 그릇 바닥에 남은 쌀죽 찌꺼기를 닭에게 쏟아 주고는 자리에서 일어나 한충 쪽을 향해 외쳤다.

　"파싱은 산 너머 탄광에 가고 집에 없어. 콩은 이제 섞어야지!"

　한충은 한껏 들떠서 워터우를 또 한 입 베어 물었다.

　"파싱한테 뇌관 몇 개 갖다 달라고 했어? 이놈의 오소리가 자꾸 옥수수를 망쳐 놔서 폭약을 쓰려는데."

　"탄광에서 뇌관 검사가 얼마나 심한데! 빼돌릴 생각은 하지도 마. 지난번에 갖다 준 건 다 썼어?"

　한충은 워터우를 꿀꺽 삼키고 또박또박 외쳤다.

　"잡기만 하면 다음부턴 필요 없지."

　"잡거든 나한테도 고기 좀 갖다 줘!"

　한충은 국물을 남김없이 마신 뒤 자리를 털고 일어나 그릇을 두들겼다.

　"널 안 주면 누굴 주겠어? 오소리는 다 네 거라고!"

　맞은편에서 들려오는 웃음소리에 한충은 마냥 기분이 좋았다. 앙가[2]를 흥얼거리며 방앗간 쪽으로 걸음을 옮기자니 얼마 전 안산핑에 들어와 눌러앉은 라훙이 눈에 들어왔다. 라훙의 멜대에는 밧줄 꾸러미와 도끼가 걸려 있었다. 뒷산에 가서 땔감이라도 해 올 모양이었다.

　"나무하러 가요?"

2　秧歌, 중국 화베이 지방 농촌에서 모내기를 하며 부르는 노래.

"허허, 나무해야지."

두 사람은 서로를 지나쳤다. 한충은 나귀를 어르며 맷돌 돌릴 준비를 했다.

라홍은 쓰촨에서 왔다. 산에 빈집이 있다는 말에 아들딸을 이끌고 왔다. 안산핑에는 빈집이 많았다. 산에 살던 이들이 떠나며 남겨진 집이었다. 한창 산을 파헤칠 때는 탄광의 갱목을 대느라 벌목꾼들이 지낼 집이 모자랄 지경이었다. 이제 집은 많아졌지만 산에서 나무를 찾아보기 힘들어졌다. 오소리고 사람이고 산등성이에서는 살 수가 없어졌다. 이들은 함께 계곡으로 내려왔다. 사람은 평평한 곳에 자리 잡고 오소리는 사람의 발길이 닿지 않는 곳을 찾아 숨어들었다.

라홍은 벙어리 아내와 계집애 하나, 사내아이 하나를 이끌고 산으로 들어왔다. 살림에 필요한 세간을 둘러멘 그를, 벙어리 아내가 아이 하나는 손에 끌리고 또 하나는 품에 안고서 뒤따랐다. 벙어리의 얼굴은 산을 오르느라 벌겋게 달아올랐다. 평범한 차림새지만 깨끗하고 빳빳해서 먼 길을 왔는데도 고단한 여정에 따라붙는 추레함은 찾아볼 수 없었다. 낯선 이를 보기 힘든 산속 마을이었다. 안산핑 사람들은 한동안 이들을 신기한 듯 쳐다봤다.

라홍은 아내를 가리키며 사람들에게 말했다.

"벙어리요. 그래도 놀리지 않는 게 좋을 거요. 이 여잔 미친병이 있어서 정신이 나가면 사람을 물거든요."

안산핑 사람들은 고개를 끄덕였다. 그 여자 참, 참하게 생겼구먼. 미친병에 벙어리가 아니고서야 저런 자한테 시집갈 리 없지.

다시 라훙으로 돌아가자면, 갸름하고 턱이 뾰족한 얼굴에 단춧구멍 같은 눈에서는 총기라곤 찾아볼 수 없었다. 누런 얼굴 거죽에는 수두가 남겨 놓은 흉터가 여기저기 파여 있었다. 한충이 라훙을 이끌고 마을을 한 바퀴 돌아보았지만 적당한 집을 찾을 수가 없었다. 이리저리 기웃거리다 한충이 나귀를 먹일 때 쓰는 돌집 앞에 이르자 라훙이 걸음을 멈추었다.

"여기면 되겠소."

"여기서 어쩌게요?"

라훙은 벽에 붙은 표어를 가리켰다.

"돈 벌어 부자 되려면 사람보다 돈豚이 먼저다."

한충은 피식 웃었다. 마을 행정이 재편될 때 촌 간부가 마을 사람들에게 쓰라고 한 거였다. 한충도 방앗간을 돌리며 돼지를 키웠다.

"돼지를 키워 소득을 늘리자고 썼던 거예요."

한충은 가만히 표어를 읽어 보았다. 곱씹자니 얼굴이 화끈거렸다. 생각해 보면 우스꽝스러운 내용이었다. 여하튼 한충은 방앗간 일은 걱정하지 않기로 했다. 빈집은 많으니까 어디든 다른 집을 찾으면 되는 일이었다.

"나귀 먹이던 곳인데 마음에 든다니 여길 쓰세요. 나귀는 끌고 갈게요."

한충은 멀리 안산핑까지 흘러든 라훙이 안됐다는 생각이 들었다. 산속 마을이라 살기가 만만치 않을 텐데 이 정도쯤은 양보해 줄 만했다. 사실 라훙은 표어가 마음에 든 게 아니었다. 정말로 집이 마음에 들었다. 돌집은 마을에서 좀 떨어져 있었다. 시도 때도 없이 사람들과 마주치고 싶지 않았다.

이들이 정착하고서야 안산핑 사람들은 라훙이 굼뜨고 게으른 인물이라는 것을 알았다. 사실 산에 의지해 밭을 일구며 사는 사람이라면 굶는 일은 없었다. 게으르지만 않으면 산이 먹을 것을 주었다. 하지만 라훙은 제 식구도 건사하지 못해 밥동냥을 하곤 했다. 그믐이나 정월 혹은 중원절이나 중추절 같은 때 새벽같이 마을로 내려왔다가 밤이 되어서야 돌아갔다. 라훙이 돌아올 때면 커다란 비닐 가방에 산 아래 마을에서 얻어 온 떡이나 찐빵이 들어 있었다.

산마을 사람들은 마음이 좋았다. 자기 고생보다 다른 이가 힘들까 마음을 쓰는 사람들이었다. 눈앞에 불쌍한 사람이 보이면 그냥 지나치는 법이 없었다. 벙어리 아내는 떡은 얇게 썰고 찐빵은 안에 든 팥소를 꺼내 양지 바른 쪽 바위에 널어 두었다. 그 앞을 지나가는 사람들은 하얀 떡과 누런 찐빵이 바위에서 말라 가는 것을 보며 저도 모르게 피식 웃음을 지었다.

거, 벙어리가 살림이 제법 야무지네. 팥소가 쉽게 상하는 걸 다 알고.

라훙의 딸은 제대로 된 이름이 없었다. 그저 큰년이라 불렀다. 그믐이나 정월이면 안산핑 사람들은 라훙의 딸 큰년이가 자줏빛 팥소 위에 절인 무 몇 조각을 올려서 먹는 모습을 볼 수 있었다.

"큰년아, 달달한 팥소랑 시큼한 무절임을 같이 먹으면 그게 무슨 맛이냐?"

큰년이는 한충이 자기를 놀리는 줄 알고 눈을 흘겼다.

"재수 없어."

한충은 아이의 반응에 아랑곳하지 않고 그릇 안에 깻묵떡 두 개를 넣어 주었다. 아이는 그릇을 꼭 껴안은 채 휙 돌아서서 제 집으로 들어가더니 잠시 후 벙어리를 이끌고 나와 한충을 가리켰다. 벙어리는 반짝이는 눈으로 한충을 확인하고는 고개를 숙였다. 벌어진 입술 사이로 깨진 이가 드러나며 바람 소리가 새어 나왔다. 고마워하는 웃음인 듯했다.

"별거 아니에요. 그냥 깻묵떡인걸요, 뭐."

한충은 안산평 사람들에게 새로 들어온 가족의 이야기를 전해 주었다.

"벙어리가 말은 못해도 생각이 많더라고요. 딸한테 몹쓸 짓이라도 할까 봐 걱정인가 봐요. 우리가 좀 잘해 줘야겠어요."

팥소를 파낸 찐빵을 말려서 다시 찌면 그 나름대로 맛이 났다. 벙어리는 집 밖으로 나오는 일이 거의 없었다. 안산평 사람들은 벙어리가 라홍보다 많이 어린 것을 알고 있었다. 겉보기에는 딸 큰년이와 별 차이 없어 보였다. 하지만 얼마나 어린지는 가늠하기 어려웠다. 가끔 나온다고 해도 자기 집 문 앞 정도였다. 품에 아들을 안은 채 문간에 딸을 앉히고 함께 있었다. 입성은 새것은 아니어도 항상 깨끗했다. 말끔하니 오밀조밀한 얼굴은 지나는 동네 남정네들이 고개 돌려 쳐다보기에 충분했다. 몇 년 지나고 나니 문간 옆 담벼락 모서리가 반들반들해져 햇빛을 받으면 한층 반짝거렸다. 문간을 오가는 사람들 손에 길들여진 것임을 한눈에 알 수 있었다.

안산핑 사람들이 라홍의 집을 찾는 일은 거의 없었다. 라홍 역시 마을 사람들과 왕래하지 않았다. 때때로 라홍이 마누라를 패는 소리가 밖까지 들려오기도 했다. 제법 묵직한 주먹질과 함께 그의 목소리가 섞여 나왔다.

"어디 한마디라도 해 봐. 아주 그냥 죽여 버릴 테니까!"

벙어리가 무슨 말을 한다고…….

한번은 한충이 듣다못해 뛰어 들어간 적도 있었다. 라홍이 한쪽에서 바들바들 떠는 벙어리를 향해 삿대질을 하며 욕지거리를 퍼붓고 있었다.

"재수 없는 년, 저거. 하여간 멍청해 가지고!"

그는 갑자기 들어온 한충을 보고는 주먹을 불끈 쥐고 외쳤다.

"누가 내 집 일에 끼어들어! 이 집 일은 내가 알아서 해!"

노상 웃는 얼굴이던 그가 정색을 하니 그 작은 눈도 사뭇 험악해 보였다. 한충은 그대로 발길을 돌려 집을 빠져나왔다. 돌아가면서도 개운치 않아 몇 번을 되돌아보았다. 뭔가 재수 없는 게 몸에 묻어 온 것만 같았다.

한충은 연자맷돌을 돌리기 위해 나귀를 챙겼다. 우선 나귀를 뜰한쪽으로 끌고 가서 똥을 뉘고 재갈과 눈가리개를 채워 맷돌로 끌고 왔다. 항아리에 불려 둔 옥수수를 퍼서 맷돌 구멍에 부어 가며 한 번씩 엉덩이를 때려 주면 나귀는 알아서 맷돌을 돌렸다.

없는 살림이고 보니 한충은 서른이 되도록 색싯감이 없었다. 데릴사위 자리라도 알아보려 했지만 적당한 상대를 찾지 못했다. 그렇게 몇 년을 기웃거리다 하릴없이 나이만 먹어 가는 중이었다. 인물이 빠지는 건 아니었다. 전체적인 비율도 봐줄 만했다. 역시 가난한 산골 살림이 문제였다. 산 아래 사는 어느 아가씨가 이곳으로 들어오려 할까. 그와 파싱 마누라 간의 일도 걸림돌이 되었다. 세상에 바람 안 통하는 벽은 없었다. 이런 일은 일단 밖으로 새 나가면 땅속이 아닌 사람 입속으로 파고들었다. 사람 입에서 날아오르는 새치고 좋은 게 없었다.

불린 옥수수가 걸쭉하게 갈려 맷돌 틈을 따라 아래에 놓인 통으로 떨어지면 한충이 그것을 항아리에 부었다. 벽에 붙은 덩굴을 뜯어 통 안에 남은 것을 털어 넣다 보면 얼굴까지 튀었다. 옷 위로 허연 옥수수물이 배꽃처럼 피었다. 다들 나한테서 옥수수 냄새가 나서 여자들이 싫어한다던데, 난 이 냄새가 좋기만 한걸. 친화도 좋다고 했고. 친화를 생각하니 어둠 속에서 느꼈던 희열이 떠올랐다. 그는 새처럼 가볍게 휘파람을 불었다. 이번 것은 맷돌에서 두 번을 갈아 낸 터라 더 고왔다. 이제 이것을 새하얀 사각 천에 모은 다음 천의 네 귀퉁이를 끈으로 묶고 공중에 매달아 물기를 뺀다. 물이 빠져서 어느 정도 고슬고슬해진 것을 한 덩이씩 뭉쳐 틀에 넣고 구워 낸 뒤 곱게 부수면 옥수수 가루가 되는 것이다. 이것을 밀가루, 콩가루와 섞어 먹으면 매끼 한 가지만 먹는 것보다 한결 나았다. 입맛에 맞춰 바꿔 가며 먹을 수도 있었다.

자자이와 거우커우 근동에서는 이렇게 옥수수를 가루 내어 사용했다. 한충은 가루를 내고 남은 찌꺼기로 돼지를 먹였다. 이렇게 하지 않고는 일고여덟 마리 되는 돼지에게 따로 곡물이나 여물을 델 방도가 없었다. 방앗간 일을 하는 것은 돼지 먹일 깻묵을 내기 위해서이기도 했다. 한충은 일을 마치고 늘어지게 하품을 했다. 나귀는 재갈과 눈가리개를 떼어 낸 뒤 뜰로 끌고 나가 사과나무에 묶어 놓았다. 그러고는 누구를 찾는 듯 눈을 가늘게 뜨고 건너편을 살펴보았다. 마침 그가 찾던 사람도 절벽 근처에서 이쪽을 바라보고 있었다. 한충은 후다닥 달려갔다. 손으로는 연방 옷에 말라붙은 옥수수 찌꺼기를 털어냈다. 절벽가로 다가서자 저 멀리지금 가장 보고 싶은 사람, 파싱의 아내 친화가 보였다.

"한충, 저녁때 잊지 말고 옥수수즙 좀 가져와!"

옥수수즙을 가져오라고? 무엇을 의미하는 말인지 한충은 잘 알고 있었다. 가슴이 뛰었다. 밤에 건너오라는 암호였다. 한충이 미처 대답하기도 전에 뒷산 계곡 쪽에서 폭발음이 들렸다. 한충은 신이 나서 외쳤다.

"이 여편네야, 저녁까지 기다릴 것도 없어. 제대로 터졌으니까! 옥수수는 됐고 고기 먹을 준비나 하라고!"

한충은 그 길로 뒷산을 향해 내달렸다. 산속으로 깊이 들어갈수록 산등성이가 좁고 험해졌다. 폭발음에 놀란 나귀가 주인을 부르기라도 하는 듯 꺼억 꺼억 하는 소리가 들렸다.

한충은 엉거주춤 앉아 넝쿨을 움켜쥐고 미끄러져 내려갔다. 폭약을 묻은 곳은 사람들이 잘 들어가지 않는 골짜기였다. 사람이 없는 만큼 오소리가 잘 다니는 길이기도 했다. 놈들이 다니는 흔적이 선명했다. 오소리는 감자를 모아들였다. 주변에 감자라고는 남

아나지 않을 정도였다. 오소리도 사람만큼이나 고집 센 동물이었
다. 한충은 곧장 폭약을 묻어 놓은 곳으로 미끄러져 내려갔다. 그
런데 조금 이상했다. 양쪽으로 땔감이 흩어진 채 누군가 숨을 헐
떡이며 누워 있었다. 갑자기 머리가 띵했다. 눈앞으로 번쩍거리는
것들이 나타났다 사라졌다.

사람이 다친 건가? 누구지?

다리에 힘이 빠졌다.

"누, 누구요?"

"한충, 이 망할 놈, 네놈 때문에 이 꼴이 된 거냐."

귀에 익은 목소리, 라훙이었다.

한충은 후다닥 옆으로 다가갔다.

끔찍한 광경이 눈앞에 펼쳐졌다. 라훙의 발이 폭약의 집게 부
분에 끼인 채 한쪽으로 내던져진 상태였다. 두 다리는 아예 보이
지도 않았다. 그는 피보다 붉은 두 눈을 부릅뜬 채 자기 몸을 내려
다보고 있었다.

"여긴 왜 온 거예요?"

한충의 물음에 라훙은 손을 들어 앞을 가리켰다. 관목 덤불 너
머로 산복숭아나무 한 그루가 서 있었다. 열 알 남짓 달린 복숭아
사이로 몸을 숨긴 다람쥐가 두 사람을 쳐다보았다. 한충이 다시 돌
아보니 라훙은 고개가 꺾인 채 말이 없었다. 그는 허겁지겁 라훙을
들쳐 업고 산 위를 향해 내달렸다. 라훙은 도끼를 쥐고 있었다. 손
에 꼭 쥐어진 도끼가 한충의 가슴 앞에서 흔들렸다. 몇 번이나 나
뭇가지에 걸렸지만 도끼는 떨어질 줄을 몰랐다.

마을로 들어섰다. 사람들이 우르르 몰려나왔다. 그들 눈에 들어온 라훙은 핏기 하나 없이 누런 얼굴을 하고 있었다. 그를 집으로 데려가 뉘는 사이, 벙어리 아내는 품에 안은 아이의 고개를 얼른 다른 쪽으로 돌리는가 싶더니 그예 허리를 굽히고 바닥에 토악질을 했다. 라훙이 힘없이 기침을 하자 벙어리는 고개를 들고 그에게 다가갔다. 한충은 벙어리에게 물을 떠다 달라고 했다. 벙어리가 물을 가지고 들어서는 순간, 라훙의 도끼가 그녀를 향해 날아들었다. 라훙은 남은 힘을 쥐어짜서 한마디를 토해 냈다.

"망할 년, 네년이 어딜!"

라훙의 기세에도 벙어리는 피하려는 기색조차 없었다. 벽에 박혔던 도끼는 무게를 견디지 못하고 쾅당 소리를 내며 떨어졌다. 벙어리 손에 들려 있던 물그릇도 떨어졌다. 라훙은 자기 기세를 감당할 수 없는지 컥! 하고 숨을 멈추었다. 그리고 숨은 다시 돌아오지 않았다. 그는 입을 벌린 채 고개를 모로 떨구었다. 한충은 더 생각할 것도 없었다. 그대로 달려 나가 사람들에게 도움을 청했다. 라훙을 들것에 실어 산 아래 병원으로 데려갈 생각이었다. 안산핑 사람들은 문 앞에 모여 서서 고개를 빼고 지켜보았다. 맞은편 자자이 절벽에도 누군가 서 있는 것이 보였다. 친화의 목소리가 들려왔다.

"누가 다쳤어요?"

"거지한테 터졌다네!"

누군가 외쳤다.

"죽었어요, 아니면 숨이 붙어 있어요?"

"반쯤 간 것 같은데!"

한충의 아버지가 모여든 사람들을 헤치고 집으로 들어왔다. 검붉은 핏물이 흥건한 바닥을 지나 아직 온기가 남은 라훙의 손을 쥐었다. 그리고 한 손을 들어 라훙의 코 밑에 갖다 댔다. 잠시 후 무겁게 가라앉은 목소리가 들렸다.

"아무래도 틀렸나 보다."

"죽었대!"

방 안의 말이 꼬리를 물고 밖으로 이어졌다.

밖에서 분주하던 한충은 집 안에서 전해진 말을 듣고는 그대로 바닥에 주저앉았다. 나귀가 그랬던 것처럼 꺼억 꺼억 신음을 뱉었다.

2

오소리를 잡으려다 라훙을 잡았다. 한충은 안산핑에서 두 번째로 살인을 저지른 사람이 되었다.

2~3년 전 이 작은 안산핑에서도 살인 사건이 일어났다. 한라오우라는 자였다. 그는 외지에 나가 일하다 안산핑으로 돌아와서 먼 친척뻘 되는 사내에게 나귀 한 마리를 샀다. 그런데 이 나귀가 데려다 놓은 지 며칠 되지도 않아 그만 죽어 버린 것이다. 두 사람은 이 일로 며칠을 다투었다. 그러다 하루는 제대로 싸움이 붙었는데, 성질이 불같은 한라오우가 실랑이 끝에 마침 들고 있던 낫

을 휘둘렀다. 그렇게 몇 차례의 낫부림 끝에 상대는 목숨을 잃고
말았다.

산속 사람들은 이런 일이 생기면 내부에서 중재할 사람을 찾
아 해결하지 외부로 알리는 법이 없었다. 관청에 신고하면 얼마
나 골치 아픈 일이 벌어질지 잘 알고 있었다. 죽인 사람이 잡혀갈
테고, 결국 그마저 죽임을 당할지도 모르는 일이었다. 이 작은 마
을에서 두 집안이 원수가 된다면 그게 무슨 일인가. 산속 사람들
에게 중요한 것은 현실이었다. 사람이 죽었으면 배상하는 게 중요
한 일 아니겠는가.

예전에는 산에서 문제가 생기면 마을 원로가 나섰다. 그가 양쪽
을 중재하여 서로 받아들일 만한 해결책을 내놓으면 일이 마무리
되었다. 지금 와서 다른 점이라면 간부가 나선다는 정도였다. 살
인 사건도 마찬가지, 해 온 대로 하면 그만이다. 한라오우도 2만
위안을 물고 넘어가지 않았는가.

이번에는 라훙이 죽었다. 아내는 벙어리고 아이들은 아직 어리
다. 이를 어쩐다? 안산핑 사람들의 생각은 얼추 비슷했다. 사람이
죽는 거야 등불 꺼지는 거나 다를 게 없는 일이고 산 사람은 살아
야지. 남은 아내와 아이는 아직 살날이 많으니 돈 좀 쥐어 줘서 살
길을 터 주면 될 것이고. 죽은 사람이야 외지에서 흘러들어 구걸이
나 하던 자인데, 목숨 값이 비싸면 뭐 얼마나 비쌀까.

한충은 산 아래 사는 마을 간부들을 하나하나 불러 모았다. 간
부들은 한충을 따라 안산핑으로 올라오는 길에 자초지종을 들어
서 마을에 도착했을 때는 상황을 대충 알고 있었다.

그들은 현장을 살펴본 후 조용한 곳에 모여 서서 한참을 쑥덕
거렸다. 그들이 보기에도 가장 좋은 방법은 그동안 해 온 관습대
로 하는 것이었다. 그들은 회계를 맡은 뚱보 왕에게 뒤처리를 맡
겼다. 우선 그는 발이 빨랐다. 좋은 일도 아닌데 가장 높은 사람이
나설 수는 없다는 판단도 있었다. 마지막으로 이 뚱보 왕은 입놀
림이 머리 회전보다 빨랐다.

집으로 들어가 자리를 잡고 앉은 뚱보 왕은 손을 뻗어 벙어리
의 턱을 들어 올렸다.

"당신들이 사는 이 집, 한충이 해 준 거라고 들었네만…… . 한충
이 평상시에도 라훙한테 잘해 줬나 보구먼. 그러면 둘 사이에 아
무 원한도 없는 거지? 라훙이 나무하러 갔다가 한충이 만들어 둔
덫을 밟은 거고. 그런 일이 일어날 거라고 누가 생각이나 했겠나."

누군가 헛기침을 하더니 갑자기 생각난 듯 끼어들었다.

"벙어리라고 하지 않았나? 귀가 먹어서 벙어리가 되기도 한다
던데, 우리가 하는 말을 알아듣기나 하는지 모르겠구먼. 들리면
고개를 끄덕여 보라고 해. 듣지 못하면 말해야 소용없지, 뭐."

촌 간부들과 한충의 시선이 일제히 벙어리에게 쏠렸다. 뜻밖에
벙어리는 무표정한 얼굴로 고개를 끄덕였다.

간부들은 새삼 놀란 듯 어깨를 들썩이며 낮은 감탄사를 뱉었다.
뚱보 왕은 혀를 내밀어 마른 입술을 축였다. 최대한 꼿꼿이 서서
침착하게 말하려 애쓰고 있었다.

"이게 말이야, 당신 남편이 죽었단 말이오…… . 그건 확실하지."

그 말에 라훙의 아내가 부르르 몸을 떨었다. 뚱보 왕은 한숨을

내쉬고 말을 이었다.

"생사는 타고난 명대로 되는 거고 부귀는 하늘에 달린 거라잖소. 자, 한충이 오소리 좀 잡으려다 사람을 죽였다 이거요. 근데 이게 이미 벌어진 일이란 말이지. 라훙이 박복하다고 원망하자니 이미 죽고 없는 사람인걸, 뭐. 그래서 골치가 아파요. 죽은 사람은 죽은 거고 산 사람은 살아야지. 일단 우리가 살아야 죽은 사람을 묻어 줄 것 아뇨, 그렇지? 근데 또 간단할 수도 있는 게, 자네가 말이 안 통하는 여자가 아니구먼. 말을 못한다 뿐이지, 지금 어떻게 돌아가는 건지는 다 알고 있지? 우리가 뭣 때문에 여까지 올라왔겠소. 산 사람은 더 잘 살고 죽은 사람은 편안하게 묻어 주려고 온 것 아니겠소? 말 못하는 여자가 홀몸으로 애 둘을 키우려면 힘들 거야. 남편도 죽고 없는데, 힘들밖에! 우선 이 어려운 문제부터 같이 해결하자, 이 말이오. 내가 그래도 명색이 마을 간부인데 자네가 나를 믿어 준다면 내 한충더러 남편을 잘 묻어 주라고 함세. 못 믿겠으면 어디 누구 찾아가서 고발해. 신고를 하라고. 그런데 말이야, 만약에 신고하면 한충이 라훙의 목숨 값을 제대로 치를 수 있을지는 장담 못 해요. 게다가 자네도 안산펑 사람이 아닌 셈이니 우리가 뭘 도와주고 싶어도 끼어들 수가 없어진단 말이오. 내 알기로 자네와 아이들 호적도 제대로 안 되어 있지, 아마?"

라훙의 벙어리 아내는 흠칫 놀라며 고개를 들어 뚱보를 빤히 바라보았다. 뚱보 왕은 짐짓 벙어리의 시선을 외면하며 한충에게 말했다.

"여기 고아랑 과부가 보이지? 뭔 놈의 오소리를 잡겠다고 설치다 애먼 사람을 잡아! 어쨌거나 우리 간부들은 법률을 지키고 백성을 가족처럼 아껴야 하는 자리야. 어딜 천지 분간도 못 하는 친구가 함부로 폭약을 써? 얼른 조합에 가서 돼지 판 돈이나 찾아와! 우선 시신부터 수습하고 배상 문제를 논의하자고!"

벙어리는 넋이 나간 듯 듣고만 있었다. 잠시 고개를 돌려 방에 누운 사람을 보는가 싶더니 또 집 밖에 모인 사람들을 둘러봤다. 무슨 생각에 잠긴 듯한 그 잠깐 사이, 그녀는 눈빛을 거두며 뚱보 왕을 향해 살짝 웃어 보였다.

그녀의 웃음에 쉴 새 없이 떠들어 대던 뚱보 왕의 입이 닫혔다. 이건 분명 정상이 아니었다. 간부들은 그녀가 웃는 이유를 알 수 없어 서로 얼굴만 쳐다보았다.

간부들의 지시에 한충은 아버지를 위해 준비해 둔 관을 끌고 나와 라훙을 넣었다. 워낙 중한 일이고 보니 아버지도 별말이 없었다. 함께 만들어 둔 수의도 라훙에게 입히기로 했다. 한충의 아버지는 한숨을 내쉬었다.

"차라리 네 덫에 내가 죽었으면 좋았을 뻔했다. 미리 준비해 둔 것을, 이 아비의 것으로 딴 사람을 묻어 주는구나. 다 아비 것인데, 정작 묻히는 건 네 아비가 아니구나. 나를 묻는 것보다 더 큰 대가를 치르는 거다, 이놈아!"

한충은 고개를 떨군 채 말이 없었다.

"누구든 불러다 얼른 라훙을 묻어 줘라. 간부들이 갈 길을 일러 주었으니 가야지 어쩌겠냐. 네가 그렇게 자자이 여편네랑 어울리더니 결국 사람 목숨까지 집어삼켰구나. 이제 네 아비는 황토에 목까지 묻힌 셈이다. 너는 남은 평생 그 낯짝을 바짓가랑이에 파묻고 살아야 해!"

한충 아버지는 나무 상자에서 딸이 해 준 수의를 꺼내 바닥에 내던졌다.

어찌어찌 라홍의 시신을 수습하고 관에 넣어 준비를 마쳤다.

"하나, 둘, 영차!"

젊은이 넷이서 관을 들어 올리는 순간 관을 묶은 쇠사슬이 툭 하고 끊어져 버렸다.

"거 이상한 일이네. 별로 크지도 않은 사람인데 쇠사슬을 끊어 놓다니. 이거 곡소리가 없어서 그런 거 아냐?"

벙어리는 곡소리를 낼 수가 없었다. 아이들은 너무 어려서 곡소리를 낼 줄 몰랐다.

"기왕에 일을 치르기로 했으면 모양새도 갖춰야지! 사람이 죽었는데 곡소리가 없으면 되겠나. 그러면 우리가 제대로 하는 게 아니지. 이봐, 자자이로 가서 여자들 몇 데려오고, 마을에서 돈 주고 사람 좀 불러 봐."

뚱보 왕은 사람을 부르기로 했다. 원래는 아무나 와서 곡소리를 낼 수 있는 게 아니었다. 사람이 죽으면 보통은 나이를 따져 연배가 낮은 사람을 불렀다. 죽은 사람보다 나이 많은 사람이 곡을 하는 법은 없었다. 하지만 외지에서 흘러 들어온 거지나 다름없는 사람이 죽었는데 그런 게 무슨 상관이람.

여자들은 좀처럼 오려 들지 않았다. 한충은 눈치를 살피다 슬쩍 빠져나와서 자자이의 친화를 찾아갔다. 집에 들어서니 친화

34

는 밥을 하는 중이었다. 한충이 부탁하자 친화는 구들에 올라앉으며 말했다.

"나는 한충 얼굴을 봐서 해 주는 거야. 그걸 분명히 알아주면 좋겠어. 나는 한충 부탁을 들어주는 거야, 간부들이 아니고."

"역시 나한테는 친화밖에 없어."

이때 문밖에 사람 그림자가 어른거렸다.

"이런 일은 돼지 한 마리를 준다고 해도 나서는 사람이 없을 거야. 호상도 아니고 흉사잖아. 한충 부탁이니까 하는 거지, 다른 사람이면 나 그렇게 눈물보따리 안 풀어 줘."

틀림없이 문밖에 있는 사람에게 잘 들렸으리라. 친화는 지금 한충에게 돼지 한 마리를 요구한 것이었다. 상당한 값이었다.

한충은 울상이 되다시피 했다. 친화는 피식 웃더니 옷궤짝에서 베갯잇을 꺼내 머리에 둘러쓰고 집을 나섰다.

안산펑 언덕바지에 이르자 시커멓게 무리 지어 선 사람들이 보였다. 누군가 목청 높여 곡소리를 내고 있었다.

"억울하게도 죽었소. 끔찍하게도 죽었소. 저기 저 골짜기에서 먹을 것을 찾다가 헛되이 목숨을 버렸구려."

듣고 있던 간부가 곡소리를 중지시켰다. 이게 무슨 곡소리야? 애달픈 느낌 하나 없이 어색하기만 하잖아.

친화가 곧바로 목청을 가다듬었다.

"물은 천리를 흘러 바다로 가고 사람은 만리길을 걸어 땅으로 돌아간다오. 살면 살고 죽으면 죽는다지만, 야속한 세상, 어찌 불쌍한 사람 하나 붙잡아 주지 않을꼬. 아이고, 아이고오……."

친화의 곡소리에 안산평의 공기가 바뀌었다. 친화가 둘러쓴 베갯잇을 들추며 그녀가 진짜로 우는 건지 확인하려 드는 사람도 있었다. 친화는 들고 있던 막대기로 그의 엉덩이를 후려쳤다. 그 모습을 지켜보던 사람들이 입을 틀어막고 웃었다. 친화는 입으로만 울음소리를 내면서 벙어리에게 다가갔다. 벙어리는 눈물 한 방울 흘리지 않고서 주변의 산을 바라보고 있었다. 친화는 곡소리를 거두었다. 정작 남편 죽은 여편네는 울지도 않다니. 대신 울어 주면 적어도 슬퍼하는 시늉은 해야 할 것 아냐.

라흥을 묻고 나서 뚱보 왕은 뒷일을 상의하기 위해 마을 원로들을 불러 모았다. 이들은 맷돌 주변에 모여 서서 벙어리와 아이들을 누가 돌볼지, 어떻게 돌볼지 의논했다. 그리고 확실하게 문서로 약속을 받아야 한다고 입을 모았다.

"한 번에 끝내죠. 얼마를 내라, 액수를 말씀해 주시면 제가 마련해 보겠습니다. 계속 이런 일에 매여 살면 누가 저에게 시집오려고 하겠습니까?"

한충의 말에 모두 고개를 끄덕였다. 젊은 한충을 생각하면 마냥 질질 끌 일이 아니었다.

"기왕에 이렇게 된 일, 사람 목숨은 하늘에 달린 것 아닌가. 순리대로 일을 처리해야지!"

"벙어리라고 해도 사람일세. 또 한충이 그 남편을 죽였지만 고의로 그런 것도 아니잖나. 일이 이리 되었으니 우리가 다 같이 나서서 그 가족을 책임질 일이야. 물론 벙어리라고 대충 넘기면 안 되겠지만 한충 생각도 해 줘야지."

"한라오우 일이 터진 지 몇 년 됐다고. 천벌이 떨어진 거야."

"지금 이러니저러니 해도 결국은 돈 문제 아닌가. 광서 연간³ 이래 우리끼리 해결 못 한 일이 하나라도 있었나. 쉬운 길이 있는데 뭣 하러 돌아가느냔 말이야. 관청에서 나선다고 해도 다 사람이 하는 일일세. 그 사람들이라고 우리보다 뭐 얼마나 낫겠는가. 혀에는 뼈가 없어. 말이야 갖다 붙이면 다 통하게 되어 있단 말이지. 관에서 나온들 꼭 제대로 하란 법이 있는가."

의론이 분분한 가운데 뚱보 왕이 나섰다.

"그렇게 말씀하시면 안 되죠. 어쨌거나 우리는 정부의 관리를 받지 않습니까!"

뚱보 왕은 한충에게 벙어리를 데려오라고 했다. 말 못하는 벙어리라 직접 얘기하기가 쉽지 않았다. 글을 써서 필담으로 해 볼까도 했지만 그녀가 글을 읽을 줄 아는지도 모르는 터였다. 일단은 아이들이 쓰는 공책과 연필을 가지고 왔다. 종이에 또박또박 한 줄을 써서 벙어리에게 건넸다.

벙어리는 글을 보더니 연필을 받아 몇 자를 적고는 다시 건넸다. 한충은 애가 타서 목을 길게 늘이고 공책을 넘겨다보았다. 본 적 없는 광경에 원로들도 고개를 빼고 지켜보았다.

첫 줄은 간부가 쓴 글이었다.

'나는 농촌 간부 뚱보 왕이오. 당신 이름은 뭐요?'

다음 줄에는 삐뚤삐뚤 짧은 글이 적혀 있었다.

---

3 光緒, 청나라 제11대 황제 광서제 재위 기간(1874~1908).

'압니다. 나는 홍샤입니다.'

사람들은 서로 마주 보았다. 허어, 이 벙어리가 범상치 않다 싶더니 글까지 깨쳤을 줄이야!

'홍샤, 죽은 사람은 죽은 거고 앞으로 어쩔 셈이오? 얼마나 주면 되겠소?'

'필요 없어요.'

'홍샤, 거절할 일이 아니오. 돈이 있어야 살 수 있지요. 이제는 시골 개도 똥을 먹지 않아요. 살기가 좋아졌거든요. 돈이 있어야 든든한 거요. 미리 준비해 두지 않으면 얼마 지나지 않아 찐빵도 못 먹을 거요.'

'필요 없어요.'

'홍샤, 뭐라 해도 돈은 받아야 해요. 얼마가 좋을지 말을 해요. 액수를 알려 주면 한충이 내든 우리가 보태든 해결해 주겠소. 우린 두 사람 사이에서 이 문제를 중재해 주러 온 거요.'

'필요 없어요.'

공책의 글자는 서툴지만 명확했다. 이 여자가 충격을 받아 정신이 이상해졌나 싶어 모두가 고개를 갸웃거렸다. 세상천지 어느 여자가 남편이 죽은 마당에 돈을 마다한단 말인가. 이럴 거면 다들 뭐 하러 몰려왔단 말인가. 뚱보 왕은 공책을 한충에게 넘겼다. 이제는 한충이 생각해 봐야 할 차례였다. 두 사람은 눈빛을 교환하고 함께 집 밖으로 나갔다.

"보통 여자가 아니야. 쉽게 봐선 안 되겠어. 자네를 끌어들이려는 것 같다고."

뚱보 왕이 걸음을 멈추고 속삭였다. 한충은 화들짝 놀라 저도 모르게 발끝으로 땅바닥을 걷어찼다. 입이 벌어진 채 다물어지지 않았다. 뚱보 왕은 고개를 모로 꼬고 잠시 생각에 잠겼다 다시 입을 열었다.

"돈을 주겠다는데도 마다하는 사람이 어디 있나. 자네를 얽어매려는 게 아니면 뭣 때문이겠느냐 말이야."

한충은 무슨 말을 해야 좋을지 알 수가 없었다. 뚱보 왕은 손가락으로 한충의 얼굴을 똑바로 가리켰다.

"저 여자 마음을 돌리라고. 자넬 끌어들이려는 생각을 포기하게 만들어. 아니면 자넨 평생 이 짐을 짊어지고 가야 할 테니까. 이렇게 가다간 결혼은 꿈도 못 꿀 거야."

한충은 입을 닫았다. 목구멍으로 침을 넘기는데 얼얼한 통증이 느껴졌다.

"당분간 벙어리네 양식을 챙겨 주게. 다 자네 생각해서 하는 말이야. 관에서 알게 되고 경찰차가 와서 잡아가면 자네 앞길은 끝장일세. 앞으로 어찌 사람 노릇을 하겠나? 그래도 상대가 벙어리니까 관에 알리지 못하도록 주의하면서 처리해 보세. 우리끼리 해결하는 게 좋은 점도 있는 거야, 알겠지?"

한충은 고개를 끄덕였다.

"간부님들을 믿습니다!"

두 사람은 일단 한충이 남은 가족을 보살피는 것으로 의견을 모았다. 뚱보 왕은 방으로 돌아와 종이 한 장을 찢어 펼쳐놓고 소리 내어 읽으며 글을 써 내려갔다.

'각서. 한충을 갑, 홍샤를 을이라 한다. 한충은 오소리덫을 놓아 라훙을 죽였다. 현재 라훙의 아내가 정신이 온전하지 않아 배상 문제를 결정할 수 없으니 일정 기간 한충이 남은 가족의 생활을 책임진다. 홍샤가 배상 문제를 결정할 때까지 하루 세 끼 식사와 생활을 소홀함 없이 보살핀다. 마을 간부의 주재 아래 안산핑 원로들이 최종 결론을 내면 이 약속은 종료된다. 한충은 이 약속을 무효화할 수 없으며, 홍샤는 한충이 약속을 이행하는 데 불만이 생길 경우 이를 알리고 벌금을 더할 권리가 있다.'

각서는 두 장을 만들어 한충과 벙어리가 한 장씩 가졌다. 증인들도 서명했다. 한바탕 싸움이 되어야 할 일이 이렇게 마무리되었다. 안산핑 사람들은 뭔가 개운치 않은 기분이었다. 마음속에 풀리지 않은 실타래가 남은 것만 같았다. 벙어리가 정말 어디 모자란 것일까. 서로 얼굴만 마주 볼 뿐 더 얘기하고 싶지도 않았다.

한충은 뚱보 왕을 배웅하고 종이를 잘 접어서 주머니에 넣었다. 벙어리가 앞서 가고 한충은 아궁이의 먼지를 털어 낸 뒤 집으로 따라 들어갔다.

집에 들어서자 대들보에 걸린 바구니 두 개가 눈에 들어왔다. 바구니 아래로 늘어진 가느다란 실에 작은 벌레들이 매달려 있었다. 한충은 그 바구니 안에 무엇이 들었는지 알고 있었다. 마을에서 얻어 와 말려 둔 찐빵이었다. 벙어리는 손을 그냥 놀리지 않았다. 벌레가 붙은 찐빵을 부뚜막으로 옮긴 다음 하나씩 털어서 솥에 넣고 김을 쏘였다. 그러곤 빗자루를 가져다 떨어져 내린 벌레를 쓸어 모아서는 아궁이 속에 털어 넣었다. 솥에서는 폭폭 물 끓는 소리가 들렸다.

한충은 두 눈을 가늘게 뜨고 고개를 한쪽으로 꺾은 채 입을 열었다.

"그런 걸 어떻게 먹으려고요."

그는 찐빵 바구니를 들고 나가서 돼지우리에 털어 넣었다. 돼지들에게는 오랜만의 별식이었다. 딱딱하게 굳은 찐빵을 입에 넣었다 뱉었다 하며 까드득까드득 씹어 먹었다. 한충은 밀가루와 쌀을 가져다주었다. 벙어리는 딸과 아들을 데리고 담 한쪽에 서서 미소를 띤 채 한충이 땀을 뻘뻘 흘리며 들락날락하는 모습을 바라보았다. 한충은 벙어리가 왜 웃는지 알 수가 없었다. 남편을 죽인 사람을 보고 웃음이 나온다니. 하지만 더 생각할 것도 없었다. 그저 할 일을 할 뿐이었다.

그 후 사람들은 너도나도 안산펑에 올라와 벙어리와 아이들을 살폈다. 아이들을 데려가려는 사람도 있었고 벙어리를 원하는 사람도 있었다. 한충은 그저 못 본 척했다. 정말로 누가 벙어리를 데려가면 좋겠다고 생각했다. 그러면 물어낼 것도 없어질 텐데. 하지만 벙어리는 누가 찾아오든 문을 굳게 닫아 걸었다.

뚱보 왕이 또 안산펑을 찾았다. 한충에게 원로들을 모셔 오라 이르고는 벙어리 집으로 들어가 자리를 잡고 앉았다.

"오늘 내가 온 건 이 일을 마무리하기 위해서요. 할 말이 있으면 해 봐요."

한충은 문가에 쪼그리고 앉아 이 문제를 어떻게 풀어 가면 좋을지, 무슨 말을 할지 머리를 굴려 보았다.

"우리 빙빙 돌릴 것 없이 단도직입적으로 이야기합시다. 탁 까놓고 말하자면 저 친구가 목숨을 빚진 거요. 집을 짓는데 대들보를 뽑아 가는 바람에 집이 무너진 거지. 당신은 이제 과부가 되었고 벙어리에 애도 둘이나 있소. 앞으로 어떨지는 뻔해요. 얼마나 힘들겠소. 그러니 홍샤, 다시 말하지만 그냥 액수를 대시오. 얼마면 되겠소?"

벙어리는 불이 붙은 장작을 집어 들고 돌판에 글자를 썼다.

'필요 없어요.'

간부는 장작을 받아 들고 두 글자를 썼다.

'2만.'

한충은 글자를 확인했다. 다른 간부들도 함께 확인했다. 그들은 서로 눈을 맞추며 고개를 끄덕였다. 한라오우의 일을 비춰 봤을 때 이 정도면 받아들일 만하다는 의미였다.

"왕 형, 2만 위안은 당장은 힘듭니다. 이걸 좀 나눠서 낼 수 있을까요? 안 되면 대출이라도 받게 도와주시든가요."

뚱보 왕은 한충을 빤히 바라보다가 입을 열었다.

"위에서 정한 정책이야 농민이 부자가 될 수 있게 대출로 지원해 주겠다는 거지, 어디 목숨 값 하라고 돈을 빌려 주겠나. 이것저것 따질 것도 없는 일일세. 차라리 건넛마을 자자이에 가서 파싱에게 얘기해 봐. 그 친구 아들이 광산에서 일하는데, 요즘 석탄 값이 괜찮아서 집에 좀 꿍쳐 둔 모양이야. 그거라도 좀 빌려 보든지. 친화가 찔러도 피 한 방울 안 나올 구두쇠지만 어쨌거나 자네 집에서 갖다 준 옥수수즙이며 오소리 고기깨나 먹었잖나. 자네가 사람을 죽인 것도 그 집에서 빌려 온 뇌관 때문이기도 하고. 우리가 말을 안 한다 뿐이지, 친화도 전혀 관계가 없다곤 못 하지."

한충은 멋쩍은 듯 고개를 떨구었다.

뚱보 왕은 다시 벙어리 쪽으로 고개를 돌렸다.

"당신은 필요 없다고 해도 우리는 내버려둘 수가 없는 거요. 그러면 당신을 괴롭히는 셈이 되니까. 그건 우리 산마을 사람들이 할 일이 아니란 말이오. 한충이 돈을 마련해 오면 다시 올라와서 내 손으로 직접 돈을 줄 거요. 그렇게 계산을 끝낼 테니 당신도 앞으로 살아갈 방도를 잘 생각해 보시오. 여자가 남자 없이 홀몸으로 어떻게 살림을 꾸려 가겠소! 한충, 이게 다 자네 생각해서 하는 일일세. 내가 자네 때문에 이리 뛰고 저리 뛰느라 정신이 없는데 자넨 눈치도 없나?"

한충은 움찔하며 뚱보 왕의 기색을 살폈다.

뚱보 왕이 손에 쥔 장작을 치켜들며 물었다.

"이거 봐, 이거. 이게 줄어들면 뭐가 되겠나?"

뭐가 되냐고? 벙어리가 뚱보 왕에게서 장작을 받아 들어 검게 그을린 앞부분을 털고는 입에 대고 뻐끔뻐끔 빠는 시늉을 했다. 그제야 한충은 담배가 떠올랐다. 안산펑 원로들이 손에 든 빈 담뱃대를 내려놓으며 벙어리를 바라보았다. 벙어리는 민망한 표정으로 고개를 숙였다.

한충은 곧바로 달려 나가 담배 두 보루를 사다가 뚱보 왕에게 건넸다.

"이게 뭔가? 이웃사촌끼리 뭐 이런 걸······."

말은 그렇게 하면서도 뚱보 왕의 손은 이미 담배 싼 종이를 뜯고 있었다. 그는 모여 있는 원로들에게 한 갑씩 돌린 뒤 남은 담배를 겨드랑이에 끼고 자리에서 일어났다.

원로들은 손에 든 담배를 보고 웃으면서도 찜찜한 기분을 지울 수 없었다. 잠시 건너와 입 한번 벙긋하지 않고 앉아 있다가 담배만 얻어 가려니 손이 영 민망한 것이었다.

"별것 아닙니다. 어르신들이 어려운 걸음을 해 주셨으니 제가 대접을 해야지요!"

3

돈 빌리는 일은 간단하면서도 복잡했다. 하늘에 뜬 태양처럼, 끝없이 파란 하늘처럼, 날아가는 새 한 마리 없는 창공처럼 단순한 절차였지만 한충은 갑작스레 밀려온 구름에 휘말리고 말았다. 기와나 갈퀴 모양의 조각구름이 아니라 산을 온통 내리누르는 먹구름이었다. 한충은 구름이 몰고 온 물벼락에 정통으로 얻어맞아 비에 젖은 생쥐 꼴이 되어 돌아왔다.

그는 건너편 자자이로 가기 위해 골짜기를 내려와 산을 빙 돌아서 반대편으로 올라갔다. 30분 정도 걸리는 거리였다.

이번 대출을 망친 것은 한충뿐 아니라 모두에게 부담을 줄 터였다.

자자이에 들어서자 사람들이 한마디씩 말을 걸어왔다.

"한충, 또 덫 놓을 거야? 간도 크구먼. 그나저나 그 인간은 뭐 하러 그 깊은 골짜기까지 기어 들어갔대? 죽어도 할 말 없지 뭐야."

한충은 머리를 긁적이며 흐흐 웃어넘겼지만 기분은 썩 좋지 않았다. 사람들이 말을 걸어올 때마다 매번 흐흐 웃고 말았다.

파싱네 마당에 들어서자 그가 접이의자에 앉아 담배를 피우고 있었다. 그는 한충을 보고 바닥에 담뱃대를 두들기며 말했다.

"귀한 손님이 오셨구먼. 무슨 일로 골짜기 건너까지 오셨는가? 자네가 이런 벌건 대낮에 오는 건 처음인 것 같네. 참, 자네도 그렇지, 어쩌다 짐승 대신 사람을 잡았나, 그래?"

"그런 말씀 마십시오. 낮에 안 오면 밤에 와서 뭘 하겠어요? 형님도 괜히 이상한 말씀을……. 사람이 재수가 없으면 방귀만 뀌어도 뒤꿈치가 깨진다더니, 저도 그 인간이 왜 거기까지 들어갔는지 모르겠어요. 땔감 두 뭉치 얌전히 묶어 놓고 손에는 도끼를 쥐고 있더라고요. 너무 놀라 눈에서 피가 나는 줄 알았어요. 차라리 그 자리에서 딱 죽어 버렸으면 싶더라니까요. 젠장, 이제는 벙어리 때문에 골치예요."

그때 친화가 옷감 조각을 이어 붙여서 만든 발을 걷고 나왔다.

"한충, 이제 덫 놓는 건 그만 해. 오소리가 그 집 옥수수만 먹는 것도 아니잖아. 외지에서 온 사람이기에 망정이지 이곳 사람을 죽였으면 네 목숨을 내놔야 했을걸."

한충은 고개를 숙여 발끝을 바라보았다. 이제는 너무 낡아 앞뒤를 잘라내고 슬리퍼처럼 신고 있는 국방색 운동화였다. 주저하던 한충은 힘겹게 찾아온 이유를 털어놓았다.

"내가 온 건…… 두 분이 좀 도와줬으면 해서예요."

친화는 집에 들어가 생수 한 병을 가져다 한충에게 건네주었다.

"뭘 도와달라고? 사람 찾아가 부탁하는 일이라면 파싱이 힘닿는 만큼 해 줘야지. 요즘 맷돌은 돌리고 있어? 괜히 이런 일로 돼지 굶기지 말고 할 일은 하고 살아. 섣달에 우리 큰애 혼삿날을 잡을 건데 그때 그 집에서 돼지 한 마리 빌려 잔치할 생각이니까. 제때 못 먹이겠으면 차라리 이리 데려다 줘. 내가 먹일게. 그러다 초가을쯤에 우리한테 반값만 받고 팔면 되지."

한충은 고개를 들어 친화를 쳐다보았다. 미소를 짓는 바람에 입가의 검은 점이 치켜 올라가 코 옆에 붙어 있었다. 문득 저 점이 인물을 망쳤다는 생각이 들었다.

"일이 어떻게 되고 있는데? 무슨 해결 방법이라도 나왔나? 누가 벙어리 얘기 하는 걸 듣자 하니 남자 없이는 아무것도 못한다던데? 거참, 불쌍하게 됐어."

"벙어리가 우는 것도 못하더라고. 진짜 무슨 병이 있나. 산 아래로 데려갔으면 하는 사람이 있다던데 대충 치워 버리지 그래. 그러면 한충이 신경 쓸 것도 없잖아."

한충은 부부가 주거니 받거니 하는 말을 듣고만 있다가 용기를 내어 입을 열었다.

"사실대로 말하면 돈을 좀 융통했으면 해서 찾아왔어요. 벙어리에게 주려고요. 우선 급한 불부터 끄고, 며느리 들이는 건 문제 생기지 않게 할게요. 제가 한다면 하잖아요."

한충의 입에서 돈 이야기가 나오자마자 친화는 파싱에게 입 다물라는 눈치를 주었다.

"돕긴 도와야지, 그렇게 큰일이 생겼는데. 세상에나, 나도 죽은 사람 보기가 무섭더라니까. 몸뚱이가 반이 날아갔다면서? 끔찍하기도 해라. 사고를 냈으면 거기에 맞게 배상을 해야지, 그치? 하루가 멀다 하고 얼굴 보는 이웃사촌인데 도울 수 있는 건 도와야지. 일이야 어느 집이나 생길 수 있는 거니까. 옛말에도 이것저것 다 생겨도 사고는 생기지 말고, 가진 것이 아무리 없어도 돈은 있어야 한다고 하잖아. 이번에는 두 가지가 한꺼번에 터졌네. 그런데 사정이 아무리 딱해도 도울 수 없는 일도 있는 거야. 섣달에 우리 큰애 혼삿날 잡는다고 했잖아. 내년 정월에 며느리를 못 들이면 초가을에는 들여야 할 것 아냐. 요즘 짝 찾아 주기가 어디 쉬워? 죽자고 꽁무니를 쫓아다녀도 안심할 수 없는 세상인걸. 돈이 있으면야 빌려 주지. 갚든 말든 그건 다음 문제고. 그런데 먹고 죽으려고 해도 이놈의 돈이 없단 말이야. 살기는 해야겠고 목숨은 고되고. 아이고, 내 팔자야!"

한충은 끔뻑끔뻑 쉬지 않고 열렸다 닫히는 친화의 입을 가만히 바라보았다. 입을 맞추던 저 입술. 입 안의 혀는 부드럽게 미끄러졌고 간간이 한충의 아랫입술을 깨물곤 했다. 한충이 절정으로 치달을 때면 그녀의 속삭임이 들렸다.

"요즘 다들 칠부바지 입던데 나도 하나 사 줘. 허리 29인치, 체크무늬로."

"그런 걸 뭣 하러 입어. 하나도 안 예쁘던데. 엉덩이가 껴서 마늘 두 쪽처럼 보인다고."

"안 사 줄 거면 내려가. 당신 어딘가가 좀 괴롭겠지."

그녀 위에서 한창 분주하게 움직이던 한충은 얼른 대답할 수밖에 없었다.

"사 줄게, 사 줄게."

한충, 세이프가드표 비누 한 갑 사 줘. 한충, 나 뱃살이 좀 늘어진 것 같아. 보정 속옷 입고 싶어. 한충, 우리가 한집에 안 산다 뿐이지 할 짓은 다 했잖아. 그럼 가족이나 마찬가지인데 네가 번 돈은 나한테 써야지. 내가 당신을 얼마나 아끼는데…….

한충은 친화를 바라보며 마음이 복잡해졌다. 네 몸뚱이 안팎으로 걸친 것치고 내 주머니에서 나오지 않은 게 무엇이냐. 네가 날 아꼈다고? 나의 무엇을 아꼈는데? 중요한 순간, 돈 이야기가 나오자마자 곧바로 딴소리나 하면서.

"이건 도와줄까 말까 하는 문제가 아니야. 도와줄 수가 없는 거지. 사람 팔자는 하늘이 정하는 거라고. 한충도 참, 그러게 무슨 오소리를 잡겠다고 폭약을 가지고 놀아!"

그러게나 말입니다. 뭔 놈의 오소리랍니까!

친화는 안 그래도 짧은 다리로 짝다리를 하고 비스듬히 서 있었다. 똑바른 쪽은 꼿꼿하게 두었지만 비스듬한 쪽은 방정맞게 떨었다. 건들거리는 꼴을 보자니 부아가 치밀었다.

"그간의 정을 봐서라도 한 번만 도와주시죠. 내가 폭약을 잘못쓴 건 맞지만, 이 집에서 뇌관을 주지 않았다면 내가 무슨 수로 사람을 죽였겠소?"

한충의 말이 끝나자마자 친화는 비스듬히 섰던 다리를 거두고 한충의 코앞까지 손가락을 들이밀었다.

"그간의 정이라니? 그 집 옥수수즙이랑 깻묵 좀 갖다 먹은 것 말고 뭐가 있어? 그게 뭐 대단한 거라고, 돼지 먹일 걸 조금 나눠 준 거잖아. 내가 뭐 덕 본 거 있어? 한충, 안 빌려 주겠다는 게 아니잖아. 빌려 줄 돈이 없다는 거지. 청명에 성묘 가서 조상님께 빌고 중추절에 월병 만들고 하는 게 뭐 떡 찍는 틀만 있으면 그냥 되는 줄 알아? 그리고 내가 뇌관을 줬다 쳐. 내가 한충더러 사람을 죽이라고 했어? 사고는 자기가 치고 왜 여기 와서 뇌관 탓이야? 웃기고 있어, 정말! 말이 나왔으니 말인데, 내가 곡해 주고 받기로 한 그 돼지는 됐어. 그냥 내가 준 셈 쳐."

"내가 언제 돼지를 주기로 했는데요?"

이번에는 파싱이 나섰다.

"어디서 시치미야? 네가 돼지를 주기로 한 건 다들 알고 있어! 덕 본 걸로 하자면 네가 엄청 봤지. 돼지 한 마리가 아니라 열 마리를 줘도 넌 손해 볼 거 없어. 남들은 몰라도 나는 다 안다고."

친화가 파싱의 말을 자르고 나섰다.

"당신이 뭘 안다고. 모르면 가만히 있어."

한충은 생수병을 들어 벌컥벌컥 물을 들이켰다.

"내가 하도 힘이 드니 찾아온 거 아뇨. 나라고 입 떼기가 쉬웠겠소? 일단 떼고 나니까 이제 다물기도 어려워졌네요. 제 얼굴을 봐서라도 좀 부탁합시다. 많이는 없어도 조금은 있을 거 아녜요. 이 동네에서 그래도 이 댁이 여유가 좀 있잖아요. 나도 답답해 죽을 지경이에요. 정말 조금이라도 방도가 있었으면 이렇게 찾아오지 않았을 거예요. 친화 형수, 좀 도와주세요!"

"한충, 나도 도와주고야 싶지. 그런데 능력이 안 되는 걸 어째. 10위안, 8위안 줘 봤자 무슨 도움이 되겠어. 그렇다고 3000위안, 2000위안을 해 주자니 그런 돈은 구경도 못 해 봤어. 있으면 빌려 준다니까. 미안한데, 그만 가 줘. 동네 사람들이 쳐다보잖아."

한충이 돌아서 나가려는데 친화가 한마디를 덧붙였다.

"한충이 나한테 빚진 게 돼지 한 마리뿐이 아니야. 오늘은 일단 돌아가는데, 그건 확실히 알고 있으면 좋겠어."

친화가 하고 싶은 말은 이거였다. 앞으로도 내 생각이 나면 찾아와. 그런데 용돈 좀 가지고 와. 하지만 정말 좋지 않은 때, 적절치 못한 곳에서 꺼낸 말이었다. 한충은 끓어오르는 분노를 주체할 수가 없었다.

그는 자리에 우뚝 멈춰 섰다.

"알겠습니다. 돈 얘기는 그만두죠. 각자 능력껏 사는 거 아니겠습니까. 골짜기를 사이에 두고 여기는 자자이, 나는 안산핑에 사니까 서로 섞이는 일 없게 합시다. 파싱 형님, 마누라가 능력이 좋아 든든하시겠습니다."

친화의 낯빛이 새파랗게 질렸다. 이건 또 무슨 소리야? 서로 재미 볼 땐 잘해 주더니 돈 좀 안 해 준다고 혀에 가시가 돋쳤네? 친화 성질에 그냥 넘길 일이 아니었다.

"거기 서, 한충!"

친화는 그대로 달려들어 튕기듯 몸을 날리더니 한충의 뺨을 갈겼다. 엉겁결에 뺨을 얻어맞은 한충은 얼이 빠진 얼굴이었다.

"돈을 안 빌려 주면 그만이지 때릴 건 또 뭐야! 그대로 되돌려 주자니 사내가 할 짓이 아니고, 그냥 두자니 너무 설치는구먼! 키 작은 여자가 독하다더니 이제 때리기까지 해? 그래, 내가 사람을 죽였다! 하지만 그게 내 뇌관이었냐! 당신이 준 거지!"

파싱이 일어나 친화를 잡아끌었다. 친화는 파싱의 뺨까지 올려 붙이고 발을 구르며 마당을 빠져나갔다. 모여서 구경하던 자자이 사람들이 친화에게 길을 터 주었다.

"네놈이 귀신에 씐 거지! 사람을 죽이더니 이제 산 사람까지 괴롭혀! 차라리 네가 죽지 그랬냐! 폭약에 죽은 그 사람이 언젠가는 네 목숨을 가져갈 거야. 두고 봐라. 여기 벼랑 아래든 위든, 내일 아니면 모레, 개랑 늑대가 네 죽은 몸뚱이를 끌고 다닐 거다. 오뉴월 구더기로 뒤덮일 거라고!"

한충은 무시무시한 저주를 뒤로하고 집을 나서며 보이는 대로 돌을 걷어찼다. 순간 머릿속이 윙하니 울렸다. 돌을 차다 발톱이 반쯤 빠져 버린 것 같았다. 그는 아픈 줄도 모르고 계속 걸음을 옮겼다. 제 딴에는 좋게 이야기를 꺼냈는데 저 여편네가 이렇게까지 정색을 하고 달려들다니. 몸집도 작은 여자가 성깔도 정도껏 부려야지!

4

벙어리의 첫 외출이었다. 아이를 뜰 가운데 두고 큰년이더러 보라고 한 뒤 산비탈을 올랐다. 훈풍이 살포시 불어왔다. 밭두렁을 따라 라홍이 묻힌 곳으로 갔다. 사람 허리까지 오는 봉분에 걸터 앉았다. 이 밑에는 라홍이 묻혀 있다. 라홍은 정말 가 버린 걸까, 문득 궁금해졌다. 아직 살아 있는 것만 같았다. 그가 나가지 말라 고 하면 감히 나갈 생각도 못 하던 그녀였다. 오늘, 그녀는 대담하 게 외출을 결심했다. 문을 열고 나서는 그녀의 귀에 저 숲에서 전 해 오는 참새의 가뿐한 지저귐이 들렸다.

벙어리는 봉분을 따라 몇 바퀴를 돌았다. 발끝으로 흙을 차면서 입으로는 쉬지 않고 조잘거렸다. 아무도 들을 수 없는 말이었다. 그러다 갑자기 밭이랑에 주저앉아 울음을 터뜨렸다. 안산핑 사람 들은 벙어리가 라홍 때문에 우는 거라고 생각했다. 정말 무엇 때 문인지는 벙어리만 알 뿐이었다. 실컷 울었는지, 이번에는 무덤을 향해 소리 질렀다. 처음에는 전통극을 연습하듯 가느다란 소리더 니 점차 목구멍 저 깊은 곳에서 아! 하는 소리를 밀어냈다.

소리는 점점 커지다가 나팔 소리처럼 주변을 휩쓸아쳤다. 무덤 을 갈가리 찢어 놓을 기세였다. 그 기세에 무덤가를 오가던 작은 생명체들이 머리 없는 파리처럼 수풀 속을 파고들었다. 벙어리는 소리를 지르며 무덤을 향해 잡히는 대로 흙과 돌을 집어던졌다. 그녀는 무덤 속에 누운 이에게 묻고 싶었다. 이렇듯 소리 없이 살 게 만든 게 누구냐고.

벙어리는 실컷 고함치고는 바람에 밀린 오뚝이처럼 집으로 돌 아왔다. 멀리서 그 모습을 지켜보던 마을 사람들은 그제야 마음 을 놓았다. 벙어리는 아까워 쓰지 못하던 비누를 꺼냈다. 꼼꼼하게 머리를 감고 얼굴도 씻었다. 깨끗한 옷을 찾아 갈아입고는 다시 집을 나섰다. 벙어리가 간 곳은 방앗간이었다. 그녀는 선뜻 들어서지 못하고 문 앞에서 고개를 들이밀어 안을 살폈다. 한충이 막대기를 들고 독 안의 옥수수물을 젓고 있었다. 어느 정도 젓다가 소매를 걷어붙이고 광주리를 꺼내 체질하듯 옥수수물을 거르기 시작했다. 옥수수물은 독 안으로 떨어지며 촤라락 촤라락 경쾌한 소리를 냈다.

벙어리는 그 소리가 편안하게 느껴졌다. 마음을 먹은 듯 방앗간으로 들어섰다. 나귀가 연자맷돌을 돌리고, 맷돌 구멍 주변으로 옥수수 부스러기가 흩어져 있었다. 벙어리는 손을 뻗어 흩어져 나온 옥수수를 맷돌 구멍으로 밀어 넣었다. 걸음을 멈추지 않는 나귀를 따라 돌며 흩어진 옥수수를 그러모았다. 한 바퀴를 돌고 나서야 옥수수를 모두 채워 넣을 수 있었다. 벙어리는 걸음을 멈추고 손에서 나는 옥수수 냄새를 맡아 보았다. 향기로웠다. 혀를 내밀어 날름 핥아 보았다. 달콤했다. 벙어리는 자기도 모르게 입을 벌리고 웃었다.

한충은 그제야 인기척을 느끼고 돌아보았다. 웃고 있는 벙어리의 얼굴이 눈에 들어왔다. 반짝이는 머릿결, 새하얀 얼굴. 그녀 역시 젊은 여자였다. 커다란 눈, 통통한 볼, 치켜 올라간 입꼬리. 한충은 예전에 본 벙어리의 모습과 지금 눈앞에 선 여자를 비교해 보았다. 꿈을 꾸는 것만 같았다. 그는 손에 묻은 옥수수물을 앞치마에 닦았다.

"당신, 우리 마을 벙어리 맞아요?"

벙어리는 화들짝 놀라 고개를 들었다. 걸음을 멈추지 않고 맷돌을 돌리던 나귀의 주둥이가 그녀에게 부딪쳤다. 그녀의 허리가 코를 건드렸는지 나귀가 재채기를 해댔다. 그녀는 살짝 옆으로 비켜서서는 또 웃음을 지었다. 저 여자가 실성이라도 한 건지, 아니면 원래 잘 웃는 여자인지 한충은 알 수가 없었다.

동생을 안고 문간에 서서 방앗간 안을 들여다보던 큰년이의 얼굴에도 미소가 번졌다.

벙어리는 큰년이에게 다가가 아들을 받아 안은 뒤 커다란 천을 둘러 등에 업고 방앗간을 나왔다.

안산핑 사람들은 벙어리가 라홍이 살아 있을 때보다 생기가 돈다고 느꼈다. 한충은 옥수수물을 거르고 벙어리는 맷돌을 바라보고 아이는 맷돌을 돌리는 나귀를 보며 까르르 웃었다. 그녀를 보러 온 사람들은 그녀가 생각보다 멀쩡하자 조금씩 다가와 말을 붙이기도 했다. 그러다 보면 이야기를 나누는 소리가 점차 커지는 때도 있었다. 하지만 벙어리가 속으로 무슨 생각을 하는지 아는 사람은 아무도 없었다. 사실 그녀의 생각은 단순했다. 사람들에게 다가가 그들이 하는 말을 듣고 싶은 것이었다.

벙어리의 아들이 칭얼대며 그녀의 옷깃을 잡아당겼다. 벙어리는 겸연쩍은 얼굴로 아이를 안고 집을 향해 걸음을 옮겼다. 와앙! 울음소리가 터졌다. 자꾸만 보채는 아이의 손을 때린 것이 조금 힘이 들어간 모양이었다. 아이의 울음소리에 바깥의 시끄러운 소리가 덮인 사이, 누군가 그녀를 따라 집 안으로 들어왔다. 벙어리는 아무런 낌새도 알아채지 못했다. 아이는 엄마의 머리카락을 움켜쥔 채 젖을 빨았다. 벙어리는 아이가 하는 대로 내버려 두었다. 머리카락을 잡아당기는 아이의 손은 작기만 했다. 문득 고개를 들어 보니 한충이 와 있었다. 그는 납작하게 누른 깻묵떡을 탁자에 올려놓았다.

"먹어요. 영양이 부족하면 아이한테도 안 좋아요."

벙어리는 그릇을 가리키고는 다시 자기 입을 가리켰다. 먹여 달라는 말이었다. 한충은 숟가락으로 그릇을 탕탕 두드렸다.

"이리 와서 어떻게 하는지 좀 봐요. 이제 라홍이 있을 때처럼 해다 바치는 사람도 없을 테니 스스로 만들 줄도 알아야죠. 밀가루, 옥수수 가루 다 해 먹는 방법이 다르고, 깻묵떡 만드는 걸 배웠다고 평생 이것만 먹을 수도 없는 것 아녜요. 어디로 시집간들 놀고 먹게 해 줄 사람은 없어요. 여자도 여자 일이 있기 마련이에요. 남자는 밭 갈고 여자는 밥하고, 그게 세상 사는 이치니까."

벙어리는 자리에서 일어나 깻묵떡을 한 입 베어 물었다. 그것을 다시 젓가락으로 집어 입술에 대고 뜨거운지 확인한 후 아이의 입에 넣어 주었다. 한 입씩 아이에게 먹이는 사이, 그녀의 눈가에 맺힌 눈물이 굴러 떨어졌다. 한충은 깻묵떡을 집어 벙어리의 그릇에 담아 주었다. 그때 들보에서 거미가 줄을 만들며 내려와 벙어리의 머리카락에 매달리더니 새까만 머리카락 위로 이리저리 기어 다녔다. 아이가 손을 뻗어 거미를 움켜쥐었다. 손가락 사이로 누런 진액이 흘러나왔다. 아이는 천진하게 까르르 웃으며 제 손을 엄마의 얼굴에 문질렀다. 벙어리는 얼굴을 닦고 나서 아이를 끌어안은 채 울음을 터뜨렸다.

벙어리의 울음에 한충은 정색했던 것이 무안해졌다. 살짝 눈물까지 나오려고 했다.

"양식을 좀 가져다줄 테니 걱정 말아요. 산속 살림이란 게 없는 게 많기는 해도 먹을 건 떨어지지 않으니까. 라훙이 죽은 게 내 탓이기는 하지만, 나도 일부러 그런 건 아니에요. 앞으로 밭일도 해 주고 추수도 해 주고, 하여간 이 집 일이 해결되기 전까지는 뭐든 해 줄게요. 나중에 남편을 얻어 나를 쫓아낸다고 해도 원망할 생각은 없어요. 어쨌거나 내가 사람 목숨을 빚진 거니까. 게다가 마을 간부들 앞에서 각서까지 썼으니 내키는 대로 하라고요."

벙어리는 세차게 고개를 저었다. 입을 뻐끔거리는 모양이 '싫어요!'라고 말하는 듯했다.

안산펑에서 벙어리가 알고 지내는 이는 몇 되지 않았다. 그녀가 집 밖을 나가는 일이 많지 않아서였다. 산으로 들어와 처음 본 사람이 한충이었다. 한충은 그들에게 집과 땅을 내주었다. 옥수수깻묵 같은 먹을 것도 가져다주고 라훙이 그녀를 때릴 때면 말려 주기도 했다.

"여자한테 손을 드는 게 어디 남자가 할 짓이오!"

여자한테 좋은 남자를 찾는 일처럼 중요한 게 있을까. 벙어리는 한충 같은 남자를 본 적이 없었다. 그녀가 한충의 돈을 마다하는 데는 그가 계속 돌봐 주었으면 하는 속내도 있었던 것이다.

한충은 돌아서서 집을 나갔다. 벙어리는 문가에 서서 그 모습을 지켜보았다. 그의 모습이 보이지 않자 아이를 안고 집을 나섰다. 한충의 방앗간 앞에 사람들이 모여 있는 게 보였다. 자루를 하나씩 들고서 한충을 에워싸고 있었다. 방앗간에서 옥수수 가루를 둘러메고 나오는 사람, 안으로 들어가겠다고 고함치는 사람 해서 온통 아우성이었다.

체크무늬 바지를 입은 여자가 역시 자루를 들고 산 아래서 올라오는 것이 보였다. 팔을 내두르며 걸음을 옮길 때마다 손에 든 자루가 춤을 추듯 함께 흔들렸다. 벙어리는 그녀를 한눈에 알아볼 수 있었다. 자자이의 친화였다. 라홍이 죽었을 때 대신 곡소리를 내준 여자. 고맙다고 인사해야 할 사람이었다.

친화가 올라오는 모습이 집 앞에 나와 있던 한충 아버지의 눈에도 들어왔다. 일전에 돈을 빌리러 간 한충을 그렇게 푸대접하더니 이제 와 자루를 흔들며 찾아오는 본새라니, 뻔뻔한 여편네 같으니라고! 한충 혼자서는 당해 낼 수 있는 여자가 아니었다. 그동안 들어온 혼담을 세 건이나 놓쳤는데 그게 다 저 여자 때문 아닌가.

사람들은 한충이 자자이의 친화와 남몰래 좋아지낸다고 수군거렸다. 게다가 여자가 정말 마음을 주는 것도 아니고 그저 돈이나 뜯어내려는 속셈이니, 세상 어느 여자가 한충에게 시집을 오겠는가. 상황이 이런데도 한충은 천지분간을 못 했다. 하나밖에 없는 아들인데, 이렇게 대를 끊을 수는 없는 일이었다. 생각이 여기에 미치자 한충 아버지는 속에서 불길이 치솟는 것 같았다. 그는 방앗간에 있는 한충을 불러냈다.

"저 여자한테 옥수수 가루 줄 것 있냐?"

"없는데요."

"그럼 넌 신경 쓸 것 없다. 저 여자는 내가 상대하마."

사람들이 옥수수 가루를 기다리고 있었지만 친화는 아랑곳하지 않고 곧장 방앗간으로 들어왔다. 한충의 아버지가 벼르고 있다는 걸 알 리 없었다.

　"어르신, 한충이 줘야 할 옥수수 가루가 150근 정도 남았어요. 급한 게 아니라서 그냥 뒀는데, 사고도 있었고 기다리는 사람도 많고 하니 이제 좀 받아야겠네요. 한충이 작년에 가져간 저희 옥수수를 어떻게든 갚으셔야죠?"

　한충 아버지는 친화를 흘깃 보고는 다시는 보고 싶지 않다는 듯 고개를 돌려 버렸다. 입가에 붙은 사마귀가 움직이는 모습이 영 밉살스러웠다. 한충 아버지는 고개도 들지 않고 대꾸했다.

　"옥수수든 가루든 뭐가 오고갈 때는 한충이 영수증을 써 준다고. 받았으면 받았다, 빌렸으면 빌렸다 증거가 있어야지. 뭐 받은 거 있으면 내놔 봐. 작년이 아니라 재작년, 재재작년이라도 빌린게 있으면 갚을 테니."

　친화는 잠시 어안이 벙벙했다. 한충이 옥수수 150근을 가져간 것은 사실이었다. 그때 친화가 옥수수 가루 말고 돈으로 달라고 해서 한충이 돈을 주었다.

　"돈은 돈이고, 하여간 옥수수 가루는 계속 줘야 해."

　"파싱이야 광산에 나가고 당신 혼자 집에 있는데 먹으면 얼마나 먹겠어. 내가 방앗간을 하는 한 당신 먹을 건 안 떨어지게 해 줄게."

　이렇게 해서 친화는 며칠에 한 번씩 방앗간을 드나들며 옥수수 가루를 가져다 먹은 것이었다. 그녀의 셈법대로 하자면 150근은 영원히 줄지 않는 숫자였다. 게다가 이제 아이 혼사가 잡힐 예정이니 미리미리 챙겨 둘 요량이었다. 만에 하나 한충이 잡혀 들어가기라도 하면 어디 가서 옥수수 가루를 얻겠는가.

"한충하고 저 사이의 일을 지금 다 설명할 수는 없고요, 하여간 한충이 어려서 제가 노상 돌봐 주고 그랬어요. 그런데 옥수수 150근을 주면서 영수증을 써 달라고 했겠어요? 그렇다고 이렇게 잡아떼시면 안 되죠, 어르신. 육십을 바라보는 분이랑 실랑이할 일은 아니고, 한충 어디 있어요? 그 친구가 다 알고 있으니까 불러 주세요. 이러다 한충한테 무슨 일이라도 생기면 저는 어디 가서 옥수수 가루를 돌려받느냐고요."

"그래, 나는 육십이 다 된 사람이다. 그렇다고 어디 칠십, 팔십까지 못 살겠냐? 나 아직 두 눈 뜨고 살아 있어! 우리 방앗간도 계속 돌아갈 거고!"

오고가는 말이 심상치 않은 듯하자 옥수수 가루를 기다리던 마을 사람이 끼어들었다.

"어르신, 저는 급하지 않으니 다음에 다시 올게요. 오늘 빻은 가루는 급한 사람부터 쓰라고 하세요."

그는 겨우 옥수수 가루 몇 됫박 때문에 여자가 낀 실랑이에 휘말리지 않으려는 듯 서둘러 방앗간을 빠져나갔다.

이렇게 되자 친화는 망신을 당한 기분이었다. 이 산골 마을에서 그녀를 업신여기거나 난처하게 만들 사람은 없었다. 누가 감히! 그녀는 한충이 옥수수 가루를 빚졌다고 굳게 믿었다. 그까짓 옥수수 가루야 안 줘도 그만이지만, 이런 망신은 참을 수가 없었다.

"두꺼비, 자라가 오래 산들 천년을 살겠어요, 만년을 살겠어요? 정말 그러면 요괴가 되겠죠."

"요괴라도 나왔으면 좋겠다. 곡 한 번 해 주고 돼지 한 마리를 내놓으라니! 보통 사람이면 생각조차 못 할 일을 그렇게 나불거리고 말이야. 도대체 심보가 어떻게 생겨 먹었기에 그래!"

"됐네요. 어르신하고는 할 말 없어요. 사람이 좋으면 꼭 이런 험한 꼴을 당한다니까! 그냥 한충이나 불러 주세요. 옥수수 가루를 도대체 어쩌겠다는 건지 물어보게요."

"불러도 소용없어. 영수증 없으면 못 줘."

친화는 직접 한충을 찾아 나서기로 했다.

그녀는 돌아서면서 손을 들어 옥수수 가루가 담긴 바구니를 쳤다. 그 서슬에 천장에 매달린 바구니가 바닥에 떨어졌다. 원래는 그러려던 게 아니었다. 그저 노인을 좀 놀라게 해 주려고 바구니를 친 거였다. 바닥에 온통 하얀 옥수수 가루가 날리는 것을 보고 친화는 얼른 방앗간을 나왔다.

"내가 못 먹을 거면 딴 사람도 못 먹어야지!"

한충 아버지가 옥수수물 젓던 막대기를 꺼내 휘둘렀다.

"저 여편네가 미쳤나!"

마당으로 나온 친화는 한충 아버지가 때릴 듯 달려들자 그대로 바닥에 주저앉아 고래고래 악을 쓰기 시작했다.

"아이고, 사람 패네! 아들이 폭약으로 사람을 죽이더니 아비는 여자를 때리네! 사람 죽네, 사람 죽어. 안산펑 사람들, 어서들 와 보시오. 옥수수를 가져가서는 가루도 안 내 주면서 사람을 패다니요. 이러고도 공산당 천하요!"

한충 아버지도 뛰어나오며 지지 않고 외쳤다.

"공산당 천하도 몽둥이로 만든 거야! 내 오늘 기필코 저 여편네를 두들겨 패 줘야 속이 시원하겠다!"

벙어리는 무슨 영문인지 몰라 멍하니 서 있었다. 친화가 오는 것을 보고 깻묵떡을 그릇에 담아 내오는 참이었다. 깻묵떡은 대파 향을 솔솔 풍기며 벙어리의 얼굴에 아직 남은 온기를 전해 주고 있었다. 그런데 벙어리는 두 사람이 싸우는 모습에 흥분한 표정이었다. 그녀는 싸움 구경을 좋아했다. 자기도 싸우고 싶었다. 누가 맞고 틀리건 두 사람이 서로 욕지거리를 퍼붓고 주먹질을 주고받는 게 좋았다. 아무리 입술을 달싹거리고 턱을 움직여 봐도 소리를 낼 수 없는 그녀였다. 라홍과 시원하게 악을 쓰며 싸우고 싶은 날이 수없이 많았지만 끝내 그러지 못했다. 뚫린 입을 가지고도 싸움 한번을 못 했다.

벙어리는 피식 웃음이 났다. 주위를 둘러보았다. 두 사람의 싸움을 보는 사람들의 표정이 제각각 달랐다. 비웃는 사람도 있고 흥미진진하게 구경하는 사람도 있었다. 귀를 쫑긋 세우고 무슨 일인지 들어 보려는 사람도 있었다. 즐거운 얼굴을 한 이는 벙어리뿐이었다.

친화는 여전히 한충의 방앗간 앞에서 악을 쓰고 있었다. 말리는 사람 하나 없으니 이대로 툭툭 털고 일어날 수도 없는 일이었다. 누군가 그녀를 말리고 달래 주고 한충이 옥수수 가루를 주는 게 옳다고 두둔해 줘야 할 것 아닌가. 하지만 아무도 나서는 이가 없었다. 그녀는 울부짖는 중에도 실눈을 뜨고 누구 손을 내밀어 주는 사람이 없나 주변을 둘러보았다. 누군가 다가오는 것이 보였다. 친화는 마음 놓고 두 눈을 꽉 감으며 목청을 높였다. 다가온 이는 벙어리였다. 벙어리가 받쳐 든 그릇에 담긴 깻묵떡에서 김이 피어올랐다. 벙어리는 친화 앞에 쪼그리고 앉았다. 그릇을 잡은 두 손이 친화의 코앞까지 다가왔다.

"먹어요."

아무도 듣지 못했다. 바람이 새는 불분명한 발음이었지만 친화의 귀에는 분명히 들렸다.

친화는 화들짝 놀라 악쓰던 것을 멈추었다. 고개를 들어 주변을 돌아보았다. 누구·벙어리의 말을 들은 사람이 있는지 확인하려는 것이었다. 사람들은 여전히 친화를 보고 있었다. 그녀가 왜 갑자기 입을 다물었는지 의아한 얼굴이었다.

친화는 넋이 나간 얼굴로 벙어리가 건네는 그릇을 받아 들었다. 그릇에 담긴 깻묵떡이 햇빛을 받아 반짝거렸다. 하얀 떡에 총총 다져 넣은 파가 유난히 파랗게 보였다.

"엄마야!"

친화는 혼비백산하여 그릇을 받아 든 손을 털었다. 먹이를 찾아 부지런히 돌아다니던 닭 몇 마리가 덩달아 놀라 푸드득거리며 흩어졌다. 이들은 곧 땅에 떨어진 깻묵떡을 발견하고는 슬금슬금 다가와 잽싸게 입에 물고 날갯짓을 하며 멀어졌다. 친화는 자리에서 일어나 벙어리를 바라보았다. 벙어리는 입을 헤벌리고 웃으며 자기 집으로 들어오라고 손짓했다. 친화는 주변에 모여 있는 사람들을 둘러보았다. 자기를 바라보는 눈빛들이 곱지 않았다. 그도 그럴 것이, 벙어리가 기껏 가져다준 깻묵떡을 친화가 그릇째 집어던진 모양새였으니 말이다.

친화는 허리를 숙여 가지고 왔던 부대 자루를 주워 들었다. 내가 잘못 들은 걸까? 아무리 생각해도 착각이 아니었다. 갑자기 오싹한 기분이 들어 서둘러 산을 내려갔다. 안산펑 사람들은 고개를 갸웃거렸다. 세상 무서울 것 없는 여자가 오늘은 웬일이람? 벙어리한테 겁을 먹고 꽁무니를 빼다니……. 알 수 없는 일이었다. 그저 햇빛 아래 친화의 엉덩이가 실룩거리는 대로 누렇게 풀썩이는 흙먼지를 바라볼 뿐이었다.

5

구들 위에서 잠든 아이가 몸을 뒤척이며 이불을 걷어찼다. 벙어리가 가만히 손을 뻗어 이불을 덮어 주려는데 큰년이가 신이 나서 뛰어 들어왔다.

"나도 이름이 생겼어. 한충 아저씨가 지어 줬어. 샤오수라고 부를 거래. 공부도 하랬어. 사람이 공부를 해야지, 안 그러면 평생 남한테 괴롭힘을 당할 거래. 엄마처럼 말이야."

벙어리는 고개를 들어 창밖을 내다봤다. 거뭇한 저녁빛이 내려앉고 있었다. 큰년이의 손에는 양초가 들려 있었다. 아마도 한충이 준 것이리라.

양초에 불을 붙이고 꽂아 둘 빈 병을 찾았다. 조금 헐거웠다. 종이가 없나 두리번거리니 큰년이가 어디선가 종이 한 장을 가져왔다. 양초 아래쪽을 돌돌 감아 병에 꽂으려다 보니 뚱보 왕이 적어 준 각서였다. 그녀의 이름이 적혀 있었다. 벙어리는 손을 들어 큰년이의 등짝을 후려쳤다. 큰년이는 영문도 모른 채 울음을 터뜨리고 그 서슬에 둘째까지 잠을 깨고 말았다. 벙어리는 아랑곳하지 않고 양초 감았던 종이를 조심조심 펼쳤다. 그리고 다른 종이를 가져다 초를 싸서는 병에 꽂았다.

그녀는 각서를 들고 한참을 들여다보다 낡은 상자에서 몇 년은 되었음직한 공책을 찾아 조심스레 끼워 놓았다. 그저 이 각서가 한충을 붙잡아 주었으면 하는 마음이었다. 그가 세 식구를 돌봐 주기만 한다면 아무것도 바랄 게 없었다. 벙어리는 몸을 돌려 큰년이의 머리를 쓰다듬고 둘째 아이를 안아 들었다. 그때 누군가 마당으로 들어서는 소리가 들렸다. 한충이었다. 한충은 곧장 벙어리 집 앞으로 와서 옥수수를 바구니째 들이밀었다.

"옥수수를 삶았더니 아주 연하고 달아요. 애들 군것질이나 하게 주세요."

한충은 바구니를 내려놓고는 품에서 누에 종자를 꺼내 구들에 놓았다.

"누에 종자예요. 나중에 누에가 나오면 라홍 무덤 곁에 있는 뽕나무 잎을 따다 가늘게 썰어서 먹여요."

누에 종자는 애초에 친화가 부탁한 것이었다.

"한충, 나 가을누에 좀 구해다 줘. 요즘 고치가 그렇게 비싸다는

데, 나도 좀 해 봐야겠어. 파싱은 집에 없으니까 대신 좀 부탁해."

그때는 친화랑 그렇고 그런 사이라 거절할 수가 없었다. 친화는 그저 어떻게든 한충을 이용해 먹을 생각뿐이었다. 사람들이 그러다 큰코다치는 날이 올 거라고 했지만 친화는 귓등으로도 듣지 않았다. 그때그때 필요한 것을 얻으면 그만이었다. 나중에 한충이 결혼하고 제 식구 생기면 어디 내 생각이나 하겠어, 하는 심보였다.

한충은 친화가 부탁한 누에를 구해 놓고 보니 부아가 치밀었다. 어떻게 나한테 이럴 수가 있나. 벙어리는 내가 남편을 죽였어도 원망조차 없는데 돼지를 내놓아라, 옥수수 가루를 내놓아라 하는 저 친화는 도대체 뭐란 말인가. 하물며 돼지도 사람이 집에 돌아가면 아는 체를 하며 푸르릉거리거늘 그렇게 사정사정하는데도 눈 하나 깜짝 않는 여자라니……. 친화에게 나는 도대체 뭐였을까.

"누에는 금방 나올 거예요. 아마도 본 적은 없겠지만, 이 정도면 방 하나는 차지할 양이니까 그때 가서 적당히 틀을 만들어 줘요. 누에는 깨끗한 데서 키워야 해요. 당신도 깔끔하지만 누에는 더 까다로우니까 꼼꼼하게 관리해 줘요."

내가 깔끔하다고? 이렇게 사는 주제에 깨끗하다고 할 수 있을까?

밤이 왔다. 두 아이는 잠이 들었다. 그제야 벙어리는 제 몸을 돌볼 틈이 생겼다. 나무통에 받은 물에서는 김이 피어올랐다. 벙어리는 옷을 벗고 통 안에 들어가 앉았다. 마치 선녀 같은 모습이었다. 허리를 구부려 몸 구석구석 물을 적셨다. 흔들리는 촛불이 몸의 윤곽을 따라 부드럽게 흘러내렸다. 벙어리는 유리창 너머로 별을 바라보았다. 바람이 별의 어깨를 지그시 밟고서 불어 왔다. 하늘에 걸린 하얀 달이 창을 통해 들어와 촛불과 겹쳐졌다. 문득 어린 시절 부르던 노래가 떠올랐다.

비님 오고 천둥번개 치는 날이면
하루 종일 님 한 번 보기 힘들어.
높이 솟은 고개고개 길이 됐으면
길가 바위 하나하나 재가 됐으면.

탁! 탁! 양초 심지에서 불꽃이 튀었다. 벙어리는 옷을 걸치고 갈라진 심지 끝을 가위로 잘라 냈다. 다시 조용해진 불빛은 방 안을 노란빛으로 채웠다. 벙어리는 목욕물을 내다 버리며 더욱 깊어진 어둠을 응시했다. 눈썹처럼 가느다란 달이 저 높이 걸려 있었다. 그녀는 어스름한 밤빛과 고요한 사위에 둘러싸인 채 영문 모를 상념에 젖었다. 모든 것이 멈추고 시간만 흐르는 세상. 문득 몸서리가 쳐졌다. 라홍은 정말 죽었을까. 어쩐지 아직 살아 있는 것도 같았다. 화들짝 놀라 주위를 둘러보았다. 반쯤은 깨고 반쯤은 취한 듯한 기분이었다.

다시 방으로 들어가 옷을 벗고 몸 이곳저곳을 살펴보았다. 검푸르던 멍이 많이 옅어졌다. 어떤 곳은 허옇게 변색되어 불빛에 반짝거렸다. 지난날들은 정말 지나간 것일까. 마음이 조금은 가벼워졌다. 뭔가 새로운 기분이 들었다. 마치 오랜 세월 잔잔하기만 하던 연못에 돌멩이 하나가 떨어진 것 같았다. 돌멩이가 떨어진 곳 주변으로 물결이 일었다. 작은 물결이지만 긴 적막을 깨뜨린 것이 분명했다.

이제 가을이었다. 막 가을에 접어들어 한낮의 더위는 가시지 않았지만 아침저녁은 제법 쌀쌀했다. 창틀에 놓여 있던 손바닥만 한 거울을 집어 들었다. 온통 먼지가 끼어 잘 보이지 않았다. 바닥에서 젖은 천 조각을 찾아 닦아 보았다. 닦을수록 더 지저분해졌다. 공연히 조급해져 이번에는 옷으로 닦아 보았다. 얼굴 윤곽이 보일 정도는 되었다. 촛불 곁으로 가서 천천히 거울을 들어 불빛 아래 얼굴을 비춰 보았다. 오랫동안 본 적 없는 얼굴이었다. 그동안 자기 얼굴 한번 보지 못한 것쯤은 별일 아니었다. 오늘 맞으면서 내일 맞을 일을 걱정하며 살아온 그녀였다. 눈 한번 마음대로 굴리지 못하는 처지에 어떻게 거울을 볼 수 있었을까.

갑자기 맞은편 자자이에서 누군가 징을 울리며 고함치기 시작했다.

"우츠츠츠…… 우츠츠츠……."

산등성이에 사는 이들에게는 익숙한 소리였다. 산속 짐승들은 가을이면 산 아래로 내려와 곡식과 가축을 망쳐 놓곤 했다. 예부터 사람들은 짐승을 쫓기 위해 독특한 고함소리를 냈다. 산울음. 산짐승을 겁주는 소리이기도 하고 밤중에 집을 나설 일이 있는 사람이 두려움을 쫓기 위해 일부러 내는 소리이기도 했다. 물론 산짐승도 많이 줄어서 기껏해야 오소리가 옥수수 훔쳐 먹는 걸 막는 정도였다.

듣다 보니 벙어리도 뭐든 외치고 싶어졌다. 젓가락을 들어 솥

가장자리를 두드리며 멀리서 들리는 징 소리에 가락을 맞춰 보았다. 흡사 전통극에서 북소리에 맞춰 소리를 하는 느낌이었다. 박자에 맞춰 솥을 두드리자니 가슴이 뛰었다. 하지만 여전히 풀리지 않는 아쉬움이 있었다. 벙어리는 자리에서 일어나 옷을 챙겨 입었다. 이번에야말로 한번 원 없이 고함을 쳐 보고 싶었다. 깊은 숲에 둘러싸여 숨어 있는 저 높은 산을 향해 외치고 싶었다. 두드릴 수 있는 물건을 찾아보았다.

깨끗한 법랑 대야가 눈에 띄었다. 쓰촨에서부터 들고 왔지만 아까워서 제대로 써 본 적 없는 대야였다. 바닥에 그려진 붉은 잉어 두 마리가 물이 채워지길 기다리고 있었다. 대야에 물을 부었다. 불빛 아래 붉은 잉어가 물속을 노니는 듯 흔들렸다. 벙어리는 허리를 굽혀 물속에 손을 넣었다. 한동안 천천히 손을 젓다가 그대로 물을 퍼 올려 얼굴을 문지르고는 문밖으로 물을 끼얹었다. 그리고 막대기 하나를 찾아 들었다. 나무막대기로는 맑은 소리가 나지 않을 것 같았다. 그녀는 다시 아궁이 곁으로 가서 쇠 부지깽이를 집어 들었다.

산울음을 해 보고 싶은 벙어리가 산길에 섰다. 길가의 돌멩이가 그녀의 발에 차였다. 두더지가 풀숲에서 튀어나와 그녀 앞을 가로질러 가기도 했다. 피로와 고통 속에서 알 수 없는 만족감이 피어올랐다. 벙어리는 하늘을 향해 고개를 치켜들고 한껏 미소를 지어 보였다. 하늘에 촘촘히 박힌 별들이 그녀에게 눈을 찡긋거렸다. 곱게 이지러진 초승달이 엷은 구름 사이에 걸려 있었다. 공중을 떠돌던 바람이 머리카락을 쓰다듬는 사이, 벙어리는 어느새 산마루에 올라섰다. 맞은편의 징 소리는 여전히 계속되고 있었다. 벙어리는 대야와 부지깽이를 치켜들고 입을 벌렸다.

"땅!"

새 대야의 법랑 칠이 벗겨졌다. 한껏 열린 벙어리의 입에서는 어떤 소리도 나오지 않았다.

"땅!"

균열이 간 법랑 칠이 부지깽이에 맞아 이리저리 튀며 벙어리의 얼굴을 때렸다.

"아!"

벙어리의 입에서 외마디 외침이 터져 나왔다.

"땅땅땅……!"

"아아아……!"

대야의 파열음과 벙어리의 외침이 이어졌다. 외침 속에서 말을 잃게 된 그때를 애써 떠올렸다. 심장까지 닿아 있는 그녀의 비애를 아는 이는 아무도 없었다. 그녀의 외침이 검은 밤하늘을 찢어 놓았다. 길을 잃은 달이 흔들리다 구름 속으로 떨어졌다. 타이항산 대협곡을 타고 울리는 처연한 외침에 산속의 초목이 몸을 떨었다. 급기야 대야에 구멍이 뚫리고 더는 소리가 나지 않았다. 뒤이어 사위가 고요해졌다.

벙어리는 몸을 돌려 천천히 산을 내려왔다. 집으로 돌아와 문을 걸어 잠그고 나서야 안정을 되찾았다. 마음이 가라앉는다는 게 무엇인지 알 수 있었다. 바로 행복이었다. 마음 저 깊은 곳에서 샘솟는 행복감이 가슴을 채웠다.

6

한충은 나귀를 데리고 벙어리네 밭 추수를 돕기로 했다. 운동복 차림으로 나귀 등에 밧줄을 묶어 부대 자루를 걸고 안산핑 뒷산으로 향했다. 한충이 라훙에게 줘서 라훙이 씨앗을 뿌린 땅이었다. 누런 물결이 허리까지 차오른 밭에서 한충은 위아래로 움직이며 낫을 휘둘렀다. 그 모습을 본 사람은 벙어리와 친화뿐이었다.

친화는 벙어리가 말하는 소리를 들은 후로 며칠 동안 입을 꾹다물고 지냈다. 도대체 벙어리는 정말 벙어리일까, 아니라면 왜말을 하지 않는 것일까. 그녀는 파싱에게만 이 일을 털어놓았다.

"임자가 말을 안 한다고 사람들이 임자더러 벙어리라고 하겠는가? 벙어리가 말을 한다면 그 여자는 벙어리가 아닌 거지. 사람은 누구나 자기 약점을 들키는 걸 무서워한다고. 자기 약점을남들이 떠들도록 내버려 둔다면 그 사람이 바보겠지. 아니면 마누라가 딴 놈이랑 자고 다녀도 말 한마디 못 하는 나 같은 신세든가."

친화는 침대에서 벌떡 일어나 앉아 파싱의 이불을 잡아당겼다.

"말 한번 잘했네! 누가 누구랑 잔다는 거야? 이게 다 우리 집 잘되라고 그러는 거 아냐! 개뿔도 없는 인간이 그저 입만 살아서는!내려가, 내려가라고!"

친화가 발을 구르는 서슬에 파싱은 침대에서 굴러 떨어졌다. 그는 알몸으로 바닥에 주저앉아 투덜거렸다.

"나는 이 집에서 말 한마디 못 하지. 내가 임자 서방인 건 마을 사람들이 다 안다고. 그런데 임자는 내 생각은 조금도 안 하잖아. 내가 얼마나 잘해 주냐. 임자 말대로 안 한 게 뭐가 있냐고. 그런데도 나는 방귀만 뀌려고 해도 엉덩이를 오므리고 임자 눈치나 보는 신세지. 지금만 해도 그래. 임자가 나를 서방으로 생각한다면 일으켜 주기라도 해야 할 것 아냐. 누구 보는 사람도 없고 우리 둘뿐인데 이렇게 내버려둘 거냐고."

친화는 파싱의 어깨에 발길질을 해댔다. 파싱은 벌떡 일어나 침대로 기어 올라왔다. 친화는 남편에게는 눈길조차 주지 않은 채 이불을 끌고는 소파로 가서 잠을 청했다. 답답한 마음에 한충이 떠올랐다. 한충에게 벙어리 일을 이야기해 주고 싶었다.

친화는 뒤끝이 없는 성격이었다. 한충에게 벙어리가 말할 수 있다는 것을 알려 주고 싶었다. 말을 못하는 척하는 건 뭔가 꿍꿍이가 있는 것이니 조심하라 말해 주고 싶었다. 또 한 가지, 누에가 걸려 있었다. 분명 누에 종자가 나왔을 텐데 한충은 약속한 종자를 가져다주지 않았다. 친화는 날이 밝자마자 절벽 끝으로 달려가 한충의 방앗간과 벙어리의 집을 살폈다. 한충의 모습이 보이지 않았다. 곧 한충이 나귀를 끌고 뒷산으로 가는 모습이 눈에 들어왔다. 그녀의 시선이 밭으로 들어가는 한충을 쫓았다. 한동안은 밭일을 하리라 생각하며 마당에 세워 둔 바구니를 메고 집을 나섰다.

쉬지 않고 낫질을 해댄 끝에 볏단 다섯 묶음을 만든 한충은 잠시 퍼질러 앉아 담배에 불을 붙였다. 볏단을 바라보는 한충의 눈앞에 라홍이 떠올랐다. 그의 손에는 도끼가 들려 있었다. 그 옆으로 벙어리와 큰년이 그리고 아들이 보였다. 이들의 모습은 곧 돈다발로 바뀌었다. 대체 어딜 가야 돈을 구할 수 있을까. 뚱보 왕의 말이 귓가에 울렸다.

"추수하고 나서 아주 못을 박자고."

아버지의 수의와 관까지 계산에 넣는다면 2만 위안까지 갈 것 없이 1만 위안 정도로 이야기해 볼 수 있지 않을까. 지난밤 벙어리의 고함 소리가 한충에게도 들렸다. 늑대의 울음소리 같은 그 외침 한 마디 한 마디가 한충의 가슴을 찔렀다. 머릿속에는 그저 '빚'이라는 글자만 떠올랐다. 벙어리는 울지 않았다. 오히려 웃었다. 울고 싶지 않은 게 아니라 그럴 수가 없었던 것이다. 어젯밤 벙어리는 고함을 치며 울었을 것이다. 말을 못하는 그녀였다. 만일 말을 할 수 있다면 '아아아' 소리만 내지는 않았을 것이다. 아마도 친화처럼 '차라리 네가 죽지 그랬냐!'고 퍼부었을 것이다. 그는 빚을 지고 있었다. 게다가 그저 빚이 아니라 사람 목숨이었다. 평생을 가도 갚을 수 없는 빚이 아닌가. 평생을 갚는다고 해도 라흥을 되살려 낼 수는 없는 일이었다. 한충은 담배를 거칠게 비벼 끄고 벌떡 일어났다. 다시 일을 시작하려고 걸음을 옮기는데 뒤에서 바스락거리는 소리가 났다. 산속 짐승은 거의 사라진 터였다. 그렇다고 누가 일을 도우러 왔을 리는 만무했다. 한충은 소매를 걷어붙이고 손바닥에 침을 탁 뱉고는 낫질을 시작했다.

한충이 힘차게 낫을 휘두르는 사이, 친화가 슬그머니 나타나 자리를 잡고 앉았다. 한충의 땀내가 바람을 타고 코끝으로 전해졌다.

"한충이야말로 제대로 된 일꾼이지 뭐야."

한충은 깜짝 놀라 허리를 폈다. 밭두렁에 앉은 친화가 눈에 들어왔다.

"한동안 안 봤다고 얼굴도 잊은 거야?"

한충은 다시 허리를 숙여 묵묵히 낫질에 열중했다. 양옆으로 쓰러지는 줄기 사이에서 메뚜기가 튀어나왔다. 친화는 한충에게 눈길을 주는 대신 애꿎은 돼지풀을 뜯으며 다섯 묶음이나 되는 볏단을 바라보았다.

"벙어리 그 여자, 벙어리가 아니야. 말을 하더라고."

한충은 움찔 놀랐다. 낫이 제대로 들지 않아 줄기에 휘감겨 버렸다. 한충은 낫을 힘껏 잡아 빼려다 그 서슬에 엉덩방아를 찧고 말았다.

"누가 그래?"

"내가."

한충은 엉덩이를 털고 일어나 낫을 챙기고 볏단을 나귀에 실었다.

"어떻게 알았는데?"

"주기로 한 누에 종자는? 그걸 주면 나도 말해 주지."

"내가 바보냐? 쓸데없는 수작 부리지 마! 이제 우린 서로 아쉬울 것 없으니까."

한충은 볏단을 꽁꽁 묶은 뒤 나귀를 몰고 안산평으로 향했다. 친화는 다시 주저앉아 한충을 기다렸다. 볏단 다섯 묶음이 나귀 등에서 작은 동산처럼 솟아 있었다. 이제 한충은 보이지 않고 볏단과 나귀 엉덩이만 보였다. 문득 친화의 눈에 땅바닥에 흩어진 이삭이 들어왔다.

그녀는 얼른 일어나 주섬주섬 이삭을 주워 바구니에 던져 넣었다. 그러고 보니 남은 이삭이 적지 않았다. 그녀는 손으로 일일이 끊어 바구니에 담았다. 바구니는 가득 찼지만 보기에 좋지 않았다. 내친김에 돼지풀을 뜯어 위를 덮었다. 이 정도면 집에 있는 암탉 여섯 마리를 며칠은 먹일 것이다. 요새 토종닭 달걀이 수입 품종 달걀보다 값이 나갔다. 아들을 둘이나 키우는 게 어디 쉬운가. 아들 하나 딸 하나쯤은 아무것도 아니지. 아들 둘을 장가보내려면 목돈이 필요할 것이다. 한푼이 아쉬운 처지에 이렇게라도 아껴야지.

한충은 나귀를 끌고 벙어리 집 마당에 들어섰다. 한충이 들어오는 것을 본 벙어리는 얼른 방에서 물을 내왔다. 젖은 물수건도 함께 내밀었다. 한충은 얼굴을 문질러 닦은 뒤 물그릇을 창틀에 내려놓고는 나귀 등에 실린 볏단을 끌어 내렸다. 그러고 보니 친화가 한 말이 생각났다. 과연 그 말이 맞는지 한번 시험해 보기로 했다.

"나는 다시 가서 이삭을 정리해 올 테니까 여기 마당에 앉아 가위로 이삭을 손질해요. 할 줄 알아요?"

잠시 기다려 봐도 아무런 기척이 없었다. 고개를 돌려 보니 벙어리가 가위를 들고 와서 흉내를 내며 이렇게 하면 되는지 묻는 표정을 하고 있었다.

"하얀 체크무늬 옷이 잘 어울리네요. 어디서 샀어요?"

벙어리는 수줍은 듯 고개를 모로 꺾었다. 겨우 고개를 들었다 한충과 눈이 마주치자 얼굴에 홍조가 떠올랐다. 벙어리는 다시 고개를 떨구고 집 안으로 들어가 나오지 않았다. 한충은 창틀에 둔 물을 마시고는 나귀를 몰아 밭으로 돌아갔다. 온갖 것이 헝클어진 듯 혼란스런 머릿속에 한 사람의 얼굴이 떠올랐다. 한충은 가만히 이름을 불러 보았다.

"벙어리…… 홍샤."

"벙어리한테 반한 거야?"

누군가의 목소리가 한충의 상념을 깨뜨려 버렸다. 친화였다.

"왜 아직 안 갔어?"

"누에 종자를 줘야지."

"나를 그렇게 푸대접하지만 않았으면 여기서라도 바지를 벗었을 거야. 나귀가 보고 있어도 상관없어. 그런데 이제 와서 나를 꼬드기려고? 차라리 돼지를 갖다 바치는 게 낫지! 벙어리든 뭐든 당신이 상관할 일 아니고 누에 종자도 어림없어!"

친화는 얼굴이 벌겋게 달아올랐다. 그녀는 한충을 매섭게 쏘아본 뒤 돼지풀로 덮인 바구니를 들쳐 메고 휑하니 가 버렸다.

한충이 집을 나간 후 벙어리는 맨발로 땅바닥에 앉아 이삭을 다듬었다. 이삭 알맹이가 후드득후드득 그녀의 다리와 발 위로 떨어졌다. 벙어리는 가만히 미소를 지었다. 아이가 이삭을 깔고 앉아 놀아도 웃는 얼굴이었다. 벙어리는 자꾸만 아이의 코를 가볍게 꼬집었다. 아이에게 '엄마'라는 말을 가르쳐 주고 싶었지만 벙어리가 '엄마'라는 소리를 낼 수 있어야 가능한 일이었다. 아무리 입을 벌려 보아도 '엄마'라는 그 한마디는 끝내 나오지 않았다.

벙어리의 집은 아이가 많았다. 그녀는 5학년을 마치고 학교를 그만두었다. 기억하기로는 어느 시골 산중턱에 있는 집에서 살았는데 동네 초입에 찐빵집이 있었다. 그녀는 남동생을 업고 찐빵집 앞을 기웃거리곤 했다. 찐빵이 막 찜통에서 나올 때면 모락모락 피어오르는 김과 온기 뒤로 찜통 뚜껑을 들어 올리는 여자가 보였다.

이제 막 나온 찐빵은 그냥 보기에도 참으로 촉촉한 데다 흠결 하나 없이 동그랗고 보드라웠다. 속에 갇혀 있던 열기가 찐빵을 한껏 부풀려 놓을라치면 여자가 나무 주걱으로 표면을 탁탁 두드렸다. 그러면 찐빵은 얌전히 가라앉아 손님을 기다리는 것이었다. 동생은 먹고 싶은지 자꾸만 손을 뻗었다. 그녀 역시 연방 침만 삼켰다.

주인 여자는 주걱으로 찐빵 하나를 들어 올려 그녀에게 주었다. 황금빛으로 빛나는 찐빵이 손바닥에 놓이는가 싶더니 어느새 남동생이 낚아채 입 안으로 욱여넣고는 뜨겁다고 악을 썼다. 그녀는 아직 손바닥에 남은 향을 가만히 핥아 맛을 보았다. 그리고 주인 여자를 향해 빙긋 웃었다.

"찐빵 먹고 싶어?"

그녀는 고개를 끄덕였다.

"찐빵 먹고 싶으면 동생 집에 데려다 주고 혼자 와. 너만 실컷 먹게 해 줄게."

그녀는 곧장 동생을 데려다 놓고 집을 빠져나왔다. 엄마에게는 거짓말로 둘러댔다.

가게 옆에 붉은색 소형 승합차가 서 있었다. 주인 여자가 웃으며 그녀를 반겼다.

"한번 타 보고 싶지 않니?"

그녀는 고개를 끄덕였다. 여자는 찐빵을 건네주었다. 그녀는 찐빵을 받아 들고 차에 올랐다. 차 안에는 남자 셋이 타고 있었다.

"차 타고 어디 가 볼까?"

그녀는 이번에도 고개를 끄덕였다. 차가 출발했다. 바람처럼 내달리는 차 안에서 기분이 좋아져 활짝 웃었다. 차가 산을 내려가고 계곡을 벗어나고도 멈추지 않자 환한 웃음이 점차 굳어져 갔다. 무서웠다. 그녀는 고함을 치며 울음을 터뜨렸다.

그녀는 그렇게 지금까지도 어딘지 모르는 산골 마을로 팔려 갔다. 달이 떠오를 때쯤 남자가 그녀를 끌고 어떤 집으로 들어갔다. 문에는 발을 늘어뜨렸고 문턱이 유난히 높았다. 한 발을 들여놓는 순간 마치 구덩이 속으로 빠져 들어가는 기분이었다. 안으로 들어서자 눈앞이 캄캄했다. 등이 켜지고 홍샤는 전구를 바라보았다. 가능한 한 빨리 저 얼마 되지 않는 빛이 그녀를 좀 더 밝고 편한 곳으로 데려가 주기를 바랐다.

하지만 그렇게 되지 못했다. 어두컴컴한 벽에는 그녀와 남자의, 하나는 길고 하나는 짧은 그림자가 드리워졌다. 창문을 찾아보았다. 이곳에서 도망치고 싶었다. 남자는 그녀를 밀어붙였다. 구석진 곳까지 밀려나서야 어둠 뒤로 몇몇 세간이 눈에 들어왔다. 순간 난로 위에 있던 주전자가 요란한 소리를 냈다. 그녀는 깜짝 놀라 남자를 쳐다보았다. 남자의 얼굴에는 어둠을 양쪽으로 밀어낸 미소가 떠올랐다. 한데 몰린 듯한 남자의 눈이 그녀를 응시하며 웃었다. 그녀는 바들바들 떨며 두 다리를 꼭 껴안고 구석으로 물러났다. 남자가 그녀의 팔을 잡아끌었다. 그녀가 뿌리치려 하자 남자가 때리기 시작했다.

홍샤는 나중에야 라홍의 아내가 죽었음을 알았다. 딸 하나, 큰년이를 남겨 둔 채 죽은 것이었다. 큰년이는 태어난 지 반년이 되었지만 머리 크기가 남자 주먹만큼도 되지 않았다. 홍샤는 큰년이를 볼 때마다 남동생이 떠올랐다. 꼼짝할 수 없이 갇힌 방 안에서 어떻게든 큰년이를 돌봤다. 큰년이는 가장 따뜻한 안식처가 되어 그녀가 가진 모성애를 깨워 주었다. 홍샤는 사람은 상상대로 살 수 없음을 깨달아 갔다. 운명이 끌고 가는 대로 끌려갈 수밖에 없는 게 인간이었다. 그녀는 그 낡은 집에 발을 들인 후로 다시는 나가지 못했다. 그리고 스무 살 많은 라홍의 아내가 되었다.

어느 가을 저녁, 그녀는 변소에 가기 위해 방을 나왔다. 창을 통해 북쪽 별채에 불이 켜진 게 보였다. 라홍의 어머니와 동생 둘이 사는 곳이었다. 울음소리도 들려왔다. 라홍의 어머니였다. 안은 보이지 않아도 말소리는 알아들을 수 있었다.

"이제 그만 때려라. 벌써 하나를 때려죽이고도 어찌 그런다냐. 여기서 계집애는 쓸모도 없는데, 큰년이 잘 돌봐 주고 아들도 하나 낳아 주었으면 됐지. 네 아래로 동생도 둘이나 있는데 인생 망치면 어쩌려고 그래. 마누라 있는 거 그렇게 팰 거면 차라리 둘째한테 양보하든가. 어미가 이렇게 빈다. 무릎 꿇고 빌게."

정말 무릎 꿇는 소리가 들렸다.

홍샤는 덜컥 겁이 나서 온몸이 바들바들 떨렸다. 방으로 가기 위해 돌아섰다. 허둥대다 무엇을 건드렸는지 요란한 소리가 났다. 별채의 문이 열렸다. 라홍은 곧장 그녀에게 다가와 머리채를 틀어쥐더니 방으로 끌고 갔다.

"멍청아, 뭐 들었어?"

"당신이 사람을 때려죽였다면서. 큰년이 엄마를 죽였다고."

"다시 말해 봐!"

"당신이 사람을 죽였어, 때려죽였어!"

라홍은 뭐든 손에 잡히는 것을 찾았다. 얼른 눈에 들어오는 것이 없어 두리번거리는 차에 마침 궤짝 위에 놓인 펜치가 눈에 들어왔다. 라홍은 홍샤를 쓰러뜨리고 펜치를 집어 들었다. 그러고는 그녀의 입을 억지로 벌리더니 순식간에 이 두 개를 뽑아 버렸다. 홍샤는 도살장의 돼지처럼 울부짖었다.

"네가 이래도 떠들어? 응? 아까 뭘 들었다고?"

입 안 가득 흘러넘치는 피 때문에 대답을 할 수가 없었다.

이가 뽑힌 자리가 채 아물기도 전에 라홍이 또 사고를 쳤다. 살기가 갈수록 팍팍해지자 도굴용 삽을 구해다 동료와 함께 남의 무덤을 파헤쳤다. 그리고 찾아낸 도자기를 서로 갖겠다고 실랑이를 벌이던 끝에 삽으로 상대를 때려죽인 것이었다. 잡혀갈까 겁이 난 라홍은 간단한 세간을 챙겨 홍샤를 데리고 야반도주를 했다. 그나마 도자기를 팔아 얼마라도 챙긴 덕에 한동안 이리저리 옮겨 다닐 수 있었다.

"한마디라도 했단 봐. 입 안에 이라고는 하나도 안 남게 만들어 줄 테니까."

그녀는 점점 말이 줄었다. 그리고 결국은 아예 말을 하지 않게 되었다.

마당 밖에서 나귀가 푸르릉거리는 소리가 들렸다. 한충이 이삭을 주워 돌아온 것이 분명했다. 벙어리는 깊이 잠든 아이를 안아서 방 안에 데려다 놓고는 다시 나와 볏단을 내리는 한충을 도왔다.

"내 바지 주머니에 뽕잎이 한 움큼 있어요. 꺼내다 가늘게 썰어서 누에 먹여요."

그러고 보니 아이가 함부로 만질까 봐 누에 종자를 채반에 얹어둔 걸 잊고 있었다. 벙어리는 이파리를 꺼내 들고 방에 들어가 채반을 들고 나와서는 잘게 썬 뽕잎을 골고루 뿌려 주었다.

사각사각사각…….

조그마한 번데기를 보고 있자니 떨쳐낼 수 없는 욕망 같은 것이 피어올랐다. 밖으로 천천히 걸어 나왔다. 언제쯤 벙어리는 이 세상을 살아가는 한 사람임을 느낄까. 어쩌면 바로 지금 아닐까. 바로 지금 벙어리는 자신이 이 세상에 발 딛고 살아가는 한 사람임을 깨달았다! 마음 깊은 곳에서 한 가닥 뜨거운 물줄기가 소용돌이쳤다. 하늘과 땅이 서로 마주 보고 서로 귀 기울이고 서로를 품어 주고 있었다. 어렸을 때 어머니가 들려준 말이 떠올랐다. 하늘은 어느 구름에서 비가 내릴지 모르는 법이고, 사람은 어디를 가야 뿌리내릴 수 있는지 모르는 법이야. 땅은 어느 계절에 사람에게 베풀 수 있는지 모르고, 사람은 무슨 일로 사랑을 알아챌지 모르는 거란다.

한충을 바라보는 벙어리의 마음 깊은 곳에서 그를 향한 사랑이 솟아나고 있었다.

7

누에는 검은색을 벗고 점차 갈색으로 옅어지는 듯하더니 이제는 초록빛이 도는 흰색이 되었다. 누에가 뽕잎을 갉아 먹는 소리가 마치 비 내리는 소리처럼 들렸다. 사각사각, 사각사각. 소리가 지나간 자리에는 배설물이 남았다. 검은 눈이 소복하게 쌓인 듯했다.

누에의 변화와 함께 생활도 변해 갔다. 통통한 몸뚱이를 꿈틀거리며 튼실하게 자라자 더는 채반에 둘 수 없었다. 한충은 삿자리를 가져와서 틀에 얹었다. 그리고 누에를 옮기다 갑자기 큼직한 누에 한 마리를 집어 벙어리의 코앞에 들이밀었다. 줄줄이 돋아난 발이 제멋대로 꿈틀거리는 누에가 눈앞에 튀어나오자 벙어리는 자기도 모르게 허둥대며 삿자리 주변을 돌았다. 경쾌하게 걸음을 옮기는 벙어리의 벌어진 앞니 사이로 웃음소리가 새어 나왔다. 벙어리가 아닌 평범한 젊은 여자의 모습이었다.

"벙어리 그 여자, 벙어리가 아니야."

갑자기 친화의 말이 떠올랐다. 벙어리가 정말 벙어리가 아니라면 얼마나 좋을까. 하지만 지금도 말 한마디 없는걸. 벙어리가 아니고서야!

한충은 방앗간에 가서 옥수수즙을 가지고 왔다. 방 안에 들어서자 마침 벙어리는 가슴을 드러내고 아이에게 젖을 물리는 중이었다. 아이는 가슴 한쪽을 입에 문 채 손으로 엄마의 다른 한쪽 가슴을 움켜쥐고 있었다. 한충이 들어오자 아이는 한쪽 눈으로 그를 쳐다보면서도 여전히 젖에서 입을 떼지 않고 한껏 끌어당겼다. 가슴을 바라보는 한충의 시선을 느낀 벙어리는 부끄러운 듯 몸을 돌렸다.

'어릴 때 나도 저렇게 젖을 먹었겠지.'

한충은 조금은 뜬금없는 생각이 들었다.

"큰년이를 계속 큰년이라고 부를 수는 없어요. 여자아이인데 듣기 좋은 이름이 있어야죠. 우리처럼 대충 불러서야 되겠어요? 좋은 이름이 없을까 고민하다가 마을 소학교 선생님한테 여쭤봤더니 샤오수가 좋겠다고 하셨어요. 어때요? 지난번에 큰년이한테도 얘기해 줬어요. 그리고 학교에 가서 공부도 하라고요. 이제 공부하지 않으면 안 되는 세상이에요. 우리 아버지도 배를 곯으면 밥은 남들한테 얻어다 먹을 수 있어도, 배운 게 없으면 아무리 울고불고 난리를 쳐도 지식은 얻어 올 수가 없는 거라고 하셨어요. 흐흐흐. 나도 어릴 때 공부하기 되게 싫어했어요. 글자로 채워진 책만 보면 여름철에 우글우글 모여 있는 모기떼 같아서 온몸이 근질근질했다니까요."

한충은 계속 말을 이어 갔다.

"당신에게 줄 돈은 어떻게든 마련해 볼게요. 다 마련하지 못하겠으면 우선 반이라도 줄게요. 걱정 말아요. 나는 한다면 하는 놈이니까. 나중에 나가서 사람들이랑 어울리기도 해야 할 거고. 아참, 당신이 말을 못한다는 걸 깜빡했네요. 친화가 당신이 말을 할 수 있다고 하더라고요. 하지만 당신은 말을 못하죠."

말하고 싶었다. 나, 말할 수 있어요. 돈은 필요 없어요. 각서를 가지고 있는 건 당신을 붙잡고 싶어서예요. 하지만 그는 이미 제 할 말만 하고는 방을 나간 후였다. 마당 가득 잡풀이 무성한 것을 보고는 낫을 가져다 이리저리 휘두르고 있었다.

"잡풀은 그때그때 베어 줘야 해요. 나중에 누에가 고치를 지을 때 필요할 거예요."

말을 마치고 대문을 나서는 한충의 눈에 큰년이가 들어왔다. 마침 마을 한복판에서 타오라는 아이와 놀고 있었다. 바위에 십자가 모양을 그려서 각자 네 개의 말을 늘어놓은 다음 자기 말을 쥐고 구호를 외쳐서 구호가 끝난 곳에 있는 말을 가져가는 놀이였다.

한 판이 끝나고 나서 큰년이가 말했다.

"줘."

"한 판 더 해. 안 하면 안 줘."

"달라고."

"없어. 네가 안 하니까 안 주는 거지."

"달라니까?"

타오는 큰년이의 표정을 흉내 내며 놀리듯 말했다.

"달라니까?"

그러고는 잽싸게 도망가 버렸다.

한충은 큰년이에게 다가갔다.

"뭘 달라고 하는 거야? 내가 받아다 줄게."

"산복숭아요."

큰년이는 고개를 모로 꺾고 대답했다.

"그럼 됐다. 내가 따다 줄게."

한충의 말에 큰년이는 갑자기 울음을 터뜨렸다.

"그러지 말아요!"

한충은 어리둥절해졌다. 그동안 세 식구 살림살이를 돌봐 준 게 난데, 아빠 잃은 아이들에게 아빠 노릇을 해 준 것도 난데 왜 갑자기 하지 말라는 거지? 한충은 방앗간에 가서 바구니를 어깨에 걸고 슬슬 걸어 나왔다. 마을 뒤로 돌아가면 산복숭아나무가 제법 있었다. 하지만 정작 가 보니 나무에는 남은 게 하나도 없었다. 애꿎은 나뭇가지만 꺾인 채 떨어져 있었다. 돌아가는 길에 갑자기 어디선가 봤던 산복숭아나무가 한충의 머리를 스치고 지나갔다.

한충은 그대로 몸을 돌려 뒷산으로 뛰어 올라갔다. 넝쿨을 움켜쥐고 미끄러지듯 내려가 예전에 덫을 놓았던 곳으로 향했다. 발대 중으로 자리를 찾고 보니 바로 앞에 그 산복숭아나무가 우뚝 서 있었다. 한충은 그대로 주저앉아 담배를 꺼내 물었다. 라홍이 뭣 때문에 그 숲 속까지 들어왔는지 이제야 알 것 같았다.

그는 딸에게 줄 산복숭아를 따러 온 거였다. 딸을 아끼는 한 남자의 마음을 내가 망쳐 버렸구나. 그러고는 산 아래 사람 누군가 저 세 식구를 데려가 주기를 바랐구나. 한충은 손을 들어 제 뺨을 세차게 때렸다. 이게 2만 위안으로 갚아질 일이냐? 내 평생을 쏟아 부어도 아까울 게 없겠다! 한충은 그 자리에 앉아 담배만 연달아 피웠다. 반 갑쯤 피웠을 때야 비로소 결론에 도달할 수 있었다. 내 평생을 바쳐서 저 세 식구를 돌봐 주자! 알 수 없는 흥분이 온몸을 감쌌다. 벙어리를 만난다면 분명하게 말해 주고 싶었다. 2만 위안이 아니라 10만, 20만 위안이 든다고 해도 당신을 그 누구보다도 행복하게 만들어 주겠다고!

날이 저물어 갈 무렵, 산 아래에서 경찰 몇이 올라왔다. 그들은 곧장 한충의 방앗간으로 들이닥쳤다. 한충은 한창 바쁘게 일하는 중이었다. 무심코 고개를 들자 그들이 보였다. 눈이 마주친 짧은 순간, 뭔가 잘못되었음을 느낄 수 있었다. 한충은 자기도 모르게 뒷걸음을 쳤다. 경찰 둘이 매처럼 달려들어 그를 거꾸러뜨렸다. 한충의 팔에서 우두둑 관절 꺾이는 소리가 들렸다. 경찰들은 고꾸라진 그를 번쩍 들어 올렸다. 한 명은 재빨리 그의 허리띠를 잡아 뺐다. 흘러내리는 바지춤을 한 손으로 움켜쥐는 사이, 남은 한 손에는 수갑이 채워졌다. 끝났구나. 제기랄, 다 끝났어.

어디 갈 것도 없이 마당에서 곧장 심문이 시작되었다. 한충은 두 손에 수갑이 채워진 채 사과나무에 묶였다. 잡아 줄 손이 없어진 바지는 언제라도 흘러내릴 판이었다. 경찰은 그를 끌어다 나무에 아랫배를 붙이고 있게 했다. 한충은 꼼짝없이 그렇게 서 있을 수밖에 없었다. 그렇게 딱 달라붙어 있지 않으면 바지가 흘러내릴 테니까. 바지가 흘러내린 남자라면 결혼은 평생 꿈도 꾸지 못할 것이다.

사과나무 옆에는 맷돌을 돌리는 나귀가 묶여 있었다. 나귀는 머리를 들어 한충을 바라보았다. 주인이 왜 자기와 함께 묶여 있는지 궁금한 표정이었다. 나귀는 주변에 돋아난 풀을 뜯어 먹으며 알 수 없는 소리를 냈다.

"네가 라훙이냐?"

"저는 라훙이 아니라 한충입니다. 라훙은 제가 오소리를 잡으려다 죽였습니다."

"그러면 라훙이라는 자가 있긴 있었나 보군? 쓰촨에서 온 자가 맞아?"

"쓰촨에서 왔지요."

"예, 아니오로 대답해. 네가 사람을 죽였다고?"

"예."

"왜 신고 안 했어?"

"예, 아니오로 하라고 하셨는데 어떻게 대답하죠?"

"그냥 있는 그대로 말해."

"오소리가 자꾸 밭을 망치기에 덫을 놓았습니다. 그게 토끼 잡는 거랑은 달라서 오소리는 폭약으로나 잡아야 하거든요. 그래서 계곡에 폭약을 뒀는데, 그날 계곡 쪽에서 무슨 소리가 들리더라고요. 오소리가 잡혔나 보다 하고 내려갔더니 글쎄 사람이 쓰러져 있지 않겠습니까. 업고 오려고 했는데 그만 그 자리에서 죽어 버렸습니다. 사람이 죽었으니 묻어야겠고, 남은 사람은 살아야겠고, 그 외에는 뭐 다른 생각을 할 새가 없었고요. 그리고 원래 산속 일은 큰일이 됐든 작은 일이 됐든 관에 알리는 법이 없습니다. 그냥

다 저희끼리……."

"이건 형사 사건이야, 알아? 그때 신고만 했으면 벌써 끝났을 일이라고. 네가 신고를 안 했으니 우린 체포할 수밖에 없어, 이 미련한 친구야!"

이번에는 안산핑 노인들이 경찰을 붙잡고 뭔가 하소연하기 시작했다. 한충은 멍하니 눈을 껌뻑거리며 그 모습을 바라보았다.

곁눈으로 보니 이미 사람들이 몰려와 있었다. 저만치서 아버지가 지팡이를 짚고 사람들 사이로 걸어왔다. 한충의 얼굴을 보자마자 얼굴을 덮은 주름 사이로 눈물이 흘러내렸다. 아버지의 모습에 한충도 울음이 터졌다. 옥수수물이 튀어 말라붙은 옷 위로 눈물이 뚝뚝 떨어졌다.

"아버지, 죄송합니다. 아버지 관에 다른 사람을 묻고 아버지 수의도 다른 사람을 입혔는데, 이제 저까지 끌려가게 되었어요. 효도하고 살기는 글렀나 봅니다. 아버지, 이런 아들 그냥 없는 셈 치고 사세요."

한충의 아버지는 지팡이로 바닥을 두드리며 호통을 쳤다.

"내가 너를 30년을 키웠다. 네가 서른이 되도록 지켜봤어. 네 어미가 죽은 지 10년이 되도록 아들 하나 믿고 살아왔는데, 없는 셈 치라면 없는 게 된다더냐? 에라, 이 짐승만도 못한 놈!"

이때 뚱보 왕이 헐레벌떡 뛰어 들어왔다.

"누가 경찰 선생이신가? 어디 계셔?"

그는 한충 옆에 서 있는 경찰을 보자마자 다짜고짜 담배부터 건네고 불을 붙여 주었다.

"자, 자, 들어가서 말씀하시죠, 들어가서."

이들은 방앗간으로 들어갔다.

한충은 여전히 사과나무를 꼭 끌어안고 서 있었다. 눈은 나귀를 보면서도 귀는 방앗간 쪽으로 쫑긋 세웠다. 마을 사람들이 애 어른 할 것 없이 문 앞으로 몰려왔다. 밖에 있던 경찰이 이들을 흩어 놓았다. 한충은 고개조차 마음대로 돌릴 수가 없었다. 조금이라도 나무에서 떨어졌다간 바지가 흘러내릴 판이있다. 그저 가만히 방앗간에서 흘러나오는 소리에 귀를 기울였다.

"우린 라홍을 잡으러 온 거요. 라홍이 어떻게 된 건지 말해 보시오."

뚱보 왕이 대답했다.

"라홍이라는 자에 대해서는 저희도 아는 게 별로 없습니다. 우리 마을 사람이 아닌 건 분명하니 다른 사람을 불러다 말씀드리겠습니다."

뚱보 왕은 방앗간에서 나와 몰려든 마을 사람들을 죽 훑어보았다. 그리고 손을 들어 한충의 아버지를 가리켰다.

"이리 오십시오."

한충의 아버지가 다가왔다.

"한충을 잡으러 온 게 아니랍니다. 라홍을 잡으러 왔대요. 밖에서 사람을 죽이고 도망 다닌 모양이에요. 그런 자를 죽였으니 한충은 공을 세운 셈이죠. 어르신이 들어가서 라홍이 어떻게 된 건지 설명해 주십시오. 사실대로 말하되 살짝 양념을 쳐도 나쁠 건 없겠지요."

뚱보 왕은 은근한 목소리로 속삭이며 한충 아버지의 등을 두 드렸다.

두 사람이 들어가고부터 이야기 소리가 잘 들리지 않았다. 잠시 후 조금 큰 소리가 들렸다.

"정말 위에서 조사하기 시작하면 마을 간부를 맡아 온 저는 그 만 해야지요."

"그렇지, 그렇지."

밖에 모여 있는 이들도 자기들끼리 웅성거렸다. 라홍이 탈주범 이라는 둥, 한충이 잘 죽인 거라는 둥 한마디씩 하느라 안에서 하 는 말이 묻혀 버렸다. 어차피 아무 말도 들리지 않자 한충은 나귀 를 바라보았다. 나귀도 그를 바라보았다. 둘은 그렇게 한참을 마 주 보았다.

'나귀는 편하구나. 사람이 나귀만도 못하지 뭐야. 날마다 맷돌 만 돌리면 해가 뜨고 해가 지고. 창으로 들어오는 햇빛으로 시간 가는 걸 알겠지. 그저 아무 생각 없이 빙빙 돌다가 해가 맷돌 구멍 을 지나 받침대에 떨어지면 햇빛 끝자락을 밟고 멈춰 서는 게 저 녀석의 하루 아닌가. 눈가리개를 벗겨 주면 그제야 아, 하루가 다 갔구나 하겠지. 저나 나나 사과나무에 묶여 있는 신세지만, 저 녀 석은 저 푸르고 연한 이파리가 얼마나 맛날까.'

나귀 역시 한충을 바라보며 생각에 잠겼다.

'저 양반이 평상시에는 그렇게 호통을 치더니 지금은 나와 같이 나무에 묶여 있구나. 나는 네 다리를 움직일 수 있는데 저 옴짝달 싹 못하는 모습이 안쓰럽기도 하다. 멋대로 움직이면 저 옆에 있는 사람이 허리띠를 휘두르겠지. 허허. 사람은 나귀와 참으로 다르구나. 나귀는 나귀를 괴롭히지 않는데, 사람은 저렇게 자기들끼리 괴롭히니 말이야. 한충, 그동안 나한테 그렇게 호통을 쳤겠다. 이제 너에게 큰소리치는 사람이 생기니 기분이 어떠냐, 이놈아. 거 참 시원하다.'

나귀는 정말 기분이 좋은지 시원한 울음소리를 냈다.

꺼윽, 꺼윽, 꺼으르르…….

거리낌이라고는 없는 나귀의 울음소리가 온 산에 울렸다. 연달아 울리는 메아리가 사람들의 말소리를 가리다 한참 후에야 멈추었다.

잠시 후 방앗간에 들어갔던 이들이 나왔다. 경찰은 마을 간부에게 한충의 허리띠를 건넸다. 뚱보 왕이 한충에게 다가가 허리띠를 두르고 꽉 묶어 주었다. 그제야 한충은 사과나무에서 떨어질 수 있었다. 경찰이 한충의 수갑을 풀어 주었다. 하지만 아주 놓아준 것은 아니었다. 그저 나무에 묶여 있던 팔을 풀어 주었을 뿐 곧바로 다시 수갑을 채웠다. 이제 가야 한다는 것을 한충은 알고 있었다. 그는 걸음을 옮기다 아버지 앞에 잠시 멈춰 섰다. 아버지가 입을 뗄 새도 없이 무릎을 꿇고 방앗간 일 몇 가지를 당부하고는 마지막으로 벙어리를 부탁했다.

"벙어리네 누에가 고치 쨀 틀을 만들어 주세요. 혹시 잘 안 되면 사람을 불러 도와달라고 하세요. 여자 혼자라 누에 똥 치우는 것도 힘들어하더라고요. 아버지, 저 대신 좀 돌봐 주세요. 라훙이 어떤 인간이든 제가 사람을 죽였으니 죗값을 치러야죠."

"네가 아비를 닮아 입은 걸어도 심성이 곱다. 암, 그래야지."

한충이 산 아래로 가는 계단에 첫발을 내딛는 순간, 뒤에서 날카로운 목소리가 들렸다.

"안 돼요!"

안산펑 사람들의 새까만 머리가 일순 한쪽으로 돌아갔다. 벙어리가 아이를 안은 채 샤오수의 손을 끌고 달려왔다.

경찰은 여자가 누구인지 알려고 하지도 않고 한충을 재촉했다. 한충은 경찰의 손에 떠밀리며 친화가 한 말을 떠올렸다. 벙어리 그 여자, 말을 하더라고.

정말이었구나!

8

벙어리의 손에는 각서가 들려 있었다. 그녀는 뚱보 왕의 손을 붙잡았다.

벙어리는 손짓발짓으로 뭔가를 따지는 듯했다. 각서를 써 놓고 왜 사람을 잡아가느냐, 간부가 왜 아무 일도 하지 않느냐, 그런 말 같았다.

"말을 해! 말을 하라고! 말할 수 있으면서 왜 이렇게 일을 복잡하게 만들어! 진작 입을 열고 말했으면 이딴 각서는 왜 쓰냐고!"

벙어리는 붉게 달아오른 얼굴로 한참을 애쓰다 겨우 한마디를 내뱉었다.

"아니에요."

"그럼 지금은 어떻게 말하는 건데?"

벙어리는 울음을 터뜨렸다. 발등으로 눈물이 뚝뚝 떨어져 내렸다. 10년. 말을 잃고 살아온 10년 세월이었다. 누군가의 입을 마주하고서 말을 내뱉으려 할 때마다 그 한마디는 끝내 나오지 못하고 막혀 버렸다. 그녀의 10년 세월은 두 단어로 말할 수 있었다. 고통과 절망.

한충 아버지가 다가와 샤오수의 손을 잡고 뚱보 왕에게 말했다.

"살인범을 따라 도망 다니지 않았나. 무슨 말을 하겠나. 말을 잃는 게 차라리 나았겠지."

사람들도 벙어리가 말을 한다고 수군거렸지만 벙어리는 여전히 입을 열지 못했다.

한충 아버지는 마을 사람에게 방앗간을 맡겼다. 현성에 가서 한충을 만날 생각이었다.

"불만 잘 보면 되네. 불이 꺼지면 안 돼. 불이 제대로라야 가루가 깨끗하고 냄새도 안 나거든. 냄새가 나면 그건 상품이 못 돼. 대충 만든 걸 누가 돈 주고 사겠나. 오후에는 돼지 여물 좀 챙겨 주고. 일고여덟 마리 되는데 깻묵 세 통이면 될 거야. 이 두 가지만 하면 되네. 나는 해 질 때쯤 돌아올 테니."

다음 날 한충 아버지는 현성으로 나갔다. 구치소에서 한충을 만나 아직 조사 중이라는 이야기를 들었다. 뇌관은 어디서 났어? 친화가 줬습니다. 친화는 그걸 어디서 구했어? 파싱이 탄광에서 가져왔습니다. 탄광에서 어떻게 가져와? 그의 아들이 지키는 창고에서 빼냈습니다. 이런 식으로 사건에 관계된 사람이 점점 늘어났다. 이제는 탄광도 조사가 들어가서 파싱의 아들까지 구치소에 끌려온 터였다.

한충은 아버지에게 방앗간 일을 물었다.

"괜찮다. 다 잘되고 있어. 그리고 벙어리는 정말로 말을 하더구나."

"잘되었네요."

아버지는 한충을 흘깃 보고는 아무 말도 하지 않았다.

한충은 뭔가 하고 싶은 말이 있는데 어떻게 해야 좋을지 알 수가 없었다.

"돌아가서 잘 좀 안심시켜 주시고…… 제가 할 말이 있다고 전해 주세요!"

아버지는 말이 없었다. 그저 고개를 끄덕이고는 돌아서서 구치소를 나갔다.

안산핑으로 돌아오는 길, 집집마다 불이 꺼져 어둠에 싸여 있었다. 방앗간만 환하게 불을 밝힌 채였다. 마을 사람이 불에 덖은 가루를 쏟아 놓고 하나하나 곱게 다지고 있었다. 그의 그림자가 벽에 비쳐 마치 작은 언덕처럼 보였다. 그가 움직일 때마다 까만 산줄기가 이리저리 흔들렸다. 그 모습을 보고 있자니 어쩐지 코끝이 시큰해졌다. 저것은 바로 나의 모습이다. 나는 아들을 대신해 빚을 갚아야 한다.

한충 아버지는 방앗간으로 들어서며 담배 두 갑을 꺼내 맷돌에 내려놓았다.

"이 친구, 이거 한 통 만들고 담배 두 갑이라니 내가 밑졌는걸.
하여간 자네도 오늘 고생 많았네."

"고생은요. 힘든 일이 있으면 서로 도와야죠."

문밖에 인기척이 느껴졌다. 나가 보니 벙어리가 서 있었다.

한충 아버지는 한참을 말없이 서 있다가 한마디 툭 던지듯 내
뱉었다.

"한충이 자네한테 할 말이 있다네."

달빛 아래로 벙어리의 입술이 살짝 움직이는 게 보였다. 그녀는
한 번도 느껴 보지 못한 무언가가 목구멍으로 치밀어 오르는 것을
느꼈다. 그동안 긴 악몽에 시달리던 그녀를 누군가 깨워 준 것 같
았다. 삶과 죽음 사이의 차가운 어둠 속에 갇혀 있다가 어딘가로
통하는 길을 찾은 것만 같았다.

가을의 끝자락도 소리 없이 멀어져 갔다. 누에는 모두 틀에 자
리를 잡고서 고치를 틀었다. 누에가 실을 토해 내며 고치 짓는 모
습을 가만히 지켜보던 벙어리는 밖으로 나갔다. 오랜 시간 방 안
에 틀어박혀 있다 보니 산의 모습이 어떤지, 늦가을의 풍경이 어
떤지 잊어버릴 지경이었다. 산머리를 비추는 햇살의 붉은빛이 점
점 옅어져 갔다. 아이를 안고 절벽 앞에 서서 발아래를 내려다보
았다. 밭에서 일하는 이들의 얼굴에 기쁨이 번져 있었다. 일을 한
다는 건 좋은 거구나. 사방을 둘러보니 청량하게 높은 하늘에 보
일 듯 말 듯 구름이 걸려 있었다. 맑은 하늘 아래 눈앞이 탁 트여

그 어느 때보다도 멀리까지 보였다. 산에서 불어오는 바람이 조금 쌀쌀하게 느껴졌다.

방앗간에 가 보니 여느 때와 같은 모습이었다. 불린 옥수수를 맷돌 구멍에 집어넣으면 나귀가 돌리는 맷돌 사이로 곱게 갈려서 흘러내렸다. 다만 한충이 보이지 않았다. 안산핑 사람들이 가루를 내기 위해 곡식을 메고 찾아오곤 했지만 한충만은 이곳에 없었다. 벙어리의 마음속에 끊어질 듯 이어지는, 말로 하지 못한 무언가가 목구멍에 걸려 있었다. 아이에게 말을 가르쳐야지. 벙어리는 아이 쪽으로 고개를 돌렸다.

"할아버지."

"할아버지."

아이가 말을 하는 사이 어느덧 가을비가 내리기 시작했다. 부슬부슬 쉬지 않고 내리는 비에 발이 젖고 벽과 방 안에 습기와 곰팡내가 가득했다. 하지만 이제 곧 날이 개면 햇빛이 집 안까지 드리워질 것이다. 벙어리는 이제 벙어리가 아니고 훙샤라는 이름으로 불렸다. 훙샤의 눈에는 저 밖을 채우고 있는 햇빛이 반짝이는 황금빛으로 보였다.

하늘 아래

天下

1

구두이핑은 와이나오산 북쪽에 자리했다. 산에 들어서서 5리 정도만 가면 크지 않은 하천이 흘렀다. 가을 햇빛에 반짝이며 흐르는 물줄기가 눈길을 사로잡았다.

황혼이 드리운 어느 저녁, 해는 아직 강렬한 빛을 남겨 둔 채였다. 구두이핑 아낙 롼친이 냇가 버드나무 아래 자리를 잡고 앉았다. 한참 빨랫감을 주무르다 무심코 고개를 들어 보니 솥뚜껑만 한 검은 물체가 수면 위를 떠가고 있었다. 썩은 나무토막이겠거니 생각하며 방망이질을 시작했다. 그러다 다시 고개를 들고는 헉하고 숨을 멈추었다. 나무토막인 줄 알았던 물체가 불쑥 솟아오른 것이었다. 그리고 롼친을 향해 다가왔다. 물속에 잠겼다 다시 나왔다 하면서 점점 가까워지더니 롼친 앞에 우뚝 멈춰 섰다. 그제야 롼친은 분명하게 알아볼 수 있었다. 젊은 사내였다.

저녁빛은 여전히 허공을 맴돌며 화가가 낭호필[1]을 휘둘러 색을 뿌려 놓은 듯 냇물을 붉게 물들였다. 롼친은 벌떡 일어나 사내를

---

1 狼毫筆, 족제비 털로 만든 붓.

쏘아보았다. 사내는 미동도 하지 않았다. 서로 말없이 쏘아보다가 마침내 롼친이 입을 열었다.

"어쩌려는 거예요?"

사내는 그대로 롼친의 발 앞에 철퍽 쓰러졌다. 롼친은 더럭 겁이 났다. 옆에 있던 자갈을 주워 냇물을 향해 집어던졌다. 물이 튀며 물방울이 후드득 남자의 몸 위로 떨어졌다. 그래도 남자는 꼼짝도 하지 않았다. 죽었나.

'죽었나 봐.'

롼친은 오히려 안심이 되었다. 죽은 사람은 무서울 게 없었다. 요즘 같은 세상에 사람 하나 죽는 건 흔한 일이었다. 전쟁에 기아까지 겹쳐 하루라도 죽은 사람이 보이지 않으면 이상한 세월이었다. 롼친은 사내의 머리를 받쳐 들었다. 아직 숨이 붙어 있었다. 어쩌면 살 수도 있겠다는 생각이 들었다. 고개를 들어 냇가 건너편을 바라보았다. 건넛마을에는 고탑古塔이 있었다. 예전에는 이 고탑 아래 법흥사라는 절이 있었는데, 지금은 절터에 탑만 남았다. 탑은 조금 기울어져 있었다. 냇가 부근에 사는 사람들 사이에서는 이 탑이 무너질 때 모자 쓴 이가 깔려 죽을 거라는 말이 전해져 왔다. 사람들은 그 모자 쓴 이가 나타나기를 기다리고 있었다. 롼친은 어릴 때부터 결혼하여 살림을 꾸린 지금까지 모자 쓴 사람이라고는 젊은 군인밖에 본 적이 없었다. 마을 사람들은 모두 양가죽 덮개를 두르고 다녔다. 하지만 그녀는 남편 휘창뤼가 양가죽 덮개를 쓰는 것도 못 하게 말렸다.

"절대로 그 탑 아래를 지나다니면 안 돼요. 당신이 그리 지나가면 나는 과부가 되는 거라고요."

자기가 한 말인데도 다시 생각하니 웃음이 나왔다. 받쳐 든 사
내의 머리가 움찔하더니 가만히 눈을 떴다. 살았구나. 사내의 눈
에 롼친의 웃는 얼굴이 들어왔다.

사내는 매우 조심스러웠다. 창백한 얼굴에 불안한 듯 눈빛이
이리저리 흔들렸다. 다행히 롼친의 웃는 얼굴에서 느껴지는 온기
가 불안감을 조금 가라앉혀 주었다. 땅을 짚은 팔꿈치에 힘을 주
어 보았다.

"일어날 수 있겠어요?"

그는 간신히 몸을 일으켜서 힘겹게 입을 열었다.

"저 좀 데려가 주십시오."

여전히 맴도는 저녁 공기 속에서 그의 한마디가 롼친의 모성애
를 일깨운 듯했다. 롼친은 그를 부축해 발걸음을 옮겼다. 발도 다
친 모양이었다. 저녁빛이 점차 물러가고 세상은 냇물의 흐름처럼
고요하면서도 정겨웠다.

천천히 걸음을 옮기는 사이, 사내는 조금 정신이 드는 듯했다.
롼친은 잠시 그를 세워 두고 얼른 냇가로 돌아가 가지고 왔던 나
무 대야를 챙겼다. 남자를 부축해 걷자니 마을 풍경이 하나하나
스치고 지나갔다. 산 입구 옥수수밭을 붉게 물들였던 수염이 어느
덧 검게 변해 있었다. 마을을 둘러싼 포근한 온기를 지나오는 사
이, 롼친은 숨이 차오르기 시작했다. 발을 동여맨 전족 때문에 걷
는 것이 영 힘겨웠다.

집에 다다르니 훠창뤄가 마당에서 망치로 쇠를 두드리고 있었

다. 날카로운 금속음이 담장 너머로 퍼져 나왔다.

"여보, 좀 나와 봐요!"

휘창뤼는 롼친이 외치는 소리를 듣고 달려 나왔다. 낡은 검은색 조끼에 허리띠를 질끈 동여맨 차림이었다. 구르듯 달려 나와 굳은 살 박인 큼직한 손으로 롼친의 나무 대야를 받아 들었다. 사내의 몸이 기우뚱하며 얼굴이 뭉개졌다. 예고 없이 일상에 끼어든 낯선 남자의 등장에 휘창뤼는 묘한 긴장감을 느꼈다. 하지만 일단 롼친과 함께 사내의 팔을 붙잡고 비틀거리며 집으로 들어왔다. 사내를 내려놓은 휘창뤼는 얼른 대문간으로 나가 마을길을 살펴보았다. 참새 떼가 오르내리며 있을 법하지도 않은 먹이를 찾아 황톳길을 옮겨 다니고 있었다. 휘창뤼는 자신의 거친 숨소리를 들으며 주변을 꼼꼼히 살폈다. 어딘가 다른 이의 눈이 있을까 걱정되었다. 방금 일어난 일을 잊는 게 그걸 기억하는 것만큼 쉽다면 얼마나 좋을까. 어찌되었든 낯선 이를 집 안에 들였다. 요즘같이 어지러운 시절에 복이 될지 화가 될지는 알 수 없는 일이었다. 어떤 은원으로 남을지도…….

사내는 별로 크지 않은 키에 몸도 말라 보였다. 툭 불거진 광대뼈에 눈썹 아래로 움푹 들어간 눈이 날카로운 인상을 주었지만 눈을 뜨면 또 어떨지 알 수 없었다. 휘창뤼는 롼친이 가져온 물그릇을 받아 사내의 몸을 일으킨 뒤 입 안에 흘려 넣었다. 사내는 콜록거리며 힘겹게 물을 넘겼다. 날이 저물었다. 어둠 속에 뭔가가 웅크리고 앉아 있는 듯했다.

"말할 수 있소?"

훠창뤼의 물음에 사내는 이를 악물고 고개를 끄덕였다.

"어디서 왔소? 어디로 갈 거고?"

"강 건너에서 왔습니다. 건너편으로 가려고요."

안 물어본 것이나 다름없었다.

사내의 입에서 신음 소리가 흘러나왔다. 어디가 아픈 모양이었다. 딱딱하게 굳은 사내의 다리가 롼친의 눈에 들어왔다. 꽁꽁 싸맨 천을 풀어 보니 손바닥만 한 상처가 드러났다. 대충 붙은 딱지 아래 누런 고름이 한주먹이나 들어차 있었다. 이 다리를 하고 강을 건너온 것인가. 롼친은 다른 생각을 할 새도 없이 구들 아래로 뛰어 내려가 불을 피우고 솥에 물을 채워 산초 한 줌을 집어넣었다. 그러고는 허리춤에서 반짇고리를 꺼내 바늘로 고름 맺힌 자리를 몇 차례 찔렀다. 두꺼비 껍질처럼 진득한 고름이 왈칵 쏟아져 나왔다. 고름이 다 빠져나온 것을 확인한 뒤 산초물을 깨끗한 천에 적셔 상처를 꼼꼼히 닦아 주었다. 고통이 좀 잦아든 듯 사내는 이내 잠이 들었다. 편안한 모습이었다.

훠창뤼는 롼친을 바라보았다. 거친 종이를 붙인 창을 통해 드리운 빛이 롼친의 얼굴 위로 흔들렸다. 황혼의 끝자락에 남은 부드러운 저녁빛이 롼친 옆에 누운 사내의 얼굴로 내려앉았다. 문득 이 남자의 정체에 의심이 일었다. 반면 롼친은 이 상황이 맑은 냇물을 타고 시작된 꿈처럼 느껴졌다. 아직도 꿈속에 있는 듯했다. 그러나 따져 묻는 듯한 훠창뤼의 눈빛을 느끼는 순간, 꿈에서 깨어났다. 가만히 한숨을 내쉬었다. 이제 어떻게 해야 하나……. 머릿속이 아득해졌다.

강 건너에서 온 사람이 건너편으로 가려 한다고…….

강 건너에서는 총소리가 울리곤 했다. 이자는 어느 쪽 사람일까. 사내는 얼굴을 부부 쪽으로 돌린 채 팔을 베고 곤히 잠들었다. 롼친은 남편에게 눈짓하며 방문을 나섰다.

부부는 마당 가운데에 섰다. 어둠 속에 바짝 붙어 서서 머리를 맞댔다. 강 너머에서는 팔로군[2]과 일본군이 대치 중이었다. 총알이 발정 난 벌 떼처럼 하늘을 덮었다. 그 총알이 모두 나뭇잎을 맞힐 리 만무하건만 강 너머 나무들은 총알세례에 벌거숭이가 되었다.

"어쨌거나 산 사람인데 돌봐 줘야지요."

롼친은 고개를 모로 돌렸다. 부드러운 눈빛이 자못 애교스러웠다. 훠창뤼는 아내를 말릴 수 없음을 알고 있었다. 말없이 생각에 잠겼다. 됐다, 내일 날이 밝으면 알아서 떠나지 않겠나.

2

구름은 망설임 없이 흘러가고 차가운 달빛이 방 안을 채웠다. 사내의 편안한 숨결에 훠창뤼는 뒤통수가 서늘했다. 밖에는 바람도 없는데 잠이 오지 않았다. 자리에서 일어나 앉아 담배에 불을

---

2 八路軍, 중국 항일전쟁 시기 화베이 지방에서 활약한 중국 공산당 군대. 1927년 난창봉기 때 홍군으로 불리다가 1937년 제2차 국공합작을 계기로 국민혁명군 제8로군으로 개칭하여 항일전선에 나섰다. 1947년 인민해방군으로 명칭을 바꾸었다.

붙였다. 모기가 앵앵거리며 맴돌았다. 롼친도 잠을 이루지 못했다. 문에 걸어 둔 모기풀을 뜯어 불을 붙였다. 풀에서 나는 연기에 부부는 눈도 제대로 뜨지 못하고 앉아 있었다. 지금 눈앞의 풍경은 예전과 달랐다. 어둠이 소용돌이처럼 휘돌며 수많은 그림자를 토해 냈다. 밤바람에 나뭇가지가 휘어지며 날카로운 소리를 냈다. 그때마다 두 사람은 화들짝 놀라 몸을 움츠리고, 눈은 약속이라도 한 듯 동시에 사내를 향했다. 정작 사내는 세상모르고 잠들어 있었다. 방 안에 차오른 모기풀 연기가 기기묘묘한 모양의 그림자를 만들어 내며 사내를 감싼 채 흩어질 줄 몰랐다.

사내는 롼친의 집에서 꼬박 닷새 동안 잠에 빠져 있었다. 롼친은 매일같이 산초를 넣어 끓인 물로 상처를 닦아 주었다. 사내는 어느 날 갑자기 잠에서 깨어났다. 벌떡 일어나 방 안을 둘러보는 경직된 몸에서 일순 힘이 빠져나가는 것을 느낄 수 있었다. 구들에 낡은 담요 한 장뿐인 방 안에는 곡식 단지 하나 없었다. 사내의 갑작스런 기색에 롼친은 깜짝 놀라 후다닥 몸을 숨겼다. 사내는 재빨리 창가로 가서 바깥을 살폈다. 하늘은 색을 칠해 덮어 놓은 것처럼 온통 파랗게 빛났다. 그는 고개를 돌려 바닥에 쪼그리고 앉은 롼친을 바라보았다. 정신없이 몸을 피하느라 놀란 가슴이 세차게 요동치고 있었다. 그 모습이 사내에게는 오히려 정겹게 느껴졌다. 롼친은 마음을 가라앉히고 아궁이에서 감자를 꺼내 건네주었다. 거뭇한 감자를 꼭꼭 씹고 있자니 찰기가 느껴졌다.

"날씨가 좋군요."

사내가 먼저 말을 걸었다.

"예, 좋네요."

"안 죽고 살았네요."

"구들 위로 올라가 앉아요."

"제가 며칠이나 잤나요?"

"모르겠어요?"

"기억이 안 납니다."

"꼬박 닷새 동안 잤어요."

"이런, 일을 망쳤네요."

롼친은 가만히 웃어 보였다.

"세상사가 다 고난이죠. 하늘이 무너지지만 않으면 망칠 것도 없어요."

그는 어떻게 설명해야 할지 막막했다.

"여기선 사시사철 어떻게 사나요?"

"먹고 싸면서 살죠."

자못 경쾌한 대답이었다.

"양식이 좀 있느냐고 묻는 거예요."

좀 있느냐고? 가을 햇볕이 내리쬐는 산비탈이다. 이즈음이면 너 나 할 것 없이 추수를 시작할 때여야 했다. 전쟁은 도대체 언제쯤 끝날 것인가. 사람들은 자라처럼 머리를 처박은 채 잔뜩 움츠러들었고, 손바닥만 한 땅뙈기에 뭐라도 좀 뿌려 놓을라치면 그조차도 일본군이 몰려와서 쓸어가 버렸다. 예전이라면 여유가 있었을 벼뿐만 아니라 기장, 메밀, 옥수수, 수수…… 무엇이든 전쟁과 함께 구경조차 하기 힘들어졌다. 그나마 감자가 가뭄에 강하고 손이 덜 가서 키워 볼 만했다. 덕분에 감자는 농민들의 끼니를 해결해 주는 가장 긴요한 양식이 되었다. 감자는 뜨거운 햇빛에도 강했다. 넓적하게 썰어서 강가에 펼쳐 두면 거뭇하게 말랐다. 두더지가 갉아 먹어도 걱정이 없었다. 그렇게 만들어 두면 1년 사시사철 다양한 방법으로 먹을 수 있었다. 말린 감자를 가루 내어 반죽한 것을 쪄 먹기도 하고 국수를 밀기도 하고 떡을 빚기도 하고, 전분을 이용해 푸성귀를 불려 먹으면 영양도 좋고 허기도 가셨다.

"농가에서 양식은 금이나 마찬가지예요. 뭐 좀 먹었다 싶으면 방귀는 또 얼마나 나오는지. 우리 바깥양반 밤에 방귀 뀌는 소리 못 들었어요?"

란친은 불가에 앉아 미주알고주알 이야기를 풀어내며 감자죽을 묽게 끓였다. 반들반들 윤기가 나는 죽을 후루룩 들이켜면 위장을 통해 바람이 지나가는 듯했다. 란친네처럼 작은 살림이나마 꾸려 가던 집들이 전란 통에 배를 곯았다. 넋두리 같은 말이 하염없이 쏟아지는 동안 구들에 앉은 사내는 내내 말이 없었다.

날이 저물 때쯤 사내는 구두이펑에 황씨 성을 가진 부자가 살고 있음을 알았다. 땅 수십 무[3] 외에 커다란 집과 마차도 있고 부리는 사람도 여럿에 기름집까지 열고 있었다. 황 부자에게 돈이란 목숨보다도 귀한 것이었다. 그는 하루도 빠짐없이 닭 울음소리와 함께 일어나 소를 몰고 나가서 일꾼들과 함께 일했다. 1년 사시사철 잠시라도 쉬는 법이 없었다. 그래도 그 집에서 소작을 부치면 쌀죽에 밀가루 빵이라도 먹을 수 있었다.

---

3 畝, 중국식 토지 면적의 단위. 15무는 1헥타르에 해당한다.

란친은 사내에 대해 알게 되었다. 이름은 리만탕, 강 건너 무공대[4] 사람이며 임무를 띠고 강을 건너왔는데 란친은 도울 수 없는 일이라고 했다. 밤이 깊어 가자 휘창뤼가 돌아왔다. 그는 강 건너 일본인에게 장작을 가져다주며 주워들은 무공대 소식을 전해 주었다. 사제 총으로 일본인의 식량 창고를 습격했다가 제대로 공격해 보기도 전에 일본군에게 난사당하여 시체 몇 구를 남긴 채 물러났다는 것이었다. 란친은 휘창뤼와 리만탕을 번갈아 바라보았다. 휘창뤼는 리만탕과 란친의 기색을 살폈다. 하루 없었다고 둘이서 엉뚱한 짓거리를 한 건 아니겠지.

리만탕은 구들에서 내려오려고 안간힘을 썼다. 무엇 때문인지 가슴속이 서늘해졌다. 뼛속까지 스며드는 한기에 몸이 떨렸다. 문밖에서 밀려온 바람이 발 아래를 맴돌며 방 안의 온기를 흩어 버렸다. 절룩거리며 문밖으로 나가려는 그의 뒤에서 란친이 눈짓을 했다. 휘창뤼는 얼른 리만탕을 부축해 마당으로 나갔다. 나뭇잎 사이로 조각난 달빛의 파편이 뒤섞였다. 리만탕은 흙벽에 기대서서 조금은 서늘한 달빛을 온몸으로 받았다. 세상 어떤 적과 원수, 피를 빠는 모기와 바람, 놀라움과 두려움도 지금 이 순간 그를 동요시킬 수 없었다. 갑자기 그가 휘창뤼의 손을 잡았다. 그리고 입을 열었다. 밀물이 차오르듯 쏟아져 나오는 그의 말을 막아 낼 방법이 부부에게는 없었다.

리만탕은 적의 감시를 뚫고 강을 건너왔다. 무공대의 식량이 떨

---

4 武工隊, 항일전쟁 당시 피점령지에서 투쟁하고 활동하던 무장공작대武裝工作隊.

어져 그가 구해 오기로 한 것이다. 그런데 강을 건너서 또 한번의 검문을 피하지 못하고 정체가 들통 났다. 도박하는 심정으로 강물에 뛰어드는 순간, 일본군의 총에 맞았다. 그는 죽을 힘을 다해 강을 타고 내려왔다. 그에게는 마쳐야 할 임무가 있었다. 식량이 없으면 이 전쟁은 계속할 수가 없다. 그런데 바짓단에 묶어 둔 은전 주머니가 강 가운데쯤 와서 그만 풀어져 버렸다. 처음에는 분명 발목에 묶인 묵직한 존재를 느낄 수 있었다. 물속에서 움직이며 다리를 간질이기도 했다. 화촉을 밝힌 신방에서 일어나는 춘사春事처럼 아주 강하지는 않지만 기분 좋은 무게감이 있었다.

용감한 정신과 강인한 신체로 무장한 그였다. 물속에서 끝내고 싶지는 않았다. 물속에서 죽는 것은 여자의 배 위에서 죽는 것만큼이나 자랑할 모습이 못 됐다. 그의 죽음은 좀 더 중요한 의미와 함께여야 했다. 밤이 깊어지면서 사위가 고요해졌다. 가느다란 나뭇가지에도 생명이 깃들어 있는 것처럼 그의 몸도 생명의 끈을 놓지 않은 채 오르락내리락하고 있었다. 식량을 구해야 했다. 기꺼이 일본군과 목숨을 바꾸겠노라 결심한 이들이 그에게 의지하고 있었다. 일본군과 목숨을 바꾸겠다는 결심은 수많은 이가 느낄 고통, 기쁨과 관계된 일이었다. 리만탕의 이야기는 끊길 듯 끊길 듯 이어졌다. 목구멍 안에 마른풀이 뭉쳐 있는 듯한 목소리였다.

듣다 보니 지치는 것도 같았지만 어느새 꽃가루를 모으는 일벌처럼 두 눈을 부릅뜨고 집중하는 자신을 발견할 수 있었다. 전쟁이란 사람을 죽여야 하는 일이다. 죽는 게 두렵지 않다는 그가 휘창퀴는 너무나 신기했다. 죽음이 두렵지 않은 사람은 보통 사람과 무엇이 다를까? 전쟁은 거대한 구덩이와 같다. 산 사람을 밀어 넣음으로써 채워지는 구덩이. 마지막에 그 앞에 서서 웃는 자가 비로소 승리자가 되는 것이다. 승리자의 발밑을 채워 그를 들어 올리는 것은 적이다. 승리를 거두어야만 전우들의 뼈에서 비로소 싹이 트기 시작한다. 보통 사람과 보통이 아닌 사람의 차이는 이것 아닐까. 죽음이 한 사람의 가치를 정할 때, 보통이 아닌 이들은 그 무엇도 두려워하지 않는다는 것.

훠창뤄는 어떤 신성한 기운에 휩싸였다. 사람은 죽은 돼지로 살 수 없다. 죽은 돼지처럼 아무것도 모르고 사는 인간이라면 죽음의 신은 피할 수 있겠지만 그의 뼈는 살아 있어도 싹을 틔우지 못할 것이다.

훠창뤄는 황 부자네 집에 곡식이 쌓여 있다는 것을 알았다. 황 부자가 가장 좋아하는 것이 바로 은전이었다. 롼친은 황 부자에게 가서 식량을 좀 빌릴 수 있는지 말해 보라고 훠창뤄를 부추겼다. 계속해서 눈짓까지 보냈지만 훠창뤄는 묵묵부답이었다. 그러다 롼친의 눈빛이 화살처럼 날아와 박히자 하는 수 없이 자리에서 일어났다.

돼지 잡는 칼처럼 매서운 바람이 훠창뤄의 뒤통수에 꽂혔다. 그는 몸을 잔뜩 옹송그린 채 앞마을 황 부자네 대문 앞에 섰다. 두툼한 나무에 쇠 장식이 붙어 있는 대문이었다. 양쪽으로는 높다란 방화벽이 서 있었다. 고개를 들어 올려다보자니 목이 다 저릿했다. 훠창뤄는 문고리를 잡고 문을 두드렸다. 한참을 기다려서야 기름에 찌든 청색 겉옷을 입은 황 부자가 등롱을 들고 나오는 게 보였다.

그는 문을 살짝 열어 문틈으로 휘창뤼를 보고는 딱 그만큼만 열어 둔 채 물었다.

"다 늦게 무슨 일로 왔어? 어두워서 누군지 알아보지도 못하겠구먼."

휘창뤼는 그가 문을 좀 더 열어 주었으면 했다. 몇 가닥 솟아난 황 부자의 수염이 바르르 떨렸다. 입을 열 때면 금으로 해 넣은 대문니가 달빛에 도드라졌다. 그는 고집스럽게 온몸을 기대어 문이 더 열리지 않도록 힘을 주고 있었다.

"곡식을 좀 빌려 주십사 찾아왔습니다."

황 부자는 휘창뤼를 위아래로 훑어보았다. 도무지 돈 냄새라고는 나지 않는 자였다.

"요즘 같은 세상에 곡식이 바람에 실려 오는 것도 아니고, 누구한테 빌려 줄 만큼 여유롭지 않네. 그나저나 돈은 있는가? 돈이 곡식을 키우는 세상 아닌가."

"저는 빌리러 온 겁니다. 그러니 돈은 없지요."

"자네 푸성귀만 먹다 보니 기름 낄 새가 없어 이렇게 말이 잘 나오나?"

황 부자는 휘창뤼가 뭐라고 대답할 틈도 주지 않고 문을 닫아 버렸다. 문이 닫히며 제 손에 부딪쳤는지 "아이쿠야!" 하는 비명이 들리고는 곧 조용해졌다.

휘창뤼는 거칠게 입가를 문지르며 돌아섰다. 사방에서 바람이 불어와 흙먼지를 일으켰다. 하릴없이 집으로 돌아가려니 갑자기 황 부자네 개가 뛰쳐나와 짖어 대며 발끝에 걸린 그림자를 향해 달려들었다. 훠창뤼는 돌멩이를 주워 개를 향해 집어던졌다.

"망할 놈의 개새끼!"

개는 우뚝 멈춰 서서 꼼짝도 하지 않았다. 빌어먹을 인간보다도 의젓한 모습이었다. 갑자기 뱃속이 더부룩한 것이, 돼지 오줌보만큼이나 부풀어 오르는 느낌이었다. 다시 걸음을 옮기며 자기도 모르게 손바닥의 굳은살을 뜯어내기 시작했다. 잘 뜯어지지 않을 때는 입으로 물어뜯었다. 아프지도 않았다. 굳은살은 세월 속에서 만들어진 거였다. 저놈의 개새끼쯤은 한주먹에 때려누일 수 있었다.

그때 황 부자네 탈곡장이 보였다. 마당 가운데에는 해묵은 볏짚이 쌓여 있었다. 한 해 동안 비와 바람을 맞으며 거무튀튀해졌다. 볏짚 더미를 보니 기분이 더욱 언짢아졌다. 가만히 귀를 기울이면 바람이 볏짚에 부딪치는 독특한 소리를 들을 수 있었다. 가진 것 없이 고단한 세월이라도 그 소리를 들으면 부자가 된 듯한 기분이 들곤 했다. 하지만 마음 한구석에 은근한 부러움으로 담아 둔 저 검은 그림자는 훠창뤼의 것이 아니었다. 마을 사람들이 어깨를 겯고 힘을 모아 황 부자에게 벌어다 준 거였다.

황 부자가 가진 것은 훠창뤼에게도 있었다. 옷을 지어 입자면 황 부자보다 더 많은 천을 썼고 신발을 만들려 해도 더 많은 가죽이 필요했다. 키도 황 부자보다 크고 몸집도 황 부자보다 좋았다. 황 부자 정도의 품성이 안 되는 것도 아니었다. 날이 더우면 옷을 벗을 줄도 알았고 지칠 때면 나무 아래서 바람을 쐴 줄도 알았다.

그런데 왜 이놈의 돈은 따라 주지 않느냔 말이다. 곡식을 빌리기는커녕 말 한번 제대로 꺼내 보지 못한 채 단단하게 닫힌 문 두 짝 밖에 덩그러니 혼자 남은 꼴이라니. 집으로 돌아가면 이번에는 롼친이 잔소리를 늘어놓겠지. 세상사 어찌 될지 알 수 없으니 이걸로 끝났다고는 할 수 없을 것이다.

탈곡장이 거슬릴 정도로 눈길을 끌었다. 가만히 노려보고 있자니 눈이 욱신거리며 눈물이 나려 했다. 갑자기 그다지 좋지 않은 게 분명한 생각이 떠올랐다. 흩어 버리려 해도 꼼짝 않고 눈앞에서 어른거리는 그 생각을 좇아 그의 몸은 이미 제멋대로 움직이고 있었다.

롼친은 담에 기대어 집 앞길을 응시했다. 온통 어둠뿐인 공간에서 차라리 발소리에 귀를 기울였다는 게 맞을 것이다. 한참을 기다리자니 다리가 저렸다. 그녀는 몸을 돌려 변소로 갔다. 좁다란 어둠 속에서 오줌통을 들고 나왔다. 다시 길 쪽으로 시선을 고정했다. 집을 향해 다가오는 발소리는 여전히 들리지 않았다.

"곡식을 빌려 올 수 있을까요?"

리만탕이 다가와 말을 건넨다.

"힘들지요."

리만탕은 어리둥절해졌다. 빌릴 수 없다면 뭣 하러 그를 보낸 것인가? 리만탕은 알 수가 없었다.

"그저 힘밖에 못 쓰는 위인이라 이럴 때라도 머리 좀 굴려 보라고 보낸 거예요."

무심히 뱉은 한마디에 리만탕은 머리를 세게 얻어맞은 기분이었다. 시골 사람은 단순하다고들 하지만, 그 단순함 뒤의 깊이란 좀처럼 가늠할 수가 없는 것이었다. 그는 풀이 죽어 처마 밑에 쭈그리고 앉았다. 바람이 처마로 부딪쳐 와서 우수수 흙먼지를 떨어뜨렸다. 지금 이 상황을 기뻐해야 할까 슬퍼해야 할까. 아픈 다리를 끌어당기며 롼친을 바라보았다. 더없이 복잡한 심경이었다. 이 집에서 희망이란, 모질기가 실망보다도 더한 것이었다.

　순간 멀리서 발소리가 들렸다. 다급하게 다가오는 소리였다. 그는 실망이 너무 빨리 다가오지 않기를 빌었다. 실망이란 무엇으로도 막을 수 없는 것이지만, 그리고 그 사실을 잘 알고 있는데도 다가오는 발소리 앞에서 그는 어찌할 줄 모르고 허둥댈 뿐이었다. 차라리 자리를 피해 보려고 걸음을 옮기다 마침 마당으로 들어서는 훠창뤼와 부딪치고 말았다. 훠창뤼는 마당에 들어서서 그보다 조금 작은 리만탕을 품에 안은 채 괭이잠을 자는 것처럼 눈을 껌뻑거렸다.

　"곡식은 못 빌리고 그 집 탈곡장을 태워 버렸어."

　훠창뤼의 말을 듣고 고개를 들어 보니 저 멀리 붉은빛이 번지는 게 보였다. 바람을 타고 하늘 높이 치솟고 있었다. 주위의 웅성거림에 롼친은 아무 생각도 할 수가 없었다. 잠시 후 그녀는 다시 정신을 차리고 들고 있던 오줌통을 훠창뤼의 손에 쥐어 주었다.

　"얼른 탈곡장으로 달려가서 황 부자 눈에 띄게 뛰어다녀요. 아주 다급한 기색으로요. 이 오줌통도 잘 보이게 하고."

　훠창뤼는 몰려가는 사람들 틈에 끼어들었다. 사람들은 뭐라는

지 알 수 없는 말들을 하며 움직였다. 탈곡장에 가 보니 흩날리는 불꽃 아래 벌겋게 달아오른 황 부자의 얼굴이 보였다. 단추 하나 하나를 빠짐없이 잠근 검은 덧옷은 언제 봐도 바늘 하나 들어갈 틈이 없어 보였다. 웅성거리는 사람들 속에서 잔뜩 굳은 얼굴로 입을 꾹 다물고 있었다.

휘창뤼는 태연한 척하기 위해 죽을힘을 다했다. 짐짓 아무것도 모르는 얼굴로 황 부자 앞에 섰다. 그리고 밭 아래 밝은 곳을 찾아 오줌통을 내려놓았다. 불붙은 볏짚에서 나온 재가 벌 떼처럼 어지럽게 흩날렸다. 황 부자는 휘창뤼는 보지도 않고 그대로 돌아서서 등롱을 들고 가 버렸다. 휘창뤼는 스스로 사내답지 못하다고 느꼈다. 롼친이 시키는 일 아니면 스스로 하는 거라곤 힘쓰는 일뿐이었다. 황 부자가 사라지자 손바닥 굳은살이 근질거리기 시작했다. 물을 몇 통 퍼다가 저 불을 다 꺼 버리고 싶은 마음이었다.

그는 고생할 팔자를 타고난 사내였다. 조금이라도 의심할 줄을 몰랐고, 행여 의심할라치면 또 다른 사람에게 이용당했다. 휘창뤼는 뭐에 씌기라도 한 듯 어둠을 뚫고 강으로 내달렸다. 강가의 길쭉한 바위에 올라서서 내려다보니 강물 위로 밝은 달이 떠 있었다. 통을 담그자 달은 산산조각이 났다. 달 조각은 무수히 많은 물고기가 되었다. 물고기가 자기를 노려보는 황 부자의 눈 같았다. 아니, 다시 보니 자신을 원망하는 롼친의 눈 같기도 했다.

달빛을 밟고서 물을 퍼 담아 탈곡장으로 돌아갔다. 기세 좋게 물을 뿌리자 물줄기가 사방으로 흘러넘치며 짚단에 남은 마지막 불꽃을 덮어 버렸다. 남은 것은 어둠뿐이었다. 온통 새카맸다. 마을 사람들은 훠창뤼가 마음이 좋다고 생각했다. 황 부자도 누군가에게 이야기를 전해 듣고 조금은 고마운 마음이 들었다. 마지막 한 줄기 파란 연기가 훠창뤼의 몸과 마음을 감싸며 피어올랐다. 그럼에도 불구하고 더욱 괴로운 일은 남은 고난이 그의 눈앞에 펼쳐져 있다는 것이었다. 그보다도 힘든 일은 이러한 고난이 언제 끝난다는 기약도 없이 계속 이어질 거라는 사실이었다.

훠창뤼는 집으로 돌아와 롼친을 보고 씩 웃었다. 리만탕에게도 웃어 보였다. 이제 자기는 훠창뤼가 아니라 그저 진정한 자신이 된 것 같았다.

한밤중을 넘긴 시간이었다. 부부는 리만탕 맞은편 구들에 누웠다. 리만탕은 자꾸만 뒤척였다. 미안한 마음에 좀처럼 잠을 이룰 수 없었다. 외딴집에 낯선 이가 들어와 평화로운 일상을 깨뜨린 것이다. 계속 이럴 수는 없는 일이었다.

어둠 속에서 리만탕이 입을 열었다.

"두 분께 폐를 끼쳤습니다. 저도 어쩔 수 없었습니다."

리만탕은 잠드는 것이 두려웠다. 다음 날 훠창뤼가 또 무슨 일을 저지를까. 정신이 없을 때는 그저 편안하지만 눈을 뜨고 나면 뭔가 일이 생기기 마련이었다.

"우리 집에 오셨으니 손님이지요."

롼친의 말에 훠창뤼도 거들고 나섰다.

"그렇죠, 찾아온 손님은 대접을 해야지요."

이불 속에서 롼친이 훠창뤼를 걷어찼다. 훠창뤼는 롼친의 발을 잡아 발바닥을 꼬집었다.

리만탕은 검푸른 그림자가 드리워진 창문을 바라보았다. 창밖에서 뭔가가 기어 다니는 듯했다.

"마을에 황 부자 말고 다른 부잣집은 없습니까?"

"손바닥만 한 마을인걸요. 부잣집이 많지 않죠."

"맞아요, 황 부자네가 잘살아요."

롼친이 맞장구를 치는 사이, 훠창뤼는 롼친의 가슴에 발을 갖다 대고는 가만히 분질렀다. 롼친온 어둠 속에서 재미있다는 듯 웃었다.

머릿속이 복잡하던 리만탕은 그녀의 웃음에 퍼뜩 정신이 들었다. 앞으로 닥칠 일들을 어떻게 처리해야 할지 알 수가 없었다.

"은전을 드릴 수 있습니다. 지금은 가진 게 없지만요. 100근에 은전 두 냥으로 차용증을 쓰면 안 될까요?"

훠창뤼는 자리에서 일어나 앉았다. 롼친이 그를 걷어차며 얼른 대답했다.

"은전이 있으면 긴말할 필요도 없지요."

"차용증을 쓰겠습니다. 그리고 반드시 돌아와 갚겠습니다."

"종이 쪼가리에 몇 글자 쓴다고 곡식을 꿔 준답니까? 황 부자는 사람이지 모기가 아닙니다."

찰싹! 롼친이 훠창뤼의 등짝을 후려쳤다.

"모기면 내가 때려잡아야지. 다시는 내 귓가에서 윙윙거리지 못하게."

훠창뤼는 다시 자리에 누웠다. 그리고 죽은 돼지와도 같은 혼돈과 무지 속으로 빠져들었다.

3

먼저 잠을 깬 건 훠창뤼였다. 그는 물그릇을 들고 나가 낫을 갈기 시작했다. 슥, 슥, 슥 소리가 리만탕의 신경을 건드렸다. 낫을 가는 훠창뤼의 뒷모습을 보니 솟아오른 근육이 울끈불끈했다. 그는 날이 제대로 섰는지 엄지손가락으로 만져 보고는 낫을 겨드랑이에 끼고 나갈 채비를 했다.

그때 황 부자네 일꾼 건바오가 싸리문을 열고 들어왔다.

"이봐, 훠창뤼, 황 영감님이 건너오라시네."

이 시간에 가장 기운이 넘치는 건 개였다. 황 부자네 개는 대문 앞에서 앞발을 들고 짖어 댔다. 낯선 이의 냄새를 향해 맹렬히 짖어 대는 개 앞에서 훠창뤼는 옴짝달싹할 수가 없었다. 황 부자가 문을 열자 주인 냄새를 알아챈 개는 꼬리를 말고 온몸을 흔들었다.

황 부자는 한쪽 다리로 문을 버티고 섰다. 손에는 제 머리통보다도 큰 그릇을 들고 있었다. 그릇에 담긴 옥수수죽 위로 무장아찌가 가로놓였다. 죽 한 입 떠 넣고 무 한 입 베어 먹는 식이었다.

"자네 힘이 좋더군. 그냥 놀리기 아깝던데. 어젯밤에 보니 마음 씀씀이도 괜찮은 것 같고 말이야. 지금 황군이 강 건너에서 보루를 쌓고 있는데 일손이 달리는 모양이야. 자네가 가 보게. 지금 바로 가. 하루 세 끼에 은전 한 냥을 준다네."

훠창뤼는 놀라서 입이 딱 벌어졌다.

"지금 바로 건바오를 따라가라고."

"집에 가서 롼친에게 알리고 가겠습니다. 감사합니다, 어르신.

정말 감사합니다."

황 부자는 문을 닫으며 중얼거렸다.

"천성이 쌍놈이로구나. 끼니 걱정이나 하는 처지에 마누라 생각부터 하다니."

휘창뤠는 몇 마디 더 하고 싶었지만 황 부자네 개가 낮짝에 잔뜩 주름을 잡은 채 귀를 쫑긋 세우고 눈에서 불이라도 튀어나올 듯 노려보는 통에 남은 말을 삼킬 수밖에 없었다.

휘창뤠는 집에 오자마자 롼친의 손을 잡아끌고 변소로 들어갔다. 두 사람은 변소 대들보에 걸터앉았다. 롼친은 휘창뤠의 얘기를 듣고는 곧바로 계획을 세웠다.

"물건이 오가면 응당 남는 게 있어야죠. 우리가 받은 은전으로 황 부자한테 곡식을 사서 리만탕에게 값을 좀 붙여 팔면 되겠어요. 잘하면 우리도 중간에서 돈 좀 만지는 거죠. 지금부터 바짝 아껴서 돈을 모으면 땅도 살 수 있을 거예요."

휘창뤠는 롼친의 재잘대는 모습이 사랑스러워 견딜 수가 없었다. 그의 눈에는 완벽한 여자였다. 그는 롼친의 뺨에 소리가 날 정도로 입을 맞추고 그 길로 건바오를 따라 집을 나섰다. 롼친이 깡충 뛰어올라 휘창뤠가 머리에 쓴 두건을 잡아챘다.

"탑 아래로 지나가면 안 돼요!"

일본인들이 짓고 있는 것은 포루였다. 네 귀퉁이에 차곡차곡 돌을 쌓아서 값나가는 베개같이 반듯했다. 100개 정도 되는 계단을 놓고 일꾼들이 밑에서부터 돌과 흙을 자루에 담아 날랐다. 휘창뤼는 힘쓰는 일이라면 자신 있었다. 밥 한술 뜨고 나면 한달음에 100근씩 옮길 수 있었다.

일본인들은 싱글거리며 일꾼들이 위아래로 오르내리는 모습을 지켜보았다. 꾸벅꾸벅 조는 이도 있었다. 일꾼들은 숨도 크게 못 쉬었다. 날이 저물자 일본인이 탁자에 앉아 결산을 해 주었다. 손에 작은 붓을 들고 어느 일꾼이 몇 번을 날랐는지 꼼꼼하게 기록했다. 은전을 나눠 주려는 참에 다른 일본인이 와서 일꾼들을 보고는 씨익 웃었다. 웃는 얼굴에서도 선의라고는 조금도 느껴지지 않았다. 일본 병사 둘이서 뭔가 내기를 하는 듯했다. 두 사람은 주머니에 있는 은전을 모두 꺼내더니 짤랑짤랑 소리를 내며 바닥에 쏟아 놓았다. 한 명이 은전을 가지고 계단을 올라가 열 번째 계단에 은전 한 냥을 놓았다. 그렇게 계단 하나에 은전 하나씩 놓으며 꼭대기까지 올라갔다. 은전은 광이 나지 않았다. 눈이 나쁜 사람이라면 이 정도 거리에서는 보이지도 않을 터였다.

하지만 휘창뤼의 눈에는 분명하게 보였다. 눈이 좋기도 했지만 은전이 너무도 필요하기 때문이었다. 일꾼들이 어찌할 줄을 모르고 쭈뼛거리는 사이, 휘창뤼는 얼른 앞으로 나섰다. 칼도 먼저 맞아야 그만큼 빨리 환생할 수 있다고 했던가. 원래도 큰 키에 한 발앞으로 나서니 일꾼들보다 두 배는 커 보였다. 일본 병사가 계단을 내려왔다. 그가 신은 군화가 탁탁탁 경쾌한 소리를 냈다. 그는 다른 이들은 무시한 채 휘창뤼를 노려보았다. 휘창뤼는 그의 시선이 부담스러워 고개를 돌렸다. 법흥사의 탑이 보였다. 햇빛이 탑의 유리와 기와등, 조각상과 곧게 솟은 침 위로 쏟아지고 있었다. 탑이 세워진 지 그렇게 오래되었으니 무엇이 되었든 수많은 일을 겪어 왔을 터, 최후의 순간 왜 하필이면 모자 쓴 이를 데려간다는 걸까? 일본놈이나 데려가면 좋겠구먼.

"너!"

은전 한 냥을 사이에 끼운 손가락 두 개가 휘창뤼를 가리켰다.

"저요!"

"흙 200근을 지고 위로 올라간다. 열 번째 계단부터 은전이 한 냥씩 있다. 하나를 줍든 두 개를 줍든 네가 가진다. 끝까지 올라가면 저기 있는 은전은 모두 네 것이 된다."

기다리던 순간이 왔다. 하루 종일 일하느라 온몸이 노곤했지만 은전이라는 말에 장정 셋도 상대할 만한 힘이 솟았다.

한쪽에서 취사원이 솥을 들고 다가왔다. 일순 일꾼들의 눈이 모두 솥으로 쏠렸다. 하나같이 더 기다릴 수 없다는 표정이었다. 취사원이 호루라기를 불자 일꾼들은 숨이 목구멍까지 치받도록 앞다투어 달려들었다. 오후 내내 노역에 시달린 후였다. 오후는 작업 시간도 길어서 이미 배가 고픈 정도를 넘어선 상태였다.

"너, 밥을 먹겠나, 은전을 갖겠나?"

휘창뤼의 머릿속에서는 두 가지 생각이 싸우고 있었다. 밥을 먹으면 힘이 난다. 하지만 배가 부르면 쉽게 퍼져 버릴 것이다. 그는 좀 더 힘을 내 보기로 했다.

모두의 눈이 휘창뤼에게 쏠렸다. 그에게 자리를 내주느라 동그랗게 에워싼 꼴이 되어 그가 더욱 두드러졌다. 일꾼이 200근 무게의 나귀를 끌고 와서 다리를 묶고 훠창뤼의 등에 올려 주었다. 위아래로 허리를 움직여 보았다. 별로 무겁지 않았다. 거칠고 두툼한 두 손을 뒤로 돌려 나귀의 위아래 발굽을 움켜쥐었다. 열 번째 계단, 훠창뤼는 허리를 굽혀 은전을 집었다. 알 수 없는 흥분으로 손이 살짝 떨렸다. 황 부자가 한 말이 떠올랐다. 아무리 좋은 일이 있어도 사람이 절제할 줄을 알아야지. 안 그러면 남들한테 무시당하고 원한이 생기는 법이야. 스무 번째 계단에 올라서자 주머니가 제법 묵직했다. 그는 잠시 멈춰 서서 숨을 골랐다. 그래도 계단 100개는 너무 적다는 생각이 들었다. 200개면 더 좋을걸. 새 한 마리가 머리 위로 지나갔다. 새똥이 나귀의 머리에 찰팍! 떨어지자 나귀가 버둥거렸다. 새도 이 좋은 구경을 놓칠 수 없는 거겠지. 새가 지나가자 사위는 더 어둑해졌다.

내가 은전을 주울 때마다 저놈들은 속으로 죽을 맛이겠지. 헹, 힘도 없고 나설 용기도 없는 걸 어쩌겠냐!

이런 생각을 하는 동안 훠창뤼는 어느새 마흔 번째 계단에 섰다. 은전의 유혹에도 불구하고 고개를 제대로 들 수가 없었다. 구불구불 눈앞에 뻗은 오르막길을 보며 다리가 떨리고 가슴이 갑갑하게 조여 왔다. 숨을 한 번 들이쉬는 순간, 새 울음소리가 두 귀를 찌르듯 파고들었다. 아무 생각도 할 수가 없었다. 생각하는 것조차 힘이 들었다. 가자! 이제 예순 번째 계단. 힘을 너무 많이 썼는지 온몸에 기운이 빠지고 사지가 굳어 왔다. 얼굴에서 땀이 비오듯 쏟아졌다. 롼친을 떠올렸다. 은전 한 닢을 주울 때마다 눈이 허옇게 뒤집혔다.

'롼친, 당신이 욕 한마디 시원하게 해 주면 하나 더 집을 수 있을 것 같은데.'

훠창뤼의 무시무시한 숨소리가 계단 아래 있는 사람들에게까지 전해졌다. 그의 몸은 더 이상 움직이지 못하고 땅에 박힌 듯 멈춰 선 채 부들부들 떨고 있었다.

일흔 번째 계단에 서자 누군가 외쳤다.

"훠창뤼, 이제 그만 해, 이 미친놈아! 벌써 은전 60개가 네 주머니로 들어갔어!"

샘내는 게 중국인의 특성이든가. 이번에는 리만탕을 떠올렸다. 리만탕에게 돈을 벌지 못하면 주머니 속 은전을 볼 낯이 없겠지. 다리에 힘을 줬다. 하나만 더 올라가자! 발을 내딛는 순간 갑자기 울컥 피가 솟구쳤다.

"롼친!"

허리를 펴는 순간, 입으로 피가 뿜어져 나왔다. 다리에 힘이 풀리며 무너져 내렸다. 저 앞에 있는 은전을 잡기 위해 손을 뻗었지만 눈앞이 흐려져 잘 보이지 않았다. 무력감과 절망감이 밀려왔다. 이렇게 죽는 건가? 몸이 활처럼 구부러진 채 울컥울컥 피를 토해 냈다. 일어날 수도 없을뿐더러 눈을 떠도 아무것도 보이지 않았다. 몸에 힘이 빠지기 시작했다. 갑자기 벌어진 이런 상황은 결코 그가 기대한 것이 아니었다. 그는 분명 나귀 한 마리를 짊어지고도 남을 힘이 있었다.

일꾼들은 주춤거렸다. 누가 저더러 은전을 그렇게 많이 가지라고 했나? 심지어 일본인이 그의 주머니에 든 은전을 도로 가져가 버리면 좋겠다고 생각하는 이도 있었다. 일본군은 서로 마주 보고 웃었다. 동정심이라곤 찾아볼 수 없는 그들의 웃음이 위로 올라가 보려던 이들을 그대로 주저앉혔다. 피가 계단을 타고 흘러내렸다. 텅 빈 계단에서 검붉은 피가 어두운 구석으로 흘렀다.

"젠장, 얼른 데리고 내려와!"

건바오의 외침에 몇 명이 뛰어 올라갔다. 휘창뤼를 부축해 내려오는 사이, 누군가 뜯어낸 문짝을 구해 왔다. 네 사람이 한 귀퉁이씩 들고 휘창뤼를 뉘어 구두이펑으로 돌아왔다.

란친은 놀라서 심장이 튀어나올 지경이었다. 온 구멍에서 피가 쏟아져 나온 휘창뤼를 보고 있자니 몸이 떨리고 숨이 가빠 왔다. 왈칵 눈물이 쏟아졌다. 매일같이 살을 맞대고 살아온 남자를 내려다보며 가만히 그의 얼굴을 쓰다듬어 보았다. 제 안의 체온을 그의 뼛속까지 전해 주고 싶었다. 휘창뤼의 얼굴은 혈색이라고는 찾아볼 수가 없었다. 숨소리도 금방이라도 끊길 듯 위태로웠다. 얼굴을 온통 덮은 핏자국을 보자니 도무지 마음을 진정할 수가 없었다. 애끓는 울음소리에 저러다 란친까지 무슨 일이 나지 않을까 걱정스러울 정도였다.

사람들을 피해 장작더미 아래로 숨은 리만탕은 알 수 없는 비통함에 가슴이 아려 왔다. 모두 돌아간 뒤 방으로 들어가 구들에 누운 휘창뤼를 내려다보았다. 손쓸 도리가 없어 보였다. 란친이 휘창뤼의 옷을 벗기자 주머니에서 은전 60개가 쏟아져 나왔다. 그를 데려다 준 사람들에게 들어 사정은 이미 알고 있었다. 하지만 정작

이 많은 은전이 눈앞에 나타나니 뭔가에 세게 얻어맞은 것 같았다. 그녀는 휘청거리다 그만 바닥에 주저앉고 말았다.

리만탕은 구들 위에 흩어진 은전을 똑바로 쳐다볼 수가 없었다. 한 인간이 자신이 가진 모든 힘을 바쳐서 가져온 거였다. 그 사람은 정신을 잃고 쓰러져 있다. 자신은 당장 내일 어찌될지 알 수 없는 몸이다. 살 것인가 죽을 것인가, 끝까지 가 보는 수밖에 없다. 다만 한 가지 분명한 점은 이 집에 있어서는 안 된다는 사실이었다. 이 빚은 돈으로 계산할 수 없는 것이었다. 떠나지 않는다면 아무 죄도 없는 이 집에 더 큰 재앙이 될 터였다.

그는 떠나기에 앞서 휘창뤼의 얼굴을 만져 보았다. 가슴이 벅찼다. 이 부부가 그의 목숨을 구해 주었다. 하나뿐인 목숨이다. 문을 열자 밤하늘에 뜬 달이 그들의 발밑으로 부드러운 빛을 전해 주었다. 파리가 날아다녔다. 두 다리의 그림자가 바닥과 벽 위로 꺾여 있었다. 앞으로 살아갈 날이 얼마나 험난할지 보여 주기라도 하듯. 롼친의 울음소리가 얇은 밤의 장막을 뚫고 휘창뤼의 귓전을 때렸다. 거의 죽음에 이른 그였다.

"어디로 가세요?"

롼친의 물음이 리만탕의 발길을 붙잡았다.

몽롱한 밤안개 속에서 리만탕이 대답했다.

"제 목숨이 붙어 있는 한 두 분을 만나러 구두이펑으로 돌아올 겁니다. 제가 떠나면 곧바로 의사를 부르세요. 이대로 두면 안 됩니다. 남편분은 이 집의 기둥이잖습니까?"

"은전을 가지고 가세요. 돈이라도 있으면 다니기 수월할 거예요. 요즘 세상에 밖에서 죽는 사람이 좀 많은가요. 상처 때문에 다리도 편치 않으니 밖에서 힘들 거예요."

롼친은 바깥세상을 잘 알지 못했지만, 그녀가 기억할 수 있는 나이부터 세상은 이미 혼란스러웠다. 그녀는 산 너머 자오링마을에서 태어났다. 마을 밖 세상은 구경조차 못 해 보고 구두이핑으로 시집을 왔다. 30여 호가 살아가는 작은 마을이지만 자오링보다는 컸고, 이것이 행복이려니 하며 살아왔다. 그녀가 생각하는 여자의 행복이란 힘 좋은 남자를 찾아 평생 의지하는 것이었다. 요 며칠간 리만탕이 바깥에서 일어나는 일들을 들려주었다. 다 이해할 수는 없지만, 그럴 만한 이치가 있을 거라고 생각했다. 바람이 불자 서쪽 하늘에 초승달이 모습을 드러냈다.

'은전을 가져가지 않겠다면 그렇게 하라지. 능력이 있으니 어딜 가든 살 수 있을 거야.'

롼친이 이런 생각을 하는 순간, 구들 위에 누워 있던 훠창뤼가 간신히 입을 뗐다.

"아…… 가져……."

그는 말을 다 잇지 못하고 번쩍 두 눈을 떴다. 눈동자가 대추알처럼 붉었다. 롼친이 후다닥 그에게 다가섰다.

"깨어났군요! 내가 탑 아래로 가지 말래도 그렇게 말을 안 듣더니 이 꼴이 되었잖아요! 당신이 안 깨어날까 봐 얼마나 무서웠다고요. 날 과부로 만들 셈이에요? 사람들이 과부를 두고 얼마나 수군대는데. 난 그렇게는 못 살아요! 여기 앞에 있는 사람 보여요?"

훠창뤼는 죽을힘을 다해 고개를 저었다. 손을 들어 뭔가를 가리키려 했지만 그럴 힘조차 남아 있지 않았다. 그리고 더는 말이 없었다. 롼친은 그에게 물을 먹이려 했다. 그의 얼굴은 연기에 그을린 것처럼 누렇게 떠 있었다.

롼친은 아궁이 장작더미 속에서 은전 60개를 꺼내 낡은 천으로 싼 다음 끈으로 묶고 또 묶었다. 쉽게 들리지 않을 만큼 묵직했다. 그리고 천천히 리만탕 앞으로 갔다.

"저 양반이 아까 하려던 말은 이걸 가져가라는 거였을 거예요. 이제 가을걷이가 끝났으니 황 부자네 집에 곡식이 좀 있을 거예요. 그걸 사 가지고 가세요. 원래는 은전 두 냥에 100근씩 사서 이문을 남긴 다음에 그걸로 땅을 사려고 했어요. 하지만 마음을 곱게 쓰지 않으면 천벌을 받는 게 세상 이치잖아요. 이걸로 식량을 구해 보세요. 강 건너에 기다리는 형제가 많다고 했죠? 그 형제들이 함께 싸우는 거라고 했고요. 나는 이제껏 살면서 은전이 어떻게 생긴 물건인지도 몰랐네요. 이제 봤으니 됐어요. 이걸로 만족할래요. 밤길 가지 말고 날이 밝기 전에 떠나세요. 오경[5]이면 황 부자가 일을 나가요. 집을 나서서 남쪽으로 가다가 사람을 만나면 물어보세요. 찾을 수 있을 거예요."

"형님이 이렇게 되셨는데, 목숨으로 바꿔 온 돈을 가지고 가면 그게 어디 사람입니까? 그렇게는 못 합니다. 일단 나서면 어떻게든 길이 열리겠지요. 이 돈으로 형님을 치료하세요. 돈은 좋은 겁니다. 세상에 있는 건 뭐든지 살 수 있어요."

롼친은 조금 언짢아졌다.

---

5 五更. 하룻밤을 다섯 단계로 나누었을 때 다섯째 시각. 새벽 3시에서 5시다.

"훠가네는 그럴 팔자가 못 되나 봐요. 갑자기 돈이 생기면 사람을 망쳐요. 우리를 좋은 사람으로 기억하려면 이 돈을 가지고 가야 해요."

롼친은 단호했다. 리만탕은 뜻을 꺾을 수 없음을 알고 차용증을 쓰겠다고 우겼다. 말로만 끝낼 게 아니라 증거를 남겨야 한다는 것이었다. 롼친은 문을 바르고 남은 종이를 찾아 책 크기로 잘랐다. 그런데 먹을 찾을 수가 없었다. 롼친은 솥에 묻은 그을음을 떠올리고는 칼로 긁어내 물에 개었다. 그리고 아쉬운 대로 젓가락을 깎아 리만탕에게 건넸다.

오늘 무공대 대장 리만탕은 구두이핑마을에 사는 훠창뤼에게 은전 예순 냥을 빌려 갑니다. 이 돈은 무공대 대원들의 식량을 사는 데 쓸 것입니다. 앞으로 무공대 대원들은 이곳을 지나며 이 증서를 보거든 훠창뤼 가족을 잘 대해 주어야 합니다. 석 달 후에 반드시 갚겠습니다.

차용인: 무공대 대장 리만탕
민국 26년[6] 음력 8월 초하루

리만탕은 손가락을 물어뜯어 흘러나온 피로 지장을 찍었다.
"이제부터 형수님으로 모시겠습니다. 형수님, 저 리만탕, 두 분의 은혜를 절대 잊지 않겠습니다. 지금은 보답할 길이 없지만 언

6 1911년 중화민국 건립을 기점으로 정한 연도 표시. 민국 26년은 서기 1937년이다.

젠가는 반드시 은혜를 갚겠습니다! 밤이 움직이기 편하니 지금 떠나겠습니다."

어둠 속으로 사라진 리만탕은 롼친에게 방을 가득 채울 만큼의 꿈을 남겨 두었다. 바람이 마당 밖 백양나무를 흔들자 나뭇잎이 온 마을 하늘에 흩날렸다. 바람은 계속 나아가지 못하는 것들을 뒤에서 밀어 주었다. 태어나 자랄 것은 자라고 시들 것은 시드는 법이다. 바로 이런 바람 속에서 평화롭던 이 집에 일이 생겼다. 왜 이런 일이 생긴 것인지 그녀는 알 수가 없었다. 멀쩡하던 장정이 흙더미 무너지듯 쓰러졌다. 그리고 그녀는 읽지도 못하는 종이 한 장만 남았다. 석 달이 지나 리만탕이 돌아오면 그때는 이미 겨울이다. 겨울에 땅을 사면 곧 거름을 뿌릴 때가 될 것이다. 겨울에 그가 돌아와 돈을 갚을까? 어쩔 줄 모르고 우왕좌왕하는 사이, 은전은 온데간데없이 사라지고 종이 한 장만 덩그러니 남았다. 이런 사정을 이 마을 누가 알까.

4

석 달의 기다림은 롼친에게 오랜 불면이 되었다. 휘창뤄는 지팡이를 짚고 일어설 정도가 되었다. 하지만 허리가 말안장처럼 휘고 눈이 보이지 않았다. 그는 손으로 더듬거리며 마당으로 나왔다. 어둠이 도무지 익숙해지지 않았다. 첫눈이 내리는 날 문둔테에 앉아 하늘을 올려다보았다. 바람이 그의 바지통을 파고들었다. 휘창뤄는 자신의 몸이 변한 것을 확실히 느낄 수 있었다. 갈수록 비어 가는 느낌이었다. 몸이 떨리고 아무것도 보이지 않는 걸 실감할 때면 가슴을 쥐어뜯으며 눈물을 쏟기도 했다. 듣는 것도 예전만 못했다. 과거를 떠올려 보면 이 짧은 고통이 있기 전에는 온통 영광으로 가득했던 것만 같았다. 옛일을 떠올리며 미소 짓기도 했지만, 그 짧은 미소는 곧 난감한 표정으로 바뀌곤 했다.

"리만탕이 석 달 후에 와서 빚을 갚는다 했다고?"

롼친에게 말을 걸어 보았다.

"그랬다니까."

"석 달이 지났는데."

"기다려 봅시다. 밖으로 다니다 보면 생각지도 못한 일이 생기기도 하는 법이니까. 언젠가는 오겠죠."

밤이 깊었다. 휘창뤄는 쏟아지는 잠을 담배로 쫓고 있었다. 이렇게라도 정신을 차리고 싶었다. 어둠이 깊어지면 불현듯 자식이 있으면 얼마나 좋을까 싶기도 했다. 아이가 주는 활기로 밤을 쫓아 버릴 수 있지 않을까. 그런데 몸이 말을 듣지 않았다. 하릴없이 보드라운 롼친의 몸을 안았다.

"임자 몸에 씨를 뿌릴 수 없을 것 같은데. 이러다 평생 아이를 못 가지면 다 늙은 다음에는 어쩌지?"

"헛소리! 당신은 기운을 다 써 버린 것뿐이야. 우리 돈이 돌아오면 내가 쌀밥이랑 맛난 걸 많이 해 줄게요. 그게 꼭 그렇게 좋은 건 아니야. 아이를 낳는 것만 아니면 나는 평생을 안 하고 살아도 괜찮아요."

"쓸데없는 소리! 안 해도 된다니. 남자 여자 몸이 다 그렇게 딱 맞도록 만들어진걸."

두 사람이 말을 멈추자 밤은 더욱 적막해졌다. 창을 통해 달빛이 스며들었다. 박쥐 한 마리가 매달려 이따금씩 흔들리고 있었다. 아마도 추워서 그런 걸 테지. 롼친은 가만히 박쥐를 바라보았다. 어린 시절 어머니는 쥐가 변한 것이 박쥐라고 알려 주었다. 쥐가 소금을 훔쳐 먹고 날개가 돋은 것이라고 했다. 밤이 깊어 가면서 이유는 알 수 없지만 리만탕이 떠올랐다. 그는 저 박쥐처럼 어느 밤 이곳으로 돌아올 것이다. 그녀는 그가 살아 있음을 굳게 믿었다. 잃어버린 시간이 점차 무겁게 느껴졌다.

그날 밤 롼친은 꿈속에서 박쥐의 날개가 돋은 자신을 보았다. 날개를 달고 마음껏 하늘을 날아다녔다. 강 건너까지 날아가니 모자 쓴 이가 탑 아래를 지나는 것이 보였다. 그녀는 황급히 내려가 손을 뻗으며 자기도 모르게 외쳤다.

"리만탕!"

순간 그 사람의 모습은 깨져 버렸다. 깨어나 보니 온몸이 땀으로 푹 젖어 있었다. 창가의 박쥐는 아직도 그 자리에 매달려 있었다. 형언할 수 없는 괴로움이 밀려왔다. 손을 뻗어 훠창뤄를 더듬어 보니 깊이 잠들어 있었다. 저도 모르게 그의 바짓가랑이를 더듬었다. 씨를 뿌려야 할 그의 몸은 힘없이 늘어져 있었다.

마을 사람들은 훠창뤄네 집에 돈이 굴러 들어온 걸 알고 있었다. 그런데 사는 것을 보면 달라진 게 없었다. 부부는 집 앞을 오가는 사람들 눈에 수많은 바늘이 돋쳐 있는 것을 느낄 수 있었다. 롼친은 울고 싶은 심정이었다. 그 속을 누구에게도 말할 수가 없었다. 산을 오르면 숲 속은 조용하기만 했다. 뜨거운 태양의 소란함도 없었다. 큼직한 메뚜기 몇 마리가 풀섶 위로 튀어 오르고 참새한 마리가 옅은 새벽빛을 향해 소리 없이 날아올랐다. 강 건너 탑은 여전히 그렇게 서 있었다. 모자 쓴 이는 누가 될 것인가. 리만탕의 얼굴이 잘 기억나지 않았다. 그녀는 울고 싶었다. 울고 싶으면 울어 버리지. 눈물이 쏟아졌다. 앞으로 많은 것이 부족할 나날을 생각하니 울음소리가 더 높아졌다. 한참을 울고 나니 여전히 떨리는 와중에도 마음은 차분해졌다.

산 아래서 누군가 올라오는 모습이 보였다. 롼친은 갑자기 정신이 맑아졌다. 어떤 감정이든 절제가 필요하다. 그렇지 않으면 웃음거리가 되고 무시당한다. 산을 올라온 이는 롼친의 아버지였다. 산 너머 마을에서 롼친에게 돈을 빌리러 온 것이었다. 그녀의 남동생이 색시를 얻는데 땅을 좀 마련해 줬으면 한다고 입을 열었다. 롼친은 듣고만 있을 수가 없었다. 말 못 할 고통이었다. 롼친은 아버지에게 말했다. 세상일이라는 게 없이 사는 것들 손에 잡히지 않는 게 많습디다. 가져서는 안 되는 걸 가지려다가는 팔자를 망칠 뿐이에요. 롼친의 말에 아버지는 불같이 화를 냈다. 손을 들어 다짜고짜 롼친의 뺨을 때리고는 바닥에 나동그라진 딸을 매섭게 쏘아보았다. 아버지의 자애와 사랑을 조금도 찾아볼 수 없는 눈이었다.

"내 귀로 그딴 소리나 듣다니, 동네 창피한 일이다. 한배에서 난 동생 아니냐! 똥오줌 가릴 만치 키워 줬으면 뭐라도 보탬이 될 생각을 해야지. 어디 돈 좀 만진다고 가족을 모른 척해! 네 시커먼 속을 하늘이 알고 땅이 안다. 네 심보가 이 모양이니까 휘창뤠의 눈이 먼 거야!"

원수에게서나 들을 법한 말이었다. 휘창뤠는 실속이라곤 없는 사람이었다. 어쩌다 눈먼 돈이 생겨도 제 운이 아니었는지 남 좋은 일만 시켰다.

"아무리 말씀드려도 못 믿을 거예요. 하루하루 사는 게 예전만도 못하다고요!"

찰싹!

또 주먹이 날아들었다.

"팔이 밖으로 굽는 자식은 필요 없다. 네가 그런 심보인 줄 진작 알았더라면 이만큼 키워 주지도 않았을 거다!"

아버지는 발을 구르며 떠나 버렸다. 그의 발걸음 뒤로 흙먼지가 일어나 뢴친의 눈앞을 더욱 흐리게 했다. 그녀는 바닥에 주저앉은 채 그대로 굳어 버렸다. 손에 잡히는 대로 흙을 움켜쥐고 부스러뜨리며 입 안에 밀어 넣었다. 땅에서는 곡식이 자란다. 부모님도 나의 몸도 이 땅에서 생겨나 자랐다. 그리고 함께 자라난 욕망이 칼이 되어 몸을 벤다. 아버지가 떠났다. 태양이 높이 떠오르고 곤충들이 활기를 찾았다. 그들이 우는 소리가 여기저기서 들려왔다. 뢴친은 울지 않았다. 입 안 가득 흙을 씹으며 흙비린내를 맡았다.

어느 날 일을 마치고 집으로 돌아가는 뢴친을 건바오가 막아섰다.

"집에 있는 옥수수 좀 주시오. 하긴 뭐, 그 많은 은전을 어디 쓰는 걸 못 봤는데 나한테 쓰지는 않겠지."

　가을이 채 되지 않아 쌀이며 밀가루를 빌리려는 사람들이 찾아왔다. 이게 무슨 꿈인가 싶었다. 훠창뤼는 쌀쌀한 가을바람 속에 멍하니 앉아 맑은 콧물을 흘리고 있었다. 눈을 아무리 크게 뜨고 문질러 보아도 역시나 아무것도 보이지 않았다. 문 앞에 세워 둔 멜대를 건드렸는지 요란한 소리가 났다. 둔탁한 소리가 마음을 더욱 답답하게 했다.

　롼친이 다가와 뒤에서 훠창뤼의 허리를 끌어안았다.

　"좋은 생각만 해요. 정말 좋지는 않아도 계속 살아야 할 것 아녜요. 개똥밭에서 굴러도 이승이 낫다니, 정신 붙잡고 살다 보면 좋은 날도 오겠지."

　이번에는 롼친의 오빠가 집을 찾았다. 역시 동생의 혼사 때문이었다. 롼친은 구들에 앉아 실을 감고 있었다. 은전이 있었던 사실 자체를 잊은 듯 평온했다.

　"나한테 은전이 있다면 남편을 저 모양으로 내버려두겠소? 이 집에 은전이 들어온 일 때문에 훠창뤼는 평생 비웃음을 살 거예요. 동생한테는 내가 빚진 셈 칠 테니 오라버니도 배은망덕한 누이를 너무 원망하지 마세요."

　은전 일은 두번 다시 생각하고 싶지 않은 롼친이었다. 오빠는 롼친에게 삿대질을 하며 욕을 퍼부었다.

　"똥오줌 주워 먹고 자란 것도 아니고, 어머니 젖을 먹은 입으로 어떻게 그런 소리를 해! 아무리 사람 속은 모르는 거라지만 너는 늑대한테 양심을 다 내준 모양이구나. 네 마음 씀씀이가 그 모양이니 하늘이 자손을 점지해 주지 않는 거다. 너 때문에 이 집구석은 대가 끊길 거야!"

누가 왔는지 볼 수 없는 훠창뤼가 지팡이에 의지해 소리가 나는 쪽으로 다가왔다. 롼친은 조금도 화가 나지 않았다. 그저 말없이 구들에서 내려와 아궁이에 불쏘시개를 쑤셔 넣었다. 피어오른 연기가 주위를 휘감고 돌았지만 팔을 내젓지도 않았다. 연기는 곧 방 안을 채웠다. 그녀는 국수라도 한 그릇 말아 오빠를 대접할 생각이었다. 가족이 왔으니 응당 해야 할 일이었다. 하지만 오빠는 문을 박차고 나가 침을 퉤 뱉고는 가 버렸다.

문간에 섰던 훠창뤼가 말했다.

"롼친, 내가 죽으면 딴 데로 시집가. 아직 할 수 있을 때 엄마 노릇도 해 봐야지."

롼친은 고개조차 들지 않았다.

"당신이 죽으면 내가 살아야 할 이유라곤 저 차용증뿐이에요. 하지만 차용증에는 아무 희망도 걸지 않아요. 밤중에 떠난 그 사람도 살았는지 죽었는지 알 수 없고요. 그래서 이렇게 생각하기로 했어요. 한 세상 살면서 하늘도 원망 말고 사람도 원망 말기로요. 우리는 재물을 얻으면 안 되는 팔자예요. 자기 것이 아닌 걸 손에 넣으면 화가 닥치는 법이에요. 태어나길 장님으로 태어난 사람도 잘 살아가는데 당신은 그보단 낫잖아요. 얼후[7]를 배워서 설화꾼[8] 같은 걸 해 보면 어때요. 살아갈 수만 있으면 우리 지난일은 원망

7 二胡. 중국의 현악기.
8 說書. 사람들을 모아 놓고 이야기를 들려주는 이를 일컫는다.

하지 말자고요."

휘창뤼는 꺼이꺼이 흐느껴 울었다. 이런 세월 앞에서 모든 걸 잃어버린 아픔을 어찌 감추고 살아갈까.

롼친은 표주박으로 물을 퍼다 옆에 있는 대야에 부었다. 안에는 느릅나무 껍질이 들어 있었다. 솥에 밀가루풀을 붓고 나무 주걱으로 천천히 저으며 끓였다. 불꽃이 잦아들 즈음, 더는 젓기 힘들 정도로 풀이 되직해졌다. 롼친은 풀과 느릅나무 껍질을 한데 섞어 대야바닥에 펴 바른 뒤 가볍게 두드렸다. 이렇게 해서 햇볕에 말리는 것이었다.

롼친은 허리를 펴고 저 먼 곳을 바라보았다. 들판의 바람, 산봉우리에 걸린 구름, 모든 것이 그대로였지만 눈에 선한 한 사람의 모습은 어디에도 없었다. 세상 좋은 일들은 언제나 조금 떨어져 있는 걸까. 사람은 언젠가 늙지만, 사람만도 못한 것들은 늙지도 않는 것 같다. 늙더라도 다른 이보다 훨씬 더디게 늙는 것만 같다. 그녀는 방으로 돌아가 구들에 놓인 방석 밑에서 차용증을 꺼내 보았다. 그동안 구들을 데운 열기 때문에 누렇게 변해 있었다. 그렇겠지. 어느새 3년이 흘렀으니까.

풀 먹인 느릅나무 껍질은 대야 모양대로 잘 말라서 가볍게 두드리자 대야에서 톡 떨어졌다. 롼친은 길거리에서 주워 온 해방 선전 전단을 대야에서 떼어 낸 바구니에 붙였다. 알록달록한 것이 제법 보기 좋았다. 롼친은 잠시 생각에 잠겼다 뭔가 결심한 듯 방석을 집어 들었다. 그리고 차용증을 꺼내서는 풀을 발라 바구니 가운데에 붙였다. 이렇게 하는 동안 그녀의 마음은 세월이 흐르는 맞은편 산비탈처럼 은근하고도 차분했다.

1946년 겨울, 마적 떼가 구두이펑을 습격했다. 이들이 마을을 들쑤시는 동안 황 부자네 개는 소름끼치도록 사납게 짖어 댔다. 칠흑 같은 밤, 가진 것 없는 집 아이들은 일찌감치 낡은 이불에 고개를 틀어박고 숨을 죽였다. 담이 센 몇몇 젊은이는 마적이 어떻게 생겼는지 훔쳐보겠다고 변소에 숨어 기다렸다. 마적이 온다면 목표는 분명 황 부자네일 것이다. 마적들이 치켜든 커다란 칼이 번뜩이는가 싶더니 곧장 황 부자네 집을 덮쳤다. 반시간도 채 되지 않아 황 부자네서 검은 나귀가 끌려 나오는 것이 보였다. 나귀 등 양옆으로 전대가 늘어져 있었다. 언뜻 보기에도 묵직해 보였다. 무게에 못 이긴 나귀가 휘청거릴 때면 짤랑거리는 소리가 들렸다. 누군가 은전 소리라고 말했다. 마을에 들이닥칠 때는 강도 짓을 할 것처럼 설치더니 떠날 때는 황 부자와 친척이라도 되는 양 친근하게 굴었다.

무슨 이유인지 이들은 마을 입구까지 갔다가 다시 돌아왔다. 그리고 훠창뤼의 집 앞에서 멈췄다. 보통 마적들은 가난한 농민의 집은 손대지 않았다. 농민의 삶이라는 게, 쥐꼬리만 한 살림에 바늘로 찔러도 피 한방울 나오지 않는 형편이었다. 손바닥만 한 땅뙈기 하나 없지만 일본인과 내기해서 은전을 벌었다는 훠창뤼의 이야기를 들은 마적들은 그 장본인을 한번 만나 보고 싶었다. 영웅은 영웅을 알아본다고 했던가. 지나는 길에 의형제라도 맺을 셈이었던 것일까.

그런데 정작 찾아와 보니 이 영웅은 장님이었다. 롼친은 놀라서 담 옆에 붙어 꼼짝도 하지 않았다. 휘창뤼는 지지 않고 무공대 사람이 뒤를 봐준다고 큰소리를 쳤다. 안 들었으면 모를까, 이 말을 듣고 나니 마적들도 그냥 갈 수는 없었다. 한 명이 휘파람을 불자 무리가 한꺼번에 달려들어 세간을 온통 뒤집어 놓았다. 하지만 은전 한닢 구경할 수 없었다. 실랑이 끝에 동이 틀 무렵이 되어서야 무공대 사람이 은전을 모두 빌려 갔다는 말을 들을 수 있었다. 마적들은 할 말을 잃었다. 이 모양으로 살면서 손에 들어온 재물을 남에게 빌려 주다니? 이런 답답한 사람들이 있나. 다시 휘파람 소리가 울리자 이들은 바람처럼 사라졌다.

마적 떼가 떠난 후 롼친은 문간에 서서 악을 쓰며 욕을 퍼부었다. 며칠을 그렇게 하자 구두이핑 사람들은 상황을 조금 다르게 이해하기 시작했다. 휘창뤼가 벌어 온 은전을 마적들이 가져갔다고 생각한 것이었다. 차라리 잘된 일이었다. 이제 휘창뤼에게 샘내던 것은 어느 정도 누그러졌다. 오히려 동정하는 이가 많아졌다.

휘창뤼는 얼후를 배우기 시작했다. 처음에는 무던히도 애를 먹었다. 타고나기를 힘을 쓰고 살 사람이었다. 그런데 세월이 갈수록 힘은 예전 같지 않고, 뒤늦게 다른 것을 배우자니 괴롭기도 하고 서글프기도 했다. 하지만 어느 정도 시간이 지나자 조금씩 재미를 붙이기 시작했다. 발등에 딱따기鼓板를 묶어 손과 발로 동시에 연주할 정도가 되었다. 잠을 잃은 두 눈에 남루한 옷은 앙상한 뼈를 가려 주지 못했지만, 그가 연주를 시작하면 롼친은 그렇게 듣기 좋을 수가 없었다. 가만히 듣다 보면 절로 웃음이 났다.

"뭐가 우스워?"

"그때 그 일을 겪지 않았다면 당신이 무슨 수로 이런 기술을 배 웠겠어요. 사람은 어떻게 태어나느냐도 중요하지만, 하나를 잃어 버리면 어떻게든 다른 걸로 채워 주는 모양이에요."

휘창뤄는 잠시 연주를 멈추었다.

"사는 게 곤곤하니까 다른 생각을 할 새가 있었나. 이대로는 살 수 없어지니까 하는 수 없이 또 다른 방도를 생각하는 거지."

휘창뤄의 말에 롼친은 눈물을 떨구었다. 이제 차용증은 생각도 나지 않았다. 세상은 언제나 시끄러우면서도 인정이 있었다. 바로 이 인정이 갑작스럽게 이 집으로 걸어 들어와 사달을 일으킨 거였 다. 세상사는 도무지 설명할 수 없는 일도 많았다. 롼친은 휘창뤄 에게 이야기나 한토막 해 보라고 청했다. 이런 세상사를 책에서는 어떻게 풀어내는지 듣고 싶었다.

휘창뤄는 의자에 앉아 얼후를 집어 들고 잠시 현을 골랐다. 곧 무겁고도 쓸쓸한, 애잔하고도 비감한 소리가 퍼졌다. 도입부가 조 금 길었지만 롼친은 차마 멈추라 할 수가 없었다. 막 시집왔을 때 의 휘창뤄가 떠올랐다. 가난 속에서도 결코 절망할 줄 모르는 사 람이었다. 끔벅거리는 그의 눈은 이제 빛을 잃었다. 한껏 구부러 진 그의 몸은 얼후를 가르쳐 준 장님 사부와 점점 닮아 갔다. 연주 가 계속될수록 롼친은 마음속을 간질이는 뭔가를 느꼈다. 금방이 라도 손에 닿을 듯한 무엇, 조금은 생소하면서도 또 어디선가 본 듯한 무언가가 가슴을 채우고 있었다.

동네 어르신 형님 아주머님 처녀들아
나라가 바로 서니 민심이 선하고
관리가 청렴하니 백성이 편하고
아내와 남편이 서로를 아껴 주니
자식은 효도하고 부모는 자애롭네.

다음으로 넘어갈 텐데, 스물네 절기 노래하기가 쉽지 않다오.
자아,
정월에 설을 쇠고 나면
이월에는 경칩이 온다네.
삼월 소만에 봄갈이하면
사월 입하가 소만 절기네.
오월 초엿새는 망종이라지.
유월이면 밀이 나오고
칠월 백로로 대서를 피해
팔월 한로면 중추절이라네.
구월 상강에 솜저고리 챙기고
시월 입동에 겨울옷을 보내야
추운 섣달 묵은 기운을 쓸어내지.
우리네 사는 인생 다 절기가 있다오.
이걸 모르면 묏자리 아무리 골라 봐야 말짱 황이라네.

딴 세상에 사는 사람 같았다. 희미한 바람이 남쪽 담을 넘어 불어오는 동안 휘영청 밝은 달이 문틀 끝에 걸려 하늘을 빼곡히 채운 별과 함께 창문을 가득 밝히고 있었다. 롼친은 가만히 훠창뤄의 손을 자신의 가슴으로 잡아끌었다. 투박하고 따뜻한 손이었다. 훠창뤄의 배시시 웃는 얼굴이 가슴을 후벼 팠다. 당신의 이 손만 있으면 거리에 나앉아 밥을 빌어먹어도 걱정이 없겠소. 롼친의 얼굴에도 푸근한 미소가 번졌다. 훠창뤄는 얼후를 내려놓고 롼친을 안아 올렸다. 두 사람은 구들 위에 나란히 누웠다. 이야기하다가 웃다가 한덩어리가 되었다. 웃음소리가 피어날 때마다 낡은 깔개가 힘에 겨운 듯 지익지익 소리를 냈다.

5

자고 일어나니 딴 세상이 되어 있었다. 가난한 이는 팔자가 바뀌었고 황 부자는 마을 사람들 앞에서 비판을 받았다. 그의 전답과 가산도 사람들 손에 넘어갔다.

성분을 나누자 누군가 훠창뤄는 부농이라고 말했다. 우리 같은 가난뱅이들 가운데 누가 은전 구경이나 해 봤느냐, 훠창뤄는 일본인에게 예순 냥이나 되는 은전을 받지 않았느냐는 것이었다. 그 시절 그 돈이면 쌀 예순 가마를 살 수 있었다. 땅 다섯 무를 부지런히 일궈야 수확할 수 있는 양이었다. 당시 노역을 나갔던 일꾼들은 훠창뤄가 그 돈을 집으로 가져오는 걸 두 눈으로 보았다. 하지만 지금 살아 있는 사람들 가운데 그 사실을 증명해 줄 이는 건바오뿐이었다.

"내 여태껏 살면서 그렇게 많은 은전은 본 적이 없어!"

롼친은 절대 높은 성분을 받아서는 안 된다고 생각했다. 부농을 받게 되었다는 말에 처음에는 어리둥절했지만 곧 침착해졌다.

"참말로 하늘이 무심치 않구먼."

그녀는 긴 의자를 들고 농민대회가 열리는 황 부자네 뜰로 가서 버티고 앉았다. 제대로 한번 따져 볼 작정이었다. 뜰에는 황 부자의 처첩들이 나란히 앉아 있었다. 처첩 셋에 자식 여덟이 처분을 기다리는 중이었다. 훠창뤼에게는 롼친뿐 자식도 없었다. 집 안에 곡식이 서 말만 있으면 첩질부터 한다는데, 은전 예순 냥을 눈뜨고 날린 훠창뤼는 집도 땅도 없는 신세였다. 롼친은 무서울 게 없었다. 차분히 앉아 차례를 기다렸다.

황 부자네 여자 가솔들을 본 것은 이날이 처음이었다. 선한 눈매에 곱상한 얼굴이었다. 하얗고 통통한 손이 무릎 위에 얌전히 놓여 있었다. 아직 가락지를 낀 채였다. 떠오른 햇빛에 하나같이 상기된 얼굴이었다. 이따금 고개를 들어 주변을 두리번거릴 때면 이게 꿈인지 생시인지 도무지 실감 나지 않는다는 표정이었다. 그러다 곧바로 고개를 푹 수그렸다. 롼친은 자신의 거친 손등을 내려다보았다. 손마디도 갈수록 굵어졌다. 온갖 궂은일을 가리지 않은 바로 그 손이었다. 저쪽은 주인 남자가 지주이니 높은 성분을 받는 게 이치에 맞는 일이다. 그런 능력이 있고 실제로 그렇게 살아오지 않았나. 하지만 훠창뤼는 그저 장님일 뿐이다. 생각하면 생각할수록 피가 거꾸로 솟아 숨이 안 쉬어질 지경이었다.

란친은 입을 열었다. 담도 지붕도 없이 탁 트인 뜰 가운데 푸른 하늘을 이고 서서 목청을 높였다.

"우리 휘창뤼에게 부농 도장을 찍어 주신다니 참말로 마음씨가 고우시오들. 은전 이야기를 꺼내기 전에, 여러분 모두 휘창뤼가 두 어깨로 엄청난 일을 했던 걸 아실 거요. 그래, 결국 은전을 벌어 왔는데 사람은 눈이 멀고 기운이 빠진 데다 제 친정도 발걸음을 끊은 섯까지 다들 아시지 않소. 그런데 정작 은전은 온데간데없이 사라지고 없는 거요. 다들 기억하실 테지요. 왕년에 휘창뤼는 몸이 쭉 곧아서 얼굴도 큼직하고 코도 우뚝 솟은 인물이었답니다. 그런데 그놈의 은전 때문에⋯⋯. 이 사람을 이렇게 만들어 놓은 건 리만탕이라는 사람입니다. 저기 강 건너에서 흘러온 사람인데, 눈빛이 예사롭지 않은 게 세상에 무서울 것이 없는 자 같았답니다. 옛말에도 늑대 중에서 가장 무서운 게 양의 탈을 쓴 늑대요, 칼 중에서 가장 날카로운 게 혀에서 돋은 칼이라잖소. 말은 굴레에 묶이기 마련이고 사람은 힘으로 다스려지는 법이라더니, 이 리만탕이라는 자가 어찌나 말주변이 좋은지 하는 말마다 아주 구구절절 옳은 말씀뿐이라, 우리 집 양반이 그만 홀라당 넘어가 버렸답니다. 여러분이 믿든 말든 내 알 바 아니오만, 하여간 일본인과 내기해서 받아 온 돈을 전부 그 사람에게 주었습니다. 그래, 하룻밤 새 은전은 날개가 돋친 것처럼 사라졌고 제 손에는 달랑 차용증 한 장만 남았답니다. 거기에 써 놓기로는 며칠 안으로 돌아와 갚는다더니, 몇 해가 가도록 소식이 없네요. 그런데 기다리는 사람은 안 오고 부농 딱지라니요! 평생을 땅뙈기 한번 못 가져 보고 살았는데 이제 와서 우리에게 부농을 시켜 주신답니까! 저기 휘창뤼가 안 보이세요! 그렇게 힘 좋던 장정이 이제 얼후에 맞춰 이야기나 하면서 살아가고 있잖은가요. 여러분을 원망하는 게 아니라 도무지 우리 분수에 맞지 않는 자리라 그럽니다!"

가만, 리만탕이라면 성省 정부에 있는 그 간부 아냐? 대회에 나온 사람들은 그녀의 말을 믿을 수가 없었다. 설화꾼들이야 원래 말 만들어 내는 걸 좋아하니까. 하지만 애당초 휘창뤼가 왜 설화꾼이 되었는가. 롼친도 그렇게 곱고 참하더니, 요즘은 얼굴이 누렇게 떠서 여기저기 힘줄이 튀어나왔다. 청산유수처럼 이어지는 저 말솜씨 빼고는 이제 아무것도 남은 게 없었다. 정말 집 안에 은전을 숨겨 놓았다면 왜 아직도 저 손바닥만 한 시커먼 흙집에 살고 있을까? 집이라고 가 봐도 낡아 빠진 세간 몇 가지 외에는 아무것도 없었다. 촌 간부들은 혹시나 하는 마음에 롼친에게 차용증을 가져오라고 했다.

롼친은 예전에 만든 바구니를 들고 와서 사람들 앞에 내밀었다. 차용증은 바구니 한가운데 반듯하게 붙어 있었다. 알록달록한 선전 구호 사이에서 사뭇 엄숙한 모양새였다. 차용증이 진짜라고 믿기는 힘들었다. 그렇다고 누구도 가짜라고 단정할 수 없었다. '리만탕' 세 글자가 주는 무게감 때문이었다. 이것 참 난처한 노릇이었다. 위에서 지시가 내려오는 건 괜찮지만, 아래에서 위로 일이 진행되는 것은 규칙에 없는 일이었다.

구두이핑 농민대회의 간부들은 가지고 있는 지혜와 이성을 모조리 짜냈다. 롼친이 이런 거짓말을 할 정도의 위인은 못 된다. 그렇다면 성 정부의 간부와 같은 이름을 가진 사람이 쓴 차용증일 수도 있다. 하지만 그것이 맞는다고 할 수도, 틀리다고 할 수도 없다. 어쨌거나 무공대는 공산당이 지휘한 군대고, 이제 공산당의 세상이 되었다. 결국 간부들은 롼친에게 바구니를 두고 가면 사실을 확인한 뒤 돌려주겠다고 했다.

롼친은 머리 회전이 빠른 여자였다. 가져간 은전도 아직 돌아오지 않았는데 차용증까지 내 손에서 떠나면 과거지사 그저 아무것도 아닌 꿈처럼 사라질 게 아닌가. 오라면 오고 가라면 가겠지만 바구니만 내놓을 수는 없다며 고집을 꺾지 않았다.

초겨울 햇살이 황 부자네 정원의 깎아 놓은 돌산과 돌계단을 비추었다. 이런 것들이 정원의 반을 차지했다. 그 가솔들은 여기서 희희낙락 풍경을 즐겼겠지. 웃고 뛰어다니는 그 모습이 얼마나 보기 좋았을까. 이제 그 여자들은 롼친과 한무리가 되어 섰다. 과거의 영화는 누릴 수 없어졌다.

롼친은 조금은 안쓰러운 마음이 들었다. 예전에는 겨울이 오는 게 가장 무서웠다. 이제는 겨울이 좋아졌다. 겨울이면 더 빠릿빠릿해지는 기분이었다. 삭풍은 산에 부딪쳐 날카로운 손톱을 움츠렸다. 그래, 이제 없는 놈들도 어깨 펴고 살 수 있다. 저 지주 집안이 어떻게 겨울을 나는지 한번 보자꾸나. 집도 나누고 재산도 나누었다. 목숨과도 같은 것들을 잃고 저 머리끝에서 발끝까지 굳은살 하나 없는 자들이 어떻게 살아가는지 한번 보자. 그동안 부지런히 살아온 농민들에게 결국은 이런 복이 굴러 들어오는구나.

누군가 황 부자의 작은 부인을 건바오에게 주자고 외쳤다. 세상인심이 그동안 조용히 잠들어 있던 건바오의 몸을 떠올린 것이다. 그에게 즐거움을 누리라고 부추겼다. 건바오는 팔자를 고쳤다. 들리는 말로는 집 안 선반에 공산당 위패를 모시고 매월 보름이면 향을 피운다고 했다. 팔자 좋은 건바오. 다만 슬픔과 기쁨은 세월의 풍파를 견디지 못하는 법이었다. 건바오는 조심스럽게 그것을 지켜야 했다.

간부들은 휘창뤼가 바구니를 가지고 현성縣城에 가는 것으로 결정했다. 휘창뤼가 당사자인 만큼 이치에 맞는 결정이겠으나 아무래도 장님이고 보니 안심이 되지 않았다. 그렇다고 롼친을 함께 보내자니 여자 몸으로 먼 길을 나서는 것은 보기 좋지 않았다. 결국 궁리 끝에 건바오가 데리고 가는 것으로 정했다. 롼친은 고개를 돌려 황 부자네 정원을 다시 한번 둘러보았다. 홰나무 한 그루, 버드나무 한 그루가 누렇게 뜬 이파리를 떨구었다. 땅에는 덩굴이 무성하게 뻗어 있었다.

건바오는 건들거리며 황 부자의 둘째 부인에게 다가가 그녀의 품 안으로 뭔가를 던져 넣었다. 옆에 있던 여자가 우습다는 듯 입을 비쭉이며 엉덩이를 옆으로 옮겼다. 황 부자의 둘째 부인도 창피한 듯 외면했다. 누굴 만나든 허리를 굽히고 머리를 조아리던 건바오가 오늘은 몹시도 뻣뻣했다. 그는 고개를 한껏 치켜들고는 황 부자 가족들을 꾸짖기 시작했다. 예전에 새총이었다면 지금은 대포쯤 된 것 같았다.

롼친은 고개를 끄덕였다.

'건바오를 따라가는 게 옳고말고.'

황 부자네가 함께 하던 인연은 이제 끝이다. 세상의 흥망성쇠란 얼마나 무상한가. 그러니 돈이란 결코 좋은 것이 아니다. 눈앞에 벌어진 이 모든 것이 바로 돈의 마지막 모습 아닌가.

건바오가 휘창뤼를 불렀다. 란친이 보기에 건바오는 걷는 모습도 달라져 있었다. 예전에는 몸을 앞으로 숙이고 종종걸음을 걸었는데, 이제는 뒤꿈치에 무게를 실어 성큼성큼 걸었다. 덕분에 배도 조금 나와 보였다.

란친은 휘창뤼에게 신신당부를 했다.

"이 바구니를 절대 손에서 놓지 마세요. 이게 우리가 살 길이에요."

서북풍이 모래를 휘몰아 마른 나뭇잎을 때렸다. 두 사람 걸음으로 현성까지 오는 데만 사흘이 걸렸다. 현 정부의 간부들도 이들이 들고 온 바구니를 보고는 뭐라고 해야 좋을지 알 수가 없어 서로 얼굴만 마주 보았다. 어쨌거나 상급 간부의 이름이 들어 있는 한 신중해야 했다. 누군가 간부와 같은 이름을 써서 이런 일이 생겼으니 가장 간단한 방법은 하나였다. 구두이핑에 부농 하나를 보태고 이 일을 묻어 버리는 것. 휘창뤼는 리만탕이 아직 살아 있다는 말에 마음이 급해졌다. 옳다구나, 나를 까맣게 잊었겠다, 남은 것마저 다 잃는 한이 있어도 시원하게 한번 따져 물어야겠다.

건바오가 휘창뤼를 막아섰다.

"세상에 건바오라는 사람이 많겠는가, 적겠는가?"

휘창뤼는 눈을 굴렸다.

"많겠지."

"건바오가 많은 건 아는구먼. 그럼, 세상 건바오가 다 지주네 작은 부인을 얻을 수 있겠는가?"

훠창뤼는 고개를 갸우뚱했다.

"이게 지주네 작은 부인과 무슨 상관이란 말인가?"

"건바오라고 해서 다 같은 건바오가 아니란 말이지. 나는 명을 잘 타고난 건바오고, 자네가 찾는 리만탕이 꼭 성 정부에 있는 그 간부란 법은 없다는 말일세. 게다가 저 사람들이 하는 얘기 못 들었는가? 실제로 무슨 일이 있었는지는 상관할 것 없고, 자네를 높은 성분으로 찍고 끝내자 하지 않나. 이쯤에서 그냥 접는 게 좋지 않겠어?"

건바오가 두 손을 마구 내저으며 재촉했지만 훠창뤼는 도무지 납득이 되지 않았다. 성분을 정하는 건 그렇게 끝낸다고 해도 이 차용증은 어쩌란 말인가. 롼친이 있으면 좋을 텐데. 롼친은 분명 건바오의 말에 제대로 대답했을 것이다. 애초에 일어나서는 안 되었던 일인데 '접는다'는 것은 또 무슨 소린가.

두 사람은 그대로 되돌아섰다. 온통 누런 바람이 불어와 어디에 와 있는 건지 분간조차 할 수 없었다. 세상이 온통 흐려졌다. 날이 저무는데 황혼은 보이지 않고 귓구멍과 콧구멍, 눈에서 고운 흙먼지가 흘러나왔다. 도무지 눈을 뜨고 걸을 수가 없었다. 마침 어느 마을에 닿아 묵어가기로 했다. 이 마을에도 설화꾼이 있었다. 생각지 못하게 동업자를 만나니 친형제를 만난 듯 반가웠다. 얼후를 빌려 연주하자니 입이 근질근질했다. 옛날에 했던 이야기를 또 할 수는 없는 일이었다. 새로운 사회에는 새로운 이야기가 필요한 법.

설화꾼이 왔다는 소식에 마을 사람들이 모여들었다. 방 안팎으로 몇 겹이 둘러싸인 와중에 사람들에게 떠밀렸는지 아이 우는 소리가 터져 나왔다. 누가 가져왔는지 나무 의자 두 개가 벌써 자리를 잡고 있었다. 두 설화꾼은 나란히 앉았다.

휘장뷔는 먼시두싱이 옷을 털고 손으로 얼굴을 문질러 닦았다. 활을 가볍게 당겨 보고 목청을 가다듬은 뒤 의자에 앉았다.

말은 고삐 당기는 대로, 개는 주인 가는 대로
백성은 저울이라네, 분명하게 알고 있지.
절기가 다르다고 싹이 트는 게 제멋대로더냐.
꽃은 벌을 부르고 악취에는 파리가 꼬인다네.
쇠가 녹이 슬면 망가지듯 사람도 시기를 하면 일을 망치는 법,
사람을 쓰는 것도 이치에 맞아야지.
나야하이후하이.
하늘이 제 입으로 높다 하더냐
땅이 제 입으로 두텁다 하더냐.
얼마나 많은 이가 이 세상에 먹혀 버렸던고.
나야하이후하이.

여기 소경이 얼후를 받아 이야기를 시작하오.
인간사 모두가 생전에 약속된 것이라는데

생로병사 희로애락 어찌 이리 힘겨운지.

나눌 수 있는 것도 복이니 쩨쩨하게 굴지 마시게.

본론으로 들어가 세상 불평 좀 해 볼까.

고생고생 씨를 뿌려도 집에는 쌀 한 톨 없고

고생고생 베를 짜도 걸치는 것은 누더기요,

집을 짓는다 방을 만든다 해도 흙집뿐

심산계곡 약을 캐 와도 일어나질 못하네.

백성은 천고만난 부자는 부귀영화

천년 만년 지나도 공평한 꼴을 못 보더니

공산당이 와서야 세상이 바뀌는구나.

싹이 터야 열매를 맺고 어미가 있어야 아이가 자라지.

좋은 세상 만났으니 공산당에 감사하세!

이야기가 밤늦게까지 이어졌다. 바람이 잦아들고 창백한 달이 모습을 드러냈다. 반평생 장님과 평생 장님 두 사람은 구들에 누워 잠을 이루지 못하고 두런두런 이야기를 나누었다. 달이 서쪽으로 기울어질 즈음이 되자 두 사람은 가슴이 벅차고 눈시울이 젖어 왔다. 맞은편 구들에서 이따금 들리는 건바오의 엉뚱한 잠꼬대에 울다 말고 웃음을 터뜨리기도 했다.

"공산당이 아니었다면 건바오가 어디 가서 마누라를 얻었겠습니까? 여자라면 아무나 데려오려고 하던 사람이지요. 시간도 늦었는데 그만 눈 좀 붙입시다."

"눈 붙일 게 뭐가 있소. 하늘이고 땅이고 온통 시커멓기만 한걸.

솥단지 속에 들어앉은 꼴이지!"

6

1969년 10월 화로를 피울 시기는 아직 멀었지만 아침이면 나귀가 싸 놓은 똥 위로 하얗게 서리가 내려앉았다. 아직 얼음이 얼지도 않았는데 휘창뤄는 기침을 시작했다. 한밤중에 기침을 하면 란친이 일어나 옷을 걸치고 휘창뤄의 등을 두드려 주었다. 인기척이 잠을 방해했는지, 새 한 마리가 처마 밑에서 푸드덕거리며 날아갔다. 휘창뤄는 거칠게 제 목을 잡아 뜯었다.

"이제 나도 쓸모없는 놈이 되려나 봐."

란친은 아무런 대꾸 없이 다시 이불 속으로 들어가 누웠다. 지난 일을 떠올려 보았다. 모든 것이 그저 수확을 마치고 남은 곡식 그루터기와 모래알처럼 느껴졌다. 다 이 땅에 필요 없는 것들이다. 바람이 불면 공중으로 날아 올라가 흔적도 없이 사라지는 것들이다. 바람은 참 좋은 것이다. 바람이 불지 않으면 봄이 오지 않는다. 바람은 물 위로 불며 그것을 품어 올려 구름을 만든다. 하늘의 구름은 모여서 비를 만들고, 바람은 풋곡식이 익어 가는 걸 도와준다. 바람 아래에서 자랄 것은 자라고 시들 것은 시든다.

"세상에서 가장 쓸모없는 게 사람이오."

란친이 입을 다물자 동트기 전 사위는 온통 어둠과 적막뿐이었다. 이 세상에서 가장 큰일이란 무엇인가. 일이라는 것은 날마다 생긴다. 하지만 사람은 날마다 그저 그렇게 살아갈 뿐이다. 건바오가 노동소대 대장이 되었다. 성질이 까칠해져 누구든 보이기만 하면 욕부터 했다. 롼친은 일어나 아침을 준비했다. 겨우내 구석에 두었던 단지를 끌어다 젓가락으로 장아찌 몇 가닥을 꺼내 귀가 떨어진 컵에 담았다. 그리고 능숙한 솜씨로 철사를 자기 엄지손가락만 하게 말아서 컵 주둥이에 묶었다. 훠창뤼는 문간에 앉아 있었다. 롼친은 옥수수죽을 갖다 주고 컵에 묶은 철사 고리를 남편의 새끼손가락에 걸어 주었다. 보이지 않아도 훠창뤼의 젓가락은 능숙하게 장아찌를 입으로 옮겼다.

건바오가 호루라기를 불며 마을길을 지나갔다. 밭일을 하라고 대원들을 깨우는 것이었다. 롼친은 낫을 찾아 들고 훠창뤼를 이끌어 소리를 따라갔다.

"조는 어제 다 벤 것 아닌감?"

"노동 점수도 받고 식량도 받았지. 어제 벤 것은 조, 오늘은 콩이야. 농사일이 어디 끝이 있는가. 점수 받기 싫으면 나가지 말든가."

건바오의 말에 훠창뤼가 끼어들었다.

"대장, 타작마당은 내가 잘 봄세."

"소경이 뭘 본다고."

듣기 좋은 말은 아니지만 이제는 익숙해져서 대충 웃고 넘길 수 있었다. 훠창뤼가 웃는 사이, 말한 사람은 발자국 소리와 함께 멀어졌다.

"마을 사람은 다 참가하는 거야, 소경이라도."

혼잣말처럼 중얼거리는 훠창뤼를 롼친이 달랬다.

"저 앞에 흙더미 쌓느라 구덩이가 생겼던데 거기서 콱 고꾸라지면 좋겠네. 자기는 절름발이나 되게."

사는 게 편치 않았다.

롼친은 훠창뤼를 타작마장에 데려다 놓고 다른 아낙네들과 함께 콩을 베기 시작했다. 황 부자네 땅이었던 곳이다. 토지개혁 때 그가 비판을 받으면서 재산은 흔적도 없이 흩어졌다. 새들이 탈곡장을 오르내렸다. 훠창뤼는 간간이 지팡이를 휘두르며 "훠어이!" 소리를 질러 새 떼를 쫓았다. 그는 새의 날개를 떠올리며 웃었다. 새는 정말 사람과 다르구나. 새는 날개가 있으니 길을 따라갈 필요가 없지. 마을에 난 길은 다 사람들이 그리로만 다녀서 생긴 거야. 평생을 걷는다 한들 이 길을 다 걸을 수 있을까.

"훠어어이!"

이 새들은 작년에도 이 타작마당에 왔을까? 손바닥만 한 마을, 작년에 본 것을 어디서 다시 보게 될지는 알 수 없는 일이었다. 마치 나를 쫓아다니기라도 하듯. 그러면 리만탕이라는 사람도 나를 찾지 않았을까? 하지만 구두이핑은 계속 이 자리에 있는걸. 땅에 박힌 쐐기처럼 꼼짝도 않고 있었는걸. 훠창뤼의 고함 소리가 잠시 잦아든 사이, 새들이 타작마당에 내려앉았다. 처음에는 삼삼오오 몇 마리씩 오르락내리락하더니 점점 수가 많아졌다. 이 녀석들은 훠창뤼가 앞이 보이지 않는다는 걸 아는 것처럼 쉴 새 없이 눈을 굴렸다. '이런 사람쯤 무섭지 않아' 하는 얼굴을 하고 마음껏 돌아다니며 타작마당에 흩어진 콩을 쪼아 댔다.

콩다발을 둘러메고 타작마당으로 오던 건바오의 눈에 콩더미

위에 앉은 새 떼가 들어왔다.

"야, 이 소경아, 새 떼를 쫓으라고 했지 키우라고 했냐! 오늘 작업은 5점인데 너는 1점도 못 줘!"

건바오의 표정은 보이지 않았지만 거친 말투는 훠창뤼의 귀에 따갑게 꽂혔다.

"나는 중국혁명에 공을 세운 사람이야. 따지고 들자면 점수를 보장해 줘야 한다고!"

건바오는 메고 있던 콩다발을 집어던지고 훠창뤼에게 다가와서 윽박질렀다.

"너 이놈, 평생 굶게 해 줄까!"

훠창뤼는 대구하지 않았다. 뜨끔한 모양이었다. 이렇게 살 수밖에 없다고 체념한 것도 같았다. 하지만 그도 사람이었다. 때로는 욱하는 마음이 입 밖으로 튀어나오기도 했다.

"자네는 지주의 작은 부인과 살잖나. 그러면 자네 계급성도 아주 좋은 건 아니야."

그는 말을 마치자마자 벌떡 일어나 자리를 피하려 했다. 하지만 뜻밖에도 건바오가 그냥 넘어가지 않았다. 건바오는 거칠게 달려들어 훠창뤼를 콩다발 위로 쓰러뜨렸다.

훠창뤼는 몸을 일으키려고 버둥거렸다. 건바오는 이미 멀찌감치 떨어진 후였다. 늦은 가을 햇살이 훠창뤼의 몸을 붉게 물들였다. 그림자가 콩다발 너머 마당까지 유난히 길게 늘어졌다. 하지만 이런 것들이 그의 눈에는 보이지 않았다.

"허, 허, 허, 허!"

헛웃음이 나왔다. 웃음소리는 타작마당을 지나 콩다발 앞으로 돌아온 새들에게 가 닿았다. 새들은 콩을 쪼다가 고개를 들어 주위를 살피면서 종종대며 옮겨 다녔다.

"그래, 쪼아라, 쪼아. 건바오 속 창자까지 다 쪼아 먹어라!"

콩다발을 메고 돌아온 건바오는 눈이 뒤집히는 듯했다. 콩더미에 드러누워 새들과 노닥거리는 꼴이라니, 아예 솜이불도 덮지 그러냐! 건바오는 화가 머리끝까지 치솟아 들고 있던 콩다발을 휘창뤼에게 집어던졌다.

"네가 전에는 이렇지 않았다! 네가 일본놈들과 내기하고 그놈들 돈을 땄을 때는! 눈이 멀기는 했지만 그래도 정신머리는 살아 있었어. 그런데 지금 네놈 꼬라지를 봐. 계속 이 꼴로 살 거냐!"

휘창뤼는 허둥대며 일어나 사방을 더듬거렸다. 예전 같으면 건바오 정도는 콩 한 묶음처럼 가볍게 내던질 수 있었다. 예전 같으면 건바오가 이렇게 성질을 부릴 일도 없었다. 황 부자 앞에서 기죽은 노새처럼 굽실거릴 줄만 아는 그였다. 세월은 사람 성질을 죽이기도 하고 살려 놓기도 한다. 세상 이치라는 것도 책 속에 쓰인 이야기처럼 되는 대로 흘러가는 모양이다. 되는 대로라는 것도 살다 보면 알아지는 게 아니었다. 사람의 영혼을 끌고 가는 한 가닥 실이 있는 것처럼, 별것 아닌 듯 보이지만 결국은 그 실을 따라 이리저리 나부꼈다. 휘창뤼는 고개를 모로 틀어 보았다. 중천에 뜬 태양 아래 한쪽으로 꺾인 얼굴이 우스꽝스러웠다. 사그락사그락 소리가 다가왔다. 누군가의 어깨에 실린 콩다발이 경쾌하게 흔들리는 소리였다. 휘창뤼를 비웃는 소리도 섞여 있었다. 휘창뤼는 허리를 빳빳하게 곧추세우고 보이지 않는 눈으로 타작마당을 휘둘러보았다. 그리고 건바오 쪽을 향해 외쳤다.

"건바오, 네놈이 대장이냐 아니냐는 내가 인정하기에 달린 거다! 내가 대장이라고 하면 대장이지만, 아니라고 하면 네깟 놈은 그저 황 부자네 일꾼인 거야. 나 훠창뤼가 눈은 멀었지만 내 마누라는 조강지처다. 네놈은 지주반동이 남겨 놓은 찌꺼기를 먹는 주제에 어디서 큰소리냐! 내 분명히 말해 두겠는데, 은전 예순 냥을 빌려 준 차용증이면 지금이라도 공사9에 가서 네놈을 고발할 수 있다. 리만탕이라는 간부가 있는 이상 네놈 따위 나한테는 아무것도 아니야! 똑바로 알려 주마. 너 같은 놈은 내 발톱의 때만도 못해!"

천둥벼락이 치는 듯한 고함에 건바오는 온몸이 떨렸다. 눈을 꽉 감았다가 다시 떠 보니 해가 저 위에서 어른거렸다. 그는 한달음에 달려가 훠창뤼의 멱살을 움켜잡았다.

"잘 들어. 오늘 네 노동 점수는 없다. 1점도 안 줄 거야. 네가 리만탕이라는 사람을 믿고 이러는 모양인데, 그 사람은 진작에 우파로 찍혀서 쫓겨났어. 지금은 죽었는지 살았는지도 모른다더군. 그 사람이 간부 자리에 있다 한들 지금 네 꼴을 보면 어디 사람 취급이나 하겠냐. 여기 이 밭에서는 곡식이라도 나지, 네가 가진 거라고는 잡초뿐이야. 멀쩡한 건 네가 다 망쳐 놨으니까!"

사람들이 모여 서서 웅성거리며 웃었다. 오랜 시간 굴속에서 살

---

9 公社. 1958~1978년 중국에서 시행된 농촌 사회 생활 및 행정 조직의 기초 단위인 인민공사를 말한다.

던 이가 갑자기 햇빛을 만난 것처럼 휘창뤼는 사람들의 시선 앞에 선 것이 당황스러웠다. 두부처럼 허연 그의 눈이 천천히 주변을 둘러보았다. 서로 민망했던 것일까, 사람들의 웅성거림이 수그러들었다. 금방이라도 폭발할 것 같던 휘창뤼는 뜻밖에 힘없이 지팡이를 던졌다. 가뭄 만난 논바닥처럼 크고 거친 손이 천천히 올라가더니 자신의 뺨을 사정없이 때렸다. 웃는 듯 보이던 그의 얼굴이 괴상하게 일그러졌다.

찰싹, 찰싹, 찰싹, 찰싹, 찰싹······.

피비린내가 바람에 실려 왔다. 코와 입에서 콧물과 침이 섞인 피가 흘러 가슴까지 늘어졌다. 누군가 뛰어나와 휘창뤼를 끌어안았다. 건바오의 얼굴은 공포로 질려 있었다. 우악! 외마디 고함과 함께 휘창뤼의 입에서 피가 터져 나왔다. 핏줄기가 마당의 진흙과 섞여 검은 먹물처럼 번져 갔다.

"차라리 나를 때려라. 네가 이러는 건 우리 구두이핑 생산대의 단결을 해치는 거야!"

건바오의 외침에 휘창뤼가 입을 열었다.

"네놈 말 따위 듣지 않는다. 더 때릴 거야!"

"아무 말 없을 때는 무섭더니 입을 여니까 별것도 아니구나. 나도 겁 안 난다. 자, 다들 봤죠? 이 친구, 저 혼자 이러는 겁니다!"

휘창뤼는 풀려나기 위해 발버둥을 쳤다.

"더 때릴 거야. 아직 멀었다고!"

다들 란친이 건바오를 찾아와 난리를 치겠거니 했지만 정착 란친은 말이 없었다. 타작마당에서 있었던 일을 전해 주자 단 한 마디를 내뱉을 뿐이었다.

"사람하고 짐승은 다를 게 없어. 은혜를 아는 것, 바로 그게 사람이지."

그 일이 있고부터 롼친은 작업에 나가지 않았다. 집에서 얼굴이 퉁퉁 부은 휘창뤼를 보살폈다. 건바오는 그들을 나오라고 할 수가 없었다. 호루라기 소리는 롼친의 집 앞에서 멈추었다가 조금 떨어져서야 다시 울렸다. 며칠 후 휘창뤼가 구들에서 내려와 움직일 수 있게 되었다. 뜰로 나와 햇볕을 쬐기도 했다. 구두이펑 사람들은 휘창뤼의 얼굴이 눈에 띄게 창백해진 것을 알 수 있었다. 문에 바르는 종잇장처럼 핏기가 없었다. 집 앞을 지나던 사람들은 휘창뤼가 오래가기 힘들겠다며 수군거렸다.

어느 날 롼친은 바구니를 챙겨 들고 상보촌 노동대대를 찾아갔다. 평생 어디 멀리까지 나가 본 적이 없는 그녀였다. 대대는 강 건너편에 있었다. 강 건너 기울어진 탑은 여전히 서 있었다. 저 아래로 모자를 쓴 이가 지나간 적이 있을까? 어쨌거나 탑은 아직 무너지지 않았다. 세상사는 참 이상하기도 하다. 사람의 예측대로 되지 않는다. 그녀가 가장 멀리 가 본 것은 마을 냇가였다. 이번에는 그 냇물을 건너느라 전족을 푼 작은 발로 반나절을 걸었다. 이 반나절이 그녀에게 뭐라 설명할 수 없는 활력을 가져다주었다. 아무리 먼 길이라도 걸을 수 있을 것 같았다.

대대 사람을 만나자 그녀는 바구니를 꺼내 들고 간부를 만나게 해 달라고 간청했다.

"훠창뤄는 나라에 공을 세운 사람입니다. 생활을 보장받아야 마땅하다고요. 훠창뤄는 평생 이 차용증만 믿고 살았는데 나라에서 나 몰라라 하면 어쩐답니까? 나라에서 계속 모른 척할 거면 차라리 이혼을 시켜 주십시오. 그 사람을 생산소대에서 돌봐 주기로만 하면, 나도 남자 구실 하는 사람 만나 남은 세월 살아 볼랍니다."

이 차용증이 나라에 대한 공을 증명해 주는 건지는 누구도 확인해 줄 수가 없었다. 롼친은 평생 차용증 이야기를 했다. 덕분에 강양쪽 마을 사람들은 누구나 구두이펑 롼친 부부의 사연을 알고 있었다. 물론 롼친의 일을 수군대는 게 그다지 자랑할 만한 일은 아니었다. 하지만 1년 사계절 흙만 만지는 사람들이 자랑스러워할 일이 얼마나 있겠는가. 지붕이 새는데 비는 오고, 그래서 한데 모여 앉아 있다 보니 뚫린 입으로 이런저런 남 얘기를 하는 거였다. 그래도 그녀는 기가 꺾이지 않았다. 대대 간부가 해결해 주지 않으면 공사로 찾아갈 것이고, 공사에서 해결이 안 되면 현으로 올라갈 것이고, 현에서도 받아 주지 않으면 그때는 시 정부로 가겠다, 그래도 해결이 안 되면 누구에게든 부탁해 마오 주석에게 편지라도 쓰겠다고 엄포를 놓았다.

롼친의 말에 간부들은 간신히 웃음을 참았다. 마오 주석이 어디 계신 줄 알고 편지를 쓰겠다는 건지, 이건 분명 생트집이었다. 말도 안 되는 일이지만 그렇다고 대충 넘길 수도 없었다. 여자는 무섭다. 한을 품으면 무슨 짓을 저지를지 알 수 없는 게 여자다. 어르고 달래서 일단 돌려보내는 게 상책이었다. 설화꾼이 예전만큼 환영받지는 못한다지만, 훠창뤄가 밭에서 일하는 사람들에게 연주도 해 주고 이야기도 들려준다면 노동 점수 5점은 줄 수 있는 것 아닌가.

대대장은 그녀를 설득했다.

"이제 그만 돌아가시게. 이 정도도 잘 봐준 거야. 사람이 분수를 알아야지. 옛말에도 아이 늦는 거 걱정 말고 명 짧은 걸 걱정하라고 하지 않던가. 그놈의 은전 때문에 훠창뤄가 얼마나 망가졌는가. 자네가 보관한 이 차용증만 해도 그래. 내 솔직하게 말함세. 일본인들에게 부역하고 내기해서 돈 받은 일을 들춰내면 토지개혁 때 비판을 당했어도 할 말이 없는 거야. 이 정도면 다행인 줄 알란 말일세. 뭘 더 받아 내겠다고 이러고 다니나. 돌아가고, 이 일은 이렇게 매듭짓자고."

롼친은 풀이 죽었다. 금방이라도 울음이 터질 듯한 얼굴로 애써 희미한 미소를 지어 보였다. 보기에도 애처로울 지경이었다.

"훠 씨네 향은 이제 끊기는 거네요. 친정에서 발길을 끊고 마을 사람들이 침을 뱉어도 무서울 게 없는 저예요. 훠창뤄의 생활을 보장해 주지 않으면 상급 정부로 가겠어요. 어차피 깨진 병, 한 번 더 던진다고 뭐 어쩌겠어요. 이제 나는 무조건 끝까지 가 볼 참이에요. 망신을 당한다고 해도, 그래서 누가 날 기억해 준다면 그것도 내 복이다 생각하죠!"

간부들은 서로 얼굴을 마주 보았다. 진퇴양난이었다.

"일단 돌아가시게. 누구 생활을 보장해 주고 말고를 여기서 뚝딱 정할 수 있는 게 아닐세. 상부에 보고해야 하니까 시간이 좀 걸릴 거야."

간부의 설득에 비로소 롼친은 고개를 끄덕였다.

"이제야 좀 간부다운 말씀을 해 주네요. 기다리지요. 기다려도 답이 없으면 나 스스로 답을 찾을 거예요!"

롼친은 기울어진 탑 옆을 지나왔다. 바람이 뒤에서 그녀를 밀어 주었다. 고개를 들어 탑에 박힌 유리 장식을 바라보았다. 과거 불교를 믿는 사람들이 소원을 빌며 장인에게 부탁해 만든 것이었다. 일부러 탑 아래로 걸어 보았다. 양심에 거리끼는 일을 한 사람들이 이곳을 지날 때 탑이 무너져 무덤을 만들어 주면 좋겠다는 생각이 들었다. 나뭇잎이 바람에 날려 머리 위로 내려앉았다. 몸을 흔들어 나뭇잎을 떨어내고 긴 한숨을 내쉬었다. 마음이 조금은 편안해지는 느낌이었다. 돌아보니 탑은 꼼짝도 하지 않았다.

다리를 건너 마을 쪽 냇가에 멈춰 섰다. 그때 그 사람을 어디서 만났는지 기억나지 않았다. 이 냇물도 많이 바뀌었다. 전에는 다리도 없었다. 다리를 놓고 댐을 만들면서 이곳의 모습도 몰라보게 변했다. 그때 그 자리를 찾아보려 애쓰다가 저도 모르게 가슴을 꼭 눌렀다. 하루 종일 물 한모금 마시지 않은 탓에 위가 요동쳤다.

갑자기 스스로 가증스럽다는 생각이 들었다. 그때 그 일은 그녀의 욕망 때문에 일어난 것이기도 했다. 욕망이 없었다면 리만탕을 돕지 않았을 것이다. 바로 그 욕망이 잘 살아가던 일상을 뒤흔들어 어디로 가는지조차 알 수 없게 만들어 놓았다.

냇가에 선 그녀의 모습이 수면에 비쳤다. 희미하면서도 얼룩덜룩 지저분했다. 뒤로 보이는 논밭이며 산이 새삼 낯설었다. 기억 속의 일들은 점차 멀어져 가고 아무것도 남지 않았다. 리만탕을 다시 만난다면. 하지만 그의 얼굴조차 기억나지 않았다. 사람은 과거로 돌아갈 수 없는 법이다. 그때의 자신도 지금 물에 비치는 이런 모습이 아니었다. 또 이렇게 살아갈 줄도 몰랐다. 누군가에게 빚을 주고 평생을 기다렸는데, 정작 그 사람은 갚으러 오지 않는다니.

또 한참을 걸었다. 문득 아버지 어머니가 생각났다. 두 분이 돌아가실 때 친정에서는 아무도 알려 주지 않았다. 뒤늦게 소식을 전해 듣고서 상복을 챙겨 입고 달려갔지만 아버지는 그녀를 문밖으로 내몰았다. 무릎을 꿇고 마지막으로 어머니를 보게 해 달라고 사정해 보았지만 아버지는 꿈쩍도 하지 않았다. 아버지가 돌아가셨을 때도 친정을 찾았다. 산을 내려오는 그녀의 모습을 멀리서 알아본 오빠가 마을 입구부터 가로막아 마을 안으로 들어가지도 못하고 발길을 돌렸다.

세상의 정이라는 게 돈을 따라 움직이는 것이던가. 결국은 돈 때문에 부모로부터 내쳐진 것이 아닌가. 신령한 세계를 본 적은 없지만, 그녀가 부모를 통해 이 세상에 온 것은 분명 미리 정해진 인연일 터였다. 아버지 어머니, 그런 신령한 이치가 정해진 것을, 왜 하필이면 저 같은 것을 낳아 자식을 미워하며 돌아가셨나요. 어찌해야 이 딸년이 부자를 꿈꾼 게 그저 한낱 꿈이었음을 알아주실까요!

"어머니⋯⋯."

롼친은 가볍게, 하지만 길게 어머니를 불러 보았다. 삶과 죽음이 여기에 있었다. 어머니는 죽었고 딸은 살아 있다. 나는 당신의 목숨을 이어 가고 있는 걸까요. 하지만 저는 죽어도 제 목숨을 이어 갈 아이가 없답니다. 이렇게 하루하루 살아가다 보면 절기는 정해진 대로 지나가겠지요. 저는 세상에 태어나 남들이 칭찬할 만한 것 하나 남겨 두지 못하고 가겠지요. 어머니는 돌아가시면서 딸 얼굴 한번 마지막으로 보려 하지 않으셨지요. 어머니, 사람으로 사는 게 참으로 힘이 듭니다! 아무리 힘들어도 만족해야겠지요. 제가 어찌 분수에 넘치는 걸 바랄까요. 이 가을바람이 얼마나 기꺼운가요.

어머니 살아생전에 말씀하셨지요. 태어날 때는 울면서 세상에 왔으니 갈 때는 절대 울지 않을란다. 하루 빨리 가면 그만큼 빨리 더 좋은 곳으로 가는 거야. 이런 말씀도 하셨지요. 재물이라는 건 말과 같아서 잘 부리면 그놈이 너를 태워 하늘을 날고 땅을 누빌 테지만, 제대로 부리지 못하면 너를 등에서 내팽개칠 것이다. 명이 길면 간신히 목숨은 건지겠지만, 한번 그러고 나면 사는 게 사는 게 아닐 거다. 사람 노릇도 못 하게 되는 거야.

롼친은 집으로 돌아왔다. 휙창뤼의 얼후 소리가 들렸다. 얼굴을 슥슥 문질러 세상에서 묻혀 온 슬픔을 털어내고는 짐짓 목소리를 높였다.

"다녀왔어요. 참, 세상이라는 게, 내가 세게 나가니까 그제야 좀 말을 들어먹더라고. 이참에 아주 거머리가 어떤 건지 똑똑히 보여 주고 왔소. 우리가 무슨 호두알이야? 간부라고 아주 마음대로 까먹으려고 들어."

휙창뤼의 연주가 멈추었다. 잠시 후 다시 시작되었지만 무슨 가락인지 알 수가 없었다.

해가 바뀔 때쯤 휘창뤼는 생활보장을 받을 수 있었다.

일상은 예전과 다름없이 흘러갔다. 바깥세상은 운동 또 운동이었다. 혼란스런 정세에도 롼친은 바구니를 부적처럼 간직했다. 몇 해가 지나고 기억은 분명하면서도 희미해졌다. 어떤 이는 이미 잊은 것도 같았고, 혹은 생각할 새가 없는 것도 같았다. 그렇게 세월은 사람들을 원래의 모습으로 되돌려 놓았다.

건바오는 갈수록 간부 태가 났다. 외투를 어깨에 걸치고 뒷짐을 지고 다녔다. 사람들이 담뱃대에 잎담배를 넣어 피울 때 그는 종이로 싼 궐련을 피웠다. 하루가 멀다 하고 공사를 드나들며 갖가지 '정신'을 전달했다. '굴을 파고 식량을 비축하라'[10]는 등 위성을 쏘아 올린다는 둥 떠들어 댔다. 어떤 정신이 되었든 건바오는 마을 구석구석을 찾아다니며 빠짐없이 실천하라고 강조했다. 그는 이제 더 높은 대대 간부가 될 참이었다.

하지만 중요한 순간마다 지주의 작은 부인 출신인 아내가 발목을 잡았다. 건바오는 아내를 탓하며 운 없음을 한탄했다. 처음에는 아내를 얻어 희희낙락하더니 이제는 사사건건 눈을 흘겼다. 사는 게 사는 것 같지 않았다. 건바오의 아내는 벌써 머리가 하얗게 셌다. 곱상하던 얼굴이 반쯤 샌 머리 때문에 평생 털어낼 수 없는

---

10 深挖洞, 廣積糧, 不稱覇. 1960년대 중반부터 냉전 정세가 심각해지자 1972년 마오쩌둥이 내린 지시. '굴을 파고 식량을 비축하며 패권자를 칭하지 말라'라는 의미로 전쟁과 기근에 대비하는 생존 전략을 제시했다.

먼지를 뒤집어쓴 것처럼 보였다.

란친은 그녀와 마주칠 때면 몇 마디 인사를 건네곤 했다. 그때
마다 상대는 황송해 몸 둘 바를 모르는 것처럼 보였다. 세상 여자
들과 다를 것 없는 보통 여편네였구나 싶다가도 문득 자기보다는
낫다는 생각이 들었다. 어쨌거나 저 여자는 건바오에게 아들 딸 하
나씩 낳아 주지 않았나. 그런데 나는? 큼직한 가슴을 달고서도 아
기 입에 젖꼭지 한번 물려 보지 못한 여자였다.

이른 봄비가 막 걷힌 어느 오후, 란친은 곡괭이를 둘러메고 훠
창뤼를 이끌어 밭일을 나갔다. 예전과는 완전히 다른 시대였다.
지주네 부농이네 출신 계급을 나누던 것이, 이제는 모두가 땅을 나
눠 갖고 누구나 지주가 되었다. 예전에는 그저 간부가 하라는 대로
했지만 이제는 오히려 간부를 꺼리고 피해 다녔다.

촌장이 된 건바오는 이런 분위기가 영 마뜩치 않았다. 촌 간부
에게 불만을 품는 것은 곧 국가에 불만을 품는 것이었다. 촌 간부
는 국가에서 가장 작은 단위의 정부 아닌가. 가장 낮은 곳에 있는
지도자로서 직접 농민들을 관리하고 국가 이익을 담당하는 기층
단위인 것이다.

그런 촌 간부에게 마을 사람들이 조금이나마 좋은 감정이 남
아 있다면, 과거 집체생활集體生活을 그리워해서였다. '농업은 다
자이[11]를 배우자'라는 구호 아래 신명나게 일하던 시절이었다. 열
심히 배우고 일해서 마을을 바꾸겠다는 마음 하나로 온 마을 사

---

11 大寨, 산시성山西省에 있는 지명. 집단농장의 모범 사례가 된 농촌 마을이다.

람이 강변 버드나무에 걸린 나팔 소리를 따라 움직였다. 나팔 소리가 울리면 다 같이 일을 나가 물길을 파고 둑을 쌓고 길을 닦아 수레를 밀었다. 밥도 함께 먹고 일도 함께 하고 앞으로 어떻게 될지 걱정하는 일 없이 자신감에 차 있었다. 하지만 지금은 달랐다. 간부는 밑에서 하는 일이라면 뭐든 눈에 차지 않았다. 사람들에게 말을 붙이려면 담배라도 건네야 했다. 촌 간부들에게서 자부심이라고는 눈을 씻고 보아도 찾아볼 수가 없었다.

토지를 나눠 준 후로 건바오는 줄곧 못마땅했다. 평생 농사를 지으며 몇 무나 되는 밭두렁 사이에서 목숨을 걸고 농민들을 이끌어 온 그였다. 그런데 이제 와 자기 땅에 홀로 우두커니 서 있자니 도무지 익숙해지지 않았다. 왜 나는 휘창뤼처럼 사람들 앞에서 큰소리칠 수가 없는가. '나 건바오는 이 땅에 공을 세웠다!' 생각이 여기에 미치자 헛웃음이 나왔다. 산다는 게 참 재미있지 않은가. 요즘 나오는 텔레비전만 해도 그렇지. 집 안에 들어앉아 도시 사람들이 월급을 받기 위해 전전긍긍하는 이야기를 볼 수 있으니 말이다.

맞은편에서 롼친 부부가 다가왔다. 둘 다 많이 늙었다. 평생 땅강아지처럼 비루하게 살아온 사람들이다.

"일 나가는가?"

"일 나가요."

대답한 쪽은 롼친이었다. 휘창뤼는 이제 귀도 먹었다. 무슨 소리가 나도 그에게는 꿀벌이 날아다니는 것처럼 윙윙거리는 소리로 들릴 뿐이었다.

건바오는 두 사람을 지나친 후 생활보장을 해 주는 집에 텔레비전이 배급된 것이 생각났다.

"텔레비전은 잘 달았소?"

롼친이 걸음을 멈추고 돌아섰다.

"잘 달았어요. 참말로 새 시대 새 사회네요."

건바오는 정치가를 자처하는 사람인 만큼 정치 냄새가 나는 말을 좋아했다. 그런 말이 롼친의 입에서 나오자 덩달아 흥이 났다.

"국가가 발전했으니까. 이 보고, 그 쇳덩이에 농작물은 언제 파종해라, 언제 비료를 뿌려라, 언제 병충해를 예방해라 이런 게 다 들어 있잖은가 말이야. 중앙에서 백성을 위해 무슨 정책을 내놓으면 외국에서는 허구한 날 쌈박질이라고. 그런데 중국을 보라고. 떡하니 텔레비전을 놓아 주는 거야. 보고 싶은 게 있으면 드르륵 돌려서 보면 된다고. 세상이 좋다 보니 집에 가만히 앉아서 세계 여행을 할 수 있단 말이지."

말이 다 끝나기도 전에 롼친은 돌아서서 가 버렸다. 건바오는 머쓱해졌다. 이제 막 신이 나는 참이었는데. 요즘 농민들은 간부 말을 들어 주지 않는다. 그저 귓전을 스치는 바람쯤으로 생각한다. 그러고 보니 텔레비전이 그리 좋은 물건은 아닌 것 같다. 그걸 보면서 조만간 농민들 버릇이 더 나빠지지 않을까.

롼친은 호박을 땄다. 자라난 수꽃을 따 버리고 잡초를 깨끗이 뽑았다. 양분을 잘 흡수할 수 있도록 호미로 모종 아래 흙을 북돋워 주었다. 훠창뤼는 밭에 들어오지 않고 바위에 누워 잠이 들었다. 코 고는 소리가 요란하더니 갑자기 목을 쭉 빼고 크게 한 번 숨을 들이쉬고는 소리가 없었다. 이 나이쯤 되면 그저 남은 것이라곤 먹고 자는 일뿐이었다. 제대로 먹지 못하고 잠자리가 편치 않으면 끝나는 것이다.

란친은 바닥에 주저앉아 호박 두 개를 땄다. 어린 줄기도 좀 뜯어서 바구니에 담았다. 이렇게 점심 찬이 해결되었다. 그나마 살만한 세월이었다. 조금만 부지런히 움직이면 먹고 싶은 것을 먹을 수 있었다. 하늘은 누구에게는 좋은 일만 내리고 누구에게는 나쁜 일만 내리지 않는다. 사람이 태어나 한 세상 살다 보면 이런 날도 있고 저런 날도 있고, 그러다 보니 길다면 길고 짧다면 짧은 인생이 흘러가는 것이다.

잘 살아가야 하지만 결국은 늙는다. 늙는다는 것은 슬픈 일이다. 세월은 많은 것을 앗아 가지만 일상에서 얻어지는 것도 적지 않다. 이 백성들이 무엇 때문에 살아가겠나. 결국 생활을 잘 꾸리면서 과거를 되풀이하지 않기 위해 사는 것이다. 어찌되었든 오늘 이 정도 살 수 있게 되었으니 만족할 노릇이다.

란친은 잠시 숨을 돌린 후 옆에 있는 키 작은 나무를 붙잡고 몸을 일으켰다. 다리가 저려 자기도 모르게 에고고고 소리가 튀어나왔다. 훠창뤼는 아직도 잠에 빠져 있었다. 저렇게 잠이 들면 오전 내내 자곤 하니까. 나뭇가지를 모아 밭을 잘 막아 두었다. 그렇게 하지 않으면 닭들이 와서 채소를 뜯어 먹었다. 란친은 훠창뤼를 깨웠다. 훠창뤼는 꼼짝도 하지 않았다. 뭔가 이상했다. 허둥지둥 훠창뤼의 손을 잡아 보았다. 온기라고는 조금도 느껴지지 않았다. 코 밑에 손가락을 대 보았다. 숨이 없었다.

란친은 손을 들어 훠창뤼의 뺨을 갈겼다.

"말도 없이 가 버리나!"

한낮의 태양 아래 훠창뤄의 시신이 집으로 돌아왔다. 롼친은 울지 않았다. 훠창뤄와 그녀의 인연은 이렇게 끝이 났다. 그의 죽음으로 롼친은 자신을 돌아보게 되었다. 방에 들어가 혼자서 눈물을 흘렸다. 그녀 자신 때문에 흘리는 눈물이었다. 머지않은 미래에 롼친도 이 마당에 누울 것이다. 그녀를 에워싸고 사람들은 웃고 떠들 것이다. 누가 죽은 사람을 위해 슬퍼해 주겠는가. 그녀는 울지 않았다. 울어야 할 때일수록 강한 모습을 보여야만 했다. 세상 사람들은 가난한 자는 비웃어도 강한 자는 비웃지 못하니까. 촌 간부들이 찾아오고 사람들도 모여들었다.

롼친은 집 안에서 동전만 한 저승떡을 빚었다. 죽은 영혼이 환생할 때 그 앞을 가로막는 귀신과 원혼에게 던져 줄 떡이었다. 부족하지 않게 넉넉히 준비했다. 훠창뤄는 말없이 누워 있었다. 울음소리도 나지 않았다. 파리가 윙윙대며 날아다니고 참새 몇 마리가 변소 옆 담 위로 머리를 내밀었다. 바닥에 만터우[12] 몇 개, 찐빵 몇 개가 차려졌다. 향 세 개에서 연기가 피어올랐다.

롼친은 준비한 저승떡을 끈으로 꿰어 훠창뤄의 목에 걸어 주었다. 뜰 안에는 무거운 침묵이 감돌았다. 마치 담을 둘러친 것 같았다. 이 집 사람이 죽었다. 이 집 가장이 죽었다. 그런데 집 안에서 곡소리가 들리지 않는다. 이래서야 어찌 죽은 사람을 보낼 수 있을까. 롼친은 몸에 붙은 먼지를 털고 촌위원회를 찾아갔다.

12 饅頭, 중국에서 주식으로 먹는 빵. 고기나 팥을 넣지 않고 밀가루 반죽을 쪄서 만든다.

구두이펑에 전해 오는 이야기에 따르면, 사람이 죽었는데 그를 보내는 곡소리가 없으면 악귀가 되어 마을의 어린아이들을 괴롭힌다고 했다. 훠창뤼는 아이가 없고 란친은 우는 법이 없으니 누군가는 나서서 울어 줘야 하지 않겠나.

이때 건바오가 나섰다.

"곡소리는 걱정하지 마. 강 건너 상보촌에 그걸로 먹고사는 사람들이 있어."

상보촌에는 곡소리로 먹고사는 여자가 셋 있었다. 왕파이창, 궈룬샹, 한슈즈였다. 이들은 상갓집에 가서 유족을 대신해 울어 주었다. 과부가 되었거나 집안이 곤궁해 그렇게라도 입에 풀칠을 하다 보니 근동에 이름이 날 정도가 되었다. 하나같이 목청이 좋고 함께 울라치면 화음이 제법 그럴싸했다. 그들이 상보촌에서 보여 준 재주 덕분에 상을 당한 집들은 한시름 덜 수 있었다.

세 사람은 소복을 갖춰 입고 자못 비장하고 엄숙한 모습으로 훠창뤼 집에 들어섰다. 란친은 방 안에서 훠창뤼가 생전에 입던 옷가지를 꺼내 개켜 놓고 뒤이어 일상용품을 정리했다. 이불, 저고리와 바지, 양말, 신발…… 그가 사용했던, 아무도 아까워하지 않을 물건들을 훠창뤼 가는 길에 태울 생각이었다. 생전에 입던 것 쓰던 것을 하나하나 문밖으로 던졌다.

그리고 바구니가 손에 잡혔다. 평생을 바구니에 붙여 놓은 이 종이 쪼가리 때문에 전전긍긍했다. 빈손으로 세상에 와서 남에게 돈을 빌린 적도, 그런 생각을 한 적도 없다. 그런데 바로 이 종이 쪼가리에 평생을 매달려 살았다. 이제 육신이 돌아갈 때가 다 되었는데 빚을 갚아 준다고 한들 그게 무슨 소용일까! 롼친은 바구니도 문밖으로 집어던졌다. 날아간 바구니는 모여 있던 사람들 사이로 굴러갔다.

세 여자는 천막 아래 자리를 잡고 곡을 시작했다. 사람은 더 많아졌다. 이런 곡소리는 처음이었다. 각자 마이크를 들고 무대에 선 것처럼 곡하는 것은 모두에게 처음 보는 광경이었다. 그래도 웃기도 하고 소리도 하는 이들의 목소리만은 사람이든 귀신이든 슬픔을 느낄 만했다.

> 아야리, 영감아, 고개 한번 안 돌리고 가는구나.
> 세상에 이렇게 무정한 마음이 있을꼬.
> 아야리, 영감아, 구두이핑 사람들이 가지 말라 붙잡는데
> 어찌 나만 남겨 두고 가 버리는고.
> 아야리, 영감아, 하늘은 사람을 내고 땅은 벌레를 만드니
> 그 다리 건너기 전에 롼친만 기억하오.

세 사람의 곡소리는 비통하기 그지없었다. 이들이 목이 쉬고 기진맥진하도록 곡을 하는 사이 휘창뤼의 입관이 시작되었다. 롼친은 왈칵 눈물이 터졌다. 뱃속에 눌러 두었던 매듭이 단숨에 풀려버린 듯 일순 터져 나온 것이었다. 그렇게라도 하지 않으면 견딜 수 없었으리라.

"영감! 다 잊고 가시구려!"

폐부를 찢는 듯한 목소리에 소름이 끼쳤다. 금방이라도 휘창뤼

가 관에서 벌떡 일어날 것만 같았다. 관에 못을 박고 나니 훠창뤠가 죽은 게 실감 났다.

이날 장례를 지켜본 사람들 가운데 기울어진 탑을 조사하러 온 이들이 있었다. 조사하러 왔다가 장례 소식과 곡을 해 주는 사람이 있다는 말에 이 집을 찾은 것이었다. 이들 중 리훙웨이라는 사람이 바닥에 굴러다니는 바구니를 주웠다. 호기심 어린 얼굴로 해방 시기 전단을 살펴보던 그의 눈에 차용증이 들어왔다. 필적은 흐려졌지만 이름 아래 찍힌 붉은 지장은 선명하게 남아 있었다. 리훙웨이는 롼친을 살펴봤다. 좀 부었지만 젊어서는 상당히 고왔을 얼굴이었다. 천천히 피어오르는 연기가 어두운 표정의 그녀를 감싸 한층 더 외롭고 처연해 보였다.

리훙웨이는 잠시 틈을 타서 롼친에게 다가갔다.

"이 바구니, 제가 살 수 있을까요?"

"마음에 들면 가져가세요. 잘 안 탈까 싶어 뽀개 넣어야 하나 생각 중이었다오. 그냥 가져가요."

리훙웨이가 돈을 두고 가려 하자 롼친이 돈을 들고 쫓아왔다.

"이럴 거면 가져가지 말아요."

"예, 예, 알겠습니다. 돈 얘기는 안 꺼내겠습니다."

롼친은 웃으며 돈을 돌려주었다. 리훙웨이는 그 웃음을 평생 잊지 못할 것 같았다. 그것은 세상에서 가장 아름다운 미소였다.

태어날 때는 옷 한벌 없었고,
죽을 때는 밥 한술 머금은 것 없네.

제 힘을 다해 살아왔으니 살아서는 좋은 사람이요,

죽어서는 하늘을 원망할 것 없네.

돌아보니 당신이 없네. 두 다리 비틀거려도 곁에 없고,

두 눈을 떠 봐도 보이지 않네.

당신 가고 나 사는 건 내 죄이니 당신과 함께 가려네.

황천길에서 잠시만 쉬어 가구려,

잠시만 당신 아내 기다려 주구려.

"일어……섯!"

다시 시작된 곡소리 속에 장정 넷이 관의 네 귀퉁이를 잡고 일어섰다.

란친은 휘창뤼를 넣은 관이 시야에서 사라지는 것을 멍하니 지켜보았다. 텅 비어 버렸다. 바람 소리, 나뭇잎 소리, 새 울음소리는 남았지만 발자국 소리는 사라져 버렸다.

란친은 마을 상공을 울리는 떠들썩한 소리가 지겨웠다. 지나온 세월로 이야기하자면 란친은 사리에 밝고 대담하며 굳센 여자였다. 그런데 텅 빈 뜰을 바라보노라니 마음 한편이 무너지는 것만 같았다. 마음 굳게 먹고 단단하게만 살아온 세월이 괘씸해 하늘이 벌을 주는 걸까? 란친은 물을 뿌리며 빗자루질을 했다. 담장 옆에 호박꽃이 피어 있었다. 그녀는 수꽃을 따서 구구구 소리를 내며 닭에게 던져 주었다. 그렇게 잠깐 다른 일을 하다 보니 휘창뤼가 죽은 것을 깜빡 잊었다.

"나와서 햇볕 좀 쬐요!"

말이 채 끝나기도 전에 롼친은 훠창뤼가 죽고 없음을 깨달았다. 사람이 늙으면 기억력도 엉망이 되는 것이다.

8

까맣다.

밤이 까맣게 내려앉았다.

롼친은 일찌감치 자리에 누웠다. 눈이 감기는가 싶더니 다시 떠졌다. 창밖 어딘가에서 기척이 느껴졌다. 롼친은 일어나 앉아 창을 두드렸다. 기척이 나는 곳에서 알아채길 바랐다. 다시 몸을 누이고 가만히 있자니 몸속 저 깊은 곳에서 알 수 없는 통증이 밀려왔다. 기침을 두어 번 해 봤지만 별무신통했다. 낮보다 밤이 더 심했다. 방 안 구들 위의 공허함은 시도 때도 없이 그녀를 엄습했다. 창호지를 비추는 달빛을 가만히 바라보았다. 잠시 후 구름이 달을 가리자 방 안이 더욱 어두워졌다. 눈물이 흘렀다. 구들 위에서 함께 잠들던 사람은 이제 죽고 없다. 빈자리를 더듬어 보았다. 차가운 기운만 전해졌다.

"훠창뤼, 어디로 간 거요? 거기서 우리 아버지 어머니는 만났소? 사위도 자식이니 그분들 만나면 좋은 낯으로 대해 주시오. 예의 차려 나쁠 것 없으니 인사부터 드리고요. 생전에 한 고생은 여기 다 두고 갔구려. 살아생전 당신 모습을 하나하나 이어 보니 온전히 사람 하나가 그려지네. 가는 길에 뭐 부족한 건 없는지 내 꿈에 나타나 알려 주시구려. 내 지전 사다 태워 드릴게. 이제 당신은 사람이 아니라 귀신이니 못할 게 뭐 있겠소. 사람은 당신을 못 봐도 당신은 사람을 볼 수 있다니까. 혹시 내가 일하다 넘어지기라도 하면 꼭 좀 붙잡아 줘요. 저 텃밭에 심은 채소가 커 가는데 당신이랑 같이 먹지를 못하겠네. 그래도 한가하면 닭들 못 들어가게 쫓아 주세요. 행여나 당신이 바람이 되어 내 앞에서 소용돌이를 만들면 내가 알아보고 말을 붙여 볼 텐데. 훠장뒤, 내가 하는 말 듣고 있는 거요? 이 너른 세상 어디로 간 거요? 우리 둘이 평생을 함께 했으니 당신은 알잖소. 내가 성깔이 좀 있어서 나를 말릴 사람이 아무도 없는데, 당신마저 가고 나니 참말로 힘이 드네. 인사 한마디 없이 그렇게 무정하게 가 버리는 사람이 어디 있대요. 당신이랑 살면서 온갖 업신여김에 참 화나는 일도 많았소. 있어야 할 건 안 있고 없어야 할 일들만 그렇게도 생겼지. 이제 와서 이런 말 해 봤자 무슨 소용이겠소. 당신은 환생하는 길을 가고 있을 텐데. 그래도 몇 마디 꼭 해야겠소. 산 넘고 골짜기 건너고 그런 곳에는 가난한 집이 많아요. 굴뚝으로 연기가 힘없이 피실피실 피어오르면 분명히 없이 사는 집이란 말이오. 그런 집 앞을 지날 때면 조심해요. 절대로 그 집 문 앞에 세워진 곡괭이를 쓰러뜨리거나 뜰에 걸어 놓은 빨랫줄을 당겨 그 집에서 널어 둔 빨래를 건드리면 안 돼요. 그러다 그 집 여자 뱃속의 태기를 망치기라도 하면 세상을 떠나던 뱃속 아기가 전생을 이어 줄 영혼을 찾다 급한 김에 당신을 붙잡아 버린단 말이오. 그러면 당신은 또 지지리 가난한 집에서 태어나는 거요. 이제 가난이라면 지긋지긋하잖소! 그저 산도 지나고 골짜기도 지나서 저 멀리 반짝반짝 빛나는 곳이 보이면 거기로 날아가세요. 그런 곳에 부잣집이 많답디다. 그런 집 창가에 붙으면 숨을 죽여요. 숨결에 먼지도 일어서는 안 돼요. 환생하려는 영혼들이 다 부잣집 창가에 붙어 있단 말이오. 당신이 좋으면 남들도 좋겠지. 부잣집에서 다시 태어나려고 기다리는 영혼이 얼마나 많겠소. 당신은 숨이 거칠어서 들키기 십상이니 아예 숨을 참으라는 거예요. 다른 것들이 당신 기척을 느끼지 못해야 당신이 그놈들이 하는 말이나 생각을 알 수 있지요. 그런 것들과 부딪치면 당신은 멀리 피해야 해요. 명이 박하기가 말도 못 할 것들이란 말이오. 심장 소리도 새 나가면 안 돼요. 혹여나 그것들 때문에 세상에 잘못 떨어지면 입 한번 뻥긋 못 하고 고생만 죽어라 하게 될 거요. 그래서야 어찌 자유롭게 살아 보겠소."

란친의 말이 점점 느려졌다. 피곤했다. 허공에 대고 말하는 것도 벌써 며칠째인지 알 수가 없었다. 그녀는 구들 위에 아무렇게나 팽개쳐진 낡은 거적때기 같았다. 기운이 하나도 없었다.

밖에서는 벌써 사람과 가축들이 오가는 소리가 들렸다. 파리가 나는 소리부터 모기가 다리를 비비는 소리까지 뭐든 구별해 낼 수 있었다. 베개 주변으로 습기가 가볍게 떠다녔다. 비몽사몽간에 훠창뤼가 찾아온 것 같았다. 또는 자기 몸을 열어 그 벌어진 곳을 통해 다른 세계로 간 것도 같았다. 얌전했던 어린 시절의 모습이었다. 기울어진 탑 아래를 걷고 있었다. 기분이 한결 밝아졌다. 계단을 타고 위로, 위로 쉬지 않고 올라갔다. 손바닥만 한 공간에 수많은 사물이 오가는 통에 눈앞이 어지러워졌다.

손을 뻗었다. 누군가 그녀의 손바닥에 두 글자를 썼다. 롼친은 글을 몰랐다. 새까맣던 머리에 하얗게 서리가 내리는 동안 여러 가지를 알게 되었지만 글은 깨치지 못했다. 그 사람은 또박또박 '천하天下'라고 두 글자를 읽어 주었다. 탑 꼭대기까지 올라갔다. 사방에서 서늘한 바람이 불어왔다. 상쾌한 공기가 온몸을 관통했다. 천하? 하늘 아래란 말인가?

탑 위에서 냇가의 밭을 내려다보니 사람들이 위아래로 움직이고 있었다. 쉬지 않고 한 세대 또 다음 세대 봄에는 씨를 뿌리고 가을에는 곡식을 거두고 그저 흙에 기대 먹고사는 사람들이었다. 스스로 먹고살기 위해, 집안의 늙은이와 아이들을 굶기지 않기 위해. 애초에 세상만물은 중생에게 저녁밥을 준비해 주기 위한 것이 아닌가. 멜대를 멘 일꾼이 지나가는 것이 보였다. 그때 은전 한 냥이면 쌀 한 가마였지. 나중에는 은전이 가치가 없어져 은전 한 냥을 가져가면 수건 한 장으로 바꿔 주었다. 이제는 은전이 유물이 되어 수집업자가 사들이면서 값이 올라갔다고 한다.

솜을 타는 부부가 보였다. 수틀로 탄 솜이 여기저기 날렸다. 강변에는 식초집이 있었다. 농가에서는 매일 식초를 먹으면서도 돈 주고 사는 일이 없었다. 대부분 집에서 직접 만들기 때문이었다. 좁쌀로 만든 식초는 누런색에 맛이 연했다. 삼복더위에 밭일을 하다 더위 먹으려 할 때 식초 한 숟갈을 물에 타서 들이켜면 열기가 단박에 사라졌다. 나중에 식초를 만들어 먹는 사람이 갈수록 줄어들면서 다들 파는 식초를 먹게 되었다. 시커먼 색에 비린내 섞인 시큼한 냄새가 났다. 도대체 무엇을 넣어서 그런지 알 수 없지만,

한입 맛을 보면 아린 맛이 혀를 찔렀다.

냇가의 대로를 따라 달려오는 차가 보였다. 이상하게 생긴 차가 달려오는 길을 따라 먼지가 피어올랐다. 먼지가 채 가라앉기도 전에 또 한바탕 먼지가 일었다. 그렇게 냇가의 먼지는 허공을 떠돌며 내려앉을 줄 몰랐다. 소학교 아이들이 강변의 널찍한 바위에 모여 앉아 글자 연습을 하고 있었다. 삐뚤삐뚤 쓰인 글씨지만 아이들은 한 획 한 획 공들여 써 내려갔다. 몇몇 글자는 서로 안 쓰려고 미루었다. 무슨 글자인지 볼까? 굵은 획은 팔다리처럼 건장하고 가는 획은 한 가닥 한 가닥 잔털처럼 보였다. 글을 익히는 것은 농사보다도 힘든 일이었다. 세상에서 가장 힘든 일은 뭘까? 란친은 글을 익히는 것이 가장 힘들다고 생각했다. 예부터 지금까지 그렇게 살아오지 않았나.

'천하'가 떠올랐다. 손바닥에 쓰인 두 글자를 다시 보았다. 손바닥에는 두 송이 꽃이 피어 있었다. 똑바로 쳐다보기도 힘들 만큼 아름다운 꽃이었다.

"어, 깨어났네, 깨어났어."

누가 깨어났다는 거지? 사람들이 보였다. 자신을 둘러싸고 있었다. 건바오 옆에 눈에 익은 얼굴이 보였다. 누구인지는 얼른 생각나지 않았다.

그가 미소 띤 얼굴로 말을 건넸다.

"아주머니, 일전에 바구니 가지고 갔던 사람입니다."

아, 누구인지 떠올랐다.

"아주머니, 제가 차용증을 썼던 사람을 찾아냈습니다. 리만탕이요. 아직 살아 있고 이제 은퇴하셨습니다. 아주머니께 진 빚을 기억하고 계셨습니다. 직접 찾아뵙고 싶어 했는데 뇌경색으로 거동이 불편하십니다. 대신 아주머니께 드릴 말씀이 있으니 한번 찾아와 달라고 하시더군요."

란친은 반색을 하며 벌떡 일어나 앉았다.

"살아 있다고? 잘되었구먼. 그래도 하늘이 아주 무심하지는 않은가 봐. 하! 빚이나마나 벌써 몇 년 세월인데. 다 옛날 일이지, 뭐."

리만탕이 살아 있다. 그럼 됐지. 란친에게 희망이 생긴 듯했다. 그가 살아 있다는 것 자체가 기댈 수 있는 의지처가 되어 주었다. 그 옛날 눈물 나는 사연이야 세월이 흐르는 동안 기억에서 사라진 터였다. 지금에 와 생각해 낸들 그게 무슨 의미가 있을까. 란친은 눈물을 훔쳤다.

"없는 사람이 세상 사는 게 쉽지 않지. 어찌되었거나 이제 공산당 세상이 되었잖아. 그동안 훠창뤼도 나라에서 돈도 주고 쌀도 주고 많이 보살펴 줬으니 됐어. 나야 곧 묻힐 사람인데 뭣이 더 필요하겠어."

"아주머니, 세상일이라는 게 뭐든 끝맺음이 있어야지요. 며칠만 기다려 주시면 제가 날을 잡아서 모시러 오겠습니다."

"젊은이, 어떻게 리만탕을 찾았는가? 성이 같은 걸 보니 무슨 관계가 있는가 봐?"

말하고 보니 제법 그럴듯한 이야기였다. 리훙웨이는 그간 있었던 일을 차근차근 설명해 주었다. 바구니를 얻어 현성으로 돌아간 날, 그는 아버지에게 시골에서 우연히 구한 바구니에 차용증이 있더란 이야기를 했다. 마침 그의 아버지는 리만탕의 친구였다. 아버지는 바구니를 보고 리만탕이 과거 무공대 대장이었다는 것, 식량을 구하러 갔다 죽을 뻔했다는 이야기를 들려주며 그가 맞을 거라고 했다. 리훙웨이는 바구니에 붙은 차용증을 사진으로 찍어 남방 지역에서 일하다 이제는 퇴직해 그곳에 정착한 리만탕에게 보냈다. 며칠 후 리만탕이 직접 만나서 이야기하자는 전화를 걸어왔고, 리훙웨이는 바구니를 가지고 리만탕을 찾아갔다. 리만탕은 바구니를 보자마자 기대와 절망이 엇갈리는 표정으로 온몸을 부르르 떨었다.

란친은 눈물범벅이 된 채 겨우 한마디를 물었다.

"차용증을 보고 뭐라던가?"

"빌렸으면 갚아야지. 그게 변치 않는 세상 이치 아니겠나."

리훙웨이의 대답이 란친에게는 중요하지 않았지만 촌 간부들에게는 달랐다. 하지만 그게 중요한 일일까? 지금 사는 것과 무슨 관계가 있다고.

절기는 변함없이 가고 또 왔다. 사람들은 날이 밝고 저무는 데 맞춰 살아갔다. 란친은 갈수록 기운이 넘쳤다. 마을을 오가며 이웃들을 만나면 언제나 웃는 얼굴로 인사했다. 사람들이 어떻게 되었는지 물어도 대답이 없었다. 결과가 어떻든 중요하지 않았다. 절기는 때가 되면 무엇을 해야 하는지 알려 주었다. 시기를 놓치면 그해의 모든 일이 늦어졌다. 란친은 밭에 나가면 갓이며 무, 고구마 같은 것들을 캐 왔다. 그것만 해도 네댓 바구니는 되었다. 그것들을 뜰에 널어 햇볕에 잘 말리면 오래 두고 먹을 수 있었다. 밭에서 캐 온 것들을 손보고 이번에는 주변 자질구레한 것들을 정리했다. 마치 어디 멀리 외출하려는 사람 같았다.

어느 날 리훙웨이가 아침 일찍 찾아왔다. 롼친에게 바깥 구경을 시켜 준다고 했다. 요즘 세상이 어떻게 돌아가는지도 보고 그 김에 리만탕을 만나 빚 갚는 문제도 상의하자는 것이었다. 당시 은전을 지금 쓰는 인민폐로 환산하면 얼마가 될지는 확실하지 않았다. 리만탕은 롼친이 달라는 대로 주겠다고 전해 왔다.

롼친은 고개를 들어 하늘을 올려다보았다. 엷게 퍼진 구름 사이로 푸른 하늘이 보였다. 보기에 따라서 이런저런 모양으로 모습을 바꾸었다.

"왕년에 리만탕은 참 사내답게 생겼지. 눈은 움푹 들어가서 부리부리하고 우뚝 솟은 코에 턱은 또 어찌나 단단해 보이던지. 지금은 어떻게 늙었을까 모르겠네. 나랏일 하시던 양반이 이제 와서 쭈글쭈글 궁상맞은 할멈이 나타나면 놀라지나 않을까 몰라."

집을 나서려고 보니 마땅한 옷이 없었다. 촌구석에서나 입던 옷이라 집 밖에 나서기가 민망했다. 리훙웨이는 도시 상점에서 뭐든 살 수 있으니 걱정 말고 나설 준비만 하라고 당부했다.

출발 날짜가 다가왔다. 그녀가 준비하는 사이, 생각지도 못한 문제가 생겼다. 향鄕 정부의 간부들이 이 일을 듣고 롼친이 리만탕을 만나지 못하게 하기로 결정한 것이었다. 롼친은 평생 산을 넘어가 본 적이 없는 촌 아낙이었다. 그런 그녀가 나가서 바깥세상을 보고 리만탕이 고층 신식 주택에 살면서 하는 일마다 수발을 들어 주는 사람이 있음을 알면 어찌되겠는가. 휘창뤼가 이 나라에 공을 세웠다는 말을 입에 달고 살아온 롼친이었다. 공을 세운 사람이 어떤 대우를 받는지 자기 눈으로 본다면 평생 몰랐던 억울함이 폭발하지 않겠는가. 그런 일이 터지면 망신을 당하는 건 이곳 간부들이 될 터였다.

이렇게 의견이 모아지자 롼친을 보내지 않는 것으로 결정이 났다. 롼친의 성정을 볼 때, 절대 그냥 넘어가지 않을 테고 끝장을 볼 때까지 물고 늘어질 것이다. 이제 늙었다고 해도 어쩌면 이 일이 그간 잠잠했던 성질에 불을 붙일 수도 있고, 그렇게 되면 무슨 일이 벌어질지 아무도 장담할 수 없었다. 그러면 향은 물론이거니와 현 정부까지도 난처한 지경이 될 것이다. 롼친을 설득하는 임무는 촌 간부인 건바오에게 떨어졌다. 건바오는 손사래를 쳤지만 달리 적당한 사람을 찾을 수가 없었다.

"이건 반드시 해야 하는 일이네. 모기도 살아갈 방도가 있다지 않나. 자네 나름대로 방법을 강구해 보게."

향 간부의 말에 건바오는 뚱하게 받아쳤다.

"나는 그저 촌 간부로 죽을 팔자인 거요!"

"지금 자네를 보게. 권한은 향 간부나 진배없지 않나."

건바오도 나이가 들었다. 이제는 눈썹도 몇 가닥 남지 않아 눈두덩은 허여멀건하고 누런 얼굴은 혈색이 좋지 않았다. 등도 솥을 뒤집어 놓은 것처럼 굽었다. 하지만 건바오는 건바오였다. 여전히 뒷짐을 지고 예전의 중산복[13]이 아닌 양복을 걸치고 다녔다. 그는

---

13 中山服. 정치가 쑨원孫文이 고안한 옷. 그의 호인 중산中山을 따서 이름 붙였다.

롼친이 집에 있는 것을 보고는 조용히 들어왔다.

의자에 걸터앉은 건바오는 궐련 한 대를 물고 방 안을 하나하나 뜯어보았다. 돈이 될 만한 거라고는 하나도 없었다. 궐련을 또 한 대 꺼내 물고 꽁초를 문밖으로 튕겼다.

"사람이 말이야, 머리에 든 게 없으면 나가서 사람 만나는 것도 일이더라고."

"마음만 있다면야 힘들 게 뭐 있어요."

"어디 그런가. 장작 하나로는 불이 안 붙고 사람 혼자서는 대화가 안 되지. 자네도 이제 왕년의 롼친이 아니잖아. 그래도 젊을 때는 눈도 초롱초롱하고 새초롬하니 고왔는데 말이야. 지금이야, 뭐. 하여간 사람은 그저 나이에 맞게 행동해야 하는 법이야."

"그럼 내 나이에는 어떻게 행동해야 하는 거요?"

"아, 많지. 가만히 앉아서 집 지키는 것도 있고. 자네가 평생 그놈의 은전 때문에 얼마나 힘들었는가. 이제 살날이 얼마나 남았다고 아직도 그걸 놓지 못하고 여자 몸으로 나돌아 다니려고 하느냐 말이야!"

그날 오후 롼친은 지전 한 뭉치를 들고 훠창뤼를 안치해 둔 동굴로 올라갔다. 동굴 입구에 서서 들여다보니 관 세 개가 나란히 놓여 있었다. 먼저 죽은 이들이 살아 있는 이들과 100년 후 함께 묻히기 위해 기다리는 것이었다. 사람이 죽으면 다시 살아날 수 없다. 한번 태어났으면 사는 동안 원하는 것을 이루어야 한다. 롼친은 지전을 다 태우고 나서 전과 달리 무릎을 꿇고 세 번 절을 올렸다. 몸을 일으키며 혼잣말처럼 중얼거렸다.

"당신도 알지. 이제 그만 해야지. 잇속 챙기려 들지 않는 게 가장 편하게 사는 길이야."

한 줄기 바람이 불어와 지전을 쓸어 올렸다. 바람 끄트머리에 붙은 지전이 롼친의 옷자락을 살짝 태웠다.

9

스무 살부터 치면 50년이 넘었다. 그사이 말 못 할 아픔도 있었다. 리만탕은 롼친의 집을 떠날 때 은전 예순 냥을 가지고 있었다. 밤길을 더듬어 황 부자를 찾아가 대문을 두드렸다. 황 부자는 낯선 이의 방문에 의심의 눈초리를 보냈다.

"식량을 구하러 왔소. 그냥 달라는 것이 아니오. 여기 은전이 있소."

리만탕은 황 부자네 계단에 은전을 던졌다. 어둠 속 리만탕은 더욱 사람을 압도했다. 곧 쌀 예순 가마가 밤을 타고 황 부자네서 옮겨졌다.

리만탕은 이 일을 줄곧 잊지 않았다. 하지만 전쟁 통에 부대도 항상 돈과 물자가 부족하다 보니 자꾸만 다음에 또 다음에 하며 미뤄질 수밖에 없었다. 돈을 갚기로 한 날짜를 넘기고, 그는 부대를 따라 고향을 떠났다. 1950년 이후 성 정부로 돌아오니 묻어 둔 기억이 되살아났다. 그때 일들이 하나씩 떠오르며 이제라도 돈을 갚아야겠다고 결심했다. 하지만 생각지도 못한 일이 발목을 잡았다. 누군가 그가 부대를 나설 때 이미 바지춤에 은전을 챙겨 간 걸 기억하고 있었던 것이다. 그렇다면 그 은전은 어디로 갔는가?

리만탕이 사람들을 찾아다니며 설명하고 설득하는 사이 문화대혁명이 일어났다. 그는 베이따황[14]으로 끌려갔다. 문혁이 끝나면서 복권이 되고 직위를 되찾은 후 만나는 사람마다 빚을 갚아야 한다고 설득했다. 그에게는 참으로 중요한 일이었고 다른 이들도 그렇게 생각해 주기를 바랐지만, 그의 말에 귀 기울여 주는 사람은 없었다. 리만탕은 세상에 빚을 지고 있었다. 무슨 일이 있어도 갚아야 할 빚이라고 다짐하곤 했다. 하지만 급변하는 시대의 격랑속에서 자꾸만 기회를 놓쳤다.

사람이 살면서 끝내 지키려는 뭔가가 있다면 그것은 신앙과 같다고 할 수 있을 것이다. 그것은 시간과 공간을 초월할 수 있을지는 몰라도 눈앞의 현실 앞에서는 종종 무력해지기도 한다. 하지만 인생이란 마치 이미 정해진 것처럼 흘러가기도 한다. 와야 할 것은 결국 오고야 마는 것이다. 롼친이 오지 않기로 한 것을 알게 된 리만탕은 상부와 상의한 끝에 롼친에게 10만 위안을 배상하기로 결정했다.

사람의 일생에서 돈이란 과연 무엇인가. 롼친은 생활을 보장받고 있었다. 말하자면 국가에 속한 사람이었다. 그녀는 마음대로 돈을 쓸 수 없었다. 돈은 함부로 할 수 없는 것이었다.

---

14 北大荒, 헤이룽장성黑龍江省의 황무지. 개간 사업을 통해 지금은 중국의 주요 곡식 생산지가 되었다.

그녀는 리훙웨이에게 전화를 걸어 한번 와 달라고 부탁했다.

"요 며칠 옛날 일을 다시 한번 죽 생각해 봤다오. 이미 지나온 길을 다시 돌아갈 수는 없지. 돌아간다면 너무 힘들 것 같아. 정부에서 주기로 한 돈이 상당히 큰 모양이더군. 내가 며칠을 이리저리 궁리하다가 자네를 오라고 했네. 나 대신 몇 자 적어 줬으면 해서. 나는 그 돈을 마을에 기부하기로 했네. 텔레비전에서 보니까 부자들이 돈을 내어 학교를 짓기도 하더구먼. 나도 그렇게 할 생각이네. 구두이펑에 소학교를 지어 주게. 휘창뤄가 기부한 걸로 하고."

"그러면 휘창뤄소학교라고 부르는 게 어떨까요?"

롼친은 피식 웃었다.

"사람들이 들으면 웃어요. 평생 제 이름 석 자도 못 쓰고 흙이나 파먹으며 살던 사람인데, 아이들이 그 사람을 본받으면 되겠소? 뭐라고 부르든 휘창뤄 이름을 들먹이진 말아요."

봄이 왔다. 롼친은 밭일을 나갔다. 마을 한복판을 지나면서 보니 황 부자네 탈곡장 자리에 소학교가 세워졌다. 열 칸 정도 되는 단층 건물이었다. 롼친은 옆을 지나는 어린 학생에게 물었다.

"이 학교는 이름이 뭐라니?"

"리만탕소학교요."

롼친은 얼떨떨한 기분으로 한참을 서 있었다.

"그래, 이 넓은 하늘 아래 없어져 버린 사람. 이제 두번 다시 구두이펑을 떠나는 일은 없겠구먼."

채찍돌림

甩鞭

1

아침 댓바람부터 농민협회에 불려 간 마우는 아직 돌아오지 않았다. 구들가에 앉은 왕인란은 어쩐지 마음이 초조했다.

창밖으로 보이는 산이 가을바람에 들썩이기 시작하자 그녀도 덩달아 심란해졌다. 갑자기 바깥이 소란스러웠다. 왕인란은 구들에서 뛰어내려 앞뒤 가릴 겨를 없이 문을 열어젖혔다. 소란이 궁금해서가 아니라 이 소란이 자신을 향해 오고 있음을 직감했기 때문이었다. 서늘한 공기를 한 숨 들이마시는 그 짧은 순간에도 가슴이 두방망이질 쳤다. 사람들이 마우를 들쳐 업고 뛰어 들어왔다. 구들에 뉘어 놓고 보니 마우의 얼굴은 핏기 하나 없이 누렇게 떠 있었다.

"마우가 죽었소. 사람을 불러다 처리하시오."

농민협회 사람의 말에 왕인란은 심장이 튀어나올 뻔했다. 아침에 마우를 데려간 사람의 옷소매를 잡았다.

"나갈 때만 해도 멀쩡하던 사람이 이게 무슨 일이래요!"

"연단 위에 서 있다가 스르르 쓰러지더라고. 올라가서 보니 이미 숨이 끊어졌더군."

"멀쩡히 서 있다가 그냥 쓰러졌다고요? 공개비판을 하루 이틀 당해 본 것도 아니고."

"하여간 그리 됐소."

그는 고개를 곧추세우며 덧붙였다.

"갑자기 얼굴이 누래지더니 땀을 뻘뻘 흘리면서 헉헉거리더라고. 그렇게 몇 번 하고는 쓰러지데. 어서 상이나 치르자고. 사람이 죽었는데 더 따져 뭘 해."

왕인란이 잡았던 손을 놓았다.

"사람이 죽었으니 따지는 거지요. 살아 있다면야 뭘 따지겠어요. 내가 가서 알아볼 거예요!"

"어디라고 간다는 거야. 호랑이굴로 들어가는 격이지. 죄목 하나 더 달고 싶어서 그래?"

"지금 이 마당에 내가 뭐가 무섭겠어요? 어디 말해 보세요!"

철침으로 긁는 듯 앙칼진 목소리에 사람들은 말을 잃고 왕인란을 바라보았다. 마우 곁에 서 있던 왕인란의 다리가 흐느적거리는가 싶더니 그대로 바닥에 쓰러지고 말았다.

"아……."

가느다란 신음이 새어 나왔다. 그 소리는 민요에서 마디 끄트머리에 이어지는 가락처럼 마우의 몸뚱이 위에서 흔들렸다. 하늘이 무너진다는 게 정말이로구나. 어찌 이리 허무하게 간단 말이오. 그나마 남아 있던 한 가닥 희망이 일순 물거품이 되어 버렸다. 무얼 어찌해야 할지 생각이 나지 않았다. 푹 젖은 마우의 바짓가랑이를 바라볼 뿐이었다.

왕인란은 간신히 정신을 수습하고 몸을 일으켜 나무함에서 마우의 솜바지를 꺼냈다. 바지를 갈아입힐 생각이었다. 찾고 보니 솜바지 외에는 마땅히 입힐 만한 옷이 없기도 했다. 가지고 있던 옷들은 모두 빈농에게 분배된 후였다.

헐렁한 마우의 바지를 벗겼다. 별로 힘들일 것도 없었다. 활처럼 휜 마우의 안짱다리는 삭내기같이 앙상했다. 그런데 중심 부위에 뭔가 까만 물체가 눈에 띄었다. 자세히 살펴보니 고환 두 쪽이 야생복숭아 크기로 부푼 데다 뿌리 부분은 끈으로 친친 감겨 있었다. 감긴 끈을 눈으로 쫓아가 보니 끄트머리에 묵직한 저울추가 달려 있었다.

"악!"

외마디 비명과 함께 왕인란은 털썩 주저앉고 말았다.

바깥은 시끌시끌했지만 왕인란의 텅 빈 머릿속에서는 그 모든 것이 그녀와 무관했다. 왕인란은 자리에서 일어났다. 아무리 생각해도 농민협회로 가야 했다. 협회에서 온 사람을 붙잡았다.

"가서 뭘 어쩌겠다는 거요? 마우한테 저울추가 달려 있었다고? 그게 도대체 무슨 소리요. 누가 남의 몸에 마음대로 뭘 묶을 수가 있단 말이오. 마우한테라면 당신이나 할 수 있겠지. 아니면 제 손으로 했던가. 팔자 좋게 살 만큼 살았으니 그만 끝내려고 그런 거 아뇨."

"방귀 뀌려다 똥 싸는 소리 말아요. 마우가 죽으려 했다 해도 이렇게 죽을 사람이 아니에요."

야오촹 사람들 사이에 마우가 물건에 저울추가 묶인 채 죽었다는 소문이 퍼졌다. 마우가 제 손으로 묶은 것이 아니라면 누가 매달았을까? 이미 죽은 마우는 말이 없다. 누가 나서서 말할 것인가.

2

야오촹은 리 씨들의 벽돌가마가 있는 리촌에서 시작되었다. 가마를 중심으로 사람이 모이고 점차 그 수가 불어나 마을을 이루면서 따로 야오촹이라는 이름을 얻었다. 마우는 야오촹의 부호였다. 시작은 당나귀 두 마리였다. 가오핑관에서 석탄을 실어다 리촌과 야오촹 사람들에게 팔았다. 이때만 해도 석탄을 때는 집이 많지 않았다. 대부분 장작을 땠다. 마우는 도시 사람들이 목탄 때는 걸 보고는 이거구나 싶었다.

그는 야오촹 사람들을 끌어들였다. 사람들이 좋은 장작을 패 오면 버려진 가마를 이용해 숯을 만들었다. 그것을 도시로 싣고 나가 팔았다. 밤낮을 가리지 않고 일하다 보니 몇 년 만에 주머니가 두둑해졌다. 땅이 수십 무로 불고 저택에 일꾼, 양, 마차까지 갖게 되었다. 야오촹 땅 대부분이 그의 수중에 들어왔다.

지주가 된 후에도 마우는 보통 사람들보다 허리띠를 졸라맸다. 추우나 더우나 홑저고리 하나였다. 매일같이 닭 우는 소리와 함께 일어나 숯을 팔러 도시로 나가는 날 아니고는 언제나 일꾼들과 함께 밭으로 나갔다. 부자가 된 마우는 머릿속으로는 자신이 시골 사람임을 잊지 않았지만, 그런 생각이 부자라면 자연스럽게 갖게 되는 습성까지 막은 것은 아니었다. 그가 가장 먼저 떠올린 일은 둘째 부인을 얻는 것이었다.

부인을 얻는다는 게 쉬운 일은 아니었다. 돈이 드는 일이기도 했다. 마우가 둘째 부인을 얻는다는 소문이 근동에 퍼지자 중매인이 찾아왔다. 집안이 맞으면서 마우의 마음에도 드는 자리를 찾으려니 많지 않았다. 마우는 돈은 적게 들면서 인물이 빠지지 않는 여자를 원했지만, 그게 어디 말처럼 쉬운가. 그래도 마우는 서두르지 않았다.

"천천히 찾아봅시다. 찾다 보면 방법이 생기겠지요."

마우는 깡마른 체구에 눈은 작고 얼굴 가운데 주먹코가 붙어 있어 전체적으로 볼 때 오관의 비율이 좋지 않았다. 마우의 첫째 부인은 앞마을 니 씨 집안에서 온 여자였다. 니류잉倪六英이라는 이름에서도 알 수 있듯이 형제자매 가운데 여섯째였다. 세상 구경깨나 해 본 마우에게 니류잉의 외모는 영 눈에 차지 않았다. 땅딸막한 키에 얼굴에는 언제나 시골 사람 특유의 홍조가 떠올랐다. 말을 할 때면 끝에 '이' 소리를 붙여 길게 끌었다. 마우가 평생 산골을 나간 적 없는 농투성이라면 대충 넘어갔을 것이나 바깥세상이 어떤지 아는 사람이었다. 끼니 걱정이나 하는 형편이라면 또 모를까, 이제 살림도 넉넉한 마당에 오랜만에 동한 춘심을 대충 얼버무릴 이유가 없었다.

하늘이 잔뜩 찌푸린 날, 마우는 산골 마을 밖에서 왕인란을 데리고 왔다. 열일곱의 왕인란은 마우의 마차에 실려 산을 넘어왔다. 금방이라도 비가 쏟아질 것 같은 날씨에 마차는 갈 길을 서둘렀다. 손으로 마차 한쪽을 꼭 붙잡고 있어도 왕인란의 몸은 바람 속에 던져진 풀잎처럼 이리저리 흔들렸다. 마우는 채찍을 휘두르며 말을 다그쳤다.

"곧 도착하지요? 이제 금방이지요?"

왕인란의 물음에 마우는 연방 고개를 끄덕였다.

"금방이네. 저기 보이나? 저 마을이야. 높이 솟은 저 집이 내 집이라네. 이름도 있어. 고루원高樓院이라고."

왕인란은 마우의 손가락이 가리키는 곳을 좇아 고개를 들었다. 산허리쯤에 저녁연기가 피어오르는 마을이 보였다. 과연 집 하나가 유난히 높이 솟아 있었다. 다른 흙집과는 확실히 달라 보였다. 갑자기 불어온 바람에 머리카락이 세차게 헝클어졌다.

"아!"

왕인란의 가벼운 비명에 마우가 고개를 돌렸다. 그녀의 모습이 썩 마음에 들었다.

'귀여운 것. 돈도 들이지 않고 색시를 데려왔으니 며칠 재미 좀 봐야겠다.'

3

왕인란은 친왕청 리 씨 저택의 종이었다. 열한 살쯤에 엄마를 따라 안후이에서 친왕청으로 들어와 구걸로 연명하다 은화 세 닢에 리 씨 저택에 팔려 왔다.

엄마는 그녀를 달래며 말했다.

"너 시집갈 나이가 되면 엄마가 찾으러 올게. 잘 지내고 있어야 해!"

그 후로 엄마는 소식이 없었다. 리 씨 저택에서 잡일을 도우며 지내는 사이 열여섯 살이 되었다. 그래도 부잣집 물을 먹어선지 외모가 제법 곱상했다. 주인 영감이 딴 마음을 품기에 충분했다. 어느 날 해 질 무렵 영감이 그녀를 서재에 가두고는 묘한 웃음을 흘리며 달려들었다.

"나리, 안 됩니다, 안 돼요."

영감은 욕망에 가득 차서 번들거리는 눈으로 그녀를 훑어보며 입술을 내밀었다.

"안 되긴? 괜찮아, 괜찮아."

은근하면서도 다급한 목소리가 격자무늬 창을 통해 들어온 햇빛 속으로 유령처럼 퍼졌다. 채 반항을 하기도 전에 시큼한 냄새가 풍기는가 싶더니 영감이 중얼거리는 소리가 들렸다.

"이런, 이게 진짜로 안 되네."

머릿속이 텅 비어 버린 것만 같았다. 영감은 그녀를 안아 올려 폭이 좁은 직사각형 책상에 뉘었다. 사지가 늘어진 넝쿨처럼 힘없이 흔들렸다. 영감은 그녀의 옷을 벗겼다.

"내가 하는 대로 가만히 있어. 내 살살 만져 줄 테니."

결국은 안방마님도 영감의 은밀한 꽃놀이를 눈치 챘다.

"때려죽일 년! 어디 여우 같은 게 사람을 홀려! 내 이년을 찢어 죽일 테다!"

이 집에 있고 싶지 않았다. 도망가기로 마음을 먹었다. 마침 이 때 그녀의 눈에 들어온 사람이 마우였다. 마우는 보름에 한 번 리씨 저택에 목탄을 싣고 왔다. 1년이 지나도록 눈길 한번 주지 않은 남자가 갑자기 다르게 보였다.

그녀는 땔나무 창고로 마우를 데려가서 주변을 살피고는 입을 열었다.

"아저씨, 저 좀 데리고 나가 주세요."

"너를 데리고 가면 나는 목탄 배달을 할 수가 없어."

창고에는 마른 곰팡내가 감돌았다. 마우는 왕인란을 가만히 바라보았다. 가슴이 영문 모르게 두근대기 시작했다. 자꾸 보면 안되는 게 여자였다. 그러다간 딴 생각이 생기기 때문이다. 딴 생각이라는 것이 별게 아니다. 그저 꺾고 싶은 것이다. 하지만 다른 생각도 들었다. 이 아이를 데려가면 돈은 아낄 수 있겠군. 그래도 마우는 눈앞의 왕인란을 그저 옥수수다 생각하기로 했다. 순간, 왕인란이 풀썩 무릎을 꿇었다.

"아저씨, 저 좀 살려 주세요. 아저씨가 데리고 가지 않으면 저는 죽은 목숨이에요."

마우는 화들짝 놀랐지만 곧 노곤한 목소리로 나지막이 중얼거렸다.

"내가 꺾어도 된다면야."

그의 말이 무슨 뜻인지 왕인란은 알아채지 못한 듯했다.

"뭐든 시키시는 대로 열심히 할게요. 그건 걱정 마세요."

마우는 왕인란이 자기 말을 잘못 이해했음을 알았다. 자기가 생각해도 영 앞뒤가 없는 말이었다. 말을 어찌 이렇게 한다지? 어찌 되었거나 부잣집 종이었던 아이다. 있는 집 사람들이 격식 차리는 걸 봐 왔을 것이다. 말을 주워 담든 어쨌든 바로잡아야 했다. 하지만 이런 일이 워낙에 그렇지 않은가. 돌려서 말하자니 알아듣게 설명하기가 힘들고, 곧이곧대로 말하자니 또 민망하고. 마우도 난감했다.

"그…… 그러니까 내 말은…… 네가 내 여자가 되어 준다면……."

왕인란은 고개를 번쩍 들고 또박또박 대답했다.

"그럴게요, 아저씨 여자가 되겠어요."

마우는 눈이 번쩍 뜨였다.

"정말 내 말대로 하겠다고?"

"예, 그렇게 할게요."

마우는 한숨을 내쉬었다.

"억지로 그러는 거면 안 돼. 널 데리고 나가는 게 절대 쉬운 일이 아니라고. 또 한 가지, 나를 아저씨라고 부르지 마라."

왕인란은 잠시 생각을 하더니 곧 대답했다.

"정말 원해서 가는 거예요. 이제 아저씨라고 안 부르고 마우라고 부를게요."

다음 번 리 씨 저택에 목탄을 배달하면서 마우는 미리 시장에 들러 솜을 잔뜩 샀다. 그리고 집에 들어서자마자 집사를 붙잡고 솜이 이게 좋네, 나쁘네 한참 설레발을 쳤다. 그리고 왕인란을 솜더미 속에 숨겨 저택을 빠져나왔다.

　왕인란이 지난 일을 떠올리는 동안 빗방울이 떨어졌다. 바닥
에 부딪치는 빗방울이 콩알 튀듯 요란한 소리를 냈다. 마우의 목
소리가 들렸다.

　"내리게."

　사합원四合院 문 앞에 땅딸막한 여자가 서 있는 것이 보였다. 저
고리 속에 붉은 배두렁이를 겹쳐 입은 여자의 왼쪽 겨드랑이 아
래로 열쇠꾸러미가 튀어나와 있었다. 여자는 온통 발그레한 얼굴
로 마우를 맞았다.

　"오셨소이…… . 온다온다 하더니 참말로 비가 오네이…… ."

　마우는 양치기 일꾼 톄하이에게 마차를 넘기며 여물을 먹이라
이르고 왕인란을 본채로 이끌었다. 양치기 톄하이는 입을 벌린 채
멀거니 왕인란을 쳐다보다가 자기도 모르게 한마디를 내뱉었다.

　"겁나게 예쁘네!"

　왕인란이 어찌할 바를 모르고 두리번거리는 사이, 마우가 톄하
이 쪽으로 슬쩍 돌아섰다.

　"이놈, 너도 덕 볼 일이 있을 거다."

　빗줄기가 더욱 거세졌다.

　왕인란은 마우가 시키는 대로 마우의 아내와 함께 잠자리에 들
었다. 여느 때와 다를 것 없는 밤이었다. 산속에서 바람이 불어왔
다. 그 바람에 왕인란의 마음은 한층 더 뒤죽박죽이었다. 비단 이

불 속에 몸을 넌 채 창밖으로 바람에 풀이 흔들리는 소리에 귀를 기울였다. 자유라곤 없던 몸으로 이 정도 집에 시집왔으면 괜찮은 셈이었다.

마우의 아내가 입을 열었다.

"영감 하는 소리를 들으니이…… 남의 집 잡일을 했담서이……. 기왕에 첩이 돼서 야오쫭에 왔으니 여기 법도도 알아야지."

"어려서부터 저를 챙겨 주는 사람이 없었는데, 마우를 따라오니 형님이 챙겨 주시네요."

왕인란은 말을 이어 갔다.

"어려서부터 남의 집 종살이를 했지만, 그래도 나름대로 법도 있는 집에서 했어요. 다만 여자가 해야 할 일은 아는 게 없으니 앞으로 형님께서 많이 가르쳐 주세요."

왕인란의 당돌함에 니류잉은 적잖이 당황했다. 어찌 집안 어른을 이름으로 부른단 말인가?

"그 집에서도 집안 어른을 부를 때이…… 이름을 그렇게 턱턱 불렀는가?"

"아니요, 형님, 그건 다르지요. 모르시나 본데 요새 도시에서 젊은 사람들은 결혼하면 서로 이름을 불러요. 얼마나 듣기 좋다고요."

니류잉은 왕인란이 하는 말이 잘 이해되지 않았다. 결혼이라는 게 어떤 건지 더 물어보려는 참에 밖에서 가벼운 기침 소리가 들렸다. 니류잉은 입을 다물었다. 왕인란은 니류잉과 이야기를 나누는 게 재미있었다. 속이 개운하게 비워지는 기분이었다. 이미 늦은 시간이었다.

"가을밤이라 쌀쌀하네이……. 눈 좀 붙이게."

왕인란은 창 쪽으로 고개를 돌렸다. 비바람은 이미 지나가고 달이 높이 떠올랐다. 거친 종이창으로 새하얀 달빛이 비추었다.

"달이 크네요."

가볍게 이…… 하는 소리가 들렸다. 동시에 니류잉의 입 안에서 풍겨 나오는 듯한 냄새가 코끝을 스치고 조용히 흩어졌다. 따듯한 공기 속으로 그녀가 섞여 들어가는 것 같달까. 그런 생각을 하는 사이 왕인란은 어느새 잠에 빠져들었다.

동이 트기 전 마우의 아내가 부스럭거리며 일어나는가 싶더니 곧이어 끼익 하고 문 열리는 소리가 들렸다. 아마도 밖으로 나가는 듯했다. 왕인란도 잠에서 깨어 귀를 기울여 봤지만 아무 소리도 들리지 않았다.

시간이 얼마나 흘렀을까, 또다시 끼익 하고 문소리가 들렸다. 그녀가 다시 돌아오는 모양이었다. 그런데 방에 들어온 사람의 숨소리가 거칠었다. 그녀가 아닌 것도 같았다. 담배 냄새가 확 끼쳤다. 따뜻하지만 건조한 느낌. 멀면서도 가깝게 느껴졌다. 두 손을 가볍게 휘젓자 담배 냄새가 온몸을 휘감았다.

"누구세요?"

"나야."

마우의 목소리였다.

"마…… 영감님이세요."

"그냥 마우라고 불러. 오늘 밤 결혼한 거라 생각하지."

창밖에서 듣고 있었구나. 왕인란은 마우가 하는 대로 내버려 두었다.

"아파요."

"그럴 리가. 아직 들어가지도 않았는데."

마우는 찾아내려 하고 있었다. 무엇을? 마우만 알 것이다. 여하튼 마우는 의심을 품었고, 그것을 확인하려 했다. 왕인란의 눈에서 눈물이 흘러내렸다. 마우는 단순한 한 가지 동작을 반복하느라 여념이 없었다. 싹이 단단하게 돋아난 나뭇가지가 마구 흔들리는 것 같았다. 그녀는 마우에게서 돋아난 싹에 함부로 부딪치며 상처를 입었다. 어느 순간 찢어지는 듯한 쾌감이 밀려왔다.

"마우, 아, 아, 마우……."

달빛 아래 마우의 작은 눈에 한 줄기 빛이 스쳐 갔다.

마우는 비단 이불을 들춰 보았다. 담배 냄새가 다시 흩어졌다.

"네가 처녀일 거라고는 생각도 못 했다."

마우는 그녀를 힘껏 껴안았다.

"귀여운 것, 내 보물단지, 내가 아주 제대로 대접을 해 주마."

며칠 후 마우는 이웃 마을 리창에서 가장 좋은 꽃가마를 빌려다 악대까지 붙여서는 마을을 한 바퀴 돌았다. 가마 안에는 새 식구 왕인란이 곱게 단장하고 앉아 있었다. 그녀는 행복하다고 느꼈다. 행복에 기대고 있는 것이나 마찬가지였다. 그런데 과연 이게 진정한 행복일까? 얼떨떨한 와중에도 그녀가 원한 행복은 아니라는 생각이 들었다. 조금 혼란스러웠다. 애써 마음을 가라앉히고 고개를 들어 마우를 바라보았다.

붉은 예복을 차려입고 말 위에 올라앉은 마우는 연방 허리를 굽혀 구경 나온 아이들에게 직접 만든 수수엿을 나눠 주었다. 늘어뜨린 붉은 비단 발 사이로 보고 있자니, 쉬지 않고 허리를 굽혔다 폈다 하는 마우의 모습이 차라리 붉은 태양 아래 바삐 쏘다니는 일벌 같았다. 그녀의 눈앞을 뒤덮은 즐거운 모습은 머릿속에 박혀 있는 예전의 기억과 똑같았다. 어렸을 때 본 부잣집 결혼식이 떠올랐다. 봄날 유채꽃밭 사이를 지나는 꽃가마는 보였다 안 보였다 하며 그녀의 뇌리에 꿈처럼 박혀 있었다. 나도 크면 꽃가마를 타고 유채꽃밭을 지나 시집가야지.

유채꽃이 눈이 부시게 펼쳐진 데다 꽃가마도 탔는데, 나는 어디로 가는 걸까? 풀은 푸르고 꽃은 노랗고, 시집을 가면 엄마 생각이 나지 않을까…….

엄마가 떠올랐다. 엄마도 나를 생각할까.

마우는 목탄 팔러 나가는 걸 그만두기로 했다. 이미 적은 나이가 아니었다. 마흔이 다 되도록 자식도 없었다. 게다가 큰 마을에 나갈 엄두가 나지 않았다. 리 씨 저택 사람을 마주치기라도 하면 뼈도 못 추릴 게 분명했다. 그래도 마우는 연일 싱글벙글이었다. 코도 얼굴도 그대로였지만 사람을 대하는 건 전과 달리 사근사근했다. 그동안 번 돈으로 땅도 더 샀다. 겨울이 되어 거칠어진 땅에 사람을 시켜 말똥을 실어 날랐다.

집 안에서는 니류잉이 왕인란에게 새해 옷 짓는 법을 가르치고 있었다.

"도시에서 여자 식구들은 어떻게 입는가이?"

"저고리는 이제 안 입고요, 특히 형님이 입는 이런 배두렁이는 아무도 안 입어요."

밖에서 양치기 톄하이가 오가는 소리가 들렸다.

"형님, 저 아이는 우리 집 하인이죠? 그런데 하인한테도 옷을 해 주나요?"

"하인이 아니고 일꾼이야. 해 줘야지."

"일꾼?"

일꾼이면 그게 하인 아닌가? 왕인란은 그가 자기와 같은 처지라는 생각에 조금 동정심이 생겼다. 자리에서 일어나 나가 보니 톄하이가 본채 골방으로 가고 있었다.

"이봐, 네 이름이 톄하이지?"

톄하이는 고개를 돌려 왕인란을 보고는 헤벌쭉 웃었다.

"정말 예뻐요."

오후의 햇살이 본채 벽돌담을 따스하게 비추었다. 왕인란은 벽에 기댄 채 비스듬히 기울어진 눈길로 돌바닥을 쏘다니는 병아리들을 바라보았다. 하얀 수탉이 꼬꼬댁거리며 암탉을 좇아 희롱하고 있었다. 암탉들은 하나같이 뒤뚱거리며 이리저리 옮겨 다녔다. 햇살 아래 이들의 모습이 유난히도 아름다웠다. 왕인란은 익살스럽게 뒤뚱거리는 닭을 보며 저도 모르게 웃음을 터뜨렸다.

구슬이 굴러가는 듯한 왕인란의 웃음소리에 톄하이는 아무 생각도 할 수가 없었다. 마침 방 안에서 니류잉이 기침을 하자 톄하이는 혀를 쏙 내밀고는 골방으로 들어갔다. 왕인란도 그쪽으로 따라가 보았다. 테하이가 기다란 채찍을 들고 나왔다. 햇빛을 받아 파란빛을 번득이며 뱀처럼 테하이의 가슴팍에서 꿈틀거렸다.

"채찍으로 뭘 하려고?"

"채찍돌림을 할 거예요."

테하이는 고개를 들어 왕인란을 향해 웃어 보이고는 채찍을 서쪽 별채 문 앞에 던져두었다.

"그 정도 긴 채찍이면 얼마나 큰 짐승을 몰 수 있어?"

테하이는 또 웃었다. 그녀의 질문이 재미있다는 표정이었다.

"크죠. 상상도 못 하게 커요."

"어떤 짐승인데? 얘기해 줘."

테하이는 물을 한 대야 받아 와서 서쪽 별채 처마 아래 내려놓고 채찍을 담갔다.

"차차 알아 갈 거예요."

테하이는 대야에 손을 넣고 소가죽 채찍을 이리저리 뒤집었다. 왕인란은 그 모습을 가만히 지켜보았다. 노린내가 뜰을 채웠다. 그러고 보니 왕인란은 이 남자를 제대로 살펴본 적이 없었다. 키는 크지 않지만 단단한 몸에 얼굴은 각이 지고 불그스름했다. 거칠게 갈라진 두 손은 물에 젖어 부드러워진 소가죽을 능숙하게 다루고 있었다. 모르는 사람이 보기에도 굉장히 세심한 손놀림이었다. 그때 마우가 밖에서 돌아왔다.

"마우, 마우, 채찍돌림이라는 게 뭐 하는 거예요?"

대답에 앞서 마우는 잠시 생각을 가다듬었다.

"채찍돌림이라는 건 언 땅을 쳐서 봄이 왔다는 걸 알리는 거야."

마우는 왕인란과 결혼한 뒤로 말과 행동이 사뭇 점잖아졌다.

"그럼 왜 물에 담가요?"

"이렇게 물에 담가 놓아야 채찍이 푸석하지 않으면서 단단해지거든."

그래도 왕인란은 알 수가 없었다. 마우 뒤로 채찍이 스읍스읍 물을 빨아들이는 소리가 들렸다. 그 순간 알 수 없는 목마름이 느껴졌다. 해가 넘어가기 직전까지 남아 있던 빛이 마우의 얼굴에 짙은 음영을 드리웠다.

왕인란은 마우의 주먹코를 똑바로 쳐다보며 말했다.

"마우, 오늘 들어 보고 싶어요."

이때 방 안에서 니류잉의 나지막한 목소리가 들렸다.

"영감."

왕인란은 배시시 웃으며 어깨를 으쓱하고는 본채로 들어갔다.

왕인란은 저녁을 먹고 나서 마우에게 가만히 속삭였다.

"오늘 밤에는 나한테 오지 말고 본채 형님이랑 지내요."

마우의 주먹코가 살짝 벌름거렸다. 알겠다는 건지 싫다는 건지 알 수 없었지만 그녀는 개의치 않는 듯 등불을 들고 남쪽 별채로 건너갔다. 방 안의 화로에는 불씨가 붉게 타오르고 있었다. 구들 구석에 기대 앉아 옷섶에서 마우가 슬쩍 넣어 준 사과를 꺼내 한 입 베어 물었다.

야오촹 사람들은 목탄을 쓸 줄 몰랐다. 겨울이면 대부분 구들을 데웠다. 날이 저물면 구들 위에 이불을 깔고 구들 한쪽 아궁이에 석탄을 땠다. 그조차도 넉넉하지 않아 밤이 깊으면 불이 꺼지기 일쑤었다. 아침이면 아직 남은 열기를 이용해 밥을 짓고 난방을 했다. 왕인란은 야오촹에 온 첫날 이미 화로를 쓰기로 마음먹었다. 석탄을 이리저리 옮기느라 방이 지저분해지는 게 싫었다. 그리고 또 한 가지 이유가 있었다. 리 씨네 부인이 소매를 걷고 화로 앞에 앉아 있는 모습이 그렇게 멋져 보일 수가 없었다. 그 모습이 뇌리에서 떠나지 않았다. 야오촹 사람들은 화로를 쓰는 왕인란을 신기하게 봤다. 하지만 그걸 따라 하는 사람은 없었다. 화로는 부잣집에서나 쓰는 물건이었다. 왕인란은 화로에 목탄 몇 개를 집어넣고는 붉은 비단 갓옷과 허리띠를 풀고 알몸이 되었다. 그대로 비단 이불 속으로 들어가자 이불 속 온기가 온몸에 퍼졌다. 왕인란은 가만히 누워 채찍돌림을 생각해 보았다. 끼익 하고 문 여는 소리가 들렸다. 돌아볼 것도 없이 마우였다.

"오지 마시라니깐요."

"잠깐 보러 왔어. 보기만 하고 금방 갈 거야."

마우는 화로로 손을 뻗어 온기를 쬐었다. 그러고는 비단 이불로 손을 집어넣어 왕인란의 알몸을 이리저리 주물렀다. 어느새 왕인란의 얼굴에 홍조가 떠올랐다.

"들어가 데워 줄까?"

"아뇨."

왕인란의 대답에 마우는 오히려 오기가 생겼다. 후다닥 옷을 벗고 들어가 솜뭉치를 안듯 왕인란을 껴안았다. 왕인란은 온몸을 부르르 떨었다. 얼굴이 타는 듯 뜨거웠다.

"마우, 아, 마우!"

마우는 대답하지 않았다. 그사이 왕인란의 얼굴은 술 취한 사람처럼 발갛게 달아올랐다. 마우가 손을 멈추었다.

"톄하이냐? 왜 아직 안 돌아가고."

창밖에서 톄하이의 목소리가 들렸다.

"양, 양, 양……."

소리는 점점 멀어졌다.

"제 놈도 수탕나귀라고, 나이는 아직 어려도 몸이 근질근질한 모양이지."

"대문 좀 잘 잠그지 않고요."

"잠깐 보러 왔다니까. 보다가 그만 들어와 버려서 그렇지."

눈 깜짝할 사이에 설이 돌아왔다. 섣달그믐부터 눈이 쌓였다. 톄하이가 정월대보름 등불을 밝힐 땔감을 뜰에 쌓아 놓았다.

"어르신, 준비 끝났습니다."

"상에 채찍 올렸느냐? 향 피우고 절해야지."

"아직 안 했습니다."

톄하이가 채찍을 가져다 상에 올리고 향을 피운 뒤 절을 올렸다. 마우는 채찍을 들고 대문 밖으로 나가 문 앞 디딤돌 위에 섰다. 왕인란이 내다보니 야오촹 사람들도 디딤돌 주변으로 모여들었다. 마침내 마우가 팔을 휘둘렀다. 생동감 넘치는 호弧가 폭발하듯 허공을 갈랐다. 공기 중에 떠도는 먼지나 눈 따위는 아랑곳하지 않는 채찍 소리가 더없이 상쾌했다. 왕인란은 가슴이 뻥 뚫리는 듯했다. 피가 끓어올랐다. 두 번째 채찍 소리를 기다렸지만 더 이상 들리지 않았다. 채찍은 붉은 천으로 싸여 테하이의 품에 안겨 있었다.

마우가 디딤돌에서 뛰어내려 테하이의 어깨를 두드리고는 모인 사람들을 향해 외쳤다.

"겨울 내내 바짝 말랐다가 연중에는 물이 많겠어. 내년에는 풍년이 들 거야."

그믐날 저녁밥을 먹고 다 같이 모여 밤을 지샜다. 다 같이라고 해야 마우와 니류잉 그리고 왕인란 셋뿐이었다.

왕인란이 마우에게 물었다.

"왜 상에 채찍을 올려요?"

"새 채찍이니까. 신령님께 운을 터 달라고 비는 거야. 그러면 채찍이 영험해져."

왕인란은 마우의 다리를 베고 누워 채찍돌림을 생각하다가 까무룩 잠이 들었다. 얼마나 지났을까, 타닥 하고 소나무 장작이 타들어가는 소리에 퍼뜩 눈을 떴다. 뜰이 온통 대낮처럼 훤했다. 눈이 쌓인 땅 위로 불을 붙인 자리 주변에 커다란 원이 생겼다. 마우는 부젓가락으로 만두를 집어 불 위에 갖다 댔다. 왕인란은 불빛에 이끌려 밖으로 나왔다. 마우의 눈에 붉은 비단 옷을 입은 왕인란이 들어왔다. 흔들리는 불빛 아래 부드러운 두 눈이 유난히 아름다웠다. 마우는 넋을 잃고 그녀를 바라보았다. 지금 이게 꿈이 아닐까 하는 생각이 들었다.

"만두를 왜 굽는 거예요?"

"설날 모닥불에 구운 음식을 먹으면 마음이 환하게 밝아진다고 하거든."

저 멀리서 갑자기 벼락 치는 소리가 들렸다. 땅의 기운을 받아 요원한 천지 사이를 뚫고 도도한 기세로 울려오는 소리였다. 그 소리는 엄청난 천둥이 되어 아득한 광야 속으로 퍼져 갔다.

"들어 봐요."

밖에서 아이들이 외치는 소리가 들렸다.

"채찍 놀린나아……."

왕인란은 가슴이 터질 듯 요동쳤다. 마우의 손을 잡고 정신없이 밖으로 뛰어 나갔다.

달과 안개가 뒤엉켜 세상은 온통 망망한 흰색이었다. 황토 고원의 기이한 겨울 풍경 속에서 그녀는 산 주변 이곳저곳을 밝히는 화톳불에 취한 듯 빠져들었다. 불빛은 춤추는 사람들을 비추었다. 간간이 공기를 가르는 상쾌한 채찍 소리가 불빛이 있는 곳에서 전해졌다.

대문 앞에 우뚝 멈춰 섰다. 바람이 야오촹 상공을 지나며 떠다니던 눈가루를 가라앉혔다. 투명하게 빛나는 눈송이가 왕인란의 얼굴로 내려앉았다. 그것은 셀 수 없이 많은, 부드러운 칼날이었다. 왕인란은 왠지 모르게 설레었다.

"채찍 소리가 예년보다 또렷한 것이 아주 시원스럽구면."

리촹의 채찍 소리도 들려왔다. 비단을 찢는 듯한 소리에 이번에는 야오촹의 채찍 소리가 화답이라도 하듯 이어졌다.

끝없이 펼쳐진 하늘 어디선가 갑자기 울리는 천둥과도 같은 채찍 소리, 그 소리가 왕인란의 영혼을 뒤흔들어 놓았다. 살아생전 아버지는 북을 쳤다. 경칩에 나귀가 새끼를 낳았다. 이날은 밤에 새봄을 맞는 북소리를 울리는 날이었다. 아버지는 허리춤에 붉은 비단 끈을 동여매고 황주를 연거푸 세 사발이나 들이켰다. 한달음에 산봉우리에 올라 힘차게 두들겨 대는 아버지의 북소리는 온 세상을 뒤흔드는 것만 같았다. 아버지는 북소리가 언 땅을 깨우고 새봄을 불러오는 소리라고 했다. 하지만 아버지의 생명에는 봄이 오지 않았다.

아버지는 글방을 열어 몇몇 아이를 모아 놓고 글을 가르쳤다. 엉덩이가 터진 개구멍바지도 채 벗지 못한 아이들에게 아버지는 도잠陶潛이 '쌀 다섯 말에 허리를 굽힐 수 없다'라고 한 고사를 들려주었다. 아버지야말로 누구에게도 허리를 굽히지 않는 사람이었다. 마을 보장保長이 환갑을 맞아 잔치를 벌이며 초청장을 보냈지만 아버지는 잔치에 가지도, 선물을 보내지도 않았다. 상대 쪽에서 말이 났다. 가마 여덟 대를 보내서라도 모셔야지. 내 집으로 모시지 못한다고 어디 다른 곳에도 못 모실까.

일본인들이 들어오자 아버지에게 공비와 내통한다는 혐의가 씌워졌다. 아버지는 억울하지 않게 정말 내통이라도 하고 싶은 심정이라며 한탄했다. 그들이 끝내 아버지를 모셔 간 곳은 감옥이었다.

있을 곳이 못 되니 멀리 떠나라는 아버지의 말대로 엄마는 그녀를 데리고 떠났다. 손을 뻗으면 눈앞 손가락조차 보이지 않는 칠흑같은 밤, 멀리 사는 외숙이 당나귀 수레를 끌고 와서 모녀를 태우고 길을 나섰다. 소택지를 지나는 중에 수레바퀴가 진창에 빠지고 말았다. 아무리 애를 써도 바퀴를 꺼낼 수가 없었다. 엄마가 외쳤다. 나귀부터 꺼내요, 힘껏! 외숙은 죽을힘을 다해 나귀를 끌어냈다. 놀란 나귀는 미친 듯이 날뛰었고 마차가 뒤집히며 엄마가 늪에 빠지고 말았다. 엄마는 외숙이 날린 채찍을 겨우 잡았다.

"엄마!"

그녀가 울부짖는 사이, 엄마는 채찍을 당겨 간신히 늪을 빠져나왔다. 이때부터 그녀의 생명 속에 무언가가 쐐기처럼 박힌 것 같았다. 그게 무엇인지 그녀는 알지 못했다. 그런데 이제야 알 것 같았다. 바로 채찍이었다. 그녀에게 채찍 소리는 계시였다. 과연 왕인란의 생명에 봄이 올까?

"어느새 설을 쇠었으니 금방 봄이 오겠구먼."

"채찍 소리가 유채꽃을 더 곱게 해 주고 옥수수를 더 실하게 해 줄까요?"

"그럼."

눈물이 왕인란의 볼을 타고 흘렀다. 새벽빛을 받아 뭐라 형용할 수 없이 빛나는 모습이었다.

4

왕인란의 배가 하루가 다르게 불러 왔다. 마우의 얼굴에도 나날이 웃음이 많아졌다.

봄이 왔다. 하룻밤 자고 일어나면 나뭇잎의 담록이 한 층씩 더 해졌다. 무거운 겨울을 보내고 봄의 들판에 선 사람들은 은근한 흥분을 느끼고 있었다. 왕인란은 고루원 맞은편 경사진 밭에 유 채를 심자고 했다.

"웬 유채야. 수수나 심으면 모를까."

"유채를 심어서 기름을 짜요. 어릴 때 보니까 돈 있는 집에서는 유채를 심더라고요. 온 천지가 노랗게 물드는 걸 보면서 나중에 부 자한테 시집가면 유채를 심어야지 마음먹었단 말이에요. 마우 정 도면 부자 아닌가요?"

"나야 물론 부자지. 없는 집에서는 끼니 걱정을 해야 한다고."

"그러니까 저 땅에 유채를 심자고요."

"저렇게 경사진 땅은 물대기가 쉽지 않아서 뭐가 됐든 키우기 힘들어. 주인도 진작부터 팔아 치우고 싶어 했는데 누가 사겠어. 뭘 심어도 수지가 안 맞을 게 뻔한데."

"유채는 예쁘잖아요. 부자라면서요. 사요. 제가 유채꽃을 얼마나 좋아하는데요. 봄에 꽃피는 거 보고 싶단 말이에요."

"그래, 사자, 사. 봄에 유채꽃 실컷 보게 해 줄게."

남자는 때로 말을 잘 듣는다. 말 잘 듣는 남자를 만드는 것은 말 안 듣는 여자의 유혹이다. 그래서 그가 가진 것을 여자가 다 날려 버리게 두는 것이다. 결국 역사란 여자가 남자를 길들여 온 이야 기에 지나지 않는다.

마우는 맞은편 경사지를 사들이고 일꾼을 시켜 돌보게 했다. 며 칠 만에 10여 무 유채밭 가득 싹이 돋았다. 톄하이는 양을 몰고 맞

은편 산꼭대기로 올라갔다. 산 위에 폭신하게 펼쳐진 푸른 풀밭
이 양을 먹이기에 좋았다. 꼭대기를 덮은 양 떼는 흡사 산 위에 내
려앉은 구름 같았다. 옅은 연기와도 같은 흰 뭉치가 이리저리 퍼
졌다. 테하이는 지팡이를 들고 고함 쳐서 우두머리 양을 몰았다.

"야오허!"

이 모든 게 마치 이 세상 것이 아닌 듯했다. 왕인란은 매일같이
대문 앞 늙은 홰나무 아래 디딤돌에 앉아 이런 풍경을 가만히 바
라보았다. 그러다 보면 금세 한나절이 지나갔다. 햇빛에 비친 붉
은 비단 저고리는 매미의 날개처럼 투명했다. 왕인란은 간절히 기
다리는 마음으로 복숭아꽃이 피는 것을 그리고 살구꽃이 피는 것
을 지켜보았다. 그러고 나서는 오얏꽃, 배꽃, 해당화가 피고지고
를 이어 갔다.

어느 밤 유채꽃이 피었다. 경사진 밭이 눈이 시리게 노란빛으로
물들었다. 그녀는 유채꽃 향기 속에서 들뜨면서도 평온한 기분을
느꼈다. 봄에 대해 다른 어떤 상상도 더는 할 수가 없었다. 리 씨
저택 영감이 한 말이 떠올랐다.

"사내와 계집이 유채밭 두렁에 숨어들어 하는 봄놀이, 그거야말
로 재미가 유별나지. 아주 색다른 춘색이라고나 할까."

그 말이 뜻하는 걸 그때는 잘 이해하지 못했다. 하지만 지금은
뭔가 다른 뜻을 담고 있었음을 알 것 같았다. 묘한 느낌이었다. 어
렴풋한 깨달음과 함께 왕인란의 머릿속에 떠오른 얼굴은 그때 그
영감이 아니었다. 마우도 아니었다. 그렇다면 누굴까. 왕인란은
이쯤에서 생각을 매듭지어 두었다. 그녀의 얼굴 위로 흡사 유채꽃

향과도 같은 봄의 설렘이 떠올랐다. 복숭아와 살구에는 이제 연한 열매가 달리기 시작했다. 그녀는 마우에게 열매를 따 달라고 졸랐다. 마우는 그녀의 코를 꼬집었다.

"아이구, 요 귀여운 것. 내가 너 때문에 산다."

마우는 매일같이 산에서 양을 치고 돌아오는 테하이를 불러 열매 따 오는 일을 시켰다.

"신 게 좋아요, 단 게 좋아요? 뭐든 좋아하는 걸로 따다 줄게요."

마우는 열매를 좀 덜어서 니류잉에게도 가져다주었다.

"형님만 생각하고."

왕인란의 말에 마우가 대답했다.

"원래 나이 먹으면 어린 걸 좋아하는 거야."

마우의 말이 유채꽃 향기와 함께 허공을 떠돌았다. 그리고 땅으로 내려앉으면서 야오촹 마을 사람들의 귀에도 들어갔다. 때마침 이 귀들은 봄이 온 밭두렁에서 하는 봄놀이에 대해 숙덕거리는 중이었다. 이런 이야기들은 왕인란이 있어 한층 재미가 더했다.

왕인란은 복숭아며 살구를 먹고는 아직 여물지 않은 씨를 손에 쥐고 조물락거렸다. 마우의 주먹코에 대고 누르자 안에서 즙이 뿜어져 나왔다.

"그래, 쏴라, 쏴."

"마우, 마우, 마우."

햇살이 아웅다웅하는 두 사람의 그림자를 더욱 가깝게 해 주었다. 눈을 가늘게 뜬 마우의 얼굴에 이미 빛바랜 듯하면서도 위엄 서린 표정이 떠오르는 것을 왕인란은 놓치지 않았다.

"요 예쁜 것. 네가 얼마나 예쁜지 너는 모를 거다. 여기 야오촹에
서는 죄다 네가 예쁘다고 하지. 내가 네 치마폭에서 죽을힘을 다해
버텨야 한다고 시시덕거린다고."

"마을 사람들이 샘나서 괜한 소리 하는 걸 당신만 모른다지. 바
보, 고집쟁이, 미련퉁이 마우."

유채꽃이 졌다. 그 자리에 보드라운 꼬투리가 올라왔다. 공기
중에 유채 향이 남아 떠돌았다. 마우는 왕인란의 얼굴에 난 솜털
을 바라보았다. 보드라운 잔털이 햇빛을 받아 반짝거렸다. 갑자기
건너편 산에서 톄하이의 고함 소리가 울렸다.

"이, 빌…… 어…… 먹…… 을…… 양……!"

마우는 산 쪽을 바라보며 중얼거렸다.

"저놈 저거, 벼락 맞을 녀석!"

어느덧 여름으로 접어들었다. 왕인란은 금방이라도 아이를 낳
을 것 같았다. 만삭이 된 배에 가려 발도 보이지 않았다. 니류잉도
배가 불러 왔다. 니류잉은 아무것도 먹지 못해 온몸이 한 겹 벗겨
진 듯 야위었다. 왕인란의 출산이 다가오자 니류잉은 난로의 재를
체로 걸러 고운 가루를 받았다. 구들에 두던 방석을 벗겨 그 안을
받아 낸 가루로 채웠다. 왕인란은 야오촹 산파 구이화의 도움으로
딸을 순산했다. 마우는 흥분해 어쩔 줄을 몰랐다. 왕인란은 고운
재를 채운 방석에 앉았다. 솜처럼 부드러웠다. 니류잉은 아기를
안고 구들에 앉아 보살 같은 미소를 짓고 있었다.

"형님은 아들을 낳으면 좋겠어요."

니류잉은 왕인란의 말을 받아 품에 안은 아기를 얼렀다.

"아들 낳으라고이…… 아들이……."

이제 막 출산한 왕인란은 젖이 부풀다 못해 딱딱하게 굳었다. 아무리 빨아도 젖이 나오지 않자 아이는 악을 쓰고 울었다.

"마우, 마우가 와서 좀 빨아 봐."

마우는 쑥스러운 듯 웃음을 흘리며 다가왔다. 한껏 부풀어 오른 왕인란의 젖이 산처럼 우뚝 솟아올랐다. 단단하게 선 주홍색 젖꼭지가 흡사 반짝이는 마노 같았다.

"안 그래도 오려고 했어."

마우는 왕인란의 젖꼭지를 이로 가볍게 물었다. 그의 콧숨과 머리카락이 가슴에 닿자 왕인란은 참지 못하고 웃음을 터뜨렸다. 왕인란의 몸 위로 햇빛이 흘러내렸다. 햇빛과 함께 마우의 젖 빠는 소리가 주위를 채웠다. 왕인란은 가만히 눈을 떴다. 마우의 이름을 부르고 또 부르고 싶었지만 입을 다물었다. 문틈으로 니류잉이 눈에 들어왔던 것이다. 쑥잎 우린 물로 아기를 목욕시키던 니류잉은 얼른 고개를 숙이고 찰박찰박 물소리를 내며 아기를 씻겼다. 아기는 이제 막 태어난 양처럼 니류잉의 손에서 부드러운 소리를 냈다. 마우는 천천히 고개를 들었다. 그의 입가에서 퍼지는 한 줄기 젖내가 왕인란의 코끝을 간질였다.

가을이 가까워 오는 어느 날, 니류잉이 진통을 시작했다. 피가 비치자 마우는 니류잉의 어머니와 산파 구이화를 불렀다. 니류잉은 역시 재를 채운 방석에 누웠다. 계속해서 진통이 밀려왔다. 그녀의 두 손이 경련을 일으키며 방석을 움켜쥐었다.

"역산이야. 아기 발이 먼저 나오는구먼. 사내아인데."

아침에 시작된 진통이 날이 저물도록 계속되었다. 니류잉의 얼굴에서 콩알만 한 땀이 쉬지 않고 배어 나왔다.

"어미요, 아이요?"

창을 사이에 두고 마우는 말이 없었다. 아들이라고 하니 망설여지는 것이었다.

니류잉이 이를 악물고 대답했다.

"아이를 살려요."

니류잉의 어머니가 딸을 끌어안고 울음을 터뜨렸다.

왕인란은 4개월 된 딸을 안고 구들 구석을 지켰다. 구이화가 마우가 들어갔던 니류잉의 계곡을 가르는 것이 똑똑히 보였다. 계곡에서 뿜어져 나오는 것은 하얀 점액이 아닌 붉은 피였다. 왕인란은 겁에 질려 창 너머로 외쳤다.

"마우, 마우, 이 망할 인간! 양심은 개한테나 던져 준 인간 같으니라고!"

왕인란의 외침에 마우가 대답했다.

"어미를 살려 주시오, 어미를. 아이는 또 만들면 되니까!"

구이화가 자세를 고쳐 잡았다. 이번에는 가위로 조각낸 뱃속의 아이를 한 덩이씩 끄집어냈다. 흘러나온 피가 재와 섞여 방석이 검붉게 물들었다. 니류잉의 신음소리가 작아져만 갔다.

"형님, 형님!"

니류잉이 힘겹게 눈을 떴다.

"나…… 아무래도이…… 안 되겠네."

니류잉의 어머니는 죽어 가는 딸의 머리를 부둥켜안고 끅끅 눈물을 삼켰다.

"이것아, 어찌 백발노인을 두고 먼저 간다니!"

마우가 하루 종일 지키고 앉았던 문을 박차고 뛰어 들어왔다. 니류잉의 눈에 반짝 생기가 돌았다. 니류잉은 힘겹게 손을 들어 허리춤의 열쇠꾸러미를 가리켰다. 마우는 열쇠를 풀어 손에 쥐고는 니류잉의 얼굴 옆에 고개를 묻었다.

"저 사람이랑이…… 해로하시이……."

아! 하고 짧은 숨을 다 내뱉기도 전에 눈이 감겼다. 왕인란은 품 속의 아기를 힘껏 껴안았다. 아이는 엄마의 힘이 답답했는지 앙 하고 울음을 터뜨렸다.

마우의 외침이 터져 나왔다.

"안 돼!"

마우는 니류잉의 가슴에 얼굴을 묻고 꼼짝도 하지 않았다.

구이화는 여전히 서두르지도 망설이지도 않으며 아기의 남은 조각을 꺼내고 있었다. 피가 멈출 줄 모르고 흘러나왔다. 창에 달빛이 유난히도 하얗게 비쳤다. 구이화가 차분히 말했다.

"뒷일을 준비하시오. 뱃속은 다 비웠소."

왕인란은 몸이 부르르 떨렸다. 뭔가가 그녀의 심장을 도려낸 것 같았다. 지독한 한기가 들었다.

니류잉이 세상을 떠난 것은 유채 열매가 맺히기 시작할 무렵이었다.

마우는 가장 좋은 관을 준비하기로 마음먹었다. 톄하이에게 집 안일을 맡긴 뒤 니류잉이 남긴 열쇠로 본채 장롱을 열어 뭔가를 꺼낸 후 다시 잠갔다. 그는 마차를 몰고 집을 나섰다. 니류잉의 시신은 본채에 볏짚을 펼쳐서 그 위에 뉘었다. 소식을 들은 일가친척이 모여들었다. 그들은 볏짚 옆에 무릎을 꿇고 나지막이 곡소리를 냈다. 촛불이 밤을 밝혔고 달빛도 좋아 도움이 되었다.

왕인란은 딸을 껴안고 남쪽 별채 구들에 앉아 있었다. 일하는 이들이 훌쩍이며 바닥 가득 늘어진 달빛을 밟고 오가는 소리만 들렸다. 선뜩한 외로움에 온몸이 떨렸다. 방 안의 기름등이 만들어 낸 노란 물결이 쉬지 않고 출렁거렸다. 검은 까마귀가 마당 밖 늙은 홰나무에 앉아 까악까악 울어 댔다. 간혹 가다 동네 개가 짖는 소리가 끼어들었다. 마구 조각난 아기의 모습이 머릿속에서 떠나지 않았다. 저도 모르게 온몸의 털이 쭈뼛 섰다. 누구라도 와 줬으면 하는 마음에 뜰로 나가 보니 톄하이가 소나무 껍데기처럼 꺼칠한 얼굴을 하고 있었다. 무슨 일일까. 니류잉이 죽어서 마음이 좋지 않은 걸까.

"톄하이, 너무 무리하지 말고 몸 잘 챙겨."

"앞으로 뭘 바라겠어요. 이제 꼼짝없이 어르신 것이 되었는데."

톄하이는 이 말을 툭 던지고는 왕인란이 뭐라 대답할 새도 없이 몸을 돌려 성큼성큼 뜰을 나갔다.

왕인란은 톄하이가 왜 그러는지 알 수가 없었다. 기껏 생각해 주었다가 찬물을 뒤집어쓴 꼴이었다. 무거운 마음을 이끌고 다시 남쪽 별채로 발길을 돌렸다.

사흘 후 야오촹으로 들어오는 길목에 누런 먼지구름이 일었다.

그 속으로 나는 듯 달려오는 말 서너 마리와 온통 흙먼지를 뒤집어쓴 마우가 보였다. 마차에는 최고급 녹나무 관 세 개가 실려 있었다. 마우는 고루원 홰나무에 고삐를 묶고 관을 내릴 사람을 불렀다. 관 두 개는 서쪽 별채로 하나는 본채로 들였다.

야오촹 절의 법사가 다가왔다.

"세 개나 샀는가?"

"죽으면 같은 관에 누우려고요."

"자네가 늦을까 봐 출상 날짜를 다시 잡으려고 했네만."

마우는 코를 스윽 문질렀다.

"한번 정한 날짜를 어찌 바꾸겠습니까. 안 그래도 이 사람에게 진 빚이 많습니다!"

왕인란의 눈에서 눈물이 솟구쳤다.

홰나무에 색색 비단 끈이 걸리고 문에는 장례용 대련對聯이 붙었다. 종이로 만든 백학을 앞세우고 가마 여덟 개가 한꺼번에 움직였다. 일가 젊은이들이 관을 들고 구슬피 울며 그녀를 보냈다. 마우는 산세가 높고 습기가 없는 동굴을 골라 니류잉의 자리를 만들었다. 이제 그와 왕인란이 죽으면 골라 둔 묏자리에 함께 묻힐 것이다. 왕인란은 흰 상복을 입은 딸을 안고 동굴 앞에 무릎을 꿇었다. 일어설 줄 모르고 오래오래 자리를 지키는 사이, 벼랑 꼭대기에서 채찍 소리가 울렸다. 촤악! 촤악! 촤악! 구름 봉우리 사이로 비추는 한 줄기 햇살을 때리는 듯한 소리였다. 잔잔히 가라앉았던 왕인란의 눈빛이 바뀌었다.

'이제 정말 마음껏 햇빛을 받으며 살아야겠다. 살면 얼마나 산

다고. 이렇게 가 버리고 마는 것을……'

채찍 소리가 봄을 일깨운 것이었다. 니류잉의 봄은 갔다. 뱃속에 있는 아들과 함께. 그렇다면 나의 봄은?

숲 속에는 새들이 날아다니고 황토는 햇빛을 받아 말똥처럼 빛났다. 동굴 양쪽의 나무는 푸르기가 메뚜기 피 같았다.

"이곳 동굴 앞 바람구멍에서 자란 나무들은 가을에 잎이 일찍 지지. 봄이면 더 일찍 초록빛이 돌고. 어떻게 사람 사는 게 나무만도 못한지."

마우의 목소리가 침통하기 짝이 없었다.

첫눈이 내리자 마우는 슬슬 유채 씨 뿌릴 준비를 했다. 경사진 밭이라 물이 많지 않다 보니 수확도 신통치 않았다.

"요 애물단지 때문에 이 고생이지."

"마우, 마우 때문에 내가 고생이죠. 이게 어디 내 탓인가?"

"그래, 당신 탓이 아니지."

"내 잘못이 아니죠? 근데 당신은 잘못한 게 있어요."

"내가 뭘 잘못했는데?"

"열쇠꾸러미를 나한테 안 주잖아요."

"열쇠는 못 줘!"

"왜 못 줘요?"

"나한테 아들을 낳아 주면 그때 주지."

"당신한테 낳아 줄 아들 없어요."

"어이구, 이 보물단지. 얼른 아들부터 낳아 달라고."

두 사람은 대낮부터 뒤엉켰다. 밖에서 테하이가 외치는 소리
가 들렸다.

"양, 양, 양이······."

마우는 창 쪽을 향해 외쳤다.

"하루 종일 양만 찾느냐! 얼른 가서 유채 씨 볶지 않고."

유채 씨는 갈아서 깻묵을 만들어 가마솥에 삶았다. 향긋한 냄새
가 온 마을을 덮었다.

"마우는 어디 있어?"

야오촹 사람들이 물으면 테하이는 퉁명스럽게 대답했다.

"기름통에 빠져 버렸답니다."

해가 바뀌기 전, 왕인란은 딸에게 이름을 지어 주었다.

신성新生.

5

1946년 여름, 타이항산 지역에 조금 이른 해방이 찾아왔다. 신
중국 탄생의 예포가 터지기도 전, 야오촹에서는 위대한 토지개혁
이 시작되었다. 역사의 진보란 이렇듯 어김없이 찾아오는 것이었
다. 운명이 결정될 고비 앞에서 야오촹 토지개혁공작조는 마우의
성분을 '지주'로 규정했다. 처음에 마우는 지주가 무슨 뜻인지 알
지 못했다. 설명을 듣고 의미를 안 뒤에는 지주가 되지 않겠다고
했다. 토지개혁공작조는 코웃음을 쳤다.

"이건 한다, 안 한다 할 일이 아니야. 사실이 그러하니 한다고 해도 지주고 안 한다고 해도 지주란 말이야. 어디 손가락 꼽아 세어 보게. 이 동네 어느 집이 자네처럼 일꾼을 부리며 사는가?"

"일꾼에게 꼬박꼬박 품삯을 주는데요?"

"그래도 우기려고! 어쨌거나 자네가 일꾼을 부린 거지, 일꾼들이 자네를 부리는 게 아니잖아. 그러면 자네가 지주가 되는 거야. 악덕지주 딱지 붙이지 않은 걸 다행으로 알라고."

마우의 첫 비판대회는 국민당과 공산당이 둥베이 지방에서 한창 대치하는 중에 시작되었다. 마우를 비판한 일이 나중에 화를 불러올까 염려되어 선뜻 나서는 이가 없었다. 한나절 내내 이런저런 흠집만 들춰낼 뿐 별다른 결론을 내지 못했다. 공작조에서 톄하이를 불러왔지만 그도 딱히 할 말이 없었다. 농민협회 간부들은 사람들을 부추겨 북을 울리고 깃발을 앞세워 고루원을 둘러쌌다. 몰려온 이들은 마우를 끌어내 비판하는 한편 마우네 옷궤짝과 곡식, 세간을 밖으로 끌어냈다. 쌓아 놓으니 작은 산을 이룰 정도였다. 공작대는 이것들을 그 자리에서 농민들에게 나눠 주었다. 이 투쟁에서 얻을 수 있는 게 무엇인지 눈으로 확인시켜 준 것이었다.

"팔자를 고치려면 아주 제대로 고쳐 봅시다!"

톄하이는 투쟁심이 끓어올랐다.

처음에는 마우도 대거리를 했다.

"톄하이는 제 아비가 양가죽 두 장 받고 일꾼으로 보낸 겁니다. 나는 약속대로 양가죽을 줬다고요."

양가죽이라는 말에 톄하이는 눈물을 찍어 냈다.

"양가죽 두 장에 내 10년 세월을 맞바꿨다는 말입니까? 그런 말이 입에서 나와요?"

톄하이가 양가죽 두 장에 끌려왔다고 하자 공작대 대원은 마우에게 손가락질을 했다.

"기름 짜는 악덕지주가 가난한 이들의 피까지 짜냈구나. 우리가 타도할 대상이 바로 너 같은 놈이다!"

"지주 마우를 때려눕히자!"

야오좡 사람들이 주먹을 휘두르며 고함을 쳤다. 누군가 손가락 굵기의 밧줄을 가져와 목에서 팔뚝까지 마우를 칭칭 묶었다. 마우는 가을볕 아래 익어 가는 벼처럼 잔뜩 꼬부라졌다. 머리가 땅에 닿을 지경이었다.

공작대 대원이 다그쳤다.

"이래도 지주가 아니라고 할 거야?"

"아닙니다."

"무서워서 못 하는 거야, 창피한 걸 알고 그러는 거야?"

군중 가운데서 누군가 외쳤다.

"저는 지주입니다. 스스로 부끄럽게 생각합니다."

주먹코 위로 가느다란 혈관이 부풀어 올라 금방이라도 터져 버릴 것 같았다. 마우가 다시 고개를 들었을 때, 그의 얼굴은 마치 돼지 간처럼 시뻘겠다.

열쇠꾸러미를 왕인란에게 넘기기도 전에 마우가 가진 것은 토지개혁이라는 이름 아래 모조리 남의 손으로 넘어갔다. 왕인란이 죽네 사네 난리를 피운 덕에 관 두 개와 이미 해질 대로 해진 소가

죽 채찍은 남겨 둘 수 있었다. 땅과 재산을 나누는 날, 마우는 왕인 란과 딸 신성을 이끌고 집을 나섰다. 마지막으로 모는 마차에 관을 싣고 톄하이가 살던 토굴집으로 들어왔다.

톄하이는 마우 저택의 본채를 받았다. 여전히 양을 쳤지만 이제 양은 마을 사람 모두의 것이었다. 그렇다고 해서 그의 우쭐한 기분이 덜해지는 것은 아니었다. 양 떼를 재우는 토굴은 톄하이의 옛집과 야오촹 마을 중간에 있었다. 왕인란은 오고가는 길에 톄하이와 마주치곤 했다. 그때마다 톄하이의 얼굴에는 어느새 미소가 떠올라 있었다.

"여전히 예쁘세요."

"무슨 소용이야. 그래 봤자 지주인걸."

"빈농은 이렇게 예쁘지 않아요."

"예쁘긴? 이렇게 날마다 비판받다간 곧 못나지겠지."

마우는 관 두 개를 토굴 안쪽에 포개 놓았다.

"이제는 우리 손으로 농사를 지어야 해."

주먹코가 움찔거렸다. 쏟아내고 싶은 말은 많은데 갈피를 못 잡는 것처럼 보였다. 신성도 이제 열세 살이었다. 하지만 정치운동 때문에 아직 글을 배우지 못했다.

"신성도 글을 배워야지."

야오촹 식자반에 나갔던 신성은 다음 날로 중간에 돌아오고 말았다.

"반 아이들이 지주 자식이라고 놀려요."

마우는 꽃처럼 고운 딸을 바라보며 눈물을 흘렸다. 살면서 처음 보는 모습이었다. 마우가 우는 동안 코에 핏빛이 비쳤다.

마우는 신성이 글 깨치는 것을 보지 못하고 세상을 떠났다. 마우 스스로 저울추를 묶은 게 아니라면 누가 그랬을까? 이제 그는 죽었는데 누가 그걸 알려 줄까?

6

조심조심 마우의 고환에 묶인 끈을 풀었다. 마우가 아플세라 저도 모르게 가만가만 그를 달랬다.

"마우, 마우, 안 아프게 할게요. 아프면 말해요."

마우는 대답이 없었다. 왕인란의 눈에서 진주 방울 같은 눈물이 떨어졌다. 영원히 헤어지는 아픔이 무엇인지 이제야 알 것 같았다.

톄하이가 젊은이들을 이끌고 찾아왔다. 그들은 마우를 녹나무 관에 반듯하게 뉘었다.

"동쪽 비탈에 조상들이 묻혀 있어요. 거기에 부인과 같이 묻어 주면 되겠네요."

"안 돼."

왕인란이 단호하게 거부하자 톄하이는 곤란한 표정을 지었다.

"안 된다뇨? 앞으로 어쩔 생각인지 몰라도 안 묻으면 짐만 될 텐데요."

"지금은 내 뜻대로 하는 거고, 내가 죽고 나면 신성이 알아서 하겠지. 저 사람을 형님 계신 동굴로 옮겨 줘."

"관습대로 하자면 부부 중 남은 한 명이 죽었으니 먼저 죽은 사람과 같이 묻어 줘야 해요. 그걸 어길 수는 없어요."

"관습은 무슨 관습! 관습대로라면 이 사람은 죽지 말았어야 해. 그런데 죽었잖아. 세상 이치대로라면 이 사람 물건이 이 꼴이 되면 안 되는 거잖아. 테하이, 네가 세상 돌아가는 걸 잘 아나 본데, 그럼 너도 한번 똑같이 당해 볼 테야?"

왕인란의 차가운 목소리에 테하이는 어정쩡하게 서 있다 제 뺨을 찰싹 때리고는 손짓을 했다.

"갑시다."

위패를 든 신성이 앞서고 왕인란은 상복 차림으로 뒤를 따랐다. 장정 넷이 관을 들었다. 도중에 10여 차례나 쉬어 가야 했다. 야오 창 사람들이 한마디씩 뱉었다.

"지주라 그런지 안 가려고 뻗대는구먼."

가기 싫으면 가지 말지! 왕인란은 속으로 외쳤다. 이 세상에서 한 사람 없어지는 것쯤이야 으레 있는 일이다. 마우 따위가 뭐라고. 죽는 것도 그래, 그게 무슨 꼴이람. 고환이 끈에 졸려 죽다니. 다음 생엔 어찌되었든 자식은 못 보겠네. 그 고생은 고스란히 나한테 올 테고.

동굴에 관을 넣고 다들 돌아간 뒤 왕인란이 신성에게 말했다.

"무릎 꿇고 아버지께 절 올려라. 아버지 아니었으면 엄마도 없었을 거야."

신성은 눈을 동그랗게 뜨고 엄마를 올려다보았다.

"절 세 번 올려. 그리고 잊지 마. 해마다 청명절에 찾아와서 절을 올리는 거야."

왕인란은 무심히 푸르기만 한 맞은편 산을 바라보았다. 발밑을 내려다보니 야오촹이었다. 저 멀리 한때 자기 몫이었던 유채밭이 보였다. 더 멀리 구불구불 난 길이 감싸고 도는 산맥은 신록이 눈부셨다. 그녀는 헝클어진 머리를 틀어 올려 쪽을 지었다. 얼마 떨어지지 않은 곳에 샘물이 솟았다. 주위로 옅은 물안개가 맴돌았다. 신성의 손을 끌고 다가갔다. 맑은 수면에서 작은 벌레가 이리저리 움직였다. 그녀는 두 손으로 가만히 벌레를 떠내고 정신없이 물을 들이켰다. 신성은 꿀럭꿀럭 엄마의 목구멍으로 물이 넘어가는 소리를 듣고 있었다. 그러고 보니 엄마의 귀밑머리 몇 가닥이 하얗게 센 것이 유난히 눈에 띄었다. 다가가 흰머리를 뽑으려는 순간, 왕인란이 바닥에 주저앉아 숨이 넘어갈 듯 울기 시작했다. 아이고…… 소나무 측백나무처럼 천년만년 푸르거니 했건만, 아이고…… 버드나무처럼 한때인 걸 누가 알았을까……. 내 울 때마다 마우 당신은 나를 잊지 말고 기억하시구려. 당신 가는 길 내 어느 날이든 함께 할 테니……. 죽일 놈의 마우, 어찌 우리 모녀만 떼어놓고 간다요……. 엉엉…….

울음소리가 온 산에 퍼지며 푸른 잎이 요란하게 떨렸다.

도대체 무슨 일이 일어난 건지 왕인란은 정신을 차릴 수가 없었다. 언제부터인지 알 수 없지만 한순간에 이 세계와 멀어진 듯했다. 시각을 비롯해 모든 감각이 단단한 무언가에 가로막힌 듯 모든 것이 너무나 낯설었다. 더는 웃고 싶지도, 울고 싶지도 않았다. 공작대 대원이 그녀를 찾아왔다. 마우의 죄상을 고발하라는 것이었다.

"사람이 죽었는데 어찌 죽은 사람도 놓아주지 않는답니까?"

"안 가면 안 되네. 놓아주고 말고 할 문제가 아니야. 이치의 문제이고 착취자와 피착취자의 문제일세. 병이 있으면 그 뿌리를 찾아야 할 것 아닌가. 그래야 착취가 뭔지, 압제가 뭔지 알 수 있지. 예전에는 리 씨네 몸종이었다면서. 그건 착취자가 자네의 생존할 자유, 노동할 자유를 빼앗은 거란 말일세. 그러다 야오촹에 와서 두 번째 고난을 겪은 거지. 자네는 지금 사회 성분이 좋지 않으니 하루빨리 자각하는 게 좋을 걸세. 자네 좋으라고 그러는 게 아니라 딸 생각도 해야 하지 않겠나. 딸아이라도 올바른 인생관을 세울 수 있게 해 줘야지. 설마 원한을 품고 어디 다른 쪽에 밀고하려는 건 아니겠지? 마우가 끝내 자네에게 열쇠꾸러미를 넘기지 않았다던데, 그자가 자넬 어떻게 생각했는지 그리도 모르겠는가?"

"어찌 생각했는지는 잘 압니다. 간단하게 말하죠. 꼭 가야 하나요?"

"가야지!"

"가죠, 그럼."

왕인란은 저녁밥을 먹은 뒤 신성의 손을 끌고 집을 나섰다. 양 우리를 지나 비판을 당하러 가야 했다. 신성은 자꾸만 등불을 들고 가자고 졸랐다.

"등불 한 번 켜면 달걀 하나가 없어지는 거야. 지금은 예전과 달라. 아버지가 얼마나 물건을 아껴 썼다고. 너도 배워야지."

"아껴 봤자 다른 사람들이 가져갈 거잖아요."

듣고 보니 그랬다. 그래도 그러면 안 되지. 등불을 켤 수는 없었다. 지금은 들어오는 게 아무것도 없는 형편이었다.

"엄마가 오늘 당장 죽어 없어져도 너는 내일을 살아야 하잖니."

솥바닥에 들어앉은 것처럼 사위가 새까맸다. 잔뜩 겁을 집어먹은 신성은 발도 제대로 내딛지 못했다. 왕인란은 노래를 흥얼거리기 시작했다. 까만 돌판이 있어요, 돌판에 못을 박아요, 까만 돌판에 은색 못, 은색 못은 반짝반짝, 그렇게 하늘 가득 별들이 빛나네……. 모녀는 나란히 손을 잡고 서로 용기를 북돋워 주며 야오촹 비판대회 연단까지 왔다.

야오촹의 남녀노소가 나와 땅바닥에 자리를 잡고 앉아 있었다. 하나같이 상기된 얼굴이었다. 다 해야 30호가 채 되지 않는 야오촹이었다. 톄하이가 양가죽 두 장에 자기를 부려먹은 마우를 비판하는 소리가 들렸다. 톄하이가 누군가의 신호에 따라 그렇게 떠드는 것임을 그녀는 알지 못했다.

"어이, 마우가 목탄 배달 갔다가 데려온 둘째 부인이 왔어."

곧 야오촹 사람들의 귀에 마우의 둘째 부인이 연단에 서서 호소하는 소리가 들렸다. 눈물 섞인 하소연인데 어딘가 이상했다. 방언이 뒤섞여 있었다. 야오촹에는 없는 독특한 억양이었다. 공작대 대원의 얼굴에 당황하는 빛이 떠올랐다. 그녀가 하는 이야기는 비판이 아니라 마우를 칭찬하고 두둔하는 내용이었다. 그는 허둥지

둥 연단으로 올라가 그녀를 끌어내렸다.

왕인란은 끌려 내려오면서도 고향에서 쓰던 말로 외쳤다.

"그 사람은 죄가 없어. 내가 이 썩어 빠진 짓거리를 다 뒤집어 놓을 거야. 나한테 죄가 더해지는 한이 있어도……."

말이 채 끝나기도 전에 그녀는 농민협회 사람의 손에 이끌려 회장 밖으로 쫓겨났다.

복잡하고도 번거로운 일이 되고 보니 공작대에서는 더는 그녀를 부르지 않았다. 왕인란은 토굴집에 들어앉아 시간을 보냈다. 남은 생명을 그렇게 살아내고 있었다.

지난 일이 환영처럼 순식간에 사라졌다. 이 모든 게 꿈이 아닐까 싶었다. 몽롱한 채 정신없이 꾸어 온 백일몽. 어쩌면 마우는 어딘가에 숨어 있는지도 모른다. 하지만 심장을 꺼내 뒤집어 봐도 마우가 어디에 숨었는지 짚이는 곳이 없었다. 보드라운 햇빛은 여느 때와 같이 창을 통해 토굴 안을 비추었다. 공기 중에는 은근하면서도 조금은 소란스런, 잡힐 듯 잡히지 않는 소리가 섞여 있었다. 조그마하고 섬세한 소리였다. 누군가 귓가에서 재잘대는 것처럼 간지럽게 울렸다.

이 소음 속에서 모든 것이 그저 적막하기만 했다. 왕인란은 적막을 느끼며 마음이 무거워졌다. 무엇에 기대 살아가야 할지 알 수 없음에서 오는 강렬한 우울의 무게였다.

왕인란에게 혼담이 들어왔다. 상대는 야오좡에서 50리 떨어진 류리바오마을에 사는 나이 든 총각 리쌴여우였다. 사회 성분은 하층 중농이라고 했다.

"애 딸린 여자가 남자 없이 혼자 사는 게 어디 쉬워? 씨 뿌리기에 가을걷이에 일은 끝이 없는데 누가 과부네 집을 드나들면서 도와주겠냐고. 거기다 사회 성분도 좋지 않으니 그것도 문제가 되지."

왕인란은 이런 대화가 괴롭고 불쾌했지만 중매인의 말이 그녀의 불안감을 제대로 꿰뚫은 건 사실이었다.

"생각 좀 해 보고 말씀드릴게요."

중매인이 돌아가자 새삼 서러움이 북받쳤다. 구들에 쓰러지듯 주저앉아 아이를 끌어안고 흐느껴 울었다. 사람은 죽고 없지만 아이를 위해서는 살아가야 했다. 그래, 당장 내년 봄 씨 뿌리기며 가을걷이는 누구에게 맡길까. 잘못했다가는 야오촹 여자들에게 욕만 실컷 먹을 것이다. 자고로 여자란 어려서는 엄마 슬하에서, 자라서는 남자 울타리 안에서 살아야 한다. 이제는 엄마도 남자도 없다. 왕인란은 몸이 부르르 떨렸다. 얄궂은 바람이 등줄기를 따라 부는 것만 같았다.

밤이 찾아왔다. 창밖 길쭉한 바위에 앉아 산을 바라보았다. 먼 산을 덮은 울창한 나무가 한 무더기씩 검은 그림자를 드리웠다. 스스로 불쌍하기도 하고 아쉽기도 하고 조금은 아프기도 한, 이것저것 뒤섞인 기분이 되고 말았다. 길은 어디에 있을까. 어디로 가야 할까. 세월은 늘어진 엿가락처럼 녹아내려 끈적끈적한 덩어리가 되었다. 앞으로, 뒤로, 아니면 옆으로 꺾어야 하나……. 그 어느 것도 의미를 잃고 말았다.

누군가 다가오는 발소리가 들렸다.

"주무세요?"

톄하이의 목소리였다.

톄하이는 가지런히 묶은 모기풀을 안고 다가왔다.

"모기가 많아요. 자기 전에 이걸로 연기를 피워요."

토굴 안으로 들어오라고 권하려다 문득 마우가 떠올랐다. 그동안 마우가 저한테 어떻게 해 줬는데 그 꼴로 목숨을 잃도록 챙기지도 않고! 울화가 치밀어 고개조차 돌리지 않았다. 맞아 주는 낌새가 없자 톄하이는 모기풀을 내려놓았다.

"중매가 들어왔다면서요?"

왕인란은 고개를 들어 톄하이를 흘깃 쳐다보고는 툭 한마디 내뱉었다.

"들어왔으면?"

정작 말을 하고 나니 갑자기 생명의 빛이 소진되어 버린 듯한 괴로움이 밀려왔다.

"성분이 좋지 않으니 가능하면 천천히 성분 좋은 사람을 찾아야죠. 어르신 삼년상은 치러야 하지 않을까요?"

네가 뭔데 이러쿵저러쿵이야 하는 생각이 들었지만 입 밖에 내지는 않았다. 그저 문 앞에 내놓은 요강을 들고 토굴로 들어갔다. 창밖에서 톄하이의 목소리가 들렸다.

"갈게요, 예?"

인사 뒤에 붙은 '예?'는 그를 잡아 줬으면 하는 암시임을 왕인란은 알아챘다. 하지만 그러지 않았다. 그런 건 딴 데 가서나 해라. 재주 좋잖아? 넌 팔자가 달라졌잖아!

테하이의 발소리가 멀어지자 왕인란은 그제야 마음이 진정되어 구들에 앉을 수 있었다. 갑자기 모든 것이 권태롭게 느껴졌다. 끝없는 어둠이 그녀를 기다리는 것만 같았다. 몸을 벽에 바짝 붙여 기댔다. 슬픔과 고민 사이로 겨우 한 줄기 숨 쉴 틈이 생기는 듯했다. 도대체 무엇 때문에 그녀의 운명이 갑자기 방향을 틀어 여기까지 온 것일까.

창밖으로 낙엽이 일었다. 서로 부딪치며 바스락거리는 소리를 냈다. 낙엽은 계절의 변화를 알려 준다. 왕인란은 등을 껐다. 밤이 토굴 안까지 들어왔건만 잠은 오지 않았다.

혼담을 받아들이기로 했다. 이런저런 길을 생각해 보았지만 모두 가로막히고 말았다. 갈 수 있는 길은 오직 하나뿐이었다. 개가 하는 것. 신성과 기대고 살 수 있는 벽이 필요했다.

그녀는 중매인에게 리싼여우를 한번 데려와 달라고 부탁했다. 결혼 전에 해 둘 말이 있었다.

리싼여우는 키가 컸다. 왕인란보다 머리 하나하고도 반이 더 있을 정도였다. 까무잡잡하고 마른 몸에 등이 약간 곱았다. 위아래로 검은 저고리, 검은 겹바지를 입은 리싼여우가 고개를 숙이고 토굴로 들어설 때 왕인란은 마침 구들에 앉아 신발 밑창을 깁고 있었다. 성큼성큼 다가오는 그의 모습이 금방이라도 쓰러지려는 벽처럼 보였다. 왕인란은 맞은편 구들을 가리키며 자리를 권했다.

"솔직히 말하자면 가난해서 마누라를 얻지 못하고 나이만 먹었소. 올해 마흔넷이고 목수 일을 좀 할 줄 알아요. 나이가 많다면 많지만, 그래도 마우보다는 젊지요. 나랑 살면 뭐 호강까지는 못 해도 굶지는 않을 거요."

리싼여우의 말에 왕인란도 입을 열었다.

"기왕에 말이 나왔으니 저도 다 말씀드리죠. 알다시피 한 번 결혼한 몸이에요. 나중에 죽으면 야오촹으로 돌아와 마우와 함께 묻히고 싶어요. 사람이 도의라는 게 있잖아요. 마우가 어찌 죽었는지도 모르니 말이에요. 소문 들었죠?"

왕인란은 고개를 들어 리싼여우를 한 번 흘깃 보고는 입술로 실 끝을 적셨다.

"음, 대충 들었지요."

왕인란은 입을 살짝 벌린 채 말을 멈추었다.

"날을 따로 잡을까요?"

"굳이 그럴 건 없어요. 다만 관을 가지고 가야 하니까 언제가 되었든 날이 어두워진 다음에 가면 좋겠어요."

왕인란은 관 이야기를 꺼내며 자못 의기양양한 목소리였다. 살아 있는 사람이 이미 관을 준비했다는 것은 당시로서는 대단한 일이었다.

그러고 보니 어두워 제대로 보지 못한 안쪽에 관 하나가 놓여 있는 게 보였다. 리싼여우는 다가가서 관을 살펴보았다. 관 뚜껑에도 장식을 새겨 넣은 것 하며 상당히 값나가 보였다. 이걸 뭐라 해야 할지 한참 동안 답을 찾지 못하는 그의 얼굴에 나이 든 총각 특유의 근심 어린 표정이 떠올랐다.

왕인란은 담청색 저고리를 입고 귀에 동그란 녹옥綠玉 귀고리를 달았다. 서른 살이 되었는데도 세월의 흔적을 느낄 수가 없었다. 어스름한 초저녁 햇살이 그녀의 얼굴에 부드러운 광채를 드리웠다. 밑창을 깁는 손이 완만한 곡선을 그리며 광채를 더했다. 리싼여우는 그 모습을 넋을 잃고 바라보았다.

'젊을 때는 선녀였겠구나.'

그러고는 저도 모르게 한참 늦은 대답을 했다.

"당신 뜻대로 하지요."

며칠 후 홰나무꽃 향기가 하늘을 맴돌고 황혼의 붉은 기운이 온 마을을 감싸는 저녁 무렵이었다. 야오좡 사람들은 너 나 할 것 없이 향기에 싸여 코를 벌름거리며 들떠 있었다. 개구리가 냇가에서 요란하게 울어 대는 사이, 마차 한 대가 황혼을 뚫고 달려갔다. 아담한 동산처럼 창백한 머리를 높이 쳐들고 내달리는 마차의 모습이 유난히 눈에 와 박혔다. 다음 순간 향기로운 황혼에 취한 야오좡 사람들의 눈이 혼란스럽게 흔들렸다. 그러고는 실망한 듯 고개를 떨구었다. 말의 목에서 울리는 방울 소리가 그대로 멀어져 갔다. 딸랑, 딸랑, 딸랑······.

톄하이는 양 우리에서 새끼를 받는 중이었다. 얼굴이 온통 땀으로 젖었다. 램프 불빛과 함께 축축한 등유 냄새가 우리 안을 채웠다. 어미 양은 자꾸만 선홍빛 피거품을 쏟아 냈다.

누군가 양 우리로 들어왔다.

"마우 둘째 부인이 관을 싣고 시집을 가네."

톄하이는 고개를 번쩍 들고 들어온 사람을 쏘아보았다.

"누가 그래요?"

"내 눈으로 봤지. 류리바오 리싼여우가 마차를 몰고 가던데. 도둑놈 같으니라고. 운도 좋지."

"이렇게 빨리요? 어르신 삼년상도 마치지 않고!"

"못 견디겠나 보지!"

말을 해 놓고 보니 재미있는지 그가 웃음을 터뜨렸다.

"뭘 그렇게 웃어요! 오줌 누고 올 테니 여기 좀 봐 줘요."

보름 즈음이었다. 둥근 달이 하늘 높이 걸려 있고 들판의 담청색 열기가 달빛 아래 피어올랐다. 양치기개가 우리 밖에 누워 있다가 톄하이가 나오는 기척에 꼬리를 흔들며 달려왔다. 톄하이는 다가오는 개를 냅다 걷어찼다.

"이 빌어먹을 놈의 개새끼!"

개는 깨갱 하고 비명을 지르며 꼬리를 말고 도망갔다. 여기저기서 새들이 푸드덕거리며 날아올랐다. 톄하이는 오줌을 누러 나온 것이 생각나 바지를 내렸다. 오줌을 누고 있자니 마음속에 자리했던 따뜻한 뭔가가 한순간에 흘러가 버리는 것처럼 허전했다.

양 우리에서 새끼 양이 태어난 모양이었다.

매…… 매에…….

멀어지는 말발굽 소리는 달그림자 아래서 연주하는 악기 소리처럼 천천히 퍼져 갔다. 그렇게 왕인란은 관을 싣고 산마루를 돌아 멀어져 갔다.

리쌴여우는 두 칸짜리 흙벽돌집에서 살았다. 촘촘하게 나뉜 마우의 사합원과 달리 마당이 넓게 트여 있었다. 집 안에는 세간이라고 할 만한 것이 없었다. 온돌 구들 하나를 놓은 것 외에는 텅 비어 있었다. 리쌴여우는 사람을 불러 관을 집 안 남쪽 구석에 두도록 했다. 사람들이 돌아가자 왕인란은 신성의 잠자리를 봐 주고 잡다한 물건들을 옮겨 왔다. 리쌴여우는 멋쩍은 듯 어찌할 줄을 몰라 하다 멀찍이 물러나 관 뚜껑에 걸터앉았다.

"토지개혁 때 이것저것 나눠 받았는데, 밤에 사람들 눈을 피해 담벼락 너머로 돌려줬어요. 없이 산다고 남의 물건을 빼앗아서야 되겠어요."

잠시 후 리쌴여우가 또 입을 열었다.

"류리바오 지주는 당신이 살던 집보다 부자였어요. 듣자니 거기도 땅깨나 있었다고 하던데……. 사람은 땅에 의지해 살아야죠. 우리 마을 지주는 땅뿐 아니라 도시에 가게도 있었대요. 집이랑 살림이 아주 으리으리했어요. 총도 있고."

"그 사람은 어디로 갔나요?"

"지주라도 머리가 깬 사람이라 아이 하나 있는 걸 도시로 보내 미리 소식을 듣고는 토지개혁 전에 가게랑 땅을 처분했다죠. 지금은 아이를 데리고 도시에서 산답디다."

왕인란의 머릿속에 얼굴 하나가 또렷하게 떠올랐다. 마우…….억울했다. 어찌 작은 산골 마을 지주가 큰 지주보다 더 심하게 비판당했을까. 지금 처지와 어울리지 않는 감상이 밀려왔다.

"내일이 길일이라니 정식으로 일을 치릅시다. 꽃가마까지는 구할 돈도 없고 너무 크게 하는 것도 금지돼서 그만뒀어요. 본가 형님이 팔걸이의자를 빌려 주기로 했으니 거기 앉아서 마을을 한 바퀴 돕시다. 그러면 가마 탄 셈 되지 않겠어요?"

"이미 이렇게 온 걸 제가 뭐라고 의자에 앉아 마을을 돌겠어요. 마을 사람들이 웃겠어요."

리싼여우가 자리에서 벌떡 일어나 다급한 듯 두 손을 비볐다. 거친 손에서 까끌까끌한 소리가 났다.

"그럴 수는 없어요. 이미 그러기로 한걸요. 혼례 두건을 덮을 테니 무섭지 않을 거예요."

리싼여우는 잠시 말을 멈추었다가 쑥스러운 듯 웅얼거렸다.

"나는 처음이기도 하고, 뭐라도 하지 않으면 앞으로 길하지 않다던데요."

리싼여우의 말에 왕인란은 입으로 가져가던 물그릇을 그냥 내려놓았다. 잠시 정적이 흐른 후 왕인란이 말했다.

"당신 뜻대로 해요."

"그럼, 그만 잡시다."

왕인란은 구들에 누운 신성에게 눈을 돌렸다.

"어떻게 자죠?"

그렇지, 어떻게 잔다? 리싼여우는 순간 생각이 복잡해졌다. 목구멍까지 올라와 금방이라도 튀어나올 뻔한 한마디를 간신히 삼키고 혼잣말하듯 중얼거렸다.

"나는 관 위에서 잘게요."

그는 주섬주섬 이불을 챙겨 관 뚜껑에 펼치고 그 위에 누웠다.

다음 날 왕인란은 마을 젊은이 둘이 들쳐 멘 의자에 앉아 류리바오를 돌았다.

머리를 덮은 혼례 두건이 팔랑거렸다. 왕인란은 의자를 든 청년들이 움직이는 대로 흔들렸다. 여기저기서 폭죽이 터지자 문득 야오챵의 채찍돌림이 떠올랐다. 이 모든 게 현실이 아닌 것만 같았다. 이상한 곳에 와서 꿈속의 사람, 일과 뒤섞인 채 꿈을 현실로 혼동하는 것은 아닐까. 이런 생각을 하다 보니 그 꿈이 멀지 않은 곳에서 다시 실현될 거라는 느낌이 들었다. 그것은 한 덩어리 구름이 되어 자신에게 다가오고 있었다.

리싼여우가 구불구불한 산길을 앞서 가는 모습이 새빨간 두건 너머로 보였다. 주변에서 수군거리는 소리도 들렸다. 야오챵 지주 마누라가 관을 앞세워 왔다네. 지주는 불알이 졸려 죽었다지? 인물은 반반한데 팔자가 사나운가 봐. 왕인란은 치켜떴던 눈을 천천히 감았다. 깰 듯 말 듯 한 상태에서 오직 한 단어만 되뇌고 또 되뇌었다. 살아야지, 살아야지, 살아야지.

그렇게 왕인란과 리싼여우는 부부가 되었다.

왕인란은 리싼여우의 도움을 받아 관 뚜껑을 열고 낡은 채찍을 꺼냈다.

"싼여우, 휘둘러 봐요."

리싼여우는 채찍을 받아 들고 마당으로 나갔다. 영 손에 익지 않은 듯 겸연쩍게 웃었다.

"이런 걸 휘둘러 본 적이 없는데."

말은 그렇게 하면서도 있는 힘껏 휘둘러 보았다. 채찍의 끝부분
이 말리며 그의 얼굴을 때렸다. 왕인란은 웃음을 터뜨렸다.

"키가 크다고 되는 게 아니네요. 당신이 채찍을 때리는 게 아니
라 채찍이 당신을 때렸어요."

이번에는 왕인란이 채찍을 받았다. 제대로 휘둘러 보고 싶었지
만 역시 엉망으로 휘감길 뿐이었다.

이제는 이곳이 집이 되었다. 하지만 왕인란이 신성과 함께 자다
보니 그녀와 리싼여우는 이름만 부부지 실질적인 부부 관계를 맺
지 못했다. 이 때문에 왕인란은 마음이 편치 않았지만, 그렇다고
뾰족한 수가 있는 것도 아니었다. 그대로 며칠이 지나자 이제는 새
삼 말을 꺼내는 것도 이상해져 버렸다.

왕인란은 신성에게 글을 가르쳐야겠다는 생각이 들었다. 리싼
여우와 상의하여 류리바오의 식자반에 보내기로 했다.

여름이 되자 마당에 심은 깍지콩이 싹을 틔우고 나비가 날아들
었다. 쌍쌍이 날갯짓하는 모습이 보기 좋았다. 멀리서 신성이 엄
마를 부르며 달려왔다. 곧 신성이 시구를 외우는 소리가 들렸다.

"하늘의 해와 달은 밤낮으로 쉬지 않네. 한자리에 있어도 사방
을 가니, 겨울이 가면 곧 여름이 온다네."

'세상사라는 것이 이렇게 돌아가는구나. 조물주는 얼마나 바쁘
고 고되실까.'

그간 바쁘고 고되었던 조물주가 이번에는 손을 놓아 버린 모양

이었다. 가을밀은 아직 싹이 날 생각도 하지 않는데 여름 작황이 영 시원치 않았다. 수수나 옥수수 이삭을 기대할 수도 없었다. 사람들은 어디든 나가 푸성귀를 뜯었다. 왕인란과 리싼여우도 바구니를 들고 비탈진 계곡을 뒤졌다. 햇빛 아래 빛나는 논밭은 생동감 넘치는 감동적인 아름다움을 선사해 주었다. 리싼여우는 파장화를 따서 왕인란의 손에 쥐어 주었다.

"뿌리를 씹어 즙을 빨아 봐요. 제법 달아요."

머리카락 한 올 한 올 사이로 스며드는 햇빛 때문에 왕인란의 머리가 금빛으로 빛났다. 리싼여우는 눈이 부셨다.

"달죠?"

"달아요."

리싼여우는 왕인란에게 들나물을 하나하나 가르쳐 주었다. 대지에 퍼진 들나물은 엄청난 대가족이었다. 하늘에 박힌 별만큼이나 많았다. 냉이, 고사리, 쑥, 고비, 박, 도꼬마리……. 이런 푸성귀를 뜯어다가 옥수수 가루를 버무려 쪄 먹었다. 박하나 달래는 시원하게 무쳐 먹었다. 씀바귀, 명아주, 버들개지는 삶아서 물에 담가 쓴맛을 우려내고 요리했다. 철을 놓치면 풀이지만 제철에 먹으면 산채山菜가 되었다.

시간의 흐름은 어떤 사물에게든 무심한 듯 보이지만, 이런 들나물 하나로도 더없이 중요한 이치를 넌지시 깨우쳐 주곤 했다. 풀은 나고 없어지지만 세상사는 막막하기만 했다. 어쩌면 인간이란 풀 한 포기만도 못한 존재인지 모른다.

왕인란의 시선이 어딘가에 멈추었다. 들국화가 피어난 곳이었다. 촘촘히 돋은 꽃잎의 선명한 색깔이 햇빛을 받아 한층 반짝거렸다. 노란 빛깔이 유채꽃을 닮기도 했다. 꽃송이가 바람에 쉬지 않고 산들거렸다. 그녀와 태양의 시선이 산들거리는 꽃송이 위에서 덩달아 즐거워졌다. 기분이 좋아 생글거리는 왕인란의 모습에 리싼여우는 무엇이 되었든 지금 해야 한다는 생각이 들었다. 성큼성큼 다가가 그녀의 이마로 흘러내려 바람에 흔들리는 머리카락을 쓸어 주었다. 가슴이 조여 왔다.

두 사람의 눈이 마주치며 묘한 빛이 튀었다. 기대가 현실이 되는 순간이었다. 그러려면 뭔가를 바닥에 깔아야 했다.

"꽃이 정말 예뻐요. 꼭 유채꽃 같아요."

"예쁘다고 한들 당신만 할까요."

"제가 어딜요. 그냥 팔자 사나운 여자죠."

리싼여우는 꿈에서 깨어난 것 같았다.

"내 팔자가 더 기구할 거요. 어려서 어머니를 잃었어요. 형제가 셋인데 큰형이 푸청, 둘째 형이 푸순이었죠. 다 죽고 없어요. 나를 낳고 어머니는 폐병을 얻어 죽었다고 하더군요. 내 이름은 아버지가 지었어요. 복, 재물, 수명 세 가지를 다 가지라고 싼여우三有라고 했다더군요. 아버지는 목공이었는데 흙벽돌집을 지어 저에게 주고는 돌아가셨지요. 토지개혁 때 집을 가지고 있다는 것, 민며느리를 들였다는 것 때문에 하층 중농이 되었어요. 내가 키만 컸지 겁이 많아요."

"민며느리를 들였다고요?"

"외숙의 딸이었어요. 어려서 우리 집에 와 민며느리가 되었죠.

혼인하기 전까지는 그냥 친척 아이라고 했어요. 나보다 일고여덟 살 위였는데 열두 살쯤 되어서 역시 죽었어요. 여기 관습대로 한적한 곳에 가매장했다가 내가 죽으면 합장하기로 했죠."

"아……."

왕인란은 가볍게 한숨을 쉬었다. 고운 표정을 일그러뜨리지 않고 슬픔을 전하는 모습에 리싼여우는 다시 한번 가슴이 조였다. 그의 일부가 그녀 안으로 들어가고 싶어 견딜 수 없는 것이 분명했다.

왕인란이 천천히 리싼여우의 뺨으로 손을 뻗었다. 리싼여우는 침을 삼켰다. 꿀꺽 하는 소리가 유난히 컸다. 그는 눈을 감고 머리를 왕인란의 무릎에 묻었다. 새끼 돼지가 어미의 젖을 찾듯 그의 몸이 애타게 그녀에게 부딪쳐 왔다. 왕인란은 더 이상 견디지 못하고 아아! 하는 소리와 함께 무너져 내렸다.

그녀의 손은 저도 모르는 새 들국화를 움켜쥐었다. 부드러운 황금색 깔개에 몸을 뉜 그녀의 나른한 두 팔이 그를 향해 열렸다. 촘촘하기가 일정치 않은 수숫잎 사이를 빠져나온 햇빛이 공기 중에 자잘한 금빛 점을 흩뿌렸다. 땅 위의 들국화는 연신 물기를 머금은 바람 소리를 냈다. 커다란 새가 내리꽂듯 하강하는 모습이 그녀의 눈에 들어왔다. 구름이 솜처럼 흩어졌다. 풀 내음, 들국화 향기, 진흙 냄새가 그녀의 코끝을 맴돌았다. 그 말이 생각났다. 유채밭에서 하는 봄놀이란 정말 좋은 것이었구나. 지금은 유채꽃도 아니고 봄도 아니지만. 바람이 허벅지와 배를 어루만지고 가슴을 간질였다. 한 번도 느껴 보지 못한 흥분이었다. 엄청난 충격음과 함께 또 다른 소리가 그녀의 목을 통해 밀려 나왔다.

"마우, 아아, 마우, 마우우······."

8

테하이가 류리바오에 왔다. 양가죽 한 장을 들고 왕인란의 집을 찾았다.

"마을 떠나던 날 새끼 양이 태어났어요. 새끼는 살았는데 어미는 그만 죽어 버렸어요. 그래서 가죽을 벗겨 가지고 왔어요. 온 김에 어떻게 사는지도 좀 보려고요. 잘 지내죠?"

"잘 지내는 게 뭐겠어. 그저 거리낄 게 없으면 잘 지내는 거지. 싼여우가 워낙 순한 사람이라 항상 나한테 양보해 주니까."

테하이는 리싼여우의 얼굴에 새겨진 수많은 즐거움을 읽어 낼 수 있었다.

리싼여우가 테하이에게 담뱃대를 건넸다.

"우리 집에서 키운 담배요. 몇 모금 빨아 봐요."

테하이는 담뱃대를 받았다.

"나이가 어떻게······."

"호랑이띠요. 형씨는?"

"닭띠입니다. 저보다 위시네요."

테하이는 하하 웃으며 대답했다.

왕인란은 식사 대접을 하겠다며 불을 피우고 솥을 올렸다.

"괜찮아요, 배도 안 고픈걸요!"

"고프고 말고가 아니라 집에 손님이 왔으면 어쨌거나 밥을 한 술이라도 떠야지요."

톄하이는 리쌴여우의 말에는 대답도 않고 왕인란 쪽으로 고개를 돌렸다.

"신성은 식자반에 갔나요?"

"그렇지."

"글자는 얼마나 익혔어요?"

"몇 개 안 되지, 뭐."

"그렇게 말하면 안 되지. 신성이 아는 글자가 우리 셋이 아는 글자 다 합친 것보다도 많을걸."

리쌴여우가 끼어들었지만 톄하이는 아랑곳하지 않고 또 딴소리를 꺼냈다.

"온 나라가 해방된대요. 해방되면 정말 좋을 거예요. 하늘도 밝은 하늘일 거고. 전에는 세상이 그저 운으로만 돌아간다고 생각했잖아요. 그런데 이제는 정말 바뀔 거라고요."

멀리서 천둥소리가 울렸다.

"비가 오려나."

"가을 천둥이잖아요. 그냥 소리만 요란하다 말겠죠, 뭐. 그래도 비가 좀 와 줄까요?"

왕인란은 리쌴여우와 말을 주고받으며 끓는 솥에 수수 가루를 쓸어 넣고는 마당 한편에서 고수와 고추를 뜯어 왔다.

"고추생선조림 좋아했잖아. 오늘 실컷 먹어."

왕인란의 말에 톄하이는 불 위에서 열기를 토해 내는 솥을 노려

보았다. 뭐에 데기라도 한 듯 속이 화끈거렸다. 어찌할 줄을 모르다 담뱃대를 리쌴여우에게 돌려주었다.

"형님도 피우시죠."

순간 콩알이 튀는 듯 요란한 소리와 함께 비가 쏟아졌다. 여전히 구름 사이로 비추는 햇빛과 빗소리, 거기에 톄하이가 생선을 발라 먹는 소리까지 더해져 어두운 집 안에 생기가 돌았다. 톄하이의 얼굴에 땀이 송골송골 맺히고 맑은 콧물이 흘렀다.

"맛있는 걸 먹으니 좋네요."

어느덧 비가 그쳤다. 짧은 비는 바싹 마른 황토에 생선 비늘 같은 얼룩을 남겨 놓았다. 톄하이는 얼룩을 밟고 서서 리쌴여우에게 인사했다.

왕인란이 물었다.

"가려고?"

"가야죠!"

리쌴여우도 인사를 건넸다.

"바람 쐬고 싶을 때 들러요."

"가져온 양가죽은 털이 조금 거칠어요. 다음에는 새끼 양 가죽을 가져다줄게요."

"이 정도면 됐어요. 혹시 담요를 만들어 줄 수 있나요? 양털 값은 미리 줄게요."

"돌아가서 만들어 볼게요."

리쌴여우는 집 안에 들어가 톄하이에게 양털 값으로 줄 콩을 챙겼다. 그 틈을 타서 톄하이가 속삭였다.

"여전히 예뻐요."

"그래 봐야 먹지도 못하는 거, 사는 데는 보탬이 안 돼."

"야오촹으로 돌아오고 싶은 생각은 없어요? 보고 싶어 하는 사람도 있는데. 야오촹 채찍돌림 소리 듣고 싶지 않아요?"

'보고 싶어 하는 사람이 있다고? 별소리를 다……. 아닌 게 아니라 채찍돌림 소리는 듣고 싶네. 하지만 사람 사는 게 되는 대로 맞춰 가는 거지. 있으면 하고 싶고, 없으면 또 없는 대로 살아지는 거고.'

왕인란의 얼굴에 쓸쓸한 미소가 스쳤다. 코끝이 시큰해졌다. 말을 더 하다간 눈물이 나올 것만 같았다.

"이렇게 살다 보니 다 잊게 되네!"

리싼여우가 콩을 들고 나왔다.

"이거 가져가요. 멀리 안 나가요."

"예, 나오지 마십시오. 들어가세요."

톄하이는 돌아서서 성큼성큼 걸음을 옮겼다. 몇 걸음 가다 뒤를 돌아보았다. 어쩐 일인지 어색하게 굳은 왕인란의 뒷모습에서 유독 엉덩이가 눈에 들어왔다. 갑자기 숨이 막혀 왔다. 몸속에 가라앉았던 뭔가가 손가락 끝을 향해 솟구쳐 올라왔다. 뺨을 한 차례 세게 후려쳤다. 막힌 숨이 조금은 트이는 기분이었다.

징을 박아 넣은 헝겊 신발로 흙길을 걷다 보니 갑자기 이 축축한 흙에 형언하기 어려운 애정이 솟아났다. 사방에서 습기를 머금은 풀 냄새가 일렁였다. 사각, 사각, 산길 속으로 그의 발소리만 가볍게 울렸다. 고즈넉이 저물어 가는 어슴푸레한 하늘을 바라보

며 웃음을 터뜨렸다. 축축한 흙길처럼 이리저리 구부러지며 조금
은 처량하게 들리는 웃음이었다. 톄하이는 흙길을 발로 차며 연
방 외쳤다.

"양, 양, 양, 양……."

톄하이가 양을 부르며 야오창에 돌아온 것은 이미 하늘에 별이
떠오른 후였다.

9

날이 채 밝기도 전에 리싼여우는 잠에서 깼다. 소리가 나지 않
게 조심조심 목공 도구를 챙겼지만 왕인란을 깨우고 말았다.

왕인란은 잠이 덜 깬 눈으로 바깥을 살폈다. 아직 이른 시간이
었다. 좀 더 자도 되는데…….

"어디 가요, 이렇게 일찍?"

"아버지가 돌아가시기 전에 버드나무 두 그루를 심었어요. 이
제 슬슬 쓸 만해졌을 텐데, 며칠 있으면 또 무슨 운동을 벌인다고
하더라고요. 늦기 전에 베어다가 침대를 만들까 해요. 당신도 침
대가 있어야죠."

"날이나 밝으면 가요. 베어 와서 곧바로 만들 수 있는 것도 아
닌데."

"지금 시작해야 날이 밝을 때쯤 다 베어서 사람을 불러 싣고 올
수 있어요. 낮에는 다들 추수로 바빠서 그런 거 신경 쓸 겨를이 없

거든요. 좀 더 자요. 잠 많은 거 아니까."

"당신은 정말 좋은 사람이에요."

"좋기는요. 맛있는 것도 못 먹여 주고 거친 밥에 고생만 시키는 걸요."

왕인란은 이불을 머리끝까지 뒤집어썼다. 하지만 다시 잠들 수 있을 것 같지 않았다. 거친 밥이면 어떤가. 마음만 편하면 고생쯤이야 아무것도 아니지. 팔자에 있는 거라면 이미 가졌을 테고, 없는 거라면 아무리 원해도 가질 수 없는 법이다. 세상에 좋은 게 얼마나 많은가. 내가 그것을 원한다 한들 그것이 나에게 와 줄까. 채찍돌림, 화로, 유채꽃 피는 나날이 없어도 나름대로 살아가는 재미를 느낄 수 있다.

왕인란은 이불을 박차고 일어났다. 좀 일찍 일어나 리쌴여우의 식사를 준비하기로 했다. 밥을 먹고 함께 들에 나가 볼 생각이었다. 활짝 핀 국화가 대지를 폭신하게 덮어 줄 것이다.

아침 먹을 시간이 되자 리쌴여우가 마을 사람 몇과 함께 별로 굵지 않은 버드나무 두 그루를 싣고 와서 마당에 부려 놓았다. 충분히 마르고 나면 목재로 쓸 것이다. 그는 왕인란이 건네는 담뱃대를 받아 몇 모금 깊이 빨았다.

"아침 먹고 멜대랑 밧줄을 챙겨 줘요. 계곡 쪽 밭에서 수수를 베어 와야겠어요."

아침 해가 뜨고도 안개는 완전히 걷히지 않았다. 왕인란과 리쌴여우는 앞서거니 뒤서거니 하며 발걸음을 옮겼다. 안개가 발끝에서 피어올라 눈앞에 맴돌았다. 덕분에 산봉우리 사이로 펼쳐진 가을이 촉촉하게 젖은 모습이었다. 두 사람은 어쩐지 마음이 달떴다. 끝없는 들판에서 큰 소리로 외치고 싶은 것을 간신히 억누르고 있었다. 부드러운 외침일 터였다. 안개와 8월의 공기를 채운 섬세한 햇빛 그리고 그들의 몸에서 풍겨 나오는 은근한 기운이 적당히 뒤섞이고 있었다.

밭두렁에 앉아 잠시 숨을 돌리는가 싶더니 리싼여우가 몸을 일으켰다.

"이리 와요."

모호하지만 분명한 요구였다. 답을 기다리지도 않고 곧장 뺨으로 다가오는 그의 서슬에 숨이 쉬어지지 않았다.

왕인란의 몸이 고스란히 드러났다. 그간 더욱 무성해진 수풀이 단단하면서도 폭신했다. 키가 큰 리싼여우가 안개 속에 모습을 감춘 채 그녀를 내리누르는 동안 시간이 그대로 멈춰 버린 것만 같았다. 어쩌면 시간은 이미 가없는 공간으로 바뀌어 버린 뒤인지도 모른다. 허공을 떠다니던 안개 알갱이들이 햇빛에 부딪치며 너른 천막을 만들어 주었다. 리싼여우의 눈에 왕인란의 몸은 투명할 정도로 하얗게 빛났다.

물기를 머금은 흙냄새가 신음 소리와 뒤섞여 피어오르는 안개 속에서 오래도록 떠돌았다. 왕인란의 몸이 경련했다.

"싼여우, 싼여우, 하아, 싼여우……."

순간 그가 달라졌다.

"왜, 힘이 빠져 버렸어요?"

"갑자기 내 이름을 불러서 놀랐어요. 나는 당신이 마우를 부를 줄 알았는데……."

"마우는 마우고 당신은 당신이죠. 나는 지금 당신과 함께 있고 당신은 마우가 아니잖아요."

리싼여우는 왕인란을 부서져라 끌어안았다. 그녀의 몸 위에서, 촉촉하고 몽롱한 안개의 하얀 일렁임 속에서 그는 정신없이 오르내렸다.

봉우리 사이에 둥지를 튼 새들이 바람을 타고 날았다. 하늘은 생명력으로 넘쳤다. 이제 이들도 짝을 찾느라 분주해질 것이다.

왕인란의 눈에 사람의 그림자가 스쳤다. 손에는 양몰이 지팡이가 들려 있었다. 톄하이가 담요를 주러 류리바오에 온 건가? 하지만 그림자는 절벽 쪽으로 멀어졌다. 톄하이라면 절벽 쪽으로 갈리가 없다.

'아니구나.'

수확의 계절이 왔다. 8월의 수수와 햇빛이 만들어 내는 소리가 은은하게 퍼졌다. 흙 둔덕이 담청색 열기 속에서 일렁거렸다. 수수밭은 온통 붉었다. 사람들은 낫을 들고 곡식을 향해 다가갔다. 다 익은 곡식은 양분을 모두 빼앗긴 땅 위에서 한껏 고개를 숙이고, 그 사이로 메뚜기가 이리저리 튀어 올랐다. 아직 걷히지 않은 안개 속에서 허리를 굽혔다 폈다 하며 부지런히 일하는 리싼여우가 보였다.

그의 모습과 그 옆으로 쓰러지는 수수를 바라보자니 말할 수 없는 허전함이 가슴을 채웠다. 이 허전함이 들판의 곡식 때문인지, 이러한 풍경이 사라지는 것 때문인지 좀처럼 알 수가 없었다. 분명 이 두 가지가 한데 뒤섞였을 것이다. 좀 더 솔직해지자면 왕인란은 가을이 더디 오기를 바랐다. 하지만 계절은 거부할 수 없는 것이었다. 마음을 찢어 놓았던 따스함이 그녀에게서 떠나가려 하고 있었다. 왕인란은 가을이 온다는 것이 무엇을 의미하는지 알았다. 하지만 그녀가 더 많은 것을 생각할 새도 없이 모든 게 끝나고 말았다.

리싼여우가 절벽에서 떨어져 죽었다.

왜 그가 거기서 떨어졌는지 왕인란은 알 수가 없었다. 자기네 밭은 절벽에서 좀 떨어진 곳에 있었다. 담뱃대는 베다 만 수수밭 옆에서 발견되었는데 사람은 절벽에서 떨어진 것이었다. 왕인란은 산다는 것이 너무나 혼란스러웠다. 해가 지자 류리바오마을 한가운데 솟은 홰나무로 까마귀 한 마리가 내려앉아 까악, 까악 울어 댔다. 마을 사람들은 까마귀가 죽은 사람을 따라온다는 것을 알고 있었다. 이 까마귀가 리싼여우 말고 또 다른 사람을 죽이려는 걸까? 집집마다 문에 붉은 것을 묶어 놓고 왕인란은 명이 박하다느니, 그녀와 자면 해코지를 당한다느니 수군거렸다. 역병이라도 피하려는 것처럼 여자들은 남자들이 밖으로 나다니지 못하게 단속했다.

왕인란은 돌을 들고 홰나무 아래로 가서 까마귀를 향해 힘껏 집어던졌다. 까마귀는 꼼짝도 하지 않았다. 오히려 잠시도 쉴 수 없다는 듯 더 세차게 울어 댔다. 제 속의 격정과 하늘이 정한 법칙 때문에 까마귀가 그렇게 울어 댄다는 것을 왕인란은 알지 못했다. 울음은 그저 밖으로 드러나는 형식일 뿐 까마귀는 제가 아는 법칙을 왕인란에게 전하고 있었다. 사는 건 정해진 방식이 없을지 몰라도 죽는 건 정해진 방식에 따라 생명을 마친다는 것을. 왕인란은 이를 부득부득 갈았다. 그녀의 입에서 한마디가 튀어나왔다. 류리바오 사람들이 모두 똑똑히 알아들을 수 있을 정도였다. 쳐 죽일 놈의 새!

이 역시 류리바오 사람들의 입방아에 올랐다. 새를 죽이든 살리든, 어쨌거나 왕인란은 관을 들고 마을에 들어와 사람 목숨을 앗아 간 것이었다. 왕인란은 변명조차 할 수 없었다. 생각해 보니 자신이 목숨을 앗아 간 것도 같았다. 관은 죽은 사람을 넣는 물건이다. 산 사람이 관에서 자는 법이 어디 있단 말인가! 이것을 왕인란인들 어찌 설명할 수 있을까.

그 관에 리쌴여우를 묻기로 했다. 그녀의 결정은 뭐라 다툴 수 없는 힘이 있었다. 그녀는 세상을 살아가는 데 도의가 가장 중요하다는 것을 알고 있었다. 삶과 죽음은 명에 따르는 것이다. 사람은 죽고, 또 죽어 간다. 사람이 죽지 않는다면 마우도 죽지 말았어야 한다. 우리가 미처 피할 새도 없이 고통은 결코 행복하지 않은 삶에 들이닥친다. 그런 삶에 녹나무 관 하나가 뭐 그리 대수라고!

왕인란은 리쌴여우가 생전에 쓰던 물건을 부둥켜안고 오후 내내 그의 무덤 곁을 지켰다. 머리에는 검은 두건을 썼다. 가슴이 찢어질 듯 아팠지만 눈물은 나오지 않았다. 북풍이 불어오기 시작했다. 삶이 더 깊은 심연으로 빠져들고 있음을 느낄 수 있었다. 행복을 기다릴 수 있는 시간은 이미 지나 버렸다. 마음 깊은 곳에 리쌴여우를 원망하는 마음이 있음을 모른 척할 수 없었다. 그녀를 이런 고통 속에 남겨 두고 혼자서 가 버린 사람에 대한 원망이었다. 무덤가 풀이 누렇게 말랐다. 풀 한 줌을 뜯어 입에 넣고 천천히 씹었다. 여전히 깔깔한 풀을 억지로 삼키고 새로 만든 무덤에 종이를 덮어 놓았다. 바람이 불어오자 종이가 마찰하며 바스락거렸다.

황량한 묘지에 묻힌 것은 사람의 육체만이 아니었다. 수많은 바람과 잊을 수 없는 세월이 함께 잠들어 있었다. 누구도 그것을 피해 갈 수는 없었다. 마우가 그녀에게 준 것이 나이 차에서 오는 부성애 같은 것이었다면 리싼여우가 그녀에게 준 것이야말로 부부간의 사랑이 아니었을까. 그런 사랑이 어찌 이리도 쉽게 사라진단 말인가. 광활한 공간과 힘겨운 세월 속에서 왕인란의 사랑이 다시 자라나기란 참으로 힘들 것이다. 이 고통이 운명이 정해 놓은 것이라 해도 그저 고통에 잠겨 살고 싶지 않았다. 리싼여우가 쓰던 물건들을 태워 버리기로 했다. 리싼여우 없이 살아가기 위해 그녀가 생각할 수 있는 유일한 방법이었다.

리싼여우네 가족이 남아 있는 집을 원했다. 하지만 왕인란의 관에 잠든 리싼여우 생각에 먼저 이야기를 꺼내지 못하고 미적거렸다. 왕인란은 야오좡으로 돌아가기로 마음먹었다. 죽은 이의 유령과 살아 있는 사람들의 눈초리에 둘러싸여 지낼 수는 없었다. 이곳에서 지낼 방법을 찾을 수 없다면 야오좡의 옛 토굴집으로 돌아가는 수밖에.

떠나기로 한 날 눈이 내리기 시작했다. 왕인란은 날이 갤 때까지 기다리고 싶었지만 눈은 잦아들었다 심해졌다 하며 그칠 줄을 몰랐다. 아무래도 해가 바뀔 때까지 멈출 것 같지 않았다. 그녀는 류리바오에서 설을 쇠고 싶지 않았다. 연통을 보내 톄하이에게 데리러 와 달라고 부탁했다.

톄하이는 눈 속을 뚫고 소달구지를 끌고 왔다.

"말하고 마차는 빈농한테 넘어가서 할 수 없이 소달구지를 끌고 왔어요."

날은 점점 어두워지고 있었다. 어스름한 저녁빛과 눈 속으로 멀어지는 류리바오를 바라보며 왕인란은 생각에 잠겼다.

'이승은 그저 남자와 여자, 여자와 남자가 만나 사랑하고 기뻐하는 게 다인가. 사람이 땅 위에 발 딛고 사는 이상 땅이 정해 주는 명대로 사는 거지. 어찌 살든 한 평생인데, 그럼 어찌 사는 게 좋은 생일까. 마우도 가고 리싼여우도 가고 사랑도 기쁨도 사라졌구나. 마우가 사 온 관에 리싼여우를 묻다니. 두 사람 다 내 육친인걸. 내가 이 세상에 남았으니 죽음을 받아들이고 살아야 할 텐데, 살아가는 게, 받아들이는 게 어찌 이리도 힘들단 말이냐!'

소달구지에 앉은 왕인란은 마치 다른 세상에 있는 듯한 망연함과 무력함에 휩싸였다. 그러는 사이 류리바오는 그녀의 시야에서 조금씩 조금씩 저 먼 곳으로 밀려가고 있었다. 마치 생선 비늘처럼······.

10

야오촹으로 돌아오는 내내 신성은 솜이불 안에 잔뜩 웅크리고 있었다. 조그마한 얼굴이 찬바람에 빨갛게 얼었다.

산과 들의 풍경이 뒤로, 뒤로 멀어져 갔다. 멀어지는 풍경이 어지럽게 흔들렸다. 끊임없이 스쳐 가는 무심한 산을 바라보자니 왕인란은 서글프고 서러웠다. 바람은 땅거죽을 벗겨 내기라도 하려는 듯 앙칼지게 불어 대며 그들을 할퀴고 지나갔다. 뿜어져 나오는 입김에 눈썹과 앞머리에 서리가 잔뜩 내렸다. 톄하이는 소맷부리를 붉고 뽕나무 가지를 옆에 끼고 있었다. 머리에 쓴 딜모자가 흔들리는 달구지를 따라 춤을 추었다.

'나에게는 이제 이 남자 하나만 남았구나.'

그러고 보면 이상한 일이었다. 팔자도 비슷한 이 사람을 왜 그동안 외면했을까. 앞으로 살아가며 이 사람과는 어떤 관계를 맺게 될까. 그녀의 본능은 그를 거부하면서도 아주 떨어뜨리지 못했다. 신성이 졸리다며 칭얼댔다. 톄하이는 달구지에서 뛰어내려 몸에 걸친 양가죽 외투를 신성에게 덮어 주었다.

"벗지 마. 그러다 감기 걸리려고."

"고생이라면 이골이 난 몸인데 이 정도로 감기는요."

왕인란은 웃어 보였지만 씁쓸한 속내는 어찌할 수 없었다.

달구지 바퀴 소리와 톄하이의 발자국 소리가 눈길에서 합쳐져 기분 좋은 소리를 냈다.

리 씨 저택 영감이 노예를 뜻하는 한자 '노奴' 자에 대해 들려준 적이 있었다. 여자는 원래 태어나길 혼자서 살 수 없기 때문에 누구 하나가 밧줄로 묶여 있다고 했다. '계집 여女' 옆에 '또 우又'가 붙어 '노奴'가 된 이유였다. 그러면서 왕인란을 '내 계집'이라고 불렀다.

"네가 지금은 나한테 묶여 있는 것이니 부르면 재깍재깍 달려와야 한다. 말동무라도 되어 주려무나."

그녀의 일생은 누구에게 묶여 있는 걸까. 왕인란은 고개를 들어 저 멀리 하얗게만 보이는 텅 빈 산을 바라보았다. 눈언저리가 화끈 달아오르는가 싶더니 그예 눈물이 떨어졌다. 훌쩍거리는 소리에 테하이도 왕인란이 울고 있음을 눈치 챘다.

"사람은 누구나 살려고 발버둥 치잖아요. 그런데 사실 죽고 나면 훨씬 편할 거예요."

잠시 침묵이 흐른 뒤 테하이가 한마디 덧붙였다.

"끝내 잊을 수 없는 것도 있지만, 그래도 살아야죠."

왕인란은 가슴이 뛰었다. 눈물을 닦고 고개를 돌렸다. 등 뒤의 산과 들 가운데로 굽이쳐 난 좁은 산길 위에 달구지가 남겨 놓은 두 줄기 바큇자국이 선명했다.

산다는 것은 어딘가로 돌아가는 것, 평안을 얻는 것이다. 바람은 제멋대로 나부끼고 눈은 이리저리 흩날리다 녹아 없어졌다. 이 너른 산속에서 소달구지가 갑자기 너무나도 작아져 버렸다. 그리고 하늘과 땅이 만나는 어딘가에서 무無에 가까워졌다.

11

야오촹에 도착하자 신성은 친구네 가서 놀고 싶다고 떼를 썼다.

"우리가 야오촹에 온 걸 알면 사람들이 비웃을 거야."

"비웃을 게 뭐 있어요. 흙덩어리랑 씨름하며 사는 사람이 그런 걸 무서워해서 어떡해요? 조만간 다 알려질 일인데."

왕인란은 대답할 말을 잃고 톄하이가 신성을 안아 내리는 것을 바라만 보았다.

토굴집 문을 열자 얼굴로 열기가 확 끼쳤다. 구들 아궁이 안에서 목탄이 타오르고 있었다.

"네가 불을 피워 놓은 거야? 목탄 쓴 지 오래돼서 잊고 있었어."

"류리바오로 데리러 오라는 전갈을 듣고 불부터 땠어요. 비어 놓은 지 오래라 집 안이 눅눅할 것 같아서요."

구들 위에는 하얀 양모 담요가 깔려 있었다. 리싼여우가 생각났다. 담요를 갖고 싶어 했는데 끝내 갖지 못하고 가 버렸네. 아궁이 곁 항아리에는 물이 가득 채워져 있었다. 왕인란은 마치 꿈을 꾸는 것만 같았다. 꿈에서 깨고 나면 자신이 누구인지도 모를 것 같았다. 톄하이는 어느새 집 안으로 물건을 나르고 있었다. 사물이 잘 보이지 않을 정도로 어두웠다. 왕인란은 톄하이에게 밥을 먹여야겠다는 생각이 들었다. 이제 누가 또 곁에 있단 말인가.

"뉘 집 달구진지 돌려주고 이리 와서 같이 밥 먹어."

"아니에요. 달구지 가져다주고 양 우리에도 들러야 해요. 언제 올 수 있을지 모르겠어요."

"언제 오든 신성이랑 같이 기다릴게."

톄하이는 가슴이 벅차올랐다. 신이 나서 잽싸게 소달구지를 몰고 내달렸다. "알겠어요."라는 짧은 대답이 그의 등 뒤에서 울려 왔다.

토굴집 문 앞에 서 있자니 한기가 뼛속까지 스몄다. 쇠목에 걸린 방울 소리가 바람 속으로 멀어지고서야 돌아서서 집 안으로 들어왔다.

마른 나뭇가지를 찾아 불을 붙였다. 류리바오에서 가져온 등유를 찾으려고 구석에 놓인 등을 들고 와 보니 이미 가득 채워져 있었다. 등불 심지가 파닥파닥 튀는 것을 바라보자니 참아 볼 새도 없이 눈물이 흘렀다. 그녀는 아궁이 옆 의자에 앉아 어헝! 하고 울음을 터뜨렸다. 등불은 그 곁에서 하릴없이 깜빡거렸다. 속의 것을 모조리 토해 내는 듯한 울음소리가 이어졌다.

7시가 가까워서야 톄하이가 팔목에 양몰이 지팡이를 끼고 토굴집으로 들어섰다. 신성은 잔뜩 웅크린 채 구들 한쪽에서 잠이 들었다. 톄하이는 이불을 끌어다 아이를 덮어 주었다. 왕인란은 질그릇에 수수 가루로 만든 국수를 담아 내왔다. 톄하이는 자신의 감정을 조금도 숨기려 하지 않았다. 사랑스러워 어쩔 줄 모르는 눈빛이었다.

"식기 전에 먹어."

톄하이는 퍼뜩 정신이 들어 허둥지둥 다른 곳으로 시선을 돌렸다. 이상한 일이었다. 왕인란도 이유를 알 수 없이 가슴이 뛰기 시작했다.

"톄하이, 올해 몇 살이야?"

"곧 마흔이죠. 아니, 이제 마흔이네요. 내일이 12월 8일이니까, 곧 설이잖아요."

톄하이는 손으로 입을 슥슥 문지르며 대답했다.

"빠르기도 해라. 마우가 죽은 지 벌써 3년이네."

두 사람 다 말이 없었다. 다시 입을 연 것은 왕인란이었다.

"해방도 되었는데 왜 아직 혼자야?"

"누가 있어야죠! 아마 늦었나 보죠. 어떤 일은 때를 놓치면 그만이잖아요."

"그렇게 늦은 건 아니지. 아직 기회가 있잖아."

"기회가 생길 수야 있겠지만, 그걸 잡을 수 있을까 모르겠어요. 구사회 때문에 이렇게 된 거죠, 뭐."

구사회라는 말을 듣자 왕인란은 마음이 무거워졌다. 굳은 것처럼 꼼짝도 않고 서 있는 그녀의 얼굴이 등불 아래 하얗게 질린 것처럼 보였다.

톄하이는 그녀의 아픈 곳을 찔렀다고 생각하면서도 감정이 북받쳐 젓가락질을 멈췄다.

"열다섯 살 때 아버지가 다리를 다쳤어요. 양가죽 두 장만 있으면 좀 따뜻하게 해 드릴 수 있을 것 같아 그걸 받고 마우 어르신 집 일꾼이 되었어요. 그렇게 스무 해를 지내면서 한 번도 어르신을 떠나겠다고 생각해 본 적이 없어요. 저는 정말 충실하게 일했다고요. 우리 아버지 어머니가 돌아가시고도 마우 어르신은 내 나이를 물어본 적이 없어요. 그딴 건 아예 잊어버린 거죠."

조금은 누렇게 뜬 톄하이의 눈에 눈물이 비쳤다.

"이제 늦어 버렸어요."

톄하이는 말을 마치고 고개를 떨구었다.

왕인란은 다가가서 그릇을 받아 국수를 더 담아 왔다.

"생각지도 못하게 일어나는 일들이 있지. 옛일은 얘기할 것 없어. 말해 봐야 마음만 아프지. 마우만 해도 그렇게 될 줄 알았나. 그런 꼴로 죽을 줄이야……."

테하이는 고개를 박고 말없이 국수를 입으로 옮겼다. 마침내 빈 그릇을 내려놓고 뭐가 있는지 뭐가 없는지 시시콜콜 물어봤다. 그런 다음에야 지팡이를 옆에 끼고 눈길을 지나 토지개혁 때 받은 마우의 본채로 돌아갔다.

눈은 소리 없이 내렸다. 왕인란은 문을 잠그고 등을 끄고는 옷을 입은 채 신성 옆에 누웠다. 토굴 구석에서 쥐 소리가 났다. 가만히 일어나 앉아 고양이 소리를 냈다. 사위는 다시 고요해졌다. 창밖 눈밭에 반사된 희미한 빛이 새어 들어와 불룩 솟아오른 이불 위에서 흔들렸다. 바닥에 깐 양모 담요가 구들의 남은 열을 전해 주었다. 하지만 도무지 잠을 이룰 수가 없었다. 신성도 깊이 잠들지 못하는 듯 자꾸만 뒤척였다. 마우와 리싼여우가 떠올랐다. 분명지도, 어디 하소연할 수도 없는 옛일이었다. 저도 모르게 이불로 얼굴을 덮고 울음을 터뜨렸다. 이렇게 사는 것이 언제쯤이면 끝날는지 알 수가 없었다.

설 쇨 준비를 시작했다. 눈도 그쳤다. 눈이 녹는 동안의 한기 때문에 사람들은 오들오들 떨며 지냈다. 그사이 신성은 손이 얼어 부스럼이 생겼다. 테하이는 손수 만든 연고와 돼지 내장을 가져다주었다. 설을 며칠 앞두고는 양고기도 들고 왔다. 테하이에게서 양 노린내가 났다.

"테하이, 저고리 벗어 줘. 빨아 줄게."

테하이는 저고리를 벗어 건네주었다.

왕인란은 대야에 테하이의 저고리를 담아 마을 샘터로 갔다. 구름 한점 없는 겨울 하늘 아래, 샘터에는 마을 아낙들이 삼삼오오 모여 앉아 빨래를 하고 있었다. 류리바오에서 돌아온 왕인란이 이들의 입방아를 피해 갈 수는 없었다.

"싼여우도 그렇지, 잘 살다가 뭔 일이래. 어쩐지 관을 들고 가더라니, 멀쩡한 류리바오 사람 하나 망쳐 놨시 뭐야."

"누가 아니래. 팔자가 사나운 여자인가 봐. 만나는 남자마다 그 꼴을 당하는 걸 보면."

"그거 들었어? 마우가 죽기 전부터 테하이랑 좋아지냈대."

"그럼, 마우가 죽었는데 왜 테하이랑 안 살고?"

"테하이랑 살자니 마음에 안 차는 거겠지. 다음은 또 누구한테 가려나 몰라."

"가긴 어딜 가? 부처님이라도 더럽다고 돌아앉겠구먼!"

"아하, 하하하, 하하하하."

한마디 한마디가 왕인란의 가슴에 와 박혔다. 오도 가도 못 하고 얼굴만 붉히고 선 채 테하이의 저고리를 빨겠다고 이곳에 온 것을 후회할 뿐이었다. 어찌되었든 도시에서 십 수 년을 살아 본 나다. 시골 아낙인 너희가 뭘 안다고 쫑고 까불어? 유채꽃이 지천으로 피어난 봄을 알아? 결혼이라는 게 뭔지 알아? 남자랑 자면 그게 다인 줄 알지. 그래, 내가 팔자는 사나운지 몰라도 봄을 알고 사계절이 얼마나 좋은지도 알아. 어디 네깟 것들이 무서울까 보냐. 왕인란은 아낙들 쪽으로 발걸음을 옮겼다.

샘터 공기가 어색해졌다. 저마다 말없이 애꿎은 빨래만 주물거릴 뿐이었다. 테하이의 저고리를 넣고 주무르자 시커먼 땟물이 뿜어져 나왔다. 아낙들은 손을 멈추고 저고리와 왕인란을 번갈아 쳐다보았다. 알 만하다는 듯 서로 눈을 맞추고는 다시 고개를 숙인 채 남편의 저고리를 빨았다.

섣달그믐, 테하이는 산에서 장작을 해다 토굴집 뜰에 쌓아 놓았다. 왕인란은 만두소를 만드느라 양고기를 다지다가 문발을 걷고 테하이에게 당부했다.

"그믐 저녁은 가지 말고 여기서 먹어. 어차피 혼자잖아."

"명절인데 그건 좀 이상하지 않을까요?"

"이상하긴 뭐가? 우린 한가족인걸."

테하이가 씩 웃었다. 새삼 테하이의 웃는 얼굴로 눈이 갔다. 남자의 넉넉함이 배어 있었다. 솜으로 목덜미를 감싼 듯한 따뜻함이 있었다. 솔가지 향기, 해가 가는 냄새 그리고 사내 특유의 냄새도 함께 풍겨 왔다. 왕인란도 미소를 지었다. 테하이는 강렬한 햇빛이 온몸을 관통하는 듯한 느낌과 함께 땀이 솟았다.

"해방되고부터 위에서 폭죽을 주기 때문에 이제 채찍돌림은 하지 않아요."

"어떻게 채찍돌림을 안 할 수 있어. 채찍 소리로 봄을 깨워야지. 그렇게 봄을 깨워야 한 해 동안 흙냄새가 풍성하고 곡식이 잘 자라는 거 아냐."

테하이가 멋쩍은 듯 말했다.

"듣고 싶다면 내가 해 줄게요. 채찍이 오래돼서 소리가 제대로 날지 모르겠지만."

왕인란은 벌떡 일어나 토굴 구석 나무 상자에서 채찍을 꺼내 왔다.

"아무리 낡았어도 채찍은 채찍이야. 이 소리라면 온 세상을 덮을 거야."

테하이가 돌아간 뒤 왕인란은 마우와 리쌴여우의 위패 앞에 향을 피우고 절을 올렸다. 그리고 콩알처럼 동그란 등불을 마주하고 앉았다. 이제 테하이의 신발에 깔 밑창을 만들 생각이었다. 그녀는 감아 둔 실을 가져다 바늘귀에 꿰고 한 땀 한 땀 바느질을 시작했다.

섣달그믐 밤, 꿈은 램프 안에서 녹아내린 기름 찌꺼기처럼 힘없이 흘러가 버렸다. 산봉우리의 윤곽이 차가운 달빛 속에서 물결치고, 테하이는 소가죽 채찍과 낫을 옆구리에 낀 채 눈밭을 걸었다. 밤하늘은 너무 높고 너무 멀었다. 달빛은 차가운 공기 속에 귀 기울여야 겨우 느낄 만한 정적을 채우고 있었다. 테하이는 산허리에 서서 뒤를 돌아보았다. 토굴집의 콩알처럼 동그란 등불이 눈에 들어왔다. 자신의 그림자가 소리 없이 꼿꼿이 서 있는 것을 느꼈다. 고요 속에서 테하이의 발소리, 거친 숨소리가 제멋대로 뭉친 반죽처럼 튀어나왔다.

"허억, 허억."

산 정상에 올라 소나무 가지로 땅을 평평하게 고르고 불을 피워 횃불을 세웠다. 불빛이 주변을 밝혔다. 예전 같으면 맞은편 산 정상에서도 불을 밝혔을 것이다. 하지만 올해는 달랐다. 테하이는 커다란 바위에 올라서서 팔을 휘둘렀다. 채찍 소리가 커다란 날개를 펼치며 허공으로 솟아올랐다. 이어서 소리는 창공을 뚫고 산줄기로 뻗어 나갔다. 끝없이 펼쳐진 산봉우리가 그 태고로부터 이어진 침묵으로 채찍 소리를 품어 주었다. 산꼭대기에서 솟아오른 채찍 소리는 한없이 아득한 하늘 저편에서 메아리를 만들어 냈다.

왕인란과 신성은 깜짝 놀라 토굴에서 뛰어나왔다. 불을 밝히는 동안에도 높이 솟은 산봉우리에서 차례차례 전해 오는 채찍 소리가 귀에 울렸다가 그대로 밤하늘을 향해 사라졌다. 고집스럽게 고개를 세우고 귀를 기울이면 귓가에 울리던 채찍 소리는 텅 빈 산 위에서 맴돌다가 봄날의 구름처럼 허공으로 퍼져 나갔다. 오랜 세월 끊겼던 이 채찍 소리보다 더 행복에 다가갔던 날이 있었을까? 채찍 소리를 들으며 왕인란의 꿈이 다시 우뚝 솟아올랐다. 끊기지 않고 이어져 온 봄날에 대한 희망이 다시 일렁였다.

야오촹에서도 등불을 밝혔다. 따뜻한 불빛은 톄하이의 격정에도 불을 붙였다. 그는 덩실덩실 춤을 추기 시작했다.

채찍 소리가 울린 뒤 야오촹과 리촹에서 폭죽을 터뜨리기 시작했다. 채찍 소리는 폭죽 소리에 묻혀 버렸다. 아이들은 신이 나서 불이 붙지 않은 폭죽을 줍느라 분주했다. 산꼭대기의 톄하이를 돌아보는 이는 아무도 없었다. 모두가 새로운 물건의 출현에 열중해 있었다.

왕인란은 횃불 앞에서 춤추는 그를 바라보았다. 묻혀 버린 채찍 소리는 참으로 공허했다. 소리는 천천히 가라앉고 가라앉다가 끝없는 암흑 속으로 사라졌다. 희미하게 남은 그믐달 아래서 춤추던 이는 횃불이 꺼지자 혼자서 외롭게 암흑 속으로 모습을 감추었다. 왕인란은 가만히 한숨을 내쉬었다. 세상 밖 소리와도 같았던 저 채찍 소리를 다시는 듣지 못하리라는 예감이 들었다.

세월은 그렇게 채찍 소리와 함께 쌓였다가 채찍 소리와 함께 흩어졌다.

12

신성이 어느덧 열여섯 살이 되었다. 근동에서 들어오는 혼담이 끊이지 않았다. 왕인란은 데릴사위를 들이고 싶었다. 하지만 워낙 성분이 좋지 않은 처지였다. 게다가 토지를 받아 형편이 나아진 사람들이 승리의 결과를 지키자는 구호 아래 너도 나도 적을 타도하자고 외쳐 대는 판이었다. 상황이 이렇다 보니 신성과 비슷한 나이의 눈에 차는 총각을 찾는 일이 쉽지 않았다. 열여섯의 신성은 마우를 판에 박은 듯 닮았다. 왕인란을 닮은 구석은 찾아볼 수가 없었다. 야오촹 사람들은 신성을 볼 때마다 "참말로 마우 딸이 맞네." 하며 고개를 절레절레 내저었다. 신성은 그런 말이 반갑지 않았다.

"나는 어쩌다가 지주 집안에서 태어난 거야?"

마을 친구네 집에 놀러 가는 일이 점점 줄었다. 하루 종일 토굴집에 들어앉아 왕인란에게 바느질며 자수를 배웠다. 간혹 신성이 수놓은 베개를 구경하러 여자아이들이 찾아오곤 했다. 이들은 하나같이 저 먼 산 절벽에 꽃을 피운 복숭아나무처럼 한껏 물이 올라 미래의 꿈에 젖어 있었다.

테하이는 집집마다 돌아가며 양 떼를 몰고 밭으로 가서 밤을 보냈다. 밤 동안 양들이 밭에서 똥을 누어 땅을 기름지게 만들어 주는 것이었다. 한 집당 이틀씩 다니느라 대략 보름 정도 토굴집에 오지 못했다. 왕인란은 테하이를 기다렸다. 그녀는 이미 그에게 의지하고 있었다. 자기 차례가 되자 왕인란은 다른 집들과 달리 테하이에게 밥을 가져다주었다.

청명절을 앞두고 있었다. 며칠 전만 해도 공기 중에 한기가 섞여 있었다. 이제 곧 농번기가 시작될 것이다. 나무에는 싹이 돋고 풀잎은 초록빛이 돌았다. 왕인란은 마우와 니류잉이 누워 있는 동굴을 지났다. 왼쪽으로 보이는 절벽 아래 복숭아나무에 꽃이 흐드러지게 피어난 것이 보였다. 별생각 없이 한마디가 툭 튀어나왔다.

"하루하루 견디는 게 참 힘이 드네."

테하이의 아래턱 근육이 살짝 떨렸다.

"아무리 힘이 든다고 나만 할까요. 나야말로 참느라 죽을 지경이에요. 정말 미치겠다고요."

왕인란은 놀란 얼굴로 테하이를 돌아보았다.

"테하이, 그런 생각 하면 안 되지. 그런 생각을 하면 마을 사람들 사이에 말이 날 거야."

테하이는 물러서지 않았다.

"이제는 아무도 없잖아요. 두 사람 마음만 맞으면 되는 거 아니에요? 마을 사람들이야 마음대로 생각하라죠."

"아무리 원한다고 해도 그런 생각을 하면 안 돼. 나는 남자 둘을 먼저 보냈어. 너까지 망칠 수는 없어."

"진작 망쳐 놨어요."

왕인란은 어안이 벙벙했다.

"톄하이, 그런 말 하지 마. 내 팔자를 망친 거라면 모를까 너한테 해 끼친 건 없잖아. 양심이 있는 한 그렇게 말하면 안 돼."

"그냥 겁주려고 한 말이에요. 나야 뭐, 스스로 망친 거죠. 당신은 좋은 사람이에요."

"그렇지 않아. 아무도 그렇게 생각하지 않는걸."

"당신이 나쁘다고 하는 사람이 있으면 그건 사람도 아니에요."

왕인란은 빈 그릇을 챙겨 자리에서 일어났다.

"톄하이, 신성도 이제 다 컸어. 딸한테 이야기할 수 없는 것도 있고, 괜한 말 했다가 아이를 망칠까 봐 걱정되기도 해. 엄마랍시고 살아 있는 게 오히려 엄마 노릇을 못 하는 것 같단 말이야."

"신성 시집부터 보내고 다시 이야기해요. 그리고 내일 아침밥 가져올 때 곡괭이 한 자루 가지고 와요."

다음 날 왕인란은 곡괭이에 밥통을 달아 어깨에 메고 집을 나섰다. 그녀가 오는 모습을 톄하이는 멀리서부터 지켜보았다. 오르막길이다 보니 왕인란은 몇 걸음 뗄 때마다 멈춰 서서 숨을 몰아쉬었다. 서 있을라치면 숨을 고르는 동안에도 몸이 떨렸다. 톄하이는 그 모습을 가만히 지켜보았다. 예전에는 얼굴이 희고 고왔는데 이제는 여느 시골 아낙처럼 불그레한 홍조가 있었다. 하지만 몸매는 여전했다. 가슴에서 뜨거운 불길이 치솟는 것을 느꼈다.

테하이는 왕인란의 밭에 양을 풀어 놓는 김에 씨 뿌리는 것까지 도와줄 생각이었다. 두 사람은 함께 파종기를 끌며 씨를 뿌렸다. 테하이가 파종기를 잡고 왕인란은 그 옆을 따라가며 끌었다. 그녀가 허리를 숙일 때면 엉덩이가 위로 솟았다가 이내 튼실한 다리가 앞뒤로 움직였다. 경사진 땅이라 흙을 고르다 보면 큼직한 진흙덩이나 엉킨 밑동에 부딪치기도 했다. 그래서 파종기가 멈추면 아랫부분을 들어 장애물을 치우고 계속 나아가야 했다.

덜컹 하고 부딪칠 때마다 왕인란은 깜짝 놀라 어깨를 으쓱하고는 테하이를 돌아보았다. 그녀의 발그레 상기된 얼굴에 떠오르는 미소에 테하이는 정신을 잃을 지경이었다. 하릴없이 가슴만 애타게 두방망이질 쳤다. 그는 자꾸만 뭔가에 부딪치기를 바랐다. 그렇게 부딪치는 것이 진흙덩이나 밑동뿐이 아니었으면 했다. 그의 바람은 분명 봄에 할 만한 놀이, 그런 것이었다.

이즈음 야오촹에서 40리 떨어진 황뉴티마을에서 혼담이 들어왔다. 하층 중농 성분에 1남3녀가 있는 집이었다. 왕인란은 이것저것 재어 본 끝에 신성을 시집보내기로 마음먹었다. 신성은 중매인을 따라 황뉴티마을에 다녀왔다.

"집안은 어떻든?"

"먹고야 살겠죠!"

"인물은 어떻고?"

"인물은 무슨 인물이에요. 그냥 저보다 세 살 많은 사람이에요.

지주만 아니면 됐지, 뭐."

"지주가 어때서! 네가 아는 것 좀 생겼다고 다 큰 줄 알아? 뭘 겪어 봤다고? 이 세상이 지주 천하가 되면 훨씬 태평해질 거다!"

청명절이 되자 왕인란은 마우를 찾아가 혼사를 알렸다. 관 두 개가 토굴 속에 가만히 누워 흘러가는 세월을 지키고 있었다.

"마우, 내 말 잘 들어요. 신성이 신랑감을 찾았어요. 우리 딸이 시집을 간다고요. 데릴사위를 구해 향이 끊어지지 않게 하려고 했는데, 당신도 알다시피 우린 성분이 안 좋잖아요. 누가 오려고 하겠어요. 마우, 한 바퀴 빙 돌아서 나는 다시 야오좡으로 돌아왔어요. 관은 리싼여우에게 주었어요. 좋은 사람이에요. 좋은 사람은 명이 길지 않은가 봐요. 마우, 당신이 영혼이 있다면 우리 모녀 고생하는 거 다 지켜봤을 거예요. 사는 게 힘들고, 이 힘든 날이 끝나질 않네요. 이걸 누구한테 하소연하겠어요? 마우, 말해 줘요. 멀쩡하던 사람이 어쩌면 그렇듯 허무하게 가 버릴까요? 말을 못 하겠으면 꿈에라도 나와 줘요. 마우, 허엉…… 그 차가운 저울추에 묶여 씨 없는 귀신이 되다니요. 해도 아침에 떠서 저녁이면 지는데, 당신은 어쩌면 그렇게 매몰차게 가서 돌아오질 않죠. 당신이 가고 나니 날 아껴 주는 사람이 없네요. 세상은 눈이 돌아가게 바뀌는데 앞으로 무슨 일이라도 생기면 난 누굴 원망해요? 어흐흑, 그렇게 땅에 등 붙이고 하늘 쳐다보면서 누워만 있을 건가요? 내 속은 이렇게……."

어머니가 서럽게 우는 모습에 신성은 가슴이 꽉 조여 오는 듯 답답해져 덩달아 울음을 터뜨렸다.

"네가 왜 울어? 지주라 싫다면서?"

왕인란은 거친 손을 들어 신성의 뺨에 얼룩진 눈물을 닦아 주었다. 어머니의 손이 고슴도치의 등처럼 거칠었다. 손이 지나간 곳이 따끔거렸다.

톄하이는 너른 바위에 누워 양을 치고 있었다. 밝게 비추면서도 눈부시지 않은 태양, 산 정상에서 부드럽게 흘러내리는 바람, 끊이지 않고 이어지는 단조로운 양 울음소리……. 톄하이의 검게 그을린 얼굴에 쓸쓸한 미소가 떠오르는가 싶더니 갑자기 자리에서 벌떡 일어났다. 맞은편 산 아래에서 청명을 맞아 성묘하는 이들을 향해 고함을 쳤다.

"양, 아…… 양을……!"

그는 잔뜩 굳은 얼굴로 산 아래를 향해 내달리기 시작했다. 조금은 화가 난 듯도 한 표정이었다. 온 얼굴에 눈물이 번졌다.

7월 태양이 열병이라도 걸린 듯 연일 흐리고 비가 내렸다. 경사진 밭의 곡식이 빗물에 잠겨 썩어 가는 냄새를 풍기기 시작했다. 지긋지긋한 비였다. 산비탈에는 쟁기로 내놓은 도랑이 무늬를 만들어 냈다. 가을의 나뭇잎은 물을 머금지 못하고 낙엽과 함께 떨어져 쌓였다. 초목이 썩어 가는 냄새가 일렁이는 습기 속에서, 칠이 벗겨진 토굴집 벽에서라도 날개를 쉬려는 파리 떼까지 기승을 부렸다. 신성은 파리채를 들고 한 마리 한 마리 잡았다. 반복되는 소리를 들으며 왕인란은 도무지 일이 손에 잡히지 않았다.

그칠 줄 모르고 내리는 비에 곡식은 땅속에서 썩어 갔다.

겨우 날이 개자 왕인란은 기다렸다는 듯 톄하이를 찾았다. 산 밖으로 나가 막 딴 옥수수를 목화솜 다섯 근으로 바꿔 오라고 부탁했다. 신성이 시집갈 때 입을 새 옷을 지을 생각이었다.

추수가 끝나자 왕인란은 중매인과 상의해 날짜를 잡았다.

혼사를 축하하는 대련이 토굴집 문에 붙었다. 첫 구절은 '아들 딸 하나 되니', 둘째 구절은 '부모 마음 시름 놓네'였다. 나란히 붙인 대련 위로 또 한 구절이 가로놓였다. '마우 딸 혼사'.

남자 쪽에서는 네 사람이 왔다. 새신랑과 누나 둘, 나이 든 여자 하나였다. 나귀는 다섯 마리였다. 신성은 까만 나귀 등에 올라타고 밭두렁을 따라 길을 나섰다. 매미가 토굴집 옆 느릅나무에 붙어서 날개를 쉬며 마음마음마음아…… 하고 울어 댔다. 앞서거니 뒤서거니 줄지어 가는 나귀 다섯 마리가 계곡에서 피어오르는 자줏빛 연기처럼 보였다. 화려한 장식을 단 행렬이 폭죽 소리와 함께 산등성이를 끼고 돌았다.

왕인란은 그들이 시야에서 사라질 때까지 서 있었다. 눈물이 툭 떨어져 저고리 자락에 스몄다. 순식간에 마음이 텅 비어 버린 것만 같았다. 텁텁한 공기 속에 서 있으려니 기침이 나왔다. 그녀는 손을 들어 머리를 매만지고는 토굴집으로 돌아왔다.

13

채찍을 바깥에 걸어 두고 햇볕에 말렸다. 울퉁불퉁한 바위에 쓸려 너덜너덜해진 가시랭이가 부서져 흩날리며 햇빛을 받아 반짝거렸다. 왕인란은 채찍에 코를 갖다 대고 냄새를 맡아 보았다. 봄날의 꿈이 이런 냄새일까. 해가 막 산등성이 뒤로 넘어가고, 저 멀리 산봉우리 위로 수많은 까만 점이 요동치기 시작했다. 단단하면서도 부드럽게 불어오는 바람이 점들을 이어 커다란 그물을 쳤다. 바로 이 그물 때문에 하늘이 점차 어두워지는 것이다. 왕인란의 귀에 새끼 양의 가냘픈 울음소리가 들려왔다. 문발을 걷고 나가 보니 톄하이가 새끼 양을 품에 안고 서 있었다.

"병에 걸린 거야?"

"곧 죽을 것 같아요. 전에 새끼 양 가죽을 주기로 했잖아요. 이 녀석이 죽은 뒤에 가죽을 벗기면 되겠다 싶어서요."

왕인란은 톄하이가 앉을 의자를 가져다 마당에 놓았다.

톄하이의 머리 위에서 채찍이 흔들렸다. 톄하이는 양을 내려놓고 일어나 채찍을 집어 들었다.

왕인란은 갑자기 생각난 듯 말했다.

"채찍 휘두르는 걸 가까이에서 본 적이 없네. 한번 휘둘러 봐."

톄하이는 고개를 갸웃거리며 채찍을 손에 쥐었다.

"뭐 볼 게 있다고요."

"산 아래에서 보니까 아주 당당하던걸."

"그거야 멀리서 보니까 그런 거지, 가까이에서 보면 그저 산사람이에요."

톄하이는 마당 가장자리로 가서 손바닥에 침을 뱉고 채찍을 쥔 손에 힘을 주었다. 팔을 휘두르자 채찍은 그의 머리 위로 둥그런 호를 그리며 딱딱하고도 바짝 오그라든, 탄성이라곤 찾아볼 수 없는 소리를 냈다. 먼 산까지 이어져야 할 파장이 너무도 건조했다.

딱, 따딱, 딱딱! 여기저기 벗겨진 채찍 소리는 토굴집 상공을 잠시 맴돌 뿐 창공을 꿰뚫고 솟아오를 만한 힘이 없었다.

"채찍 소리가 왜 땅바닥에 붙어 있는 것처럼 들리지?"

"채찍 소리는 계곡의 울림이 살려 주는 거예요. 골짜기에서 한껏 울린 다음에 우리 귓속에 그 소리가 꽉 채워지는 거죠."

채찍 소리조차 그녀를 채워 주지 못했다. 왕인란은 갑자기 허탈해졌다. 채찍이 얼굴에 정년으로 덮쳐 올 줄 알았는데 그저 눈꺼풀 아래서 떨리는 것 같다고 할까. 아무리 눈과 귀를 활짝 열어 보아도 채찍 소리는 날아오르지 못했다. 고개를 들어 봐야 망망한 하늘 외에는 아무것도 보이지 않았다. 아무 소리도 들리지 않았다. 그녀의 생각은 저 하늘을 향해 뻗어 가건만 하늘에는 아무것도 없었다.

"시시하네."

"시시하죠."

"정말 시간이 빨리도 가지 뭐야. 이게 무슨 일인가 알아채기도 전에 그냥 아무것도 알 수 없어져 버린다니까."

어둠 속에서 뭔가가 살아 움직이는 듯 몸 위로 가벼운 진동이 느껴졌다. 왕인란은 자세를 고쳐 앉아 저려 오기 시작하는 다리를 가볍게 주물렀다.

"톄하이, 담뱃대 좀 줘 봐. 나도 몇 모금 빨아 보고 싶어."

톄하이는 자리에서 일어나 담뱃잎을 채워 둔 담뱃대를 건넸다. 왕인란은 한 모금을 빨자마자 콜록거렸다.

"너무 매워."

"등을 좀 쓸어 줄까요?"

"아니야, 매워도 참을 만해. 괜찮아."

불현듯 익숙하지 않은 건조한 열기가 톄하이의 몸 가운데 어딘가에서 끓어올랐다. 몸속에 고여 있던 생명의 원액이 지표를 뚫고 솟아오르는 것 같았다. 이런 상태가 그는 몹시도 괴로웠다. 톄하이는 왕인란의 손에 있는 담뱃대를 잡아끌었다.

"그래도 좀 쓸어 주는 게 좋겠어요."

왕인란은 고개를 들었다. 등불 아래 왠지 모르게 흐릿한 톄하이의 두 눈이 자신을 똑바로 바라보며 빛나고 있었다.

노린내가 훅 하고 끼쳤다. 톄하이는 굳은 듯 서 있었다. 거친 손을 들어 담뱃대에 불을 붙이며 무슨 생각이라도 있는 듯 왕인란의 목덜미에서 눈을 떼지 않았다.

"신성이 시집가면 다시 이야기하기로 했잖아요. 지금 해도 될까요?"

"생각해 봤는데 그만두는 게 좋을 것 같아. 리싼여우 삼년상을 마치면 네 말대로 할게."

"그렇게는 못 기다려요. 마우는 3년을 기다리지도 않고 바로 시집갔잖아요."

"그건 달라."

"다 사람 마음같이 되는 게 아니에요. 사람은 기다려 준다고 해도 상황이 바뀐다고요."

"네가 기다려 주면 상황도 기다려 줄 거야. 열매를 맺을 나무라면 쓸데없이 꽃을 피우지 않아. 내가 좀 안정되기를 기다려 주면

채찍돌림 275

몸도 마음도 다 네게 줄게."

"내가 꼭 이렇게 해야겠어요?"

톄하이는 담뱃대를 입에 문 채 왕인란을 쏘아보았다. 왕인란은 미묘한 떨림을 느꼈다.

톄하이가 와락 달려들어 왕인란을 잡아끌며 입을 맞추었다. 왕인란은 빠져나가기 위해 몸부림쳤다. 이리저리 격렬하게 몸을 비틀던 움직임이 점차 둔해졌다. 난단한 곳에 갇혀 있는 것만 같았다. 코를 찌르는 양 노린내 때문일까. 액체처럼 아래로, 아래로 가라앉고 있었다. 혀는 이미 어딘가로 깊숙이 빨려 들어가고 양 노린내가 강렬하게 다가왔다. 욕지기가 날 지경이었지만 이상하게도 더욱 강한 흥분이 밀려왔다.

"처음 본 순간부터 너한테 끌렸어. 네가 내 영혼까지 잡아끌었다고. 어찌할 줄을 몰랐지. 마우가 널 데려오기 전에 약속했어. 네가 처녀가 아니면 좀 가지고 놀다가 나에게 주겠다고. 그런데 내가 너한테 가까이 가는 것도, 심지어 말을 붙이는 것도 못 하게 했지."

왕인란은 톄하이를 세차게 밀쳐 내고 놀라 휘둥그레진 눈으로 그를 바라보았다.

"톄하이, 헛소리하지 마."

"헛소리 아니야. 마우가 날 속인 거야. 마우가 너랑 잘 때마다 미칠 것 같았어. 그래서 어떻게 했는지 알아? 양이랑 붙어먹었지. 비웃어도 좋아. 나는 양을 너라고 생각했어."

왕인란은 톄하이를 밀어냈다.

"말도 안 돼."

"왜 안 돼? 나는 지금껏 이날만 기다렸어. 뭘 그렇게 보는 거야. 이리 와."

왕인란은 톄하이의 등 뒤로 사람 얼굴이 흔들리는 게 보였다. 마우 같았다.

"톄하이, 네 등 뒤에 마우의 얼굴이 있어."

톄하이는 화들짝 놀라 고함을 쳤다.

"어디?"

그러고는 곧 욕을 해댔다.

"마우, 이 빌어먹을 영감탱이, 끝내 훼방을 놓는군."

왕인란은 톄하이에게 시선을 고정했다. 톄하이의 손이 떨리면서 온몸이 함께 떨리고 있었다. 산에서 불어오는 바람이 회오리를 만들며 마당으로 밀려왔다. 그녀는 절망스러웠다. 그녀의 꿈을 깨버린 것은 도대체 무엇이란 말인가. 별똥별 하나가 떨어지는 것이 보였다. 기다란 꼬리가 완만한 곡선을 그려 냈다.

생각대로 되지 않자 톄하이는 분노가 폭발했다. 성큼성큼 걸어가 죽어 가는 새끼 양을 거칠게 팽개쳤다. 왼손으로 양의 머리를 누른 채 칼을 꺼내서는 힘도 들이지 않고 쑤셔 박았다. 양은 함부로 헤쳐 놓은 목화솜처럼 바르르 떨었다. 온순하기 짝이 없는 두 눈으로 칼을 든 사람을 바라보았다. 피가 붉은 꽃처럼 활짝 피었다. 톄하이는 담배에 불을 붙이고 또 한 차례 칼을 휘둘렀다. 차가운 칼의 침입에 양은 또다시 몸을 떨었다. 부드러운 털이 서리처럼 한 층 한 층 피어올랐다. 왕인란이 고개를 숙이자 보석처럼 빛나던 양의 눈에서 빛이 빠져나가는 게 보였다. 그래도 톄하이의 칼

질은 멈추지 않았다. 칼을 휘두르는 리듬을 따라 그의 몸이 움직였다. 위로 떠오르며 터지는 기포 같았다.

테하이는 왕인란의 눈길을 똑바로 마주 보았다.

"이렇게 해야 가죽이 부드럽거든."

왕인란은 얼굴이 흙빛이 되었다. 한참 동안 입을 열지 못하다가 겨우 한마디를 내뱉었다.

"테하이, 정말 독한 사람이구나."

테하이는 고개조차 돌리지 않고 널브러진 새끼 양을 바라보았다. 마치 예술품을 감상하는 듯한 표정이었다.

"마우 불알을 묶는 것보다야 훨씬 쉽지."

왕인란은 돌아서며 벼락이라도 맞은 듯 온몸이 굳어 버렸다. 이미 벌어진, 살아 있기에 감당해야 했던 고통과 고난이 뇌리 속에서 불길처럼 타올랐다. 의혹과 절망, 생과 사를 오가는 고통. 그녀는 피비린내와 살의를 목도하고 있었다.

"천벌 받을 인간, 테하이!"

테하이는 땅바닥에 주저앉았다. 자신이 내뱉은 말에 아차 하는 표정이었다.

왕인란은 외마디 비명을 지르며 달려들어 테하이의 옷깃을 움켜쥐었다.

"네가 한 짓이었어!"

"널 위해서였어!"

"그게 날 위해서였다고?"

"물론 널 위해서였지!"

내 말대로야. 널 위해서였어. 내가 말하지 않으면 아무도 모르겠지. 어차피 너한테는 이야기할 생각이었으니 잘 들어. 내가 널 얼마나 좋아했는지 넌 모를 거야. 널 위해서라면 뭐든 할 생각이었어. 정말 다 말할까? 좋아, 말하지 않으면 아무것도 안 될 것 같으니까. 마우가 제 손으로 불알을 묶게 하는 게 쉬웠을 것 같아? 나도 머리를 짜내고 짜낸 거야.

내가 그랬지. 마우 어르신, 참 수완도 좋으십니다. 양가죽 두 장으로 저를 10년이나 부려먹었잖아요. 이제 그만둡니다. 그랬더니 나를 살살 달래더군. 톄하이, 조금만 기다려 봐. 곧 산 아래에서 색시를 데려올 거야. 내가 좀 가지고 놀다가 봐서 처녀가 아니면 너한테 줄게. 뱃속에 다른 사람 씨가 있을지도 모르는데 내가 덮어쓸 순 없지. 그래서 난 기다렸어. 그런데 마우 이 늙은 여우가 너를 물고 빨고 놓아주지를 않는 거야. 나는 밤마다 뜬눈으로 지샜어. 나도 사람이야. 마우랑 다를 게 없는 사람이라고. 그놈이 하는 걸 나도 하고 싶었어. 그런데 누구랑 하냐고. 내가 혼자 사는 건 다들 알고 있어. 야오좡에 여자야 많지. 하지만 너만 한 여자는 없더라고! 하는 수 있어? 우리로 돌아가 양을 가지고 놀았어. 그것들은 내가 하는 대로 내버려두니까. 하지만 양은 네가 아니잖아! 양은 그냥 짐승일 뿐이야!

그러다가 토지개혁을 한다고 지주를 비판하라더군. 나도 이제 팔자가 바뀌겠구나 싶었어. 마우를 데리고 변소로 갔지. 빚을 갚으라고 했더니 빚진 건 맞지만 갚을 수가 없다고 하더군. 왕인란을 나에게 넘기면 빚을 갚는 거라고 했어. 그랬더니 그자가 뭐라고 한 줄 알아? 나더러 불난 집에서 도적질하는 격이라는 거야. 그러면 서 이제 다른 건 몰라도 네가 없는 건 견딜 수가 없다나.

보아하니 순순히 넘기지 않겠기에 내가 수를 하나 냈지. 마우, 내가 잘되는 게 싫지? 그러니 나도 당신이 잘 사는 걸 그냥 두고 볼 수가 없겠어. 당신 물건에 저울추를 묶어. 오후에 비판받는 동 안 그걸 견디면 빚은 갚은 셈 칠게. 생각을 좀 해 보더니 싫다는 거야. 그러면 내가 농민협회에 말해서 당신을 가둬 놓고 그사이에 당신 마누라를 갖겠다고 했더니 그제야 하겠다고 하더군. 그러더 니 제 손으로 저울추를 묶고 나에게 보여 줬어. 단단히 잘도 묶었 더라고. 그러고는 결국 한 시간도 못 버티고 죽어 버린 거야. 나도 그러려던 건 아니었어. 정말이야. 어디 네가 말해 봐. 내가 그렇게 한 게 너 아니면 누굴 위해서겠어?

왕인란은 다리에 힘이 풀려 그대로 주저앉고 말았다. 순간 리싼 여우가 뇌리를 스치고 지나갔다. 헉! 하고 숨을 들이쉬었다.

"류리바오의 리싼여우도 네가 그런 거야?"

뎨하이는 흥분한 상태였다. 야오촹의 연단에 올라 연설하는 기 분이었다. 설명할 수 없는 기운이 온몸을 채우고 있었다. 정욕과도 같은 것이 그칠 줄 모르고 부풀어 올라 금방이라도 터져 나올 것 같 았다. 그래, 다 말하자. 안 해도 그만이지만 말을 하면 할수록 더 털 어놓고 싶어졌다. 말하고 싶은 욕망이 그의 흥분을 더욱 부추겼다.

"그것도 널 위해서였어!"

마우가 죽으면 네가 내 것이 될 줄 알았어. 그런데 너는 금방 시 집가 버렸지. 마우가 죽고 밤마다 악몽에 시달렸지만 너에게 이야기할 수 없었어. 내가 슬쩍 이야기한 적 있잖아. 네가 3년 정도는 기다릴 줄 알았어. 하지만 그걸 못 견디고 가 버리더군. 리싼여우는 네가 보는 데서 해치우고 싶었어. 그런데 나중에 가서 보니 그렇게는 안 되겠더라고. 그래서 또 궁리를 한 거야.

그날 추수를 도와준다고 그를 찾아갔어. 같이 담배 몇 대 피우고 수수를 베기 시작했지. 일을 하다가 슬쩍 네가 멧대추를 좋아하는데 절벽 아래 보니까 멧대추나무에 열매가 실하게 맺혔더라고 말했지. 이제 다 끝나 가니 형씨 혼자서 마무리하고, 나는 멧대추를 따러 가겠다고 말이야. 그랬더니 못 가게 하더라고. 제가 가고 싶었던 거지. 어디 있는지 가르쳐 주겠다며 그를 데리고 갔지. 나무 있는 곳을 확인하고는 위험하다며 겁을 먹더군. 그래서 내가 슬쩍 흘렸지. 위험하니 내가 가겠다, 왕인란 말이 동네 아낙네처럼 순해 빠졌다던데 이런 걸 할 수 있겠느냐, 하고 살살 약을 올리니까 발끈해서는 가겠다 우기더라고.

결국 넝쿨을 붙잡고 어떻게 어떻게 내려가는데 넝쿨 뿌리가 박혀 있던 자리의 바위가 빠지더니 그대로 같이 떨어져 버린 거야. 골짜기를 돌아서 내려가 보니까 숨이 끊어졌더군. 죽이려고 그런 게 아니었어. 그저 어디 한 군데 부러져 못 쓰게 됐으면 했지. 그러면 너희는 살기가 힘들어질 거고 내가 가서 먹여살리면 되는 거였어. 나는 정말 그렇게 하려던 거였다고. 그런데 죽어 버린 거야. 내가 절벽에서 밀었다는 의심을 받을까 봐 얼른 야오창으로 돌아왔지. 하지만 그것도 다 하늘이 도와주신 것 아닐까. 네가 내 것이 되도록 이미 정해진 거라고.

테하이의 말을 듣는 동안 왕인란은 피가 거꾸로 솟구치는 것 같았다. 온몸이 갈가리 찢어진 천 조각처럼 허물어졌다. 솟구쳐 오른 피가 만신창이가 된 몸 밖으로 튀어나올 것만 같았다. 눈으로 쓰디쓴 물이 차올랐다. 울음을 억지로 참으며 자기 몸을 내려다보았다. 이것이 원흉이었다.

"한참을 돌아 여기까지 왔어. 널 위해 두 사람 목숨이 날아갔어. 너랑 나는 풀 한 포기에 나란히 내달린 개미라고. 뭐라고 하든 소용없어. 이대로 같이 묶인 채 가는 거야. 왕인란, 하늘이 널 내게 보내 준 거야. 나도 내 물건 한번 제대로 써 보자. 그렇게 쳐다보지 마. 이 지경까지 온 마당에 내가 무서울 게 뭐가 있겠어!"

테하이는 감정이 북받쳐 올랐다. 말을 쏟아내면서 스스로 정신적인 쾌감을 느끼고 있었다. 기분이 무척 좋아졌다. 칼을 내려놓고 어둠 속에 서서 아름다운 시간이 도래하기를 기다렸다.

어둠, 세상을 온통 덮고 있었다. 무엇이든 그 안에서 쉴 수 있을 것 같았다. 암흑, 주변 모든 것을 뒤섞어 놓았다. 사방에 벽을 세워 유한한 공간을 가로막고 있었다. 솟구쳐 올랐던 피가 다시 가라앉았다. 왕인란은 자신의 몸이 이 어둠 속에 박혀 버린 느낌이었다. 누에가 고치 속에 들어앉듯 편안했다. 아무것도 보이지 않았다. 여기서 빠져나갈 수 있는 것은 없을 듯했다. 양 노린내가 풍겼다. 욕지기가 났다. 다른 냄새를 찾아 이 냄새를 피하고 싶었다. 하지만 움직일 수가 없었다. 번데기가 되어 버린 것일까? 비통한 격정을 끌어 모아 칼을 집어 들었다. 천천히 비틀거리며 일어섰다.

"이리 와. 네 물건으로 뭘 할 건지 보여 줘, 테하이."

모든 가책을 내려놓은 가뿐한 흥분이 톄하이의 등을 떠밀었다.

"오래 기다렸어. 지금부터 하는 것도 널 위해서야."

왕인란은 칼을 쥔 손에 힘을 주었다. 톄하이의 몸에서 빈자리가 느껴진 순간, 그 자리로 칼을 찔러 넣었다. 푸욱 소리와 함께 그의 몸에서 망설임과 실망이 배어 나오는 것을 느낄 수 있었다. 그의 몸이 부르르 떨렸다. 몸의 떨림과 함께 왕인란의 마음도 전율했다. 왕인란은 그의 그림자를 피해 걸음을 옮겼다. 유채꽃밭이 보였다. 조그마한 꽃봉오리가 맺히더니 여기저기 꽃을 피우고 이내 만개한 꽃이 밭을 가득 채웠다.

어느새 한겨울 시커먼 하늘 아래 겨우 남아 있던 초록빛이 점차 생기를 띠었다. 그윽하고 우아한, 조금은 약 냄새와도 비슷한 은은한 향기가 그녀의 주변을 채웠다. 그녀가 바라던 진정한 봄이 왔다. 봄의 아름다움은 도저히 어찌할 수가 없었다. 채찍을 휘두르며 춤추는 남자의 모습이 보였다. 그녀를 부르고 있었다. 넌 나에게 묶여 있는 거야. 이리 와, 이리로.

눈을 한 번 깜빡이고 나자 그녀의 눈앞에 보이는 것은 여전히 어둠뿐이었다. 한 줌의 생기도 남지 않은 죽음의 빛깔. 이 요란하고 떠들썩한 세상에서 단 하나 남아 있던 신비함이 그녀를 떠나 버렸다. 원래 그녀의 삶에는 봄이 없다고 하지 않았던가. 핏물이 떨어져 웅덩이를 만들고 있었다. 채찍이 그랬듯 땅으로 떨어졌다. 이제는 전할 수 없는 그 소리처럼, 시시했다.

시간을 넘어

过光景

1

황혼 녘이면 눈앞이 어지러웠다. 특히 어둑해진 하늘 끄트머리에서 달이 솟아오르는 순간이 그랬다. 쑤홍은 어떤 소리가 울리다 뼈에 부딪치는 것 같은 통증을 느꼈다. 공포에 쫓겨 서둘러 전등을 켰다. 빛이 액체처럼 방 안 구석구석을 채웠다. 긴 한숨을 내쉬고 나니 점차 진정이 되었다. 쑤홍은 어둠이 싫었다. 어둠은 재앙과도 같았다. 검은 곳을 딛고 서 있으면 어둠이 불붙은 풀처럼 뜨거웠다.

남편 한야오량이 들어왔다. 문을 밀고 들어오는 그의 뒤에 남은 검은 그림자를 확인한 후 쑤홍은 몸을 부르르 떨었다. 고개를 들어 야오량에게 도움을 청하는 눈길을 보냈다.

"내일 현성縣城에 가 봐야 해."

야오량의 말에 쑤홍은 불에 덴 듯 움찔 놀랐다.

"아이 소식이라도 있어?"

야오량은 대답 없이 부엌으로 들어가 밥을 퍼다 식탁에 앉았다.

딸 리리가 흔들리는 달빛 아래 쑤홍을 향해 웃어 보였다. 왜 아

286

빠와 함께 집으로 돌아오지 않니?

야오량이 밥을 먹는 소리가 멈추었다. 잠시 후 소리가 다시 들려왔다.

쑤훙의 딸 리리가 실종된 지 두 달이 지났다. 한 달 전 그들은 경찰에 실종 신고를 했다. 딸의 실종으로 이 집은 샤오량촌의 소문과 관심의 대상이 되었다. 쑤훙이 어둠을 무서워하게 된 것도 딸이 실종된 후였다. 어둠이 몸속 어딘가에 웅크리고 있는 것만 같았다. 딸이 돌아오면 마음속 등불이 다시 밝아질까. 야오량은 자리에서 일어나 밥솥에서 밥을 퍼다 쑤훙에게 내밀었다. 커다란 눈물방울이 쑤훙의 얼굴을 타고 그릇에 떨어졌다.

"쑤훙, 강해지지 않으면 버텨 낼 수 없어."

"리리는 돌아오겠지? 돌아오기만 하면 두번 다시 못 나가게 할 거야."

"쑤훙, 우리가 마음을 독하게 먹어야 해."

쑤훙은 눈을 들어 야오량을 올려다보았다.

야오량은 문을 열고 나가 마당의 실외등을 켜고 문을 잠갔다. 불빛이 밝아 눈이 부셨다. 밤은 수많은 피곤한 기다림을 품고 있었다. 쑤훙은 남은 음식을 치우고 그릇을 정리했다. 갑자기 문밖에서 무슨 소리가 들리는 듯했다. 야오량을 돌아보았다.

"얼른 나가 봐요. 애가 온 건가?"

딸의 실종 후 쑤훙의 정신 상태가 정상이 아니라는 것을 야오량은 알고 있었다.

"쑤훙, 당신까지 잘못되면 우리 집은 끝장이야."

야오량의 양치질이 끝나 가는 것을 보고 쑤훙은 이부자리를 깔았다. 하루 종일 피곤했을 야오량을 먼저 재울 생각이었다. 쑤훙은 옷을 입은 채 자리에 누웠다. 쉽게 잠이 들지 않아 한참을 깨어 있었다. 즐겁고 평온했던 생활이 머릿속을 채웠다. 딸은 그녀 앞에서 쉬지 않고 재잘거렸다. 그런 딸이 이 집을 버렸다는 게 믿어지지 않았다.

야오량이 몸을 뒤척이며 말했다.

"그만 자."

사람에게는 나쁜 습성이 있다. 어른이 되면 자기를 키워 준 엄마와 집을 떠나는 것이다. 공부를 한다, 일을 한다 하면서 돌아서서는 눈 하나 깜짝하지 않고 멀어져 간다. 리리는 돌아와야 한다. 엄마를 버리는 아이가 세상 어디에 있단 말인가.

네가 이야기해 준 신기한 풍경들은 이제 생각나지 않는다. 도시의 밤거리는 반짝이는 조명으로 가득하다는 이야기를 했을 때 엄마는 리리의 눈처럼 빛나는가 보구나, 라고 말했다. 너는 깔깔대며 엄마의 비유가 말도 안 된다고 눈을 흘겼지. 하지만 이제 엄마는 네 눈을 볼 수가 없구나. 그리고 어둠도 볼 수 없어졌단다. 어둠이 촌장의 음험하고 뻔뻔한 얼굴 같아서 차마 볼 수가 없어. 그동안 그가 얼마나 많은 걸 망쳐 놓았는지. 그의 외롭고도 어두운 속내를 엄마는 다 안단다. 너의 탄생은 엄마에게 빛을 가져다주었고, 그제야 엄마는 어둠 속에서 등불을 볼 수 있었단다.

야오량이 고개를 돌렸다.

"그만 자야지. 이러다 정말 탈나겠어."

등불 아래 방은 텅 비어 있었다. 쑤훙은 소리를 지르고 싶었다.

2

공안국에서 사람이 온 걸 알려 준 이는 촌장 리콴청이었다.

리콴청은 쑤훙네 집 문 앞까지 와서 외쳤다.

"야오량, 이제 나서야지. 공안국에서 차를 보냈네."

쑤훙과 야오량은 집을 나와 문을 잠갔다. 옷도 갈아입지 않고 빈손으로 집을 나섰다. 리콴청은 쑤훙을 위아래로 훑어보았다. 딸을 잃더니 사람이 아주 확 쪼그라들었구먼.

거리는 조용했다. 거리가 아니라 벽 같았다. 아침이슬이 서늘한 늦가을, 가는 빗줄기가 드문드문 날렸다. 머리 위로 지나는 구름 뭉치가 돌처럼 무거웠다. 오후쯤에는 비가 올 것 같았다. 우산을 챙길걸. 쑤훙은 집에 들어가 우산을 가져오려 했다. 야오량이 그녀를 붙잡았다.

"가서 보고만 오는 거잖아. 차도 있는데 우산은 뭐 하게."

리콴청도 한마디 거들었다.

"가는 길에 우리 집에 들러 하나 가지고 가지."

쑤훙과 야오량은 경찰차에 올라탔다. 쑤훙은 자리에 앉자마자 차에 있던 사람에게 물었다.

"우리 딸 보셨어요? 이제 열여덟 살이에요. 열여덟 살짜리를 잃어버리다니, 그런 일은 없지 않나요?"

아무도 그녀의 물음에 답하지 않았다. 이상한 눈빛으로 그녀를 바라볼 뿐이었다. 쑤훙은 무안해졌다. 야오량이 그녀의 손을 꼭 쥐었다. 쑤훙은 뭔가 더 말하고 싶었지만 입가에만 맴돌 뿐 나오지 않았다. 함께 있는 이들이 말이 없었고, 자기들끼리 이야기를 주고받을 때는 그녀가 알 수 없는 말뿐이었기 때문이다.

차가 현성으로 들어섰다. 거리에는 사람도 많고 차도 많았다. 차가 속도를 늦췄다. 쑤훙은 창밖을 내다보았다. 물결처럼 끊임없이 이어지는 행인들이 보였다. 좁은 골목, 높은 건물에서 온종일 생활하는 이들. 이 소음도 쑤훙은 견딜 수가 없었다. 그녀는 얼굴을 유리창에 기댔다. 어지러웠다.

"어쩜 이렇게 사람이 많지?"

쑤훙의 물음에 야오량은 난처한 듯 난처하지 않은, 대답해야 할지 어떨지 모르겠다는 표정을 지었다.

"걱정할 것 없어요. 리리는 돌아올 테니까."

차 안에 있던 사람들은 야오량을 한 번 쳐다보고 쑤훙을 쳐다봤다. 쑤훙은 웃음으로 답했다. 딸을 잃어버렸다고 아무에게나 빚 독촉하는 빚쟁이처럼 굴 수는 없다. 그러면 시골 사람들은 예의가 없다고 할 테니까.

쑤훙과 야오량은 테이블 앞에 앉았다. 두 사람이 들어와 마주 앉았다. 무거운 공기가 쑤훙을 짓눌렀다. 그들은 열여덟 살 여자 아이가 살해되었다고 말했다. 그리고 서에서 아이의 부모를 찾는 중이라고 했다. 인심이 한밤보다도 어두운 세상이다. 쑤훙은 그 아이가 절대 리리가 아니라는 것을 알고 있었다. 그녀가 지금 느끼는 중압감은 이 무거운 분위기 때문이었다. 그 시신이 리리가 아닌데도 리리라고 말해야 할 것만 같은 이 분위기. 화가 났다. 무슨 영화 이야기 같기도 했다. 말을 빙빙 돌리던 상대방이 질문을 던졌다.

"딸 이름이 리리인가요?"

"리리입니다."

"두 달 전에 실종됐죠?"

"두 달 되었습니다."

"마지막으로 전화 온 게 언제였나요?"

"두 달 전, 7월 1일 밤이었어요. 리리가 전화해서 엄마, 돌아가고 싶어요, 라고 했어요."

"그다음은요?"

"그러고는 전화가 끊겼어요. 휴대전화로 걸어 봤는데 꺼졌더군요. 그 후로 쭉 꺼진 상태고요. 지금은 전화하면 통화료를 내지 않아 연결할 수 없다는 말만 나와요."

이런 대화는 이미 여러 차례 했다. 모두 외울 지경이었다.

"딸이 가발을 즐겨 쓰나요?"

"머리가 있는데 왜 가발을 써요?"

이건 새로운 질문이었다. 쑤훙의 반문에 상대는 대답하지 않았다. 사람이 들어와 쑤훙과 야오량의 피를 뽑아 갔다.

방을 나서려는데 그가 설명을 덧붙였다.

"죽은 아이는 열여덟 살, 두 달 전에 죽었습니다. 범인은 아이를 죽인 후 시신을 토막 내 저수지 옆 외진 곳에 버렸어요. 더운 날씨에 시신이 부패하여 뼈와 가발 몇 가닥만 남은 상태입니다. 지금 아이의 가족을 찾는 중입니다. 만일 아직 이야기하지 않은 것 가운데 생각나는 게 있으면 곧바로 연락 주십시오."

쑤훙은 딱히 더 할 이야기가 없었다. 아는 사실은 벌써 몇 번이나 이야기했다. 삼시 서로 멀뚱멀뚱 바라보다 대화를 마쳤다.

그들은 다시 차를 타고 마을로 돌아왔다. 돌아오니 이미 해가 저물었다. 쑤훙은 야오량의 옷자락을 움켜쥐고 걸었다. 그녀를 따라 걷는 그림자가 있는 것만 같았다. 등 뒤에서 차가운 바람이 세차게 불어와 그녀를 밀어붙였다. 마치 솜 위를 걷는 듯 발을 디디는 높이가 일정치 않게 느껴졌다. 온몸을 휘감고 도는 바람에 소름이 돋았다. 야오량의 손이 단단한 집게처럼 쑤훙의 손을 움켜쥐었다. 쑤훙은 야오량에게 몸을 온전히 맡기고 있었다. 바람은 어둠을 조각내 하나하나 내리쳤다.

"먼저 들어가요."

야오량은 몇 걸음 앞서 대문을 열고 마당을 가로질러 실외등을 켰다. 등불 아래 쑤훙의 얼굴이 백짓장처럼 창백했다. 그녀는 처마 아래 계단에 무너지듯 주저앉았다.

"야오량, 나 얼굴이 엉망이죠?"

야오량은 쑤훙을 흘긋 쳐다보고는 짧게 한마디를 던졌다.

"들어가 물 좀 마셔."

불빛이 사람들을 불러 모았다. 등이 켜진 것을 보고 마을 사람들이 하나 둘 찾아와 리리의 소식을 물었다.

쑤훙은 침대에 앉아 조곤조곤 대답했다.

"그 아이는 누가 죽인 거래요. 꼴이 말이 아니더군요. 어느 집 딸인지, 피 검사를 해서 부모를 찾는다더라고요. 그 아인 우리 리리가 아니었어요. 가발을 쓰고 있었거든요. 언제 우리 리리가 가발 쓴 거 봤어요? 칼 맞아 죽을 놈 같으니라고. 잡아서 갈가리 찢어 놔야 해요!"

리리가 가발 쓴 모습을 본 사람은 아무도 없었다. 아무도.

촌장 리콴청도 문가에 서 있었다. 이런 일이 생겼으니 마을 대표로서 자리를 지켜야 한다는 의무감이 있었다. 쑤훙이 말을 마치자 리콴청은 모두에게 외쳤다.

"자, 이제 돌아갑시다. 쑤훙과 야오량은 하루 종일 나가 있었어요. 이런 일이 생겨서 잠도 제대로 못 잤을 겁니다. 이렇게 된 것도 나쁘지 않아요. 리리는 희망이 있는 셈이니까요. 아들이 크면 엄마 마음대로 안 되고, 딸이 크면 붙잡아 둘 수 없다지 않아요. 어디 숨어서 우리랑 숨바꼭질을 하는지도 모르지요."

사람들은 하나씩 위로의 말을 남기고 집으로 돌아갔다. 마지막으로 남은 이는 리콴청이었다. 그는 사람들이 모두 돌아간 것을 확인하고 야오량에게 다가갔다.

"야오량, 한 가지 알려 줄 게 있는데 화내지 말게. 일전에 현성에 나갔다가 리리가 길에서 택시 잡는 걸 봤거든. 머리를 땋아서 요상하게 돌돌 말아 놨더라고. 딸 같기도 한 아이니까, 근처 가게에 가서 요구르트 한 상자를 사 주며 말했지. 리리, 네 엄마는 젊을 때 옻

칠한 듯 반지르르하니 새까만 머리카락이었단다. 그렇게 땋아 놓으니 내 눈에는 예쁜 줄 모르겠구나, 머리가 빠진 것처럼 보이기도 하고, 그랬더니 그냥 장식이에요, 이건 가발이고요, 이러지 뭔가."

야오량은 리콴청을 쳐다보았다. 그의 말 속에 박힌 가시가 느껴졌다. 하지만 샤오량촌의 거물에게 뭐라 대답하면 좋을지 알 수가 없었다. 어쨌거나 자신은 리리가 가발 쓴 것을 본 적이 없었다.

쑤훙이 대신 대답했다.

"술이 덜 깼든가 잠이 덜 깼든가 둘 중 하나겠죠. 아무려면 촌장님이 아이 아빠보다 잘 알겠어요?"

"그냥 그랬다는 거야. 세월 참 빠르지. 눈 깜짝할 사이에 리리가 벌써 열여덟 살이라니. 리리는 분명히 잘될 테니 자네들은 걱정 말게. 야오량 자네가 쑤훙 좀 잘 챙겨 주고. 뭣 하면 가을 작업일랑 접어 두고 어디 가서 바람이라도 좀 쐬든지. 안 좋은 쪽으로만 생각하지 말고 말이야. 나 가네. 내가 한 얘기 너무 신경 쓰지 말게."

쑤훙은 더는 아무 말도 하지 않았다. 눈길도 주지 않았다. 리콴청은 언제나 그런 식이었다. 내가 모르는 건 아무것도 없어. 무슨 일이든 자기는 다 알고 있다는 듯 굴었다.

야오량은 리콴청을 배웅하고 돌아와 쑤훙을 바라보았다.

"당신이 엄마잖아. 리리가 가발 쓰는 거 알고 있었어?"

"우리 애가 언제 가발을 써요? 저 인간, 어디서 헛소리야. 리리 머리카락이 얼마나 까맣고 윤기가 있는데. 국수 가락처럼 굵고 건강한 머린데 뭣 하러 가발을 쓰겠어요?"

쑤훙의 눈에서 눈물이 터져 나왔다. 생리 반응이었다. 눈물만

흐를 뿐 훌쩍이지는 않았다. 눈물이 콧방울을 지나는 순간, 한 번도 느껴 본 적 없는 고통이 밀려왔다. 어디서든 엄마에게 네 모습을 다시 한번 보여 줄 수 없겠니?

밤이 깊도록 야오량은 잠을 이루지 못했다. 리콴청이 한 얘기가 자꾸만 떠올랐다. 절대 그냥 하는 말이 아니었다.

"리콴청이 왜 그런 말을 했을까? 사람 목숨이 달린 일인데 말이야."

"그 인간을 아직도 몰라요? 뭐든 직접 나서야 직성이 풀리는 인간이잖아요. 작은 일도 크게 부풀리고. 간부가 그렇지, 뭐. 어디 누구네 집에 무슨 일 안 생기나 기다리는 사람이에요. 일이 없으면 대장 노릇도 못 하니까."

"말이 좀 심하네. 어쨌거나 샤오량촌에서 가장 높은 사람 아닌가. 말 좀 가려 가면서 해."

일주일 후 현성에서 사람이 나와 쑤훙을 데려갔다. 야오량도 함께 가려 했지만 그들은 집에 있으라며 리콴청을 붙여 놓았다. 지난번에 뽑은 쑤훙의 피가 다른 사람 것과 섞이는 바람에 다시 뽑으려 한다는 것이었다. 리콴청은 쑤훙과 눈이 마주쳤지만 아무 말도 하지 않았다. 쑤훙이 나갈 때까지도 말이 없었다.

말이 없다는 건 마음속에 뭔가를 숨기고 있어서겠지.

마을을 빠져나가던 차가 입구에서 속도를 줄였다. 외진 곳에 차를 세운 후 앞자리의 남자가 쑤훙을 돌아보았다.

"아이 아버지가 당신 남편이 아니더군요."

쑤훙은 깜짝 놀라 그들을 바라보았다.

"내 딸, 내 딸은 어디 있어요?"

"그 시신이 당신 딸일 가능성이 있습니다."

쑤훙은 크게 숨을 들이마셨다. 하지만 숨을 붙잡아 머물게 할수가 없었다. 잠시 후 기다란 거미줄 같은 숨이 빠져나왔다. 쑤훙은 두려웠다. 줄곧 품었던 의심이 확실해지는 순간이었다. 하필이면 딸을 잃는 것이 그 대가라니. 안 돼! 쑤훙은 벌떡 뛰어 올랐다.

"거짓말 말아요. 아이 아빠는 야오량이에요. 나중에 어떻게 책임지려고 그딴 소리를 해요? 내 딸은 어디 있죠?"

"냉정하게 생각해요. 이건 당신 딸의 목숨과 관련된 일입니다. 예전에 당신에게 무슨 일이 있었는지는 알고 싶지 않아요. 그건 당신 사생활이니까요. 하지만 야오량은 아이 아빠가 아닙니다. 우리가 알고 싶은 것은 아이의 친부예요. 그래야 당신 딸의 신원을 확인할 수 있어요, 알겠지요? 흥분하지 말고 잘 생각해 봐요. 죽은 사람을 되살릴 수는 없어도 우리 산 사람은 죽은 이가 억울하지 않게 해 줘야 합니다. 우리는 당신에게 아무런 편견도 없어요. 당신 이야기를 외부로 발설하거나 문제를 키우지도 않을 거예요. 냉정하게 잘 생각해요. 당신은 아이 아빠가 누군지 알 것 아닙니까?"

쑤훙은 두려웠다. 그리고 무서웠다. 이건 세상이 놀랄 만한 비밀이었다. 쑤훙이 걱정하던 일이기도 했다. 그녀는 고개를 돌려 창밖을 바라보았다. 딸이 태어나고 지금까지, 미련하리만치 집요하게 한 가지 문제를 회피하고 있었다. 그날 밤 꽃이 한 송이 한 송이 차례로 피었는지는 모르지만, 한 무더기가 눈부시게 피었던 것은 기억했다. 그녀는 이성을 잃고 울부짖었다.

차 안에 앉은 이들을 보았다. 남자 둘이었다. 손가락 한 마디 정도 길이로 짧게 자른 머리에 한 명은 재킷을, 한 명은 양복을 입었다. 재킷을 입은 남자는 두 손을 깍지 끼고 있다가 쑤훙을 보면서 양팔을 벌리며 고개를 끄덕였다. 양복을 입은 남자는 생수 한 병을 가져와 마개를 열어서 쑤훙에게 건넸다. 쑤훙은 물을 받아 들었다. 고개를 숙이자 눈물이 후드득 떨어져 생수병에 부딪쳤다. 소리가 유난히 크게 들렸다. 고개를 들어 그들의 얼굴을 보았다. 기대감 어린 얼굴에 숨이 막혔다. 쑤훙은 짧게 한마디를 던졌다.

"그건 늑대였어요."

바람이 창문을 때렸다. 저 멀리 밭에서 사람들이 우르르 몰려다니는 것이 보였다. 막대기를 든 사람, 낫을 든 사람들이 점차 한 군데로 모여드는 것 같더니 누군가 몸을 날렸다. 그가 일어나며 치켜드는 것을 보니 토끼였다. 저 사람들 안 보이는 곳으로 갈 수 없을까요? 쑤훙의 말에 남자는 운전석의 남자에게 차를 앞으로 빼라고 말했다.

어두컴컴한 곳에 꽃이 피어 있었다. 어둠을 배경으로 홀로 달빛보다 눈부신 빛을 냈다. 달밤에 핀 배꽃은 눈처럼 고왔다. 그런 봄밤이면 사람들은 마음이 달뜨고 서로서로 눈짓을 보냈다. 차는 차도 사람도 없는 한적한 곳에 멈춰 섰다. 차창을 때리는 바람이 점점 더 거세졌다. 쑤훙은 어떤 일은 결코 벗어날 수가 없다는 생각이 들었다. 세상 마지막 날이 도래한 것만 같았다. 올 것이 왔구

나. 오고야 말았어.

차 안의 남자들은 여전히 쑤훙의 대답을 기다리고 있었다.

"그 아이가 내 딸이 확실한가요?"

"확실히 말할 수는 없습니다. 아버지가 있어야 합니다."

양복을 입은 남자가 대답했다.

"아이가 맞는다면, 죽은 마당에 아버지는 있어서 뭐 하죠?"

"아이의 생사를 확인해야 하니까요."

"살아 있으면 좋은 거 아네요? 왜 꼭 죽음을 확인하려는 거죠?"

쑤훙은 잠시 침묵하다가 말을 이었다.

"그러면 아이는 아직 살아 있는 거죠, 그렇죠?"

남자는 고개를 가로저었다.

쑤훙은 흐느끼며 외쳤다.

"아이가 살아 있다고 못 할 거라면 아이 아빠는 야오량이에요. 18년을 아빠라고 부른 사람인데, 어떻게 이제 와서 아빠가 아니라고 할 수 있어요!"

"그 시신이 당신 딸이라고 하고 이대로 넘어간다는 건가요? 아이는 그런 온전치 못한 모습으로 생을 마치고 범인은 법망을 피해 다니며 아무렇지도 않게 살아가도 괜찮다는 겁니까?"

양쪽 다 말이 없었다.

침묵을 깨고 쑤훙이 끓어오르는 울음을 터뜨렸다. 고개를 돌려 창밖을 바라보았다. 짧은 순간 감정이 격하게 요동쳤다. 쑤훙은 이를 악 물었다.

"촌장 리콴청이에요."

3

쑤홍네 집 마당에 사람이 넘쳤다. 가을걷이한 옥수수를 가지고
온 사람들이었다. 아직 충분히 마르지 않아 조금 눅눅했다. 야오
량은 문밖으로 옥수수를 한 자루씩 날랐다. 그에게는 용달차가 있
었다. 가을이면 화물을 실어 나르고 돈을 받았다. 수매인이 옥수
수 무게를 달아 담벼락 아래 쌓아 두면 야오량이 차에 실었다. 야
오량은 쉬지 않고 물건을 나르느라 얼굴이 온통 벌겠다. 멀리서
쑤홍이 터벅터벅 걸어오는 것이 보였다. 그녀는 그대로 그를 지
나쳐 집 안으로 들어갔다. 야오량은 옥수수 자루를 내려놓고 따
라 들어갔다.

"현성에 간 거 아니었어?"

쑤홍은 말이 없었다. 무슨 말을 해야 할지, 무슨 말을 하지 말아
야 할지 알 수가 없었다. 예전에 있었던 일들이 한 장 한 장 사진
첩 넘기듯 떠올랐다. 끝이 다가오고 있었다. 야오량과의 결혼이
끝나 가고 있었다.

"밖에서 다들 기다리잖아. 나가 봐요."

"어떻게 이대로 나가? 왜 부른 거래?"

"아무 일 아니야. 피를 뽑았고, 리리는 아직 못 찾았다고 하더
라고. 이번 물건 옮겨 주고 빨리 돌아와요. 금방 어두워지겠어."

야오량은 밖을 내다보았다. 저녁 해가 남아 아직 밝았다. 잠시
망설이다 결국 밖으로 나가 남은 옥수수를 옮겼다.

쑤홍은 방에 남았다. 가느다란 햇빛이 새어 들어와 침대 다리

에 비스듬히 가로놓였다. 그쪽으로 다가갔다. 광선이 그녀의 몸을 가르도록 자리를 잡았다. 이마에서 발끝까지. 이 광선이 날선 검이었으면 했다. 날카로운 무기가 되어 그녀를 사람들의 시선에서 사라지게 해 주었으면. 갑자기 빛이 흔들렸다. 쑤훙은 그 빛을 붙잡으려 팔을 휘저었다. 방 안에서 들리는 소리에 밖에 있던 사람들이 뛰어 들어왔다. 바닥에 쓰러진 쑤훙을 몇몇이 일으켜 침대에 앉혔다.

쑤훙, 이러다 야오량까지 잡겠어. 이제 그만 마음을 바꿔 먹어야지. 혹 딸이 잘못되었더라도 아들이 있잖아. 쑤훙은 반응이 없었다. 누군가 그녀의 이마를 짚어 보았다. 열이 펄펄 끓었다. 야오량은 마을에서 그나마 병을 좀 볼 줄 안다는 양광빙을 불러왔다.

광빙은 쑤훙의 이마를 짚어 보고 야오량에게 물었다.

"집에 바이주¹ 좀 있나?"

야오량은 찬장에서 술병을 꺼냈다. 흔들어 보니 반병쯤 남은 듯했다.

"옷을 다 벗겨."

야오량은 이불로 쑤훙의 몸을 가리고 옷을 벗겼다. 광빙은 뚜껑을 열고 술을 손에 부은 다음 두 손을 마주 비볐다. 그러고는 술을 한 입 머금고 라이터를 켠 후 그 위로 술을 푸 하고 뱉어 냈다. 술이 불길을 만들어 쑤훙의 몸에 부딪쳤다. 파란 불씨가 쑤훙의 몸여기저기서 파닥거렸다. 광빙의 두 손바닥이 쑤훙의 몸 곳곳을 빠짐없이 문질렀다. 얼마 지나지 않아 쑤훙의 가슴과 배, 겨드랑이,

---

1 白酒. 수수로 빚은 중국의 술. 알코올 도수가 30퍼센트를 넘는 술이 많다.

가랑이가 벌겋게 달아올랐다. 그래도 쑤훙은 눈을 뜨지 않았다. 여전히 의식도 없었다. 이마를 짚어 보니 열은 확실히 내렸다. 광빙은 10분쯤 기다렸다가 방금 한 과정을 또 한 차례 반복했다. 그렇게 네 번을 하고 나서야 쑤훙이 긴 숨을 내쉬었다. 두 줄기 눈물이 흘러내렸다.

"이제 생강 우린 물에 설탕을 타서 주게. 그걸 마시고 땀을 내면 좀 나을 거야. 지금 속에서 열이 나고 있어. 속에서 나는 열은 나도 어쩌지 못해."

광빙은 몇 가지를 당부하고 방을 나갔다. 가기 전에 한마디를 덧붙였다.

"물을 계속 먹여야 해. 꼼짝 말고 침대에 누워 있게 하고."

쑤훙은 해 질 무렵이 되어서야 눈을 떴다. 소변이 급했다. 온통 땀투성이에 금방이라도 탈진할 것 같았다. 야오량은 가래통을 이불 안에 넣어 주었다. 쑤훙은 통에 볼일을 보고 야오량을 쳐다보았다.

"나 왜 이래?"

"열이 워낙 심해서 할 수 없었어."

쑤훙은 이불 속에 가득 찬 술 냄새를 느꼈다.

"광빙이 이런 거야?"

"그랬지."

"이렇게 홀딱 벗기고?"

야오량은 쑤훙을 힐끗 쳐다보았다.

"어린 처녀도 아니고, 그 나이에 그게 대수야?"

쑤훙은 이마를 짚어 보았다. 열은 내린 것 같았다. 불빛이 방을 채우고 있었다. 집 밖에 있는 등도 환하게 켜 놓았다. 불빛이 솜처럼 부드러웠다. 쑤훙은 자기도 모르는 사이 까무룩 잠이 들었다.

리콴칭이 불려 갔다. 그가 무슨 일로 현성에 가는지는 아무도 몰랐다. 그를 데리러 온 차가 경찰차가 아니었기 때문이다. 사람들은 공안에서 쓰는 자동차 번호를 알지 못했다. 그저 회의가 있어 현성에 가나 보다 하고 넘겼다. 하지만 리콴칭은 D로 시작하는 번호판이 공안국 차라는 것을 알고 있었다. 현성으로 가는 길도 익숙했다. 그는 양복을 차려입고 가죽 가방을 들었다. 가방에는 '중화' 담배 두 보루가 들어 있었다. 차에 타고 있던 사람은 리콴칭에게 아무 말도 하지 않았다. 리콴칭은 담배를 권했다. 상대는 그의 손을 가로막았다. 차 안에선 금연이오. 가는 동안 리콴칭은 불안한 기색을 숨기지 못했다. 도대체 무슨 일로 공안이 나서는 걸까? 현성에 도착한 차는 곧장 병원으로 향했다.

피를 뽑는다고? 리콴칭은 무슨 일인지 도무지 영문을 알 수가 없었다. 왜 피를 뽑는다는 것인가? 아무도 그에게 이유를 말해 주지 않았다. 그저 사건 조사에 협조하라는 말뿐이었다. 피를 뽑는데다 사건이라는 말에 덜컥 겁이 났다. 착한 사람이라고는 못 해도, 그래도 공안에서 나설 만한 사고를 친 적은 없는 그였다. 도대체 무슨 일이 벌어진 걸까.

리콴칭은 병원에서 나왔다. 햇살이 유난히 좋았다. 거리로 나와 두 발로 땅을 밟고 서니 문득 자신이 샤오량촌의 촌장이라는 사실이 떠올랐다. 남을 업신여기는 본성도 함께 되살아났다. 주변을 둘러보았다. 시끌벅적한 인파가 안도감을 주었다. 그의 옆을 지키고 있던 사람에게 말을 붙여 보았다.

"아픈 데도 없는데 남의 피를 뽑는 법이 어디 있습니까? 뭣 때문에 이러는 겁니까?"

"그것도 다 댁의 능력이오. 재주가 아주 좋더구먼."

"그게 무슨 소리요? 도대체 왜 이러는 겁니까?"

"당신이 샤오량촌 파종기더라, 이 말이오!"

제 귀로 듣고도 도무지 이해가 되지 않는 말이었다. 얌전히 떨어져 있다 갑자기 발에 차인 돌멩이 신세가 된 것 같았다. 무슨 표정을 지어야 좋을지 알 수가 없었다. 그저 입을 벌린 채 멍하니 상대를 바라볼 따름이었다.

피를 뽑고 돌아온 후 며칠간 리콴청은 제정신이 아니었다. 속으로 부아가 나서 견딜 수가 없었다. 아직 가을걷이를 마치지 못했지만 그런 것들을 돌아볼 겨를이 없었다. 조사도 없이 결론부터 내리다니, 무슨 법률이 이 모양인가. 피를 뽑은 것만 생각하면 화부터 치밀어 올랐다. 분명 야오량 딸내미 일에 얽혀 든 것 같은데, 그래도 그렇지, 피를 뽑을 만한 게 뭐가 있는가 말이다. 게다가 파종기라니! 내가 샤오량촌의 씨 뿌리는 기계라고? 아무리 생각해도 참을 수가 없었다. 황혼이 마을길을 휘감고 돌았다. 길게 이어진 마을길, 우뚝 솟은 한 그루 고목. 지주였던 왕 부자네 옛집은 세월 속에 자취를 감추었다.

리콴청은 야오량네 집에 한번 다녀오기로 마음먹었다. 가는 동안 리리의 모습을 떠올려 보았다. 귀여운 아이였다. 아이가 자라 학교에 가면서 아침저녁으로 가방을 둘러메고 두 갈래 땋은 머리를 흔들며 등하교하는 모습을 지켜보았다. 쑤훙은 아이를 예쁘게 꾸며 주었다. 덕분에 어디서든 귀염받는 아이가 되었다.

가게 앞을 지나던 리콴칭은 우선 담배 한 갑을 샀다. 새끼손톱으로 비닐을 뜯어 담뱃갑 한쪽을 검지에 대고 탁탁 두드린 다음 한 개비를 빼어 물며 생각했다. 두 가지 가능성이 있어. 하나는 쑤훙의 딸과 엮인 거고, 또 하나는 쑤훙과 엮였을 수도 있지. 그렇다면 뭐 하나 걸릴 만한 것이 없었다. 리콴칭은 차가운 눈으로 길가의 고목을 노려보았다.

맞은편에서 마을 가난뱅이 구이셴이 고개를 푹 숙인 채 뭐라고 중얼거리며 다가왔다. 얼굴이 축 늘어져 울상이었다. 그녀는 어릴 때 간질을 앓아 지능이 남보다 떨어졌다. 가슴에 비닐 가방을 걸고 마을 구석구석을 쏘다니며 쓰레기를 줍는 모습이 이미 연민과 동정을 불러일으키는 정도를 벗어나 있었다. 리콴칭도 1위안을 줄까 하다가 그만두었다. 바람결에 뭔가 불에 타는 듯한 냄새가 실려 왔다. 리콴칭은 얼른 담배를 세차게 빨아 대고는 엄지손가락으로 꽁초를 튕겨 냈다. 꽁초는 제법 멀리까지 날아갔다.

리콴칭은 문을 밀고 들어가 안을 둘러보았다. 용달차가 보이지 않는 것을 보니 야오량은 집에 없는 모양이었다. 쑤훙은 리콴칭이 들어오는 것을 보고 헉 하며 숨을 들이켰다. 얼굴빛이 어두워졌다. 리콴칭은 아랑곳하지 않고 의자를 끌어다 앉았다. 쑤훙은 머릿속이 복잡해졌다. 분명 공안에 불려 갔다 왔겠지. 그녀는 천

천히 상대를 향해 고개를 돌렸다. 리콴청은 웃고 있었다. 속으로
는 불안해 죽을 지경이었지만 겉으로는 짐짓 쑤훙을 동정하는 표
정을 지어 보였다.

"이봐, 쑤훙, 아이가 가발을 쓰고 있었다는 건 정말이야."

쑤훙은 대꾸하지 않았다.

"그런데 내가 현성에 불려 가서 피를 뽑고 왔어. 혹시 그 사람들
한테 뭐라고 했어?"

쑤훙은 아궁이에 구운 호박씨를 하나하나 주워 모았다. 그리고
다시 아궁이에서 좀 멀리 떨어진 곳에 하나하나 늘어놓았다. 얼굴
에는 묘한 웃음이 번지고 있었다.

"머리 좋잖아요. 내가 뭐라고 했을지 알 텐데요?"

"나를 지독하게 미워하는 건 잘 알지. 속에서 활활 타오르는 불
길로 나를 태워 죽였으면 하는 마음이잖아. 그렇다고 애먼 사람을
괴롭히면 안 되지."

쑤훙은 그를 쏘아보았다.

"한 사람을 평생 괴롭힌 사람도 있는걸요."

리콴청은 자리에서 일어나 몸을 쭉 펴며 저 멀리 산을 바라보
았다. 한참을 말없이 먼 곳을 응시하던 그는 시선을 거두고 다시
자리에 앉았다.

"지금 내가 네 딸을 괴롭혔다고 그러는 건 아니겠지?"

"당원이랍시고 거들먹거리면서 그럴 용기나 있어요?"

리콴청은 한결 마음이 놓이는 표정으로 비웃는 듯한 미소를 지
었다.

"그럼 내가 뭘 어쨌다고 이야기한 거냐고?"

"당신이 어쨌는지 몰라서 물어요?"

"내가 뭘 어쨌대도 문제가 될 만한 건 없었잖아."

리콴청은 손을 들어 눈가를 문질렀다. 뾰루지가 났는지 갑자기 가려웠다. 그 모습이 쑤훙에게는 눈물을 닦는 것처럼 보였다.

"울 줄도 아나 봐요. 그만 돌아가세요. 좋은 일이라면 다행이고 나쁜 일이라면 어차피 피할 수 없을 테니까."

쑤훙의 가시 돋친 말에 리콴청은 오히려 더 눌러앉고 싶어졌다. 그는 탁자에 놓인 담뱃대를 집어 대통에 담배를 채워 넣었다. 쑤훙 앞을 지나 아궁이로 허리를 굽혀 불을 붙이고는 깊숙이 한 모금을 빨았다.

"후."

재가 떨어지며 흩어졌다.

"쑤훙, 네가 말하는 게 해가 지고 달이 뜨는 것처럼 너무나 자연스러워서 내가 지금 가슴이 다 벌렁벌렁한다. 온몸이 떨리고 제대로 서 있기도 힘들 지경이야. 어쨌거나 나는 이 마을 촌장이잖아. 너도 나이를 먹을 만치 먹었으니 그동안 이런 사람 저런 사람 많이 겪어 봤을 거야. 그런데 나한테 대면 그런 사람들도 다 별것 아니야. 예전에 네가 나를 못마땅해할 때도 나는 개의치 않았어. 그런데 사람 목숨이 달린 일에 이렇게 나를 걸고넘어지나. 이건 아니지. 우린 아무 일도 없었잖아."

"당신이 리리의 친부라고 했어요. 리리가 야오량의 아이가 아니래요. 그러니 당신이 뿌린 씨죠."

리콴청은 화들짝 놀라 어안이 벙벙했다.

"쑤훙, 이건 쉽게 얘기할 일이 아니야."

"리리 예뻐했잖아요? 당신 피가 흐르는 당신 딸이라고요. 당신이 저지른 일인데 어쩔 거예요. 그냥 모른 척할 건가요?"

리콴청은 담뱃대를 내려놓았다.

"쑤훙, 지금 물을 너무 흐리고 있어. 네가 직접 본 것을 사실이라고 얘기할 수 있을지 몰라도 그 속까지 아는 건 아니야. 우리가 그렇게 해도 안 됐는데, 어떻게 리리가 생겼다는 건가?"

쑤훙은 더 이상 말하고 싶지 않았다.

"그만 가세요. 쭉정이를 아껴서는 참새를 잡지 못하는 법이죠."

쑤훙의 집을 나서는 리콴청은 머릿속에서 솜을 타는 것처럼 소리가 웅웅 울렸다. 다리는 걷고 있지만 정신은 반쯤 나가 있었다. 수풀 사이로 비어져 나온 나뭇가지 같은 것이 바로 사냥꾼의 총부리임을 모르는 늑대처럼 주변을 돌아볼 겨를이 없었다. 괜스레 돌을 집어 왕 씨네 고목을 향해 던졌다. 까치 울음소리가 들리지 않았다. 평상시에는 언제나 나무 꼭대기에서 들려오더니. 리콴청은 갑자기 그 소리가 간절해졌다. 그 소리를 들으면 따뜻한 액체가 가슴을 데워 주는 것처럼 기분이 가뻤했다. 그런데 요 며칠 까치 소리가 들리지 않는다 싶더니 이런 일이 터진 것이다.

진흙길을 밟는 발걸음이 솜 위를 걷는 것처럼 불안했다. 아무리 해도 마음을 진정할 수가 없었다. 뭔가 다른 문제를 생각하려 해도 온 마을 사람이 이미 자기의 비밀을 들여다보는 것만 같았다.

비밀들이 그의 발걸음을 움직였다. 발이 오르내릴 때마다 감당할 수 없이 큰 소리가 나는 것 같았다.

마을에 사는 과부 둘이 서로 삿대질을 하고 발을 구르며 다투는 것이 보였다. 한 사람은 수숫대로 만든 허수아비를 들었고, 한 사람은 팔에 바구니를 걸고 있었다. 바구니에는 늙은 호박과 어린 옥수수 몇 개가 들어 있었다. 얼마 안 되는 옥수수수염이 바구니 밖으로 늘어져 바람을 따라 흔들렸다. 바람에 날린 수염이 얼굴에 달라붙기라도 한 듯 여자는 욕을 퍼부으며 연방 뺨을 문질렀다. 허수아비를 든 여자도 거침이 없었다.

"네가 뭔데! 자식이라고 낳은 것들이 모조리 절름발이 아니면 팔을 못 쓰잖아. 우리 애들은 넷 다 나라에서 주는 쌀을 먹고 산다고!"

"그게 뭐 대단하냐! 그 쌀이 뭐 네 입으로 들어가냐. 어디 천년 만년 그렇게 살아 봐라!"

리콴청이 옆을 지나자 두 사람은 욕지거리를 멈추었다. 그래도 촌 간부를 만나니 부끄러운 생각이 든 모양이었다. 리콴청은 자신의 존재가 이렇게 이성을 잃은 사람들도 부끄럽게 할 수 있다는 사실에 조금 우쭐해졌다. 간부가 일반인보다는 낫다는 것 아닌가.

"뭘 그렇게 다투나, 한마을 사람끼리. 날마다 보는 얼굴 아닌가. 그만들 돌아가게."

두 사람은 대답이 없었다. 그렇다고 발길을 돌리지도 않았다. 어쩐지 자신을 보는 눈길이 이상하게 느껴졌다. 혹 마을 사람들이 뭔가 아는 걸까? 그건 아닐 것이다. 리콴청은 얼굴이 화끈 달아올랐다. 얼른 고개를 숙이고 자리를 떴다. 하지만 이렇게 하면 정말 자신이 무슨 일을 저지른 것처럼 보일까 봐 짐짓 거리 양쪽의 집들을 살펴보는 것처럼 고개를 치켜들었다. 가을바람이 거리를 타고 불어왔다. 나뭇잎들이 떨어지며 소용돌이를 그렸다.

집으로 돌아가고 싶지 않았다. 누구든 만나 이야기를 하고 싶었다. 걸음을 옮기며 이야기할 만한 사람을 생각해 보았다. 세상에 사람이 많아 탈이라지만, 이 차가운 세태에 흉금을 터놓고 마음을 나눌 만한 사람을 찾는 건 모래 속에 묻힌 사금을 찾는 것만큼이나 어려웠다. 촌장이 되고 나니 주변 사람들이 모두 이해관계로 얽혔다.

쑤홍하고는 친구라기보다 남녀 관계였다. 요즘 같은 세상이라면 친구가 있는 것도 자랑할 만한 일일 터다. 리콴청은 비참한 기분에 빠졌다. 쑤홍에 대한 의심이 불쑥 솟아났다. 여자와 소인배는 가까이할 게 아니다. 이 여자가 왜 이런 식으로 나오는 걸까? 파리 떼가 리콴청을 따라오며 윙윙윙 날개 소리와 함께 오르내렸다. 이 일이 알려지면 엄청난 뉴스가 될 것이다. 갑자기 가슴이 콱 막혀 오며 머리에서 식은땀이 솟았다.

4

옥수수를 실어다 주고 돌아오는 길, 야오량은 그만 옆 마을 노변 변소를 들이받았다. 벽이 부서지고 돌로 만든 대들보까지 무너졌다. 옆 마을 사람은 배상하라며 야오량을 붙잡고 놓아주지 않았다. 하루 세 끼 먹고 똥오줌 싸는 게 가장 중요하다나 뭐라나. 야오량은 마을 간부 왕 촌장을 찾아갔다. 왕 촌장은 야오량을 보더니 사로잡힌 희귀 동물이라도 보는 양 흥미로운 눈빛이 되었다. 야오량은 그 눈빛이 영 불편했다.

"쑤훙 딸내미, 리리는 찾았나?"

쑤훙 딸이라니? 뭔가 다른 뜻이 있는 게 느껴졌다. 야오량은 고개를 저었다.

"아직 소식이 없어요."

왕 촌장은 야오량이 건네는 담배를 받아 들며 흘긋 기색을 살폈다. 까맣게 타 버린 속처럼 야오량의 안색도 시커멓게 변해 있었다. 그 얼굴을 보니 왕 촌장도 기분이 좋을 리가 없었다.

"재수 없게 되었군. 자네가 부순 게 그냥 벽이 아니잖나. 안에 있던 똥거름까지 망쳐 놓았으니 말이야. 요즘은 뭐, 생태네 뭐네 해서 똥통에 있는 거라고 아무렇게나 해도 되는 게 아니야. 그게 다 봄여름 내내 작물의 싹을 틔워 줄 거름이라고. 무조건 우리 마을 사람 편을 들려는 게 아니야. 자네 마을 촌장하고는 다르다고. 그쪽 촌장은 자기네 마을 사람이라면 아주 한집안 식구처럼 싸고돌더구먼. 야오량, 자네가 말해 봐. 얼마를 물어 줄 수 있겠어?"

야오량은 왕 촌장이 무슨 말을 하는지 어리둥절해하다가 돈 이야기가 나오자 겨우 상황을 이해했다.

"예전에 보니까 변소 하나 짓는 데 500위안쯤 든다고 하던데요. 지금은 마을 젊은 일꾼들도 다 외지로 나가고 그냥 안 쓰는 변소도 많잖아요. 집도 지어 놓고 안 살면 값이 떨어지는데 변소는 더 말할 것도 없겠죠. 값을 좀 깎는 게 맞겠지만, 어쨌거나 이번 일은 제가 잘못한 거니까 500위안을 내겠습니다. 변소에 있던 똥거름은…… 필요하다고 하시면 우리 샤오량촌에서 제 차로 실어다 드리죠."

"큰일은 작게 만들고 작은 일은 없는 일로 만들라고 하잖나. 자네도 억울할 거야. 그냥 지나던 길에 이런 일이 생겼으니까. 그래도 세상에는 시비, 도덕, 선악이라는 게 있고, 마을 일도 다를 게 없어. 마을 사람들이 나를 촌장으로 뽑은 이유도 다 나를 믿고 중심을 잡아 달라는 것 아니겠나. 자네 마을 촌장도 그렇고. 어느 집이든 다 집안 어른이 있는 것 아닌가. 이렇게 하지. 염소 똥이 한 부대에 15위안이더군. 사람 똥이 값이 안 나간들 아무려면 염소 똥만 못하겠는가? 자네가 눈 딱 감고 700위안을 내게. 그 정도면 손해 보는 사람도 없고 땡 잡는 사람도 없는 거야."

여기저기서 웃음이 흘러나왔다. 잇새로 튀어나온 물방울처럼 흐르는 웃음이었다. 야오량의 눈에는 그 웃음이 폭포처럼 보였다. 얼굴로 찬 기운이 확 끼쳤다. 야오량은 어디든 틈이 있으면 들어가 숨고 싶었다. 억울했다. 기분도, 이 일도, 시비랍시고 따지는 말들도 도무지 마음에 들지 않았다. 좀 더 따져 묻고 싶었지만 그러면 더 창피를 당할 것 같았다.

어느덧 뉘엿뉘엿 기울어 가는 해가 손가락 한 마디만큼씩 산 너머로 떨어지고 있었다. 그렇게 한 마디씩 떨어질 때마다 저 높이 나무 꼭대기에서 바람이 불어왔다. 바람은 나뭇잎을 떨어뜨리고 또 바닥에 떨어진 나뭇잎을 쓸어 갔다. 산 너머로 기울어 가는 태양은 낙엽을 금빛으로 물들이고 있었다.

"차용증을 쓰면 안 될까요? 저는 항상 이 길로 옥수수를 실어 나릅니다. 지금은 그만한 돈이 없어요."

"그러게. 자네가 돈을 떼먹을 거라고 생각하는 사람은 이 마을에 아무도 없어. 우리 마을은 착한 사람을 괴롭히는 법이 없거든. 언제까지고 피할 수도 없는 일이고 말이야. 편한 대로 하게."

누군가 오토바이를 타고 다가왔다. 꽁무니에서는 투투투투 거친 엔진 소리와 함께 검은 연기가 피어올랐다. 그는 야오량에게 말을 걸었다.

"야오량, 리리 사건이 해결됐다면서? 피를 뽑아서 가족을 확인한다던데 자네도 뽑았어?"

"누가 해결됐대? 나도 모르는 일을 자네가 어떻게 알아?"

야오량의 말투가 곱지 않았다.

"자네 마을 리콴청도 피를 뽑았다고 하던데? 그 양반, 정말 샤오량촌 파종기인 모양이야!"

왕 촌장의 말에 사람들이 배를 잡고 웃었다. 웃음소리가 고막을 파고들었다. 숨이 막힐 지경이었다. 숨을 쉴 수 있는 공간이 필요했다. 쏟아지는 웃음 속에서 서둘러 차용증을 쓰고 차에 올라탔다. 좀처럼 시동이 걸리지 않았다.

누군가 외쳤다.

"야오량, 자꾸 그렇게 꺼뜨리지 말라고. 꾸물대는 사이에 딴 사람이 자네 집 뒤뜰에서 불장난이라도 하면 어쩌려고 그러나."

몇 차례 시도 끝에 야오량은 마침내 사람들을 벗어날 수 있었다. 고삐를 풀어 버린 말처럼 한 방향으로 정신없이 내달렸다. 가쁘던 숨이 조금 가라앉자 길가에 거칠게 차를 세우고 시동을 끈 뒤 사이드 브레이크를 올렸다. 속에서 뭔가 차가운 기운이 솟구쳤다. 멀리 보이는 산은 푸르고 저 멀리 마을에서는 굴뚝마다 연기가 피어올랐다. 산허리쯤에서는 사람들이 무엇을 수확하는지 허리를 굽힌 채 일하고 있었다. 눈앞에 보이는 풍경이 흐릿해졌다. 황혼이, 어둠이 내려앉았다. 어둠 따위!

야오량은 차에서 뛰어내렸다. 이곳에 서 있는 자신이 자신 같지 않았다. 그는 팔을 제멋대로 휘둘렀다. 마구 날뛰는 짐승 같았다. 얼굴이 온통 벌게졌다. 살갗이 찢기는 아픔을 어떻게 표현할 길이 없었다. 도대체 쑤훙은 뭘 하고 살았던 걸까? 씨앗 하나가 마음속에 묻혀 있는 것 같았다. 그것을 잊어버리고 싶지만, 싹을 틔우게 하고 싶지 않지만, 파내기엔 너무 깊이 묻혀 버렸다. 어둠 따위! 어두워지기 전에는 집에 돌아가지 않기로 결심했다. 쑤훙에게 어둠을 보내 줄 생각이었다.

샤오량, 왜 샤오량촌인가. 아무래도 억지스러운 이름이었다. 원래는 그리 크지 않은 마을이었다. 그러다가 사람들이 흘러 들어오며 모양을 갖추었다. 옛 마을로 치면 제법 큰 규모가 되면서 야오량의 집을 경계로 신구新舊 두 개의 샤오량촌이 되었다. 마을이 만들어지면 같은 성씨가 모여들고, 그들은 큰 집을 중심으로 모여 살았다.

성과 가족은 무엇보다 존엄했다. 성씨마다 자기네 사연이라는 게 있었다. 이들의 족보에는 세상에 남기고 싶은 기록이 있었다. 예전에 좀 산다 하는 집안이라면 으레 당호堂號가 있었다. 한 집안의 가장이 붙이는 이름이었다. 외부 사람들과 왕래할 때 직접 이름을 부르는 것보다는 당호를 부르는 것이 점잖다고 생각해서였다.

야오량의 할아버지가 들려준 이야기에 따르면 지금 살고 있는 집 뒤쪽의 집들은 모두 한 씨네 집이었다. 그 앞이 왕 씨네 집이었다. 한 씨네 집 문 앞에는 깃대를 세워 놓았는데, 그래서 사람들은 '기간원旗杆院'이라고 불렀다. 당시 한 씨네는 벽돌을 쌓고 기와를 얹은 집에서 살았다. 그 정도면 상당히 부유한 집안이었다.

리콴청의 조상은 한 씨네 집에서 일을 해 주며 살았다. 몇 대에 걸쳐 계약을 이어 가며 가난한 살림을 꾸렸다. 그런데 일꾼 집안 출신이 촌장이 되자 한 씨네를 업신여기기 시작했다. 한 씨 집안에는 외지로 나간 이가 많았다. 여전히 샤오량촌에 남은 사람들은 집안을 따지고 외부인의 평가를 중요하게 생각했다. 가난했지만 가난한 자로서의 품위를 지켜 온 것이었다. 마을 생산대에서 회의가 열릴 때면 리콴청도 한 씨 사람들을 함부로 대하지 못했다. 지금까지 이어져 온 한 씨는 어쨌거나 샤오량촌에서는 세가 큰 집안이었다.

한야오량이야 젊은 축이지만, 한라오류 같은 원로가 아직 살아 있었다. 매년 설을 쇠러 오는 사람들은 어른들을 찾아다니며 세배를 올렸다. 한라오류는 소파에 앉아 인사를 받고 언제나 똑같은 덕담을 했다.

"남자는 명예에 욕심낼 줄 알아야 하고, 여자는 정절을 지킬 줄 알아야 하는 법이네."

이런저런 생각에 잠겨 있던 한야오량은 부르르 몸을 떨었다. 사회는 바쁘게 돌아가면서도 질서가 있다. 그리고 복잡하기도 하다. 하지만 앞으로 다가올 삶을 생각하면 계속 이렇게 사는 게 옳은 것인지 알 수가 없었다. 불초한 자손으로 사느니 그냥 어딘가로 떠나는 게 낫지 않을까. 사시사철 흔적만 남기고 계절이 바뀌는 동안 사람들은 온갖 말들을 해댔다.

오늘 변소 벽을 들이박은 일 때문에 야오량은 화가 솟구쳐 견딜 수 없었다. 온 산이 가을빛으로 뒤덮이도록 야오량의 속을 아는 사람은 없었다. 소리가 크면 열매가 떨어지는 것이요, 소리가 작으면 잎이 떨어지는 것이겠지. 하지만 야오량의 마음에서는 잎사귀 한 장만 떨어져도 열매가 떨어지는 것만큼이나 커다란 울림이 퍼졌다. 젠장, 어둠 따위!

정말 날이 어두워졌다. 길가에 돌배나무가 서 있었다. 열매는 이미 사람들이 남김없이 훑어 간 후였다. 야오량은 두 팔로 나무를 부둥켜안고 마구 흔들었다. 나뭇잎이 우수수 떨어지며 야오량의 몸을 스치고 바닥에 쌓였다. 잠시 후 나무에는 이파리 하나 남지 않았다. 야오량은 문득 정신이 들었다. 집에 가야지. 리리에게는 남동생이 있다. 우리 한 씨 집안의 혈육이다. 어둠쯤이야!

전조등이 멀어졌다 가까워졌다 하며 앞을 비추었다. 산꼭대기까지 올라가 고개를 넘고는 더는 보이지 않았다.

야오량은 샤오량촌 집 앞에 섰다. 이상했다. 마당과 집 안이 어두웠다. 쑤홍이 집에 없나? 가만히 문을 열어 보았다. 아궁이에는 불이 있었다. 쑤홍은 침대에 웅크리고 앉아 문을 밀고 들어서는 야오량을 차갑게 쏘아보았다. 야오량은 등을 켰다. 밥솥에 밥이 있고 반찬이 담긴 법랑 접시는 식지 않도록 아궁이 옆에 놓여 있었다. 쑤홍은 무미건조한 눈으로 야오량을 바라보았다.

"늦었네."

"오는 길에 옆 마을 변소를 박았어. 붙잡고 놓아줘야 말이지."

"전화 한통 못 해 줘?"

"별일 없이 들어왔으면 됐지."

"어두워지면 무서워하는 거 알잖아."

"어둠이 뭐, 잡아먹기라도 하나?"

쑤홍은 말문이 막혔다. 야오량의 대답이 너무 짧았다. 이렇게 말이 짧을 때는 분명 무슨 일이 있는 것이다.

"사람이 재수가 없으니 그런 일이 생기지."

일부러 약을 올리는 듯한 쑤홍의 말에 야오량은 대답도 없이 밥을 퍼서 차려진 반찬과 함께 먹기 시작했다. 갑자기 무슨 생각이 들었는지 찬장에서 술을 꺼내 입으로 마개를 따서는 술잔도 없이 병째 입 안에 들이 부었다.

누가 봐도 잔뜩 화가 난 모습이었다. 누군가 야오량에게 말을 전한 것이 분명했다. 딸을 잃어버린 것이 이 집에는 치명적인 타격이 되었다. 처음에야 다들 동정하겠지. 하지만 시간이 흐르면서 이 아이가 한야오량의 혈육이 아니라는 것, 비정상적으로 죽었다는 것이 알려지면 이 집안이 평생 짊어져야 할 오명이 될 터였다.

그럼 하나 남은 아들은 앞으로 어떻게 살아가란 말인가. 생각이 여기에 미치자 쑤훙은 머리가 쭈뼛 서는 느낌이었다. 차가운 바람이 등줄기를 따라 스쳐 가는 것만 같았다.

쑤훙은 살아갈 수밖에 없다. 이 집을 위해. 멀쩡하게 살아내야 한다. 누구나 평범하게 살아가고자 하지만, 세상일은 도무지 그러도록 놔두지를 않는다. 그것을 뒤집기란 너무도 힘들다. 마음속에 다스릴 수 없는 괴로움이 있을 때면 차라리 몸이 다치기를 바란다. 지금 쑤훙이 그랬다. 어디가 되었든 몸에 통증이 있으면 했다. 몸뚱이로 느끼는 통증이 마음속 괴로움을 잊게 해 주지 않을까.

"한 씨네 집으로 시집와서 죽을 고비도 넘겨 봤어. 리리 일이 아니더라도 지금 사람들이 뱉어 대는 침에 빠져 죽을 판이야. 평생 고생만 하고 살더니 이제 나 때문에 당신까지 사람들 입방아에 오르내리잖아. 밖에서 무슨 말이라도 들었어? 남들이 떠드는 이야기를 들은 거야? 당신이 그런 말을 곧이곧대로 믿는다면 나는 더 할 말 없어."

야오량은 묵묵히 입 안으로 밥을 밀어 넣었다. 그리고 반찬을 안주 삼아 술을 마셨다. 급하게 마신 술에 어느새 얼굴이 불콰해졌다.

쑤훙은 야오량의 대답을 기다렸다. 야오량은 거들떠보지도 않고 자리에서 일어나 방 안의 불을 꺼 버렸다. 쑤훙은 눈앞에 뱀이라도 나타난 듯 화들짝 놀라 눈을 꽉 감고 꼼짝도 하지 않았다.

"어두운데 안 무서워?"

야오량의 말에 쑤훙은 이를 악 물고 대답했다.

"죽은 사람이 어둠이라고 무섭겠어?"

"왜, 죽으려고?"

이게 정말 야오량의 입에서 나오는 말인가? 18년을 함께 살았지만 야오량이 이런 식으로 말하는 건 처음이었다. 쑤훙도 가만있지 않았다.

"죽을 거야. 당신은 살아야지."

계속해 봤자 좋은 말이 나올 리 없었다. 하지만 쑤훙의 말 가운데 뒷부분은 어떤 나쁜 뜻도 없는 말이었다. 야오량은 잔뜩 화가 났지만 쑤훙이 하는 말을 이해했다. 어떻게든 버티고 있는 것이었다. 딸아이가 실종되었다는 소식을 들은 후로 그녀는 어둠을 무서워했다. 야오량도 어둠이 깔리기 시작하면 그녀를 혼자 두지 않기 위해 아무리 멀리 있어도 서둘러 집으로 돌아왔다.

오늘은 일부러 돌아오지 않았다. 지금 쑤훙은 억지로 무섭지 않은 척하고 있다. 이것을 핑계로 야오량을 비난함으로써 자신의 잘못을 용서받으려 하고 있다. 좋았던 시절과는 완전히 달랐다. 밭에서 일하고 힘들 때면 두 사람은 서로에게 욕을 했다. 갖가지 핑계를 들어 욕을 하고 상대와 자기 자신, 세상을 원망했다. 그러다 보면 서로 기분이 풀려 함께 자식을 낳고 키우며 살아지는 것이었다.

야오량의 눈에 눈물이 고였다. 하지만 남자로서 쑤훙에게 눈물 흘리는 모습을 보일 수는 없었다. 쑤훙은 평생 자신을 반편이 취급했다. 성정이 거친 쑤훙이었다. 반편이로서는 도무지 길들일 수 없는 여자였다. 야오량은 얼른 눈물을 훔치고 다시 술병을 입으로 가져갔다.

"그렇게 마시다 죽으면 어쩌려고?"

"죽으면 그만이지."

"쌍으로 죽는 것도 괜찮겠지."

쑤훙은 옷도 벗지 않고 침대 속으로 들어가 이불을 머리끝까지 뒤집어썼다.

야오량은 감정을 주체하지 못하고 침대로 다가가 쑤훙이 덮어쓴 이불을 벗겼다. 한 손에 술병을 든 야오량의 붉게 충혈된 눈이 쑤훙을 쏘아보았다.

"말해! 공안에서 당신을 불러다 뭐라고 한 거야?"

겁에 질린 쑤훙은 눈도 깜빡이지 않고 야오량을 마주 보았다.

"그냥 날 죽여!"

"도대체 얼마나 나를 속인 거야? 리콴청도 공안에 불려 갔다고 다들 수군대고 있어. 그 사람은 왜 불려 간 거야? 내 딸이잖아. 18년을 키운 내 딸. 그런데 그게 아니었던 거야?"

역시 사람들의 말을 들은 것이다. 쑤훙은 벌떡 일어나 야오량의 손에서 술병을 빼앗아 들고 그대로 벌컥벌컥 들이켰다. 평상시에는 한 모금만 마셔도 한참 동안 기침하며 못 견뎌 하는 그녀였지만, 목을 젖히고 마구 들이부으니 차라리 아무렇지도 않았다. 쑤훙은 화를 내고 싶었다. 남들은 아들딸 낳고 아픈 데 없이 잘도 살지 않나. 내가 어디가 모자라서 18년을 키운 딸이 이렇게 사라지느냐 말이다. 이렇게 사라지고 나면 누가 그것을 보상해 주느냐 말이다. 18년 전 술을 마시고 꽃덤불 속에 누워 있던 그때와 마찬가지로 나는 여전히 나다. 야오량, 차라리 나를 죽여라!

야오량은 쑤훙이 가진 술병을 도로 빼앗아 마지막 남은 술을 입 안에 털어 넣었다. 쑤훙, 너도 참 대단하다. 나는 속아서 너랑 결혼했다. 너는 절대로 외로움을 견디지 못하는 여자라는 걸 진작 알아봤어야 하는 건데. 하고많은 사람 중에서 하필이면 내가 너랑 맺어졌단 말이다.

너도 나쁘기만 한 건 아니지. 결혼할 때 너에게 근심거리가 있는 건 알았다. 너는 나를, 우리 집을 무시했지. 가진 것 없는 집안이었으니까. 하지만 너는 내 앞에서 그런 걸 시시콜콜 따지지 않았다. 대신 나는 네 어머니가 시키는 온갖 일을 다 했다. 오죽하면 네 아버지가 나더러 노예로 살 놈이라고 했을까. 하지만 나는 너를 위해 아무리 치욕스러워도 다 참고 넘겼다. 너를 위해 견뎠지만 너는 나를 무시하며 못났다고만 했지.

처음으로 용기를 내서 너에게 한 부탁이 스웨터를 짜 달라는 거였다. 너는 그냥 사 입으라고 했지. 털실을 사서 가져다주었더니 너는 그걸 그대로 침대 머리맡에 던져두었다. 혹시나 스웨터를 짜 줄까 2년을 기다렸다. 그것만 기다렸다면 나는 얼어 죽었을 거야. 그때 네가 뭐라고 했는지 알아? 이건 털실이 아니라 낚싯줄이라고 빈정거렸지. 어쨌든 스웨터는 끝내 입지 못했어. 네가 돈을 벌겠다며 외지로 나갔으니까. 2년. 꼬박 2년을 너는 돌아오지 않았다.

그러다 갑자기 돌아와서는 나더러 결혼하자고 했지. 너의 그 말에 식은 재처럼 꺼졌던 내가 다시 불타올랐다. 너는 한 번도 내 앞에서 감정을 보여 준 적이 없는데 갑자기 결혼하자니. 네가 왜 갑자기 그랬는지 나는 알지 못했다. 그저 18년 동안 너를 떠받들고 살아온 기억뿐이다. 나의 진심이 너의 마음을 움직인 거라고 믿었다. 너를 사랑한 나머지 내 눈이 멀어 버린 거지. 나는 꼼짝없이 사로잡힌 채 아무리 힘들고 괴로워도 너만 있으면 된다고 믿었다.

하지만 이제 보니 너는 다른 마음이었던 거야. 나에게 시집오기로 마음먹었을 때, 너의 뱃속에는 이미 아이가 들어섰던 거야. 그때 네가 다른 놈의 씨를 뱄다고 했어도 나는 너를 받아들였을 거다. 그런데 줄곧 나를 속여 오다 아이에게 일이 생기고 나니 내 아이가 아니라고? 이제 나는 온 마을의 웃음거리가 되었다. 네가 쉽게 만족하는 사람이 아니라는 건 누구보다 내가 잘 아는데, 나는 왜 그걸 없는 일인 양 무시해 버렸을까.

야오량은 속으로 눈물을 흘리고 있었다.

쑤훙은 야오량의 침묵이 불편했다. 어둠 속에서 입을 열었다.

"말을 하지 않는 건 마음속에 뭔가를 숨기고 있어서야."

"내가 잘못했다는 거야?"

"그냥 당신 손에 죽는 게 낫겠어."

야오량은 빈 술병을 석탄더미에 던졌다.

쑤훙은 아프기를 기다렸다. 어디가 아프기라도 하면 좀 나을 것 같았다. 하지만 야오량은 그녀에게 결코 아픔을 주지 않았다. 차라리 스스로 아플 사람이었다. 야오량도 알고 있었다. 지금 주먹을 치켜들면 이 집은 끝이라는 것을.

"당신보다 시원찮은 사람은 없을 거야!"

야오량은 돌아서서 문가로 갔다. 등을 켜자 불빛에 비친 두 사람의 모습이 너무도 낯설었다.

쑤훙은 이불 속으로 들어가 머리끝까지 이불을 덮어 썼다.

야오량은 씻지도 않고 침대에 누웠다. 머리가 베개에 닿자마자 코를 골기 시작했다. 알코올이 머릿속을 뒤흔들어 놓은 것 같았다.

쑤훙은 얼굴을 빠끔히 내밀고 코를 고는 야오량을 바라보았다. 이 집에서 이만큼 노력을 쏟아 붓고 고생했으면 됐지. 비누 한 쪽 없이 가난한 집에 시집와서 바퀴 넷 달린 용달차를 몰 정도가 되었는데, 그게 어디 쉬운 일이냐고. 서러움이 밀려왔다. 억울하기도 했다. 야오량에게 털어놓아야 할까? 아무것도 모르고 있다면 말하지 않는 게 나을 것이다. 쑤훙은 야오량의 얼굴을 쓰다듬어 보고 싶었다. 하지만 곧 손을 움츠렸다. 그녀는 복잡한 여자였다. 한때는 이런 복잡함에서 벗어나 조금은 단순해지고 싶었다. 하지만 현실은 경쟁이라도 하듯 힘겹기만 했다. 단순이고 뭐고 가난만 남아 있을 뿐이었다.

5

칠흑같이 어두운 밤이었다. 리콴청은 혼자서 걷고 있었다. 손전등이 깜빡거렸다. 쑤훙 딸의 일로 순식간에 늙어 버린 것 같았다. 주름 가득한 얼굴은 온통 먼지로 덮여 있었다. 며칠을 씻지 못한 것인지. 손으로 얼굴을 문질렀다. 몇 번을 문질러도 흙먼지가 떨어졌다. 사람들 얼굴을 똑바로 볼 수가 없었다. 하늘 높은 줄 모르고 거들먹거리던 성질이 눈에 띄게 꺾였다. 사람을 만나면 가슴이 뛰고 깜짝깜짝 놀라기 일쑤였다. 누가 말을 걸면 땀을 줄줄 흘리는 통에 옆 사람들이 말 붙이기가 민망할 정도였다. 무슨 말을 해도 자기 들으라고 하는 말 같았다.

도대체 뭘 잘못한 것인지 그는 알 수가 없었다. 잘못하긴 한 건지 누구에게든 물어보기라도 하고 싶었다. 무엇이 잘못된 것인가. 그와 쑤홍 사이에 있었던 일은 매번 한심하게 끝났다. 어떻게 시작해서 어떻게 끝났는지도 알 수 없을 정도로 한심했다. 꿈쩍도 않는 황소 같은 그녀의 고집이 한번 고개를 들면 그가 옷을 다 벗기도 전에 상황은 끝나 버렸다.

그가 쑤홍을 알게 된 것은 아주 오래전 일이었다. 한마을에 살면서 쑤 씨네 큰딸을 모를 리 없었다. 그녀가 야오량과 결혼하기 전, 그는 쑤홍이 외지에 나가 술집에서 일하는 것도 알고 있었다. 술집 여자가 아니었다면 야오량에게 시집가지도 않았을 것이다. 쑤홍은 그에게 비밀을 지켜 달라고 부탁했다. 그녀가 외지에서 일한 것은 마을 사람 모두가 알았지만 무슨 일을 했는지 아는 이는 리콴청뿐이었다.

건축 일을 하는 사촌 동생을 따라 가라오케에 갔다가 쑤홍과 맞닥뜨렸다. 그는 어두운 곳에 자리를 잡고 앉았다. 처음에는 누군지 금방 알아보지 못했다. 하지만 어둠이라고 해서 닭이 봉황으로 보이게 해 주는 건 아니었다. 이내 쑤홍을 알아볼 수 있었다. 사촌 동생은 위아래로 쑤훙을 주무르느라 여념이 없었다. 웃음소리가 몇 차례 울리는가 싶더니 갑자기 뚝 끊겼다. 그녀의 시선이 자신에게 박혀 있었다. 숨도 제대로 쉬기 힘들 지경이었다. 어디로든 가서 마음껏 숨 쉬고 싶었다. 그를 바라보는 쑤훙의 눈빛은 곧 낯선 것으로 바뀌었다. 아니, 그가 눈앞에 없는 것처럼 굴었다.

어둠 속에서도 그는 쑤훙에게서 눈을 뗄 수가 없었다. 어느새 여자가 되어 있었다. 쑤훙의 집이 가난하다는 것도, 쑤훙의 어깨에 온 가족의 생활이 걸려 있다는 것도 잘 알았다. 하지만 그녀가 이런 일을 하는 줄은 알지 못했다. 쑤훙에게 뭐라도 묻고 싶었지만 아무 말도 나오지 않았다. 그날 밤 가게를 나서는 그에게 쑤훙이 다짐받듯 말했다.

"마을에 가서 내가 뭘 하는지 함부로 떠벌리지 말아요. 그냥 노래만 같이 불러 주는 거지 다른 건 아무것도 안 하니까. 내가 뭘 하든 먹고살려는 거지 좋아서 하는 게 아니에요."

리콴청은 고개를 끄덕였다. 쑤훙을 동정하는 마음도 있었다. 아버지는 병으로 앓아누운 지 오래, 집에 약이 끊일 날이 없었다. 남매 넷을 거두느라 어머니가 여자 몸으로 온갖 궂은일을 해야 했다. 그렇게 헤어지고 리콴청은 다시는 쑤훙을 보지 못했다. 명절에도 쑤훙은 돌아오지 않았다.

시간이 흐르고 리콴청은 벽돌을 팔아 제법 돈을 벌었다. 돈을 손에 쥐자 이번에는 명예를 얻고 싶었다. 현성 호텔에서 당 간부를 만나기로 한 날, 일찌감치 로비에 도착했다. 로비의 다른 쪽 소파에도 몇 사람이 앉아 있었다. 그중 한 사람이 쑤훙처럼 보였다. 자기도 모르게 그쪽을 흘깃거리며 살폈다. 마침내 쑤훙과 눈이 마주 쳤다. 다가가 인사를 나누려는 순간, 쑤훙은 고개를 다른 쪽으로 돌리고 그를 외면했다. 쑤훙이 틀림없었다. 좀 더 자세히 보기 위 해 다가가자 그녀는 벌떡 일어나 잰걸음으로 호텔을 빠져나갔다.

옆에 있던 이가 빈정거렸다.

"뭘 그렇게 흘끔거리는 거요? 저 여자 엉덩이가 그렇게 탐스럽 습디까?"

"아까 나간 여자가 샤오량촌 쑤훙 같아서 그럽니다."

"그냥 거리에서 노는 여자 같더구먼, 어딜 봐서 시골 마을 사람 이라는 거요?"

거리의 여자도 등급이 있기 마련이다. 쑤훙의 차림새를 보건대 돈 좀 있는 사람을 건지기 위해 호텔에 온 것 같았다. 리콴청은 새 삼 쑤훙이 궁금해졌다. 보고 싶기도 했다. 불빛 아래 앉아 있는 쑤 훙의 모습이 불쑥불쑥 떠올랐다. 윤기가 흐르는 부드러운 피부, 애교스러운 눈짓, 드러난 맨살에서는 멀리서도 은근한 열기가 느 껴졌다. 예전에 쑤훙을 봤을 때는 그저 어린애로만 대했는데 이제 나이 차이 따위는 느껴지지 않았다. 그저 몸뚱이에 갇혀 가슴 졸 이는 남자와 여자일 뿐이었다.

쑤훙을 찾아내는 것은 그리 어려운 일이 아니었다. 사촌 동생을 시켜 그녀를 불러냈다.

리콴청은 그 가을 오후를 아직도 기억했다. 그가 기다리는 호 텔방으로 쑤훙이 걸어 들어왔다. 초록색 원피스를 입은 쑤훙은 그 를 보고 경계심을 숨기지 않았다. 사람을 잘못 본 게 아닌지 의아

해하는 것 같기도 했다. 어색하기는 그 역시 마찬가지였다. 힘겹게 입을 열었다.

"쑤훙, 앉지."

상대가 무슨 생각을 하는지는 서로 잘 알았다. 그는 사과를 쪼개 반을 쑤훙에게 건넸다.

"세상일이라는 게 참 묘하지. 내가 뭘 어쩌려고 널 찾은 건 아니야. 뭐 하고 사는지 알고 싶은 것뿐이야. 뭘 히든 상관없어. 그냥 내가 벽돌 장사를 해서 돈을 좀 벌었다는 것도 알려 주고 싶었고."

쑤훙은 몸을 일으켜 창가로 다가섰다.

"돈 많이 번 건 알아요."

"많이 번 건 아니고. 그냥 너랑 이야기를 좀 하고 싶었어. 이렇게 다 큰 너를 보고 나니 사고라도 당한 것처럼 마음이 힘들더구나. 내가 돈을 좀 벌었지만 그걸 생판 모르는 사람이 가져가게 할 수는 없는 것 아니냐. 이왕이면 우리 마을 사람이 잘되도록 도와야지."

쑤훙은 눈을 흘겼다.

"별일 없으면 난 가 볼게요."

제가 말해 놓고도 영 실없이 느껴져 리콴청은 긴장한 어깨를 으쓱해 보였다.

"쑤훙, 뭘 원하는 거야? 가지고 싶은 것 없어?"

"일없다고 말해 주고 싶네요."

"허허."

리콴청은 멋쩍은 듯 웃었다.

"정말 가려고?"

쑤훙은 대꾸하지 않고 문 쪽으로 걸어갔다. 나이로 치면 리콴청이 쑤훙보다 열 살도 넘게 많았다. 마을에서 오가며 지나칠 때만 해도 쑤훙은 솜털이 보송보송한 아이였다. 언제나 마을 어른으로서 인사를 주고받는 정도였다. 지금의 쑤훙은 번듯한 어른의 모습이었다. 사촌 동생과도 여자로서 가까운 사이였다. 이런 역할의 변화가 영 어색하기도 했다. 리콴청은 쑤훙의 옷소매를 붙잡고 싶었다. 하지만 그의 손은 허공에서 몇 차례 움찔거리다 그대로 떨어졌다. 순간 생각지도 못한 말이 튀어나왔다.

"아무것도 아냐, 쑤훙. 그냥 용돈이라도 좀 줄까 하고……."

쑤훙은 잠시 멈칫하더니 그대로 방을 나갔다. 스스로 생각해도 어이가 없었다. 아이를 불러서 어쩌려고 한 것인가. 뭘 하려 했든 아무것도 못 하지 않았나. 쑤훙 앞에서 민망한 꼴을 보이고 말았다. 그의 실수는 이것으로 끝나지 않았다. 또 한 차례 실없는 짓거리로 쑤훙의 마음에 깊은 증오를 심었다.

마을에서 쑤훙의 혼처가 정해졌다. 왕보당이라는 목수였다. 그때만 해도 목수의 인기가 좋았다. 곡식 몇 되씩 받고 품을 팔면 벌이가 농사짓는 것보다 훨씬 나았다. 개혁개방 이후 목수가 수공업자로 분류되자 왕보당은 마을에 가구점을 차렸다. 결혼을 앞둔 처녀들이 신혼집에 들일 가구를 맞추면서 제법 장사가 되었다. 쑤훙의 집에서는 이 혼사가 이루어지길 목을 빼고 기다렸다.

어느 날 리콴청이 왕보당의 가게를 찾았다. 가구를 맞춘다며 이런저런 세상 이야기를 나누다 요즘 도시 사람들 이야기로 번졌다. 사회의 변화라는 게 어디 눈에 보이는가, 땅에서 자라는 꽃처럼 모양도 다 다르고 색깔도 다 다르지. 뜬구름 잡는 이야기를 한창 떠들어 대는 중에 쑤훙의 이름이 튀어나왔다. 잘 맞지도 않는 비유까지 끌어다 댔다. 지금이야 쑤훙이 그냥 지나치기 힘들 정도로 반반하지만 사실은 겉만 번들거리는 나귀 똥이나 마찬가지라고 했다. 외모뿐 아니라 하던 일도 들먹거렸다. 제 흥에 겨워 떠들어 대는 모습이 절박해 보일 정도였다.

사람의 감정이란 참으로 이기적인 것이다. 다른 이와 나누기 가장 어려운 것이 바로 감정이다. 왕보당은 쑤훙의 일을 마음속 깊은 곳에 눌러 두었다. 한동안은 가정을 꾸리고 싶어 하루도 기다릴 수 없을 것 같더니 이제 와서는 너무나 낯선 일이 되어 버렸다. 그때만 해도 리콴청은 두 사람이 서로 결혼 상대라는 것을 알지 못했다. 그저 답답한 마음에 넋두리를 늘어놓은 것뿐이었다. 누구한테도 하지 못한 이야기였다.

자기 의지대로 마음을 바꿀 수 있는 사람은 없다. 달을 좋아할 때면, 달은 내가 세수를 하는 대야까지 쫓아 들어온다. 달의 아름다움을 생각할 때면, 달은 내가 쓰는 침대와 가구까지 물들인다. 그러다 달이 싫어지면 눈을 감아도 눈꺼풀 사이에 틈이라도 생긴 양 달빛이 눈을 찌른다.

리콴청의 입에서 나온 말로 인해 두 사람은 헤어지고 말았다. 리콴청은 적잖이 켕겼지만 두 사람의 사랑도 참 별것 아니구나 싶었다. 내가 세상을 바꿀 만큼 대단한 사람도 아니고, 결국은 쑤훙제가 결혼 전 행실이 좋지 않아 벌어진 일 아닌가.

이런 생각을 하는 동안 리콴청은 어느덧 마을 입구까지 왔다.

고개를 들어 하늘을 보니 방금 전까지 하늘을 비추던 빛은 사라지고 달빛조차 보이지 않았다. 새카만 세상에서 꺼지지 않는 별들만 빛나고 있었다. 리콴청은 문득 빛이 무서워졌다. 어디선가 반짝이는 빛이 보일라치면 사뭇 긴장이 되었다. 마음속에 있는 말을 내뱉어야 했다. 다 털어놓아야만 자신의 결백을 증명할 수 있을 것이다.

리콴청은 그 길로 마을을 벗어나 추수를 마친 논에 들어가 섰다. 한 줄기 바람이 불어왔다. 논 여기저기에 모여 있던 새들이 바람을 타고 날갯짓을 하느라 사위가 갑자기 부산해졌다. 바람이 그를 휘돌아 갔지만 마음속에 도사린 근심과 곤혹은 사라지지 않았다. 애초에 그들을 따라가 피검사를 받은 자신이 원망스러웠다. 쑤훙은 왜 나를 끌어들이는 것인가.

속이 말이 아니었지만 무슨 말을 해야 할지 알 수가 없었다. 말을 들어 줄 사람도 없었다. 그저 이렇게 말뚝처럼 우두커니 서 있을 뿐이었다. 오래 있지 못할 것을 알았다. 마음이 허전하고 어지럽고 혼란스러웠다. 여기에 계속 있을 수는 없었다. 너무 늦으면 아내에게 뭐라고 변명할 것인가. 이제 아이들도 다 컸다. 이상한 소문이라도 듣는다면 좋지 않을 것이다. 아이들은 아버지를 어떻게 평가할까. 그는 돌아서서 걸어 나왔다. 저도 모르게 걸음이 빨라졌다. 마침 옆에 보이는 어두컴컴한 집으로 들어갔다. 안이 보이지 않았다.

"이것 보라고."

구이셴의 목소리였다. 리콴청은 앞뒤 가릴 것 없이 목소리가 들리는 방으로 들어갔다. 구이셴은 항상 혼잣말을 했다. 다른 사람과 이야기하는 것을 한 번도 본 적이 없었다. 젊은 시절 누구의 씨인지 모를 아이를 가졌다가 낳는 족족 남에게 빼앗겼다. 이제는 부모도 세상을 떠나고 구이셴 혼자 남았다. 아이들은 그녀를 찾아오는 법이 없었다. 엄마를 창피하게 생각하는 것 같았다. 이 나이가 되도록 리콴청은 구이셴의 집에 들어온 적이 없었다. 얼떨결에 들어와 보니 구이셴은 쓰레기더미처럼 살고 있었다.

"이것 보라니까?"

구이셴의 목소리는 오랜 우물 속에서 나오는 소리처럼 탁하고 거칠었다. 뭐라고 하는지도 분명하지 않았다. 죽음과도 같은 적막이 흘렀다. 구이셴이 어디에 있는지도 가늠할 수가 없었다. 하지만 새카만 방 안이 묘한 위안을 주었다. 생기를 느낄 수 없는 시큼하게 부패한 냄새가 얼굴을 덮쳤다. 그제야 구들에 앉아 있는 구이셴이 보였다. 잔뜩 쌓인 쓰레기 가운데 가만히 앉아 있는 모습이 어울리지 않게 평온했다.

"곤란한 일이 생겼어, 구이셴. 내가 지금 무슨 일을 겪고 있는지 알아?"

구이셴은 주름이 가득한 입가를 한껏 치켜 올렸다.

"이것 보라고."

리콴청은 그녀가 사람이 아니라 신이 아닐까 하는 생각이 들었다. 그녀라면 앞을 내다보는 능력이 있지 않을까. 그는 발에 차이는 쓰레기를 밟고 구들로 다가섰다. 구이셴의 얼굴을 보고 싶었지만 그녀는 고개를 숙인 채 들려 하지 않았다. 고목처럼 앙상한 두 손만 옷 밖으로 비어져 나와 있었다. 얼굴이 어떻게 생겼던가. 제대로 볼 수가 없었다. 낮에 만났을 때와 마찬가지로 얼굴을 가슴에 묻고 있었다.

"구이셴, 너는 다 알지?"

구이셴은 배시시 웃었다. 소리 없는 웃음이었다. 입이 왼쪽에서 오른쪽으로 묘하게 뒤틀리는 표정이 되었다. 리콴칭은 표정 없이 꼼짝도 않고 굳어 버렸다. 어쩌면 이곳에서 위안을 얻을 수도 있겠다는 생각이 들었다.

"너는 다 알지? 분명 알 거야. 샤오량촌 사람이며 일에 대해 다 알잖아. 나에 대해서도 잘 알고 있지? 곤란한 일이 생겼어. 사람을 만나도, 잠을 자려고 해도 기가 차서 미칠 지경이야. 나랑 쑤훙 사이엔 아무 일도 없었어. 내가 몸이 달았던 적은 있지만 그 여자 딸은 내 아이가 아니라고. 어디 외간 남자랑 만든 모양이지. 사람들에게 자기 과거를 들킬까 봐 그러는 거라고. 예전에 술집 작부였거든. 구이셴, 말 좀 해 봐. 내가 지금 이 상황을 잘 넘길 수 있을까?"

구이셴은 미동도 없었다. 옷으로 싸인 몸이 어둠 속에서 가볍게 흔들렸다. 구이셴이 다 알아들었음을 느낄 수 있었다. 역시 신들린 여자가 틀림없어. 속세에 숨은 신녀神女라고.

"쑤훙이 결혼하고 잠시 만난 적은 있어. 그런데 그건 안 되더라고. 나도 남자야, 구이셴. 남자라는 게 뭐야, 여자를 정복하기 위해 태어나는 거잖아. 쑤훙도 나를 거부하지 않았어. 물론 내가 제 과거를 떠들고 다닐까 봐 그랬다는 건 알아. 하여간 자꾸 만나다 보니까 자연스러워지더라고. 그런데 자연스러우면 자연스러울수록 그게 안 되는 거야. 내가 무슨 문제가 있었던 건 아니야. 워낙 차갑게 쏘아붙이는 말투가 어찌나 마음을 후벼 파는지. 딸아이는 정말 내 애가 아니야. 나는 분명히 아는데 누구한테도 말할 수가 없단 말이야. 관에 하소연할 수도 없고. 다들 어찌나 정색을 하는지. 그 사람들이 답이라고 생각하는 건 다 쑤훙 입에서 나온 거란 말이야. 그런데 쑤훙은 왜 그 아이가 내 딸이라고 하는 건지 도통 모르겠어. 구이셴, 신이 내린 것 맞지? 속세에서 일어나는 일쯤은 다 마음속에 담아 뒀을 거 아냐. 사람 팔자 앞으로 어떻게 될지 너는 알고 있지? 말 좀 해 봐. 나 어떻게 되는 거야? 나 샤오량춘 촌장이야. 이 사건에 내가 이렇게 휘말려 들어가는 건가? 내가 촌장이 되려고 얼마나 애를 썼는데. 벽돌 팔아 번 돈도 다 선거에 쏟아 부었단 말이지. 그런데 이런 일이 터졌으니 앞이 캄캄하지 뭐야. 한 번 사는 세상, 제대로 살아 보지도 못하고 배가 뒤집히게 생겼다고."

창을 통해 한 줄기 빛이 새어 들어오는가 싶더니 천천히 주변으로 퍼졌다. 달이 떠오른 것이다. 달빛은 리콴청의 얼굴을 비춰 주었다. 사뭇 경건한 모습이었다. 흔들림 없는 눈빛에 진심이 깃들어 있었다. 구이셴을 바라보는 그의 눈빛이 참으로 애절했다.

구이셴의 옆모습이 눈에 들어왔다. 눈은 움푹 꺼지고 긴 머리는 묶어서 뒤로 늘어뜨렸다. 소매 끝으로 나온 손가락은 길고도 앙상했다. 그녀는 말 한마디 없었다. 여기저기서 주워 모은 쓰레기가 창을 통해 들어온 달빛을 받아 은근한 빛을 되비추고 있었다. 등 쪽으로 바람이 불어왔다. 갑자기 어디선가 소란스런 소리가 들렸다. 소리는 점점 커지고 점점 빨라졌다. 이상했다. 리콴청은 무섭지 않았다. 유리창은 달빛으로 닦아 놓은 듯 투명했다. 구이셴은 목 아래가 텅 빈 것처럼 아무것도 보이지 않았다. 숨소리조차 들리지 않았다. 쓰레기더미를 받치는 기둥처럼 그녀는 미동도 하지 않았다.

"잠이 들었나. 그러면 안 되지. 대답을 들으려고 사정사정하잖아. 내일이면 이 쓰레기들을 팔아서 방을 만들어 줄게. 샤오량촌에서 널 돌봐 줄게. 늙어 죽을 때까지 멀쩡하게 살 수 있게 해 줄게. 그러니까 내가 어떻게 해야 하는지만 알려 줘. 그 아인 내 아이가 아니라고. 그런데 사람들한테 그 이야기를 할 수가 없어. 구이셴, 야오량이 용달차를 살 때 그 돈이 어디서 나온 줄 알아? 반은 내가 쑤훙에게 준 거야. 반은 그 집 딸이 밖에서 벌어 온 거고. 구이셴, 뭐라고 좀 해 봐. 내일 집을 옮겨 줄게."

구이셴은 두 팔을 벌려 뭔가를 끌어안고는 웅얼거리기 시작했다.

"아냐, 내 거야, 내 거라고."

리콴청은 이럴 때 구이셴이 하는 말이 중요하다고 생각했다. 사방에서 부딪쳐 울리는 이 소리가 구이셴의 대답이었다. 이 여자는 이곳을 떠날 수 없을 것이다.

구이셴이 '내 거'라고 한다면 리콴청의 것은 아니었다. 그렇지!

"구이셴, 나는 아니지?"

불현듯 리콴청의 두 눈에서 왈칵 눈물이 쏟아졌다. 구이셴은 고개를 돌렸다. 그는 구이셴이 웃는 것을 처음 보았다. 어디 하나 거리낄 것 없는 밝은 미소였다. 마음속에 어떤 고통을 숨기고 있는지 전혀 알 수 없는, 그야말로 가슴에서 그대로 전해지는 미소였다. 구이셴은 소리 없이 다시 고개를 묻었다.

리콴청은 구이셴이 보여 준 그 짧은 미소가 묘하게 가슴에 남았다. 특별한 의미가 있는 것 같기도 하고 아닌 것 같기도 했다. 하지만 구이셴이 웃을 수 있다는 것은 뭔가 일이 달라지리라는 걸 의미하지 않을까. 그녀의 웃음은 너무나 강렬했다. 그 강렬함에 리콴청은 온몸에 힘이 빠졌다. 자기도 모르게 무릎을 꿇고 픽, 픽, 픽 세 번 땅에 이마를 찧었다. 이 여자 앞에서 왜 이렇게 무력한 거지?

리콴청은 달빛 아래를 걸었다. 걷는 내내 눈물이 멈추지 않았다. 약해질 대로 약해진 마음이 격해진 감정을 다스리지 못하는 모양이었다. 구이셴만이 그의 영혼 깊은 곳에 숨겨진 은밀한 고통을 알고 있었다. 구이셴, 네가 나를 구했다. 나를 구할 수 있는 사람은 너뿐이다. 달빛 아래 리콴청은 이리저리 휘청거리고 떠밀렸다. 이제 다시는 예전처럼 으스대고 거들먹거릴 수 없을 것이다. 내가 믿을 데라고는 저기 저 쓰레기더미에 사는 사람뿐이다. 그녀야말로 내가 속을 터놓고 이야기할 수 있는 유일한 사람이다. 내일부터 사람들을 보면 미소 지어야겠다. 그래, 구이셴의 미소가 가르쳐 준 것이다. 앞으로 더는 속내를 드러내지 않을 것이다. 날카로운 바늘은 저 깊은 곳에 숨겨 두고 샤오량촌에서 가장 사람 좋은 미소를 지을 것이다.

리콴청은 거리로 나섰다. 풀밭을 걷는 것처럼 걸음이 바람에 흔들렸다. 어느 집 문 앞에 섰다. 조심스레 문을 두드려 보니 그저 살

짝 닫아 둔 듯 스르르 열렸다. 들어가 보니 자기 집이었다. 조강지
처가 걱정스런 얼굴을 하고 문가에 서 있었다. 그는 아무 일 없다
는 듯 웃어 보였다. 텅 빈 미소가 잠시 허공에 떠오르는가 싶더니
다시 제자리로 돌아왔다.

리콴청은 버럭 소리를 질렀다.

"다 늦게 문 앞에서 뭘 기다리는 거야? 잠이나 자지 않고! 그러
다 늑대한테나 물려 가라지!"

리콴청의 아내는 대답 없이 옆으로 비켜섰다.

리콴청은 아내 쪽으로 고개를 돌렸다.

"귀신이라도 씌었어? 어쩨 여자가 웃을 줄을 몰라?"

리콴청은 소리 내어 웃었다. 웃음소리가 이어졌다. 그의 웃음소
리에 오히려 정신이 산란해졌다.

아내는 문 옆으로 비켜서서 불안한 눈으로 리콴청의 뒷모습을
바라보았다.

6

아침부터 바람이 불어왔다. 바람은 뒷산이 갈라지는 언저리에
머물렀다. 오전에는 두툼하고 시커먼 구름이 한 뭉치 밀려오는가
싶더니 그예 천둥소리가 울렸다. 늦가을의 온기, 푹 익은 호박의
상큼한 향, 흙먼지가 섞여 오고는 이내 바람이 거세졌다. 길 가운
데 늙은 홰나무가 바람에 요란한 소리를 내며 몸을 떨었다. 바스라

진 이파리가 벌 떼처럼 어지럽게 날렸다. 곧이어 비가 쏟아졌다. 정신없이 퍼붓는 비에 금세 길 위로 물이 차올랐다.

야오량은 대문 앞에 서서 밖을 내다보았다. 차에는 옥수수가 가득 실려 있었다. 비에 젖을까 방수포를 덮어 놓았다. 거세진 빗줄기가 방수포에 부딪쳐 이리저리 튕기고 부딪치고 섞여 들었다. 귀가 멍멍할 정도로 요란한 소리가 이어졌다. 야오량은 아무런 표정이 없었다. 비 때문인 듯, 또 어쩌면 비와는 관계가 없는 듯 보였다.

쑤훙은 침대에 걸터앉아 창밖을 응시했다. 빗줄기는 잦아들 줄을 몰랐다. 야오량에게 그만 들어오라 소리치고 싶었지만 유리창에 가로막혀 듣지 못할 것 같았다. 쑤훙의 손에는 700위안이 쥐어져 있었다. 무너뜨린 변소를 물어 줄 돈이었다. 리리가 두 달 전에 부쳐 온 1000위안에서 헐어 낸 돈이기도 했다.

리리는 유치원에서 아이들을 돌본다고 했다. 유치원 교사 보수가 좋아 한 달에 2000위안씩 보낼 수 있으니 동생 사범학교 학비에 보태라고도 했다. 쑤훙은 손가락에 침을 발라 돈을 세어 봤다. 세다 세다 그만 울음이 터져 버렸다. 쑤훙의 속을 누군들 상상이나 할 수 있을까. 손가락 하나 온전히 남은 것 없는 그 여자가 리리일 리 없다. 어떤 원한을 품었기에 사람을 그 지경으로 만들까. 리리에게 그런 독한 마음을 품을 사람이 있을 리 없다.

닭 한 마리가 무슨 소리엔가 놀라 담벼락으로 날아올랐다. 담 아래 있던 닭들도 덩달아 푸드덕대다 다시 내려앉았다. 천둥소리에 놀란 모양이지. 하지만 닭들이 허공으로 날아오를 때도 천둥소리는 여전히 울리고 있었다. 왜 천둥소리를 따라다니는 거지? 밖을 자세히 살펴봤다. 야오량이 허공 속으로 작대기를 이리저리 휘두르고 있었다. 닭들이 어지간히 보기 싫은 모양이었다. 작대기는 이리저리 푸드덕거리며 피해 다니는 닭들을 좇았다.

쑤훙은 가만히 그 광경을 지켜보았다. 세찬 빗줄기 속에서 작대기는 쉬지 않고 춤을 추었다. 야오량의 얼굴은 나무토막처럼 아무런 표정이 없었다. 닭들이 담장 위에 조르르 늘어섰다. 빗속에서 제대로 서지도, 날갯짓도 하지 못하고 어쩔 줄 모르는 꼴이었다. 야오량은 또다시 빗속을 뚫고 달려들어 작대기를 휘둘렀다. 닭들은 아예 집 밖으로 도망쳤다. 순간 번쩍 하며 어디선가 휘파람 소리가 들리는 듯하더니 곧 천둥소리에 묻혀 버렸다.

야오량이 뭘 알고 저러는 걸까? 나의 과거를 알아낸 걸까? '닭'[2]은 화류계 여자에게는 껄끄러운 단어였다. 머릿속이 웅! 하고 울렸다. 가슴이 요동쳤다. 쑤훙은 침대에서 튀어 올라 문 앞에 섰다. 왜 닭에게 성질을 부리는지 야오량에게 묻고 싶었다. 하지만 차마 입 밖으로 낼 수가 없었다. 마음이 차갑게 식자 몸이 부르르 떨렸다. 침대로 돌아왔다. 아마도 실망했을 것이다. 수많은 물음표에 수많은 답이 달렸을 것이다. 어디서부터 시작해야 할까. 알 수가 없었다.

경찰에서 그녀를 불러다 두 번째 피 검사를 했을 때, 그녀는 그들이 괜히 겁을 주는 줄 알았다. 사건 해결이 안 되는 걸 사실대로 말하지 못하고 과학이 어쩌니 하는 줄 알았다. 그 여자가 리리일 거라고 생각하지 않았기 때문에 협조하고 싶지도 않았다. 리리가

2 중국어에서 닭을 의미하는 '鷄'는 윤락녀, 화류계 여자를 일컫는 말이기도 하다.

리콴청의 아이라고 한 것도 그래서였다. 관이야 어차피 서로 한통속이니 그래도 촌장인 리콴청의 아이라고 하면 더 잘 봐주지 않을까 생각했다.

아이의 아버지를 밝힐 수는 없다. 이미 결혼해서 가정을 이룬 사람 아닌가. 소문이 퍼지면 멀쩡한 집안이 풍비박산날 수 있다. 차라리 리콴청을 끌어들이면 자기가 나서서 일을 덮으려 할 것이다. 그는 결코 선한 사람이 아니었다. 아이를 잃어버린 사람 앞에서 재미있는 구경거리라도 생긴 듯 구는 꼴이라니. 이자를 끌어들여 다시는 샤오량촌에서 거들먹거리지 못하게 할 생각이었다.

닭이 대문 앞으로 다가와 고개를 들이밀고 집 안을 살폈다. 야오량이 닭을 향해 발길질을 해댔다. 먹구름이 낮게 깔린 잿빛 하늘은 여전히 빗줄기를 퍼부어 대고 있었다. 쑤훙은 야오량이 무서운 게 아니었다. 마을 사람들이 아는 게 무서웠다. 자기가 창피한 것이 문제가 아니었다. 이 한 씨 집안의 후손인 아들을 업신여길까 봐 걱정이었다. 남자가 세상을 살아가다 보면 남들에게 미움은 살 수 있어도 비웃음을 사서는 안 되는 법이다. 쑤훙은 창에서 떨어졌다. 난로 위에 올려놓은 물이 끓으며 열기를 뿜어냈다. 그녀는 두 손을 열기 가까이 가져갔다.

목공 왕보당이 떠올랐다.

쑤훙은 침대에 앉아 그를 생각하며 담장 너머 남쪽 산을 바라보았다. 저 산 너머에 향鄕 사무소가 있다. 어쩌면 내 손으로 꾸몄을지 모를 가게를 다른 누군가가 차지하고 있다. 가볍게 불어온 바람이 몇 번이나 그녀를 깨웠는지 모른다. 바람은 사람 손가락보다

338

따뜻했다. 숨결처럼 부드럽게 그녀의 어깨를 어루만졌다. 쑤훙은 누군가 그녀 곁에 다가서 있음을 느꼈다. 딸 리리였다.

그날 밤의 꽃향기는 그녀의 기억 속에 여전히 남아 있었다. 꽃 잎 위에서 숨을 멈추었던 그 순간, 왕보당은 그녀의 몸에 자신의 일부를 남겨 놓았다. 사랑은 남아 있었다. 단지 지킬 수 없었던 것 뿐이다. 그날 밤 쑤훙과 왕보당은 잔뜩 취했다. 꽃덤불 속에서 왕 보당은 창녀를 산 손님처럼 증오에 사로잡힌 채 그녀의 몸안에서 울부짖었다. 쑤훙은 그가 하는 대로 내버려 두었다. 아니, 오히려 그런 여자들이 손님에게 사용할 만한 교태로 그가 더욱 거칠게 짓 밟도록 이끌었다.

달이 나뭇가지 끄트머리에 걸려 있었다. 기와의 잿빛이 한껏 물 이 오른 나뭇잎 사이로 언뜻언뜻 비추며 번뜩였다. 몸 아래 깔린 것은 온통 영춘화迎春花였다. 그녀는 옷을 벗고 누웠다. 봄바람이 제법 날카로웠지만 그녀의 마음까지 아프게 하지는 않았다. 그녀 는 차라리 몸의 고통으로 자신을 깨우고 싶었다. 영춘화의 거친 가 지가 온몸을 찔렀다. 바로 그런 아픔을 원한 것이었다. 평생 가난 했던 그녀에게 아픔은 이미 익숙했다.

쑤훙이 입을 열었다. 나를 봐요. 내가 꼭 안아 주면 당신 마음을 붙잡을 수 있을까요. 분수를 지키며 근면하게만 살아온, 주변 모 든 것을 소중하게 생각하는 이 순박한 남자는 땀과 눈물이 뒤범벅 된 얼굴로 그녀의 몸 위에 쓰러졌다.

쑤훙은 눈물을 흘렸다. 거리에 서서 사람들을 바라봤어요. 행복 이라곤 찾을 수 없었죠. 나를 봐 주는 눈은 어디에도 없었어요. 나를 봐 주는 사람이 다가왔을 때, 나는 그 눈빛에서 뭔가를 읽어 낼 수 있었어요. 난 풍만한 몸매에 이목구비도 뚜렷해요. 일하는 행복이라는 것도 알죠. 하지만 도시에서 가난한 집안을 도우려니 나의 이 몸이 두 손보다 유용하더군요. 내 몸은 손보다 돈을 잘 벌어요. 이런 결말이 있을 거라곤 생각 못 했어요. 내 몸을 온전히 당신에게 줄게요. 당신은 평생 도시에서 몸을 팔던 여자를 만나지도, 만나고 싶지도 않을 거예요. 잘 들어요. 내가 바로 그런 여자예요. 도시에서 놀던 여자의 몸 위에서 하고 싶은 대로 해 봐요.

달은 산 정상에 걸린 채 꼼짝도 하지 않았다. 달이 저렇듯 한자리에 멈춰 있다니……. 쑤훙은 몸을 일으켜 자세히 올려다보았다. '달'이라고 생각한 것은 천장에 달린 등이었다. 그녀는 옷을 찾아 입고 침대에 누웠다. 리콴청의 얼굴이 보였다. 쇠똥구리가 이리저리 굴린 쇠똥처럼 거칠고 푸석한 얼굴. 쑤훙은 말없이 일어나 앉았다. 내가 이런 여자여서 결국은 버림을 받는구나. 누가 날 이런 여자로 만든 거지? 자기가 왜 여기 있는지 리콴청에게 물었다. 리콴청의 말로는 왕보당이 그녀를 업고 왔다고 했다. 술을 많이 마셨으니 집에 데려다 주라며.

"왜, 그 사람이 직접 데려다 주지 않고?"

"그렇게 꽉 막힌 사람이 어떻게 너희 집에 가겠어."

찰나의 순간이었다. 쑤훙은 수치스러웠다. 쓸쓸함과 후회가 밀려왔다. 인생은 이렇듯 현실 속에서 하나씩 근거를 찾아가는 것이다. 쑤훙은 앞으로 평생 왕보당을 보지 않겠노라 맹세했다. 절대로!

지난 모든 것은 가난이 만들어 낸 것, 리콴청의 터무니없는 환상일 뿐이다. 쑤홍은 밖으로 뛰쳐나왔다. 그 무엇도 그녀를 위로할 수 있는 것은 없었다. 그녀는 입술을 깨물고 고통 속에서 간신히 걸음을 옮겨 집으로 돌아왔다.

　비가 잦아든 듯했다. 야오량이 차에 시동 거는 소리가 들렸다. 쑤홍은 갑자기 발작하듯 침대에서 튀어 나갔다. 곧장 운전석 옆으로 달려가 손에 쥔 돈을 던져 넣었다. 차마 야오량의 얼굴을 쳐다볼 수가 없었다. 그녀는 정말 한 마리 닭처럼 사람들 손에 잡혀갈 처지에 몰렸다. 그저 과거에 받은 상처가 남긴 흉터를 통해 세상을 느낄 뿐이었다. 어떻게 해도 벗어날 수 없는 자위의 방식이었다. 그래, 나는 더러운 여자다. 그래도 나는 내 딸을 반듯하게 키웠어. 그녀는 리리가 살아 있다고 굳게 믿었다.

　비가 그치자 리콴청이 쑤홍의 집을 찾았다. 남자 둘이 그의 뒤를 따랐다. 어쩌면 야오량의 차가 마을을 나가는 걸 확인하고서 온 것인지도 모른다. 리콴청의 얼굴을 보자마자 쑤홍은 악몽이 시작되었음을 직감했다. 어쨌거나 손님이 왔으니 뭐라도 해야 했다. 부엌에서 물 두 컵을 떠 오고 담배를 내놓으며 자리를 권했다. 리콴청에게는 물도 내오지 않았다. 그러는 동안 리콴청의 눈은 이리저리 움직이는 쑤홍에게서 떠날 줄을 몰랐다.

　한 사람이 분위기를 좀 누그러뜨리려는 듯 벽에 걸린 달력 앞에 섰다. 눈이 아플 정도로 알록달록한 달력이었다. 현성의 풍경을 담은 사진들. 거리는 과거 쑤홍이 지나다닐 때보다 훨씬 넓어졌다. 달력을 넘기던 남자의 손이 멈추었다. 두 달 전 어느 날에 쑤홍이 적어 둔 메모가 있었다. '딸과 통화, 돌아오고 싶다고 함.' 이 날 이후 딸은 소식이 없었다. 남자는 흘깃 쑤홍을 쳐다봤다. 리콴청은 내내 싱글거리고 있었다. 아무 이유 없는 웃음이었다. 쑤홍은 그 꼴이 영 거슬렸다.

상고머리 남자가 입을 열었다.

"누구 다른 사람도 없으니 우리가 왜 왔는지 이야기하겠소. 살해당한 피해자는 리콴청의 딸이 아니었소. 도대체 그 아인 누구 딸인 거요? 사실대로 말해 줘야 합니다. 이건 사람 목숨과 관계된 일이에요."

리콴청은 거리낄 게 없다는 듯 웃음을 감추지 않았다.

"내가 뭐랬어, 내 딸이 아니라고 했잖아. 나랑 아무 일도 없었잖아, 안 그래, 쑤홍?"

쑤홍은 오히려 분노가 가라앉았다. 세상 모든 일이 다 부질없이 느껴졌다. 닭들은 마당을 이리저리 쏘다니다 갑자기 고개를 빳빳이 세우고 사방을 둘러봤다. 집 밖 나무 위에서 까마귀가 울음소리를 내고는 날개를 파닥거렸다. 리콴청에게도 그 소리가 들렸는지 얼굴이 살짝 실룩거리는 것을 느낄 수 있었다. 정말 보기 싫은 얼굴이었다. 하지만 세월 속에서 얽히는 인연이야 사람이 어찌할 수 있는 게 아니었다. 그녀는 리콴청의 말에 대꾸도 하지 않았다. 두 사복경찰을 바라보며 앞머리를 쓸어 넘겼다. 뭘 숨길 생각도 없었다. 비가 그치고 하늘이 핏빛으로 붉게 물들었다. 다시 해가 나오려는 듯했다.

"한야오량의 아이도 아니고 리콴청의 아이도 아니라면, 죽은 그 아이는 우리 리리가 아닙니다."

순간 방 안에 있던 사람들은 할 말을 잃었다.

리콴청이 다급하게 입을 열었다.

"나랑 당신 딸은 조금도 관계가 없어. 그건 당신이 잘 알 것 아냐. 당신은 지금 사람들을 혼란스럽게 할뿐더러 내 위신을 망가뜨리고 있어."

"멀든 가깝든 사람이라면 이런저런 관계를 맺기 마련이죠. 그러다 때가 되면 죽을 사람은 죽을 테고요. 아무리 죽기 싫다고 발버둥 쳐도 죽음을 피할 수는 없어요. 내 평생 몸을 준 사람은 단 두 사람뿐이에요. 아이 아빠인 한야오량이랑, 한사코 아니라고 우기지만 리콴청 당신이죠."

"무슨 소리! 아냐! 나한테 덮어씌우지 말라고. 당신은 처녀 때 업소에서 일했잖아."

리콴청의 목소리가 더욱 조급해졌다.

"나는 그런 데 나간 적 없어요. 내가 업소에 나간 걸 당신이 어떻게 알죠? 당신은 당의 추천을 받아 촌민들이 선출한 공산당 간부잖아요. 그런 데 가서 뭘 한 거예요?"

도리어 리콴청이 난처해졌다.

"하하, 나도 어디서 들은 이야기야. 확실한 근거가 있는 건 아니고."

쑤훙은 다시 사복경찰 쪽으로 시선을 돌렸다.

"그 아이는 우리 리리가 아닙니다. 그만 가 주세요."

두 사람은 할 말을 잃었다. 리콴청은 도움을 청하는 표정으로 그들을 바라보았다.

"평생 흙만 파먹고 사는 사람이라 야오량은 관에서 하는 말이라면 목숨처럼 중하게 생각해요. 자기 딸이 아니라는 걸 알면 18년 동안 키운 그 정을 어떻게 떼겠어요. 리콴청 촌장님이야 워낙 유능하시지만요. 우리 리리가 살아 있다면 아이 아빠는 이분이 아닐 겁니다."

"당신 딸이 살았는지 죽었는지 알고 싶지 않나요?"

사복경찰의 물음에 쑤훙이 대답했다.

"아직 살아 있다면 언젠가는 집으로 돌아오겠죠. 만일 죽었다면 아이 아빠 한야오량이 직접 나서서 시신을 찾아올 거예요. 당신네 경찰이 아니라요."

어떤 것도 기대한 대로 흘러가지 않았다. 리콴청은 경찰들을 이끌고 쑤훙의 집을 나왔다.

"그 아이는 정말 제 딸이 아닙니다. 믿으시죠?"

"당신 딸이 아니오."

"그걸 어떻게 증명할 수 있나요?"

"이미 당신 딸이 아닌 걸로 결과가 나왔소."

"그런데도 쑤훙은 끝내 제 아이라고 하네요. 그나저나 내 아이가 아니라는 사실을 사람들에게 알릴 방도가 없습니다. 그러면 돌로 제 발등을 찍는 거나 마찬가지지요. 사람들이 저랑 그 여자 사이에 무슨 일이라도 있는 것처럼 생각하지 않겠습니까?"

"왜 사람들에게 알리려고 하는 거요?"

하기야, 왜 알려야 하지? 아니, 그게 아니라 사람들은 어떻게 아는 거지?

쑤훙 혼자 남았다. 커다란 공포 앞에서 겁이 났다. 금방이라도 무너질 것만 같은 그녀의 몸 안에 어둠이 자리 잡았다. 그녀는 깨어 있었다. 그것은 고독과 절망의 눈이었다. 벽에 걸린 달력 앞으로 갔다. 그녀는 이 달력이 싫었다. 그것은 흘러가는 시간을 멈춰 세워 두고 있었다. 그것은 시간의 진상을 매분 매초 속에 숨겨 고정해 놓았다. 그녀는 하루하루를 버텨 왔다. 고개조차 돌릴 수가 없었다. 그런데 이 달력은 시간과 공모하여 모든 것을 속이고 있었다.

그녀는 서랍에서 가위를 꺼내 들고 다시 벽 앞으로 돌아와 섰다. 이 순간에서 저 순간으로 넘어가는, 잠깐이면 사라져 버리는 그 찰나의 시간을 얼마나 대단치 않게 생각했던가. 하루하루를 보내며 걱정도 있고 만족감도 있고 다툼도 있었지만, 그래도 안온한 나날이었다. 하지만 이제는 마음 한편에 도사린 괴로움 때문에 영원히 예전으로 돌아갈 수 없을 것만 같았다.

쑤훙은 거칠게 달력을 잡아 뜯었다. 그리고 총천연색 사진에 닥치는 대로 가위질을 해댔다. 그녀에게 고통을 남겨 준 도시의 풍경이 갈가리 잘려 나가는 것을 환희에 찬 눈으로 지켜보았다. 이 풍경들이 원래 모습을 알 수 없을 정도로 조각나야만, 그녀의 눈앞에서 사라져야만 다시는 떠오르지 않을 것이다. 서걱서걱 잘려 나간 종잇조각 위로 쑤홍의 눈물이 떨어졌다. 그녀는 종잇조각들이 엉키는 것을 보면서 자기도 모르게 리리의 이름을 부르고 있었다.

리리, 리리, 리리, 리리, 집으로 돌아오렴. 리리, 리리, 리리, 리리, 엄마 말 들어. 엄마는 업소에 나가는 여자였다. 네가 엄마 뱃속에 자리 잡았을 때 너는 번듯한 집안의 딸이 될 거였어. 네 아빠는 손 재주가 있어서 자기 손으로 돈도 벌고 가정도 꾸릴 수 있는 사람 이었단다. 네 아빠는 어디든 부르는 곳이 있으면 달려갔지. 이 집 에는 장롱을 만들어 주고, 저 집에는 함을 만들어 주었어.

솜씨가 참 좋았단다. 꼼꼼하고. 강을 따라 윗마을 아랫마을에 그 사람이 만든 궤짝, 장롱, 탁자가 없는 집이 없었으니까. 그 사람 은 그렇게 일을 해 주고도 수고비를 받는 법이 없었어. 밥이나 주 면 먹었을까. 누가 돈 이야기를 꺼낼라치면 뒤도 안 돌아보고 가 버렸단다. 예전에 네 외할머니가 장롱을 만들려고 그 사람을 불렀 다가 엄마를 만났단다. 나중에는 엄마가 따라다니면서 대패질이 며 톱질, 자귀질을 가르쳐 달라고 졸랐지. 그때마다 그 사람은 여 자는 힘든 일 하는 거 아니다, 여자는 그저 편히 지내며 벌어다 주 는 밥 먹는 거다, 말하곤 했어.

엄마는 그 사람이 좋아졌다. 하지만 그 사람이 엄마를 선택하 지 않은 건 옳은 일이었어. 엄마는 과거가 깨끗하지 못했으니까. 자존심도 없이 아무렇게나 살았으니까. 사람들한테 돈을 받을 때 면 그 사람 얼굴이 떠오르기도 했단다. 창피하더구나. 엄마는 부 끄러움도 수치도 없었던 거야. 부끄러운 돈인데, 엄마는 부끄러워 하지 않은 거지.

세상에는 많은 일이 있단다, 리리. 너는 아직 경험해 보지 못한 일들. 너는 이제 열여덟 살이니까 어린 시절은 다시 오지 않을 거야. 얼마나 좋으니, 사범학교를 마치고 도시에 나가 일하다니. 유치원에 취직했다고 했을 때 엄마는 정말 자랑스러웠단다. 네가 번 돈으로 우리 집을 돕고 있잖니. 아빠와 엄마, 동생이 있는 우리 집 말이야.

네가 집에 다녀갈 때면 엄마는 너와 함께 마을길을 걷곤 했지. 우리 딸, 내 손으로 키운 내 딸이 얼마나 훌륭한지 보여 주고 싶어서 그랬단다. 도시에서 선생님이니까, 겨우 식당에서 접시나 나르는 애들에 비하면 얼마나 큰 자랑거리니. 예전 같으면 얼마나 좋을까. 이야기 소리, 웃음소리가 있는 가족, 누가 봐도 번듯한 가정 말이야. 아들도 있고 딸도 있고. 아이가 하나뿐인 집들에 비하면 우리 집은 얼마나 행복했니.

문밖에서 요란한 소리가 났다. 일어나 내다보니 고양이 한 마리가 닭에게 달려든 것이었다. 쑤훙은 내일 우리에 있는 닭을 잡아서 내다 팔아야겠다고 생각했다. 더는 닭 울음소리를 들을 수가 없었다. 야오량이 그 소리를 듣게 하고 싶지도 않았다. 쑤훙은 바닥에 흩어진 달력에 불을 붙였다. 한 줄기 연기가 피어올랐다. 파란 불꽃이 이리저리 튀었다. 비닐이 얇게 덮인 종이였다. 고층 빌딩이 불 속에서 오그라드는 모습이 통쾌하기도 했다.

쑤훙은 타고 남은 재를 쓸어 냈다. 재를 버리며 보니 하늘이 맑게 개어 있었다. 변덕스럽기도 하지. 하느님은 뭘 하든 다 저렇게 당신 맘대로라지. 하느님, 우리 리리가 보이나요?

쑤훙은 대문 앞에 앉아 리리의 어린 시절을 떠올렸다. 분명 얌전한 아이는 아니었다. 오히려 개구쟁이에 가까웠다. 노상 남자아이들과 어울려 진흙에서 뒹굴고 참새 알을 찾아다니거나 남의 집과일을 따 먹곤 했다. 어느 해 가을에는 논으로 가는 좁은 길 양편에 수북이 자란 풀숲에 숨어 기다리다 바구니를 들고 지나가는 쑤훙을 향해 소리 높여 외쳤다.

"꼼짝 마! 통행료를 내라!"

쑤훙은 깜짝 놀라 엉덩방아를 찧을 뻔했다. 돌아보니 딸 리리였다. 조그마한 얼굴에 한껏 득의양양한 미소를 짓더니 아무 일도 없었다는 듯 남자아이들을 이끌고 멀어졌다.

"계집애가 성질이 사내 같으니 억울한 일은 안 당할 거야. 당신 성격을 닮았어. 나 닮은 건 하나도 없고 말이야."

야오량이 이런 말을 할 때마다 쑤훙은 심장이 내려앉는 것 같았다. 쑤훙은 알고 있었다. 억울한 일은 없을지도 모른다. 하지만 억울한 일을 당하면 절대 그냥 넘어가지 않을 것이다. 걱정이었다. 여자아이라면 역시 조금 나긋나긋한 편이 나을 것이다. 스스로 물러설 자리를 남겨 둬야 한다. 자기의 앞길을 위해 미리 다리를 놓을 필요가 있다.

어쨌거나 리리는 학교를 마친 후 유치원에 취직했다. 쑤훙은 신이 났다. 유치원 아이들이 리리의 성격을 바꿔 줄 것이다. 아이 둘을 키워 본 쑤훙이었다. 아이들의 얼굴에는 기쁨이 떠오른다. 어른들이 웃을 때면 아이들의 웃음은 더욱 즐겁다. 그런 아이들을 보려면 눈이 쉴 틈이 없다. 인내심 없이는 할 수 없는 일이다. 아이들을 돌보다 보면 아무리 리리라도 성격이 조금은 둥글어질 것이다.

하지만 리리가 실종된 후 경찰에서 전해 온 말에 따르면 어느 유치원에서도 리리를 본 적이 없다고 했다. 어떻게 그럴 수 있지? 쑤훙은 가슴이 세차게 요동쳤다. 그래도 토막 난 시신이 된 그 여자는 다시 보고 싶지 않았다. 쑤훙은 절레절레 고개를 저으며 집으로 돌아와 집안일을 시작했다. 집 안은 온통 딸 리리의 모습이었다. 차라리 리콴청의 얼굴, 야오량의 얼굴, 왕보당의 얼굴을 떠올리려고 애썼다. 그 얼굴들이 번갈아 가며 나타나 리리의 그림자를 밀어내 주었다.

정신 똑바로 차리고 살아야 한다. 사람이라면 자기만 생각해서도 안 된다. 리리가 이 집에 다시는 돌아오지 않는다 해도 이 집은 이대로 있어야 한다. 제멋대로 오고 싶다고 왔다가 마음에 들지 않는다고 떠나는 것은 안 된다. 과거의 세월을, 좋았던 기억을 담아 두어야 한다. 한가족이니까. 누가 또 리리 이야기를 꺼내면 리리가 소식을 보내왔다고 말해 주기로 마음먹었다.

7

구이셴은 낯선 이를 살피듯 천천히 그리고 아련하게 왕 씨네 홰나무를 응시했다. 구이셴이 이렇게 고개를 들어 하늘을 올려다보는 모습은 아무도 본 적이 없었다. 뭔가에 홀린 듯 멍한 표정이었다. 또 그렇기 때문에 느렸다. 느릿느릿 움직이는 모양이 사뭇 믿는 구석이 있는 것처럼 보이기도 했다. 나뭇잎이 삼삼오오 떨어졌다. 사위를 둘러싼 적막한 안개와 햇빛이 탈피한 뱀이 벗어 놓은 허물처럼 몽롱하게 보였다.

리콴청은 자리를 지키고 서서 구이셴을 바라보았다. 아무리 생각해도 예전의 구이셴이 아니었다. 이름부터 뭔가 감추고 있는 것처럼 느껴졌다. 왜 전에는 이런 생각을 못 했을까? 길에서 맞닥뜨리기라도 하면 구이셴은 언제나 "이것 보라고!" 하며 말을 걸곤 했다. 이것 보라고. 알 듯 모를 듯 한 말이다. 이것저것 복잡하게 생각하지 마, 생각이 많으면 일도 많이 생기는 법이야, 아예 생각을 안 하면 아무 일도 안 생길 거라고. 뭐 그런 뜻 아닐까.

샤오량촌에서 지금 쑤훙의 딸 외에 나와 관련된 일은 하나도 없다. 관에서 쑤훙의 딸이 내 자식이 아니라는 걸 확인해 준 이상 나는 여기 샤오량촌에서 고개를 빳빳이 들고 다녀도 된다. 예전처럼 마을 어른 행세를 해도 되는 것이다. 농민들은 배운 것이 없다. 배운 걸로 따지면 누가 누구에게 꿀릴 것도 없다. 그저 고개 빳빳한 놈을 따르는 것이다. 저기 저 구이셴을 보라지. 고개를 한껏 쳐든 모습이 어디 정신 나간 여자 같은가 말이다.

샤오량촌 사람들은 이 마을 촌장 정도는 잘난 것 없어도 할 수 있다고들 한다. 몹쓸 짓 하던 자들은 모두 도시로 나갔기 때문이라나. 리콴청은 마을 사람들이 자기를 무시한다고 느껴 왔다. 네깟 놈들이 뭔데? 사실 샤오량촌에 남은 사람이랬자, 몹쓸 짓을 일삼던 자들은 물론이고 골치깨나 썩인다 싶은 것들은 모조리 도시로 떠났다. 하지만 그들의 뿌리는 여전히 이곳 샤오량촌에 남아 있었다. 그래서 언제고 경계를 늦춰서는 안 되는 것이다. 무슨 일 하나라도 생기면 마을 전체를 들쑤셔 놓을 것이다.

쑤훙 딸만 해도 그렇다. 더는 두고 볼 수가 없다. 이대로 가다간 나까지 휩쓸려 들어가고 말 것이다. 반드시 눌러야 한다. 큰일은 작은 일로, 작은 일은 없는 일로 만드는 것이 촌장으로서 할 일이다.

바람결에 어느 집 속곳이 길바닥에 날렸다. 아이 하나가 놀라 뛰어오며 울음을 터뜨렸다. 파리 한 마리가 아이의 콧물에 붙어 있는 게 보였다. 구이셴은 바람에 날려가는 속곳을 따라 뛰기 시작했다.

길목 구멍가게 사람이 고개를 쑥 내밀고는 뛰어가는 구이셴을 향해 외쳤다.

"미친년이! 죽으려고!"

속곳은 그의 아내가 창밖 철사줄에 널어놓은 것이었다. 여자는 가게에서 나와 두리번거렸다. 이번에는 개 한 마리가 어느 집에선가 뛰쳐나와 달려가는 구이셴을 발견하고 짖어 대기 시작했다. 개가 고개를 돌려 리콴청을 향해 짖자 가게 남자가 들으란 듯 구시렁댔다.

"낯짝 두꺼운 것들은 개도 싫어하는 법이지."

리콴청은 자기한테 한 말이라고 생각했다. 지금 개가 향하고 있는 것은 자기였다.

"이런 젠장! 누구더러 뭐라는 거야? 손바닥만 한 점방 하나 차렸다고 예전 일을 잊으면 안 되지. 전에 네놈이 어떤 위인이었냐.

어디서 별것도 아닌 게 옛날 생각 못 하고!"

째지는 듯한 리콴청의 고함 소리에 가게 남자는 오해를 샀음을 알아차렸다. 그는 아내의 속곳을 따라가는 구이셴에게 욕을 한 것이었다. 기왕 이렇게 된 것, 속곳을 찾지는 못하겠지만, 그 모달 속옷을 구이셴이 입고 돌아다니기라도 하면 무슨 집안 망신인가 싶었던 것이다. 지금 손바닥만 한 가게라도 열 수 있는 건 촌장이 도와준 덕분인데, 마을 권력자를 욕할 배짱은 그에게도 없었다. 그는 코를 훌쩍거리며 리콴청을 향해 벙글벙글 웃어 보였다.

"어디서 딴청이야. 방금 욕했잖아. 어디 더 해 봐! 젠장, 아주 그냥 다 틀려먹었어. 돈 몇 푼 번다고 말이야, 눈에 뵈는 게 없지."

"구이셴한테 한 소리지, 어디 촌장님께 그랬겠습니까? 제가 아무리 간이 커도 그렇게는 못 하지요. 요즘 골치 아프시죠? 하여간 제 몸 하나 제대로 간수 못 한 그 여자 잘못이지요. 촌장님과 그 여자가 뭐 어쨌다는 말, 저희는 절대 믿지 않습니다. 촌장님의 결백을 어떻게 증명할지 저희끼리 상의도 했다니까요."

리콴청은 피식 웃었다.

"뭘 증명하는데? 내가 무슨 골치 아픈 일이 있는데? 어디 말 좀 해 보시지?"

가게 남자는 영 자신 없는 듯 우물쭈물 입을 열었다.

"거 쑤훙 딸이 촌장님이 젊었을 때 뿌린 씨라고……."

리콴청이 꽥 소리를 질렀다.

"그런 누명을 쓴 것도 벌써 20년이야! 빌어먹을, 내가 딴 사람은 몰라도 쑤훙은 건드릴 리가 없지. 도시에 나가 업소에서 놀던 여자라고. 어디 누구랑 붙어먹었는지 모를 여자를 나한테 찍어 붙여! 그래 놓고 자네들은 그래, 나만 신나게 씹어 대지. 내가 무슨 껌이야!"

리콴청의 서슬에 남자는 잔뜩 움츠러들어 얼른 가게로 돌아갔다. 리콴청은 순식간에 기가 살아났다. 내키는 대로 큰소리치던 예전 버릇도 돌아왔다.

"한창 얘기 중인데 왜 자라처럼 고개가 쏙 들어가? 아주 말 잘하더구먼. 어디 계속 떠들어 봐라. 내가 경찰에 알려 손봐 줄 테니까!"

'손봐 줄 테니까'라는 말이 채 끝나기도 전에 어디선가 주먹이 날아들었다. 리콴청이 눈을 제대로 떠 보려고 애쓰는 사이, 주먹이 또 한 차례 날아왔다. 두어 걸음 물러나 정신을 차리고 보니 사람의 모습이 보였다. 야오량이었다.

"큰물에서 노는 사람이라도 동네 사람은 함부로 건드리는 게 아니야. 야오량, 멀쩡하게 있다가 왜 갑자기 주먹질이야?"

"정신 좀 차리라고 그럽니다!"

리콴청이 뭐라고 하기도 전에 야오량은 이 한마디를 남기고 멀어졌다. 샤오량촌 겁쟁이가 촌장을 때리다니! 야오량의 모습이 보이지 않자 그는 발을 굴렀다.

"네놈이 무서워서가 아냐! 지금껏 살겠다고 아등바등하는 걸 도와줬더니 이제 내 앞에서 어떻게 한번 싸지르고 싶은 모양인데, 내가 네 얼굴 봐서 한번 봐준다!"

거리는 조용했다. 왕 씨네 홰나무에 솟은 혹이 눈에 들어왔다. 전에는 보이지 않던 것이 갑자기 두드러져 이상한 생각이 들었다.

혹 주변으로 작은 버섯이 둘러져 있었다. 까마귀 한 마리가 마침 혹 위로 내려앉아 까악! 하고 긴 울음소리를 냈다. 리콴청은 퍼뜩 정신이 들었다. 구이셴을 찾아야 했다. 어디로 간 걸까. 콧물을 흘리는 아이가 눈에 들어왔다. 아이도 그를 보고 있었다. 눈도 깜빡이지 않았다. 갑자기 아이가 웃음을 터뜨렸다. 깔깔대고 웃는 모양이 천진난만해 보였다.

리콴청은 짐짓 엄한 목소리로 꾸짖었다.

"웃긴 뭘 웃냐? 그러고도 웃음이 나와?"

아이는 더 자지러지게 웃었다. 파리가 아이 주변을 윙윙거리며 맴돌았다. 정말 망신스럽군! 아이의 웃음소리에 이번에는 개들까지 짖어 대기 시작했다. 이 소리가 도화선에 불을 붙인 듯 샤오량촌의 개들이 일제히 짖어 대기 시작했다.

그 소리를 뚫고 아이의 목소리가 들렸다.

"촌장 할아버지, 할아버지 눈이 꼭 판다 같아요."

샤오량촌이 온통 들썩거렸다. 개들은 앞서거니 뒤서거니 뛰쳐나왔다. 침을 흘리며 짖어 대는가 하면 발톱을 잔뜩 세우고 내달렸다. 리콴청은 여기저기서 튀어나오는 개들에 부딪쳐 휘청거렸다. 개들에게서 벗어나고 싶었지만 발이 뭔가에 묶인 것처럼 땅에서 떨어지지 않았다. 고개를 숙여 발을 내려다보았다. 신발은커녕 양말도 신지 않은 맨발이었다. 발이 끈에 묶인 것도, 진흙 위에 서 있는 것도 아닌데 제대로 뛸 수가 없었다.

번쩍, 눈을 뜨고 보니 구이셴의 집 구들 위였다. 사방에서 쓰레기가 내는 소음이 울렸다. 뭔가가 썩어 가는 듯 습기를 품은 고약한 냄새가 코를 찔렀다. 어떻게 여기까지 온 걸까. 알 수가 없었다. 하지만 야오량에게 망신당한 것은 어렴풋이 기억났다. 꿈을 꾼 걸까? 몸이 마음처럼 움직여지지 않았다. 꿈은 영혼을 지배한다. 현실로 돌아와 몸을 굴려 보았다. 바닥에 발이 닿자마자 뒤도 돌아보지 않고 구이셴의 집을 나왔다.

햇빛 아래 서서 정신을 차려 보았다. 야오량한테 맞은 것 때문에 정신 나간 여자의 집에 틀어박힐 수는 없었다. 음기로 가득 찬 집이다. 또 남들이 수군댈 것이다. 빈곤 가정 시찰하는 것도 아니고, 온 마을 사람이 비웃을 일이다. 옷깃을 당겨 얼굴을 닦으며 느긋하게 마을길로 걸어 나왔다. 그는 한 마을의 어른이다. 촌장에 걸맞은 품위와 아량이 있어야 한다. 야오량은 용서해 주기로 했다. 딸이 없어졌으니 어디든 화풀이를 해야겠지. 그는 다시 고개를 빳빳이 치켜들고 짐짓 아무 일 없다는 듯 집으로 돌아갔다.

이제 추수가 끝났다. 거두어들인 옥수수는 팔 만큼 팔고 남은 것은 내년 봄에 또 내다 팔 작정이었다. 촌장과 잘 지냈다면 탄광에 가서 샤오량촌 사람들에게 한 집에 600근씩 나눠 주는 석탄을 실어 날랐을 것이다. 하지만 그의 차는 겨우내 문 앞에 선 채 거의 움직이지 않았다. 주먹질 한 번에 사이가 틀어져 버린 탓이었다.

야오량이 작정을 하고 리콴칭을 때린 것은 아니었다. 근처를 지나다 그가 쑤훙에 대해 떠들어 대는 소리를 듣고 발끈해서 저도 모르게 주먹이 나간 거였다. 그저 답답했다. 집에서도 그는 뭔가를 결정하거나 반대할 힘이 없었다. 주먹질까지 한 것을 쑤홍에게 어떻게 설명할까 생각하니 눈앞이 캄캄했다.

대문 앞에 서니 쑤홍이 마당에서 닭을 쫓고 있었다. 닭들은 이리저리 도망 다니며 안타까운 듯 쑤홍을 쳐다보았다. 마치 쑤홍의 마음을 잘 알고 있다는 듯한 표정이었다.

"구구, 닭장으로 들어가, 얼른! 나 힘든 거 알면 들어가라고. 구구구!"

쑤홍은 고개를 들었다. 문간에 선 야오량이 눈에 들어왔다. 검게 탄 구릿빛 얼굴에 살짝 붉은빛이 돌았다. 야오량의 눈에 비친 쑤홍은 얼굴이 온통 땀투성이가 되어 땀에 젖은 머리카락 두 가닥이 입가에 붙어 있었다.

"뭐 하는 거야? 대낮부터 닭이나 쫓고."

"리리가 전화를 했어. 결혼할 사람이 있대. 이것들 팔아서 며칠 있다 리리한테 다녀와야겠어."

야오량은 어안이 벙벙했다. 이게 꿈인가 싶을 만큼 좋은 소식이었다. 그런데 쑤홍은 아무렇지도 않은 듯 전하는 것이었다. 야오량은 마당으로 들어서서 와악! 하고 고함을 내질렀다. 닭들이 날갯짓을 하며 날아올라 담 너머로 나가 버렸다.

이제 마흔을 막 넘겨 딸을 잃은 쑤홍은 어찌할 바를 모르고 허둥댔다. 이런 일을 당하면 누구나 정신이 나갈 것이다. 그녀가 설계해 둔 미래가 깨져 버렸음을 실감했다. 쑤홍은 후다닥 집으로 달려 들어갔다. 야오량이 뒤를 따랐다.

"쑤홍, 애는 없어졌어. 살아 있다고 우기지 마. 우리는 이제 우리 딸이 집으로 돌아올 방법을 생각해야 해. 어떻게 죽었는지, 누가 죽였는지. 그것도 모르고 범인도 잡지 못하면 아이가 너무 억울하잖아. 나라에 원한을 풀어 달라고 해야지. 정신 좀 차려, 쑤훙."

쑤훙은 고개를 뒤로 꺾고 천장을 올려다보았다.

"리리는 살아 있어. 멀쩡하게 살아 있다고. 유치원 선생님이야. 전화가 왔다니까. 결혼할 사람이 있대. 다른 지방 사람이래."

야오량은 알고 있었다. 그 역시 날마다 딸의 번호로 전화를 걸었다. 지난달부터 없는 번호라는 안내가 흘러나왔다.

"못 믿는 거야? 리리가 전화할 때 옆에서 아이들 소리도 들렸어. 아이들이 둥글게 모여서 손뼉 치며 노래하던걸. 찾아라, 찾아라, 우리 친구. 친구를 찾으면 인사를 하고, 하하 웃고, 악수를 하고, 너는 내 친구야, 안녕!"

야오량은 리콴칭에게 주먹 날린 일을 이야기하고 싶었지만 말이 나오지 않았다. 무언가 뱀의 혀처럼 차갑고 미끄러운 것이 그의 숨 속에 섞여 있는 것만 같았다. 야오량은 물을 한 잔 떠다가 쑤훙이 앉은 침대 머리맡에 두고는 방을 나왔다.

막상 나오기는 했지만 뭘 어째야 할지 알 수가 없었다. 울고 싶었다. 날씨를 타는 걸까. 날씨를 내 마음대로 할 수는 없는 일이었다. 그러고 보면 그는 집에서도 쑤훙의 기분에 따르곤 했다. 다른 남자의 딸이라고 해도 받아들일 수 있었다. 그는 아이가 태어나 자라는 것을 지켜보았다. 그 입으로 자신을 아빠라고 부르는 소리를 들었다. 아이는 이 집에 수많은 기쁨을 가져다주었다. 아빠, 아빠 하고 그를 불렀다. 머릿속에 떠오르는 옛 모습에서 그는 딸아이로 인해 활짝 웃고 있었다. 그 모든 것이 쑤훙이 있었기에 가능했다. 그는 평생 이 여자에게 고마워해야 한다.

이 여자에게 한 씨네 집은 한참 기우는 혼사였다. 한야오량이라는 남자에게는 이렇게 좋은 여자와 함께 할 만한 능력이 없었다. 그에게 딸과 아들을 안겨 주고 지금처럼 남부럽지 않게 살게 해 준 여자였다. 남자답게 굴지 않으면 안 된다. 고개를 들어 해가 걸린 처마 끝을 바라보았다. 닭들이 한 마리 한 마리 마당 안으로 돌아왔다. 그는 별 힘 들이지 않고 닭을 차례차례 잡아채서는 끈 하나에 줄줄이 묶었다. 닭을 걸쳐 메고 나가면서 흘깃 집 쪽을 돌아보았다.

쑤훙이 얼굴을 유리창에 붙인 채 그를 바라보고 있었다. 유리가 흐려 쑤훙의 얼굴에 번진 눈물은 보이지 않았다. 평상시 야오량은 뭔가를 하기 전에 그녀에게 먼저 이야기하곤 했다. 이번에도 그가 문을 열고 들어와 주기를 그녀는 간절히 바라고 있었다. 하지만 그대로 마당을 빠져나가는 그의 뒷모습이 쑤훙의 마음속 깊은 곳에 박혔다. 외지에서 공부하는 아들에게는 누나가 유치원 선생님이라고 얘기해야만 한다. 좋은 사람을 만나 다른 도시로 시집간다고, 공부하는 동안 누나를 본받으라고.

8

어느새 겨울이 왔다. 사람들은 여느 겨울과 마찬가지로 생각 없이 지냈다. 나이 먹은 이들은 햇볕을 쬐며 앉았고 젊은 사람들은 방 안에 틀어박혀 마작에 빠졌다. 세월에 대한 깊이 있는 통찰을 얻기 전이라면, 겨울은 그저 1년에 한 번 오는 계절에 지나지 않았다. 쑤홍은 겨울이 왔음을 분명하게 느끼고 있었다. 귀밑으로 흰 머리가 소리 없이 자랐다. 염색약을 사다가 집에서 혼자 물을 들이고 있자니 가슴이 조여 왔다. 하지만 이런 괴로움은 앞으로 살아가야 할 날에 비하면 아무것도 아니었다.

초겨울 첫눈이 내렸지만 오다 만 탓에 눈이 지나간 땅 위로 진창만 남았다. 쑤홍은 집 밖에 나가고 싶지 않았다. 난로 앞에 앉아 결혼을 앞둔 리리의 구두 안창을 수선하기 시작했다. 샤오량촌 사람들은 실종된 리리에게서 연락이 왔다는 말을 전해 들었다. 올해만 지나면 결혼한다는 소식을 전하며 쑤홍은 만면에 웃음을 감추지 않았다.

샤오량촌 사람들은 공포와 호기심이 뒤섞인 채 쑤홍의 활짝 웃는 얼굴을 바라볼 뿐이었다. 딸을 잃어버린 사람이라면 그 고통을 감쪽같이 숨길 수 없는 법이다. 사람들은 고개를 갸웃거리면서도 리리가 돌아와 혼사를 치를 그날을 기다리는 수밖에 없었다.

리콴칭이 구해 온 석간신문 한 장으로 샤오량촌이 발칵 뒤집혔다. 신문에는 반년 전 교외 호숫가에서 발견된 토막 시체 사건이 종결되었다는 기사가 실렸다. 열여덟 살짜리 여자아이가 처음으로 일자리를 구하러 나갔다가 변을 당한 것이었다. 남자는 사냥꾼처럼 거리로 나가 사냥감을 찾고 있었다. 여자아이가 시야에 들어오자마자 남자는 자신에게 바쳐진 제물임을 눈치 챘다. 남자는 여자아이를 사우나 업소로 데려갔고, 아이는 그곳에서 남자가 시키는 대로 몸을 팔았다. 아이에게 세상을 알고 더 성장한다는 것은 그저 절망에 지나지 않았다. 경악과 공포, 고통, 절망을 견디고 나자 아이는 갑자기 아무렇지도 않아졌다. 아무것도 느낄 수 없는 마비 상태에서 자신을 저 생명의 밑바닥으로 밀어 넣었다.

사우나에서 일하는 여자아이들은 모두 머리를 길러 화려하게 땋았다. 돌돌 말린 머리가 어찌 보면 석사모니처럼 보이기도 했다. 시간이 어느 정도 흐르자 아이는 아픔마저 잊을 수 있었다. 그만큼의 시간이 더 흐르자 병을 얻었다. 아이는 엄마 아빠가 보고 싶었다. 집 생각도 났다. 얼굴에 겨울의 차가운 기운을 띤 사람이 그녀를 찾았다. 이미 부인병으로 얼굴이 퉁퉁 부어오른 그녀는 말을 듣지 않았다. 색마의 손찌검은 희고 깨끗한 그녀의 피부에 수많은 상처를 남겨 놓았다.

아이는 자신을 끌고 온 사람에게 집으로 돌아가고 싶다고 말했다. 그녀는 자신이 단지 그의 접시 위에 올려진 제물임을 알지 못했다. 그래서 집으로 돌아가겠다는 고집을 꺾지 않았다. 남자는 그가 녹화해 둔 것을 보여 주었다. 차마 눈뜨고 볼 수 없는 영상에서 마구 짓밟히는 것은 바로 아이 자신이었다. 남자는 집에 갈 수는 있지만 그러면 이 영상을 부모에게 보내겠다고 협박했다. 여자아이의 눈에는 눈물과 분노가 가득했다. 죽어도 집으로 가야 했다. 그렇게 도망치다가 아이는 남자의 손에 죽임을 당했다. 그리고 시신은 토막이 났다.

남자는 그 길로 모습을 감췄다. 여자아이가 집에는 그럴듯한 직업을 찾았다고 말해 두었기 때문에 사건을 해결하는 데 어려움을 겪어야 했다. 남자는 다른 도시에서 비슷한 짓을 또 저질렀다. 하지만 이번에는 운 좋게 빠져나온 여자아이가 경찰에 신고했다. 남자는 잡히기 전에 녹화해 둔 영상을 모두 지웠다. 이 때문에 사건 해결이 또 미뤄질 뻔했다. 하지만 신고한 여자아이가 남자가 협박하면서 시체를 토막 낸 이야기를 했다고 증언했다. 아이를 겁주려고 한 이야기였는데 그것이 그만 유일한 증거가 되었다. 증거를 제공한 사람은 남자 자신이었다.

기사는 이렇게 끝을 맺었다. 범인을 체포함으로써 우리 시 경찰은 올해 들어 가장 큰 사건을 해결했으며 성 정부의 표창을 받았다.

샤오량춘 사람들이 이 소식을 이리저리 전하는 동안 리콴청은 야오량의 집으로 향하고 있었다.

거리는 사람 하나 없이 텅 비어 있었다. 리콴청은 문득 세월이 한 여자에게 어찌 이리도 잔인할까 하는 생각이 들었다. 쑤훙의 젊은 시절과 그녀의 딸이 젊은 지금, 세월은 무한한 가능성을 허락하면서도 어쩌면 이렇듯 비슷한 길로 인도하는지. 일이 이렇게 마무리된 이상 그는 한야오량을 만나 리리의 영혼결혼식을 의논할 생각이었다. 마을에 결혼 못 한 나이 든 총각이 있어서 이야기를 넣어 둔 상태였다. 촌장으로서 이 일을 성사시킬 책임이 있었다. 부지런히 걸음을 옮기던 리콴청은 갑자기 얼어붙은 것처럼 우뚝 멈춰 섰다. 맞은편에서 쑤훙과 아들이 걸어오고 있었다. 겨울 방학이라 집에 온 것이었다. 아들을 데리고 어딜 가는 걸까?

쑤훙이 리콴청 옆을 지나치는 순간, 리콴청은 낮은 목소리로 인사를 건넸다.

"쑤훙."

쑤훙은 웃으며 말했다.

"우리 리리가 전화를 했어요. 설을 쇠고 결혼식을 올린대요. 우리 작은애랑 장에 가서 천을 끊어다 이불을 만들까 해요. 나중에 촌장님이 와서 결혼식 증인이 돼 주셔야 할 수도 있겠어요."

멀어져 가는 쑤훙의 발 아래로 가느다란 창자 같은 자국이 길게 남았다. 그런 그녀를 한야오량의 목숨 같은 아들이 부축하고 있었다. 엄마보다 머리 반은 더 큰 아들이 제법 의젓하게 어머니 옆을 지켰다. 그래도 아직 여물지 않은 몸이었다. 두 사람은 손을 잡고 도란도란 이야기를 나누며 마을길을 벗어났다.

"너희 누나 남편감이 썩 반듯하더라. 대학생인데 집은 다른 성에 있단다. 설 쇠고 나서 혼인신고를 할 거래. 혼인증을 받은 다음에 식을 올린단다. 너도 더 열심히 해. 매일 인터넷이나 하지 말고. 열심히 하다 보면 누나를 따라잡겠지. 그래서 너도 대학생 며느릿감을 데려와."

"누나는 매형 안 데리고 와요?"

"네가 자리를 좀 잡고 나면 우리가 도시로 가야지. 그때는 네 누나, 매형 그리고 우리까지 같이 살자."

"알겠어요, 엄마."

"사는 거야 쉽지, 잘 사는 게 어려워서 그렇지."

더는 뭐라고 하는지 들리지 않았다. 뒤에 남아 가만히 듣고 있던 리콴청은 눈물이 왈칵 쏟아졌다. 눈길 한번 돌리지 않고 두 사람의 이야기에 끝까지 귀를 기울였다. 두 사람이 시야에서 사라진 뒤에야 사방을 둘러보았다. 아무도 없었다. 쑤훙이 지나간 길 저쪽에 무슨 희망이라도 있는 것처럼 느껴졌다. 리콴청은 뭔가에 이끌리듯 두 사람이 걸어간 방향으로 걸음을 옮겼다.

그는 길에서 마을 사람을 만날 때마다 당부했다.

"어디 가서 쓸데없는 소리 말게. 쑤훙네 딸내미는 설 쇠고 나서 결혼할 거라네. 어쩌면 내가 가서 결혼식 증인이 될지도 몰라. 참 착한 아이야."

리콴청의 뺨을 타고 흐르는 눈물에 사람들은 대답할 말을 찾지 못했다.

리콴청은 오늘처럼 마음이 따뜻해지고 감동한 적이 없었다. 그간 자신을 내리누르던 긴장과 무게가 한결 가벼워진 것 같았다. 그는 야오량과 현성으로 가서 피해자를 인도하는 일에 대해 논의해보기로 마음먹었다. 아이를 샤오량촌으로 데려올 수 있다면 누구도 찾을 수 없는 곳에 묻어 줄 생각이었다.

그는 걷기 시작했다. 이렇게 계속 걷다가 쑤훙의 마음속까지 걸어 들어갈 수 있기를 바랐다. 쑤훙에게 희망을 주고 싶었다. 쑤훙이 평생 즐거운 환상 속에서 살 수 있기를 바랐다. 그러면 쑤훙은 잘 살아갈 것이다.

산이 울다

초판 1쇄 발행 | 2018년 9월 1일

지은이 | 거수이핑
옮긴이 | 김남희
발행인 | 김정희
편집 | 이정헌
마케팅 | 김선범
교정 | 노경수
디자인 | 이정헌
인쇄 | 공간

펴낸곳 | 도서출판 잔
출판등록 | 2017년 3월 22일 · 제2017-000113호
주소 | 06101 서울시 강남구 학동로44길 49
전화 | 02-3443-0334 · 팩스 | 0507-0316-8055
전자우편 | zhanpublishing@gmail.com
홈페이지 | www.zhanpublishing.com

ISBN 979-11-950614-8-8 03820

일러스트 ⓒ 이고은

이 도서의 국립중앙도서관 출판예정도서목록(CIP)은 서지정보유통시스템 홈페이지
(http://seoji.nl.go.kr)와 국가자료공동목록시스템(http://www.nl.go.kr/kolisnet)에서
이용하실 수 있습니다(CIP제어번호: CIP2018025620).